傾城一諾

11

完

目次

第一章 桃花催命

日本東京郊外的一座廢棄的大樓裡，張中先帶著丘啟強、趙固和海若三名弟子守候在大樓裡，大樓裡一片漆黑，地上有二十七道符籙，緊緊圍著中間一塊石頭上的血漬。那是冷老爺子身故之處，他若有靈體現身，必在此處。

丘啟強、趙固和海若分坐三才位，凝神盯著面前的符籙。這符籙只圍了三圈，每圈九道，他們三人每人負責一圈。本來想多佈幾圈，但以他們三人的修為，負責九道符籙尚能做到，再多了恐分身乏顧。

他們也看出今晚正值月破，不由都擔心地看向窗邊。張中先站在窗邊，望向頭頂的夜空，哼了聲，「這老頭真會選日子，今兒這日子是破日啊！」

破日在風水上向來是最凶的日子，日月相沖，是為大耗。這天陰氣最強，對風水師來說，任何施法的人都會避開這天，但今晚卻偏偏是個不能避的日子。

「這老頭可千萬別在這個時辰出來……」張中先咕噥。

但世上很多事向來是事與願違，張中先話音剛落，便臉色一變。

大樓內忽起一道陰風，張中先倏地轉身，盤腿坐在三才陣位的丘啟強三人臉色變得比他還快，只見空地的中心一道陰氣驟起，如黑雲一般。

張中先嘖了一聲，「這老頭果然不省心，趁現在制住他！」

丘啟強三人反應極快，在張中先話音剛起之時，陣法已經啟動。丘啟強周身元氣震盪，率先喚醒內圈的九道符籙，向那道陰氣壓去。那道陰氣剛剛生出，這陣法和九道符籙本應足以壓制他，可令三人沒有想到的是，那九道符籙凌空飛起，剛撞上陰氣的邊緣，便來了一道陰風，向外反震而去。

九道金黃符籙，紙片破空，好似利刃。

「小心！」趙固和海若齊呼。兩人都身在陣位前，不可輕動，只能看著丘啟強被那陣陰風震得擦著地面滑出老遠。

丘啟強被震出之時，凝神不動，周身元氣大漲，氣勁迸出，如利刃般飛射而來的九道符籙在半空中停住，颯颯作響。

「哼！」張中先怒哼一聲，反手一揮，丘啟強只覺背後有一股大力帶著他向前滑行，連帶那九道利刃都被震了回去，貼上那陰氣的瞬間，他已然回歸陣位。

「你們三個一起！」張中先喝道。

趙固和海若臉色凝重地點頭，剛才見這道陰氣尚未成形，三人便沒有一起出手，怕力道太猛，直接將這靈體震得魂飛魄散，卻沒想到這靈體的威力超乎了他們的想像。

今晚是冷老爺子的頭七，按理說他的靈體應當在子時出現，可現在天才剛黑沒多久。大抵是因為日值月破的關係，靈體現身得比預估的早。也正是因為這天的關係，靈體的煞氣比以往出現要強得多。

丘啟強三人雖然經驗豐富，但還在這天收服靈體還是第一次。沒有哪個風水師會願意在這天與靈體鬥法，日月相沖，天地元氣大損，陽氣最弱，風水師除了自身元陽，幾乎不能借助天地元氣中的陽氣，鬥法存在著很高的風險。

而靈體此時出現的時辰也正好是破時，丘啟強三人原以為靈體初現，煞力不強，可是一個回合之後，三人已經沒了這種想法，頓時齊心對抗，二十七道符籙飛起，一鼓作氣全數飛向陣中困著的靈體。

黑狗血和朱砂混合所畫的符籙在接近靈體時金光大盛，二十七道符籙幾乎將靈體全身上下鋪蓋完全。靈體陰氣陡然暴增，符籙在其身前三寸處停滯不前。

丘啟強三人深知今夜鬥法不利，不敢拖延，周身元氣全數釋出，盡力不讓靈體震開靈符。趁著這靈體剛現身，尚未成人形，這時制住他是最大的先機，若這時不成，再過一會兒想拿下他可就沒那麼容易了。

然而，這靈體畢竟有煉氣化神巔峰的修為，即便此時修為不足，僅憑遭逢破日，丘啟強三人合力，那靈體仍是縱身而起，直鑽樓頂。

「哼！」一聲大喝，丘啟強三人齊齊抬頭，只見靈體帶著符籙竄起，殊不知他頭頂上有一道虛空所製的金色符籙已等在那裡，自靈體的天靈蓋壓下來。

張中先的修為亦是煉氣化神巔峰，與冷老爺子相當，這一道金符正中他的天靈蓋，大樓內頓時陰風呼嘯似鬼嚎，靈體剛剛成形的頂端瞬間被震散，黑氣四散，整個黑影都虛了虛。

「趁現在！」丘啟強大叫。師兄妹三人合力，二十七道符籙穩穩地貼在了靈體身上。靈體似被陽煞灼燒般，黑氣從符籙的縫隙裡溢出。三人不敢怠慢，一齊變換法訣，身下所坐陣位金光大盛，在三人之間形成了三角形的金光，接著金光縮小範圍，將靈體禁錮其中。

張中先伸手抄起旁邊放著的一面白幡，虛空在白幡上比畫幾下，反手拍出，那靈體便被憑空出現的氣場吸入幡中。丘啟強三人面色一喜，暗道：成了！

正當這時，三人的表情猛地一變，只覺有莫名的危險氣機逼近，其中丘啟強離得最近，轉頭一看，三隻七寸長的青色蜈蚣正向著三人襲來，直撲面門。

丘啟強當即仰倒，向後翻滾，同時手中發勁，想將青色蜈蚣彈出去。趙固和海若也是第一反應往後仰倒躲避，結果三人撞在了一起。力道過猛，三人周身的氣勁相互衝撞，將三人向外撞開，迎上了各自撲來的青色蜈蚣。

張中先一驚，白幡中尚未被制住的靈體開始掙扎，他連忙制住白幡，同時彈出三道金符。那三條蜈蚣感受到金符的威力，調頭想逃跑。三道金符射向蜈蚣，三條蜈蚣頃刻化作黑灰。與此同時，白幡劇烈震動，一張扭曲的人臉，帶著森森黑氣衝出白幡，破空而去。

「混帳冷老頭！」張中先大罵，「追！」

靈體從窗戶飄了出去，完全無視窗戶下的符籙法陣。陽氣法陣在今晚威力大減，那黑氣衝出時已能看見成了人形，法陣完全抵擋不住。

丘啟強三人翻身而起，隨著張中先一起從窗戶跳了出去。

三條蜈蚣來得蹊蹺，大樓外必然有敵手。剛才包括張中先在內，四人的心思都在制伏靈體上，誰也沒注意到外頭有人。這時候能找來日本的，還能精準地查出冷老爺子的靈體所在地，不用想也知道是誰的人。

遠處公路坡道下方有三名削瘦的男人，三人全都穿著白衣藍褲，中間那人手中拿著某樣東西，靈體似受到了那東西的感召，朝著三人飄了過去。

張中先瞇眼，這三人的打扮太眼熟了，跟泰國降頭師通密等人鬥法的時候，他們的人幾乎都這麼穿，而剛才的那三條蜈蚣已經能證實來人是降頭師。這三人站的地方離大樓很遠，怪不得剛才沒察覺到。他們應該是從遠處操縱蜈蚣進行攻擊的，時機掌握得倒是恰當。

那三人看起來並不戀戰，中間的降頭師將靈體吸引過去之後，便與同伴往公路邊停著的車子跑去，那車顯然是他們開來的。

「想走？沒那麼容易！」張中先手指掐著法訣，陰煞驟然聚集，向著那輛車撲了過去。

在大樓內的時候，張中先已虛空製出過幾道靈符，若是平常便不礙事，眼下陽氣薄弱，他想補充元陽很困難，故而此刻施法聚集陰氣的速度並不快。丘啟強三人協力，師徒四人共同出手，勉強令陰煞在三名降頭師上車之前擋住了他們的去路

其中兩名降頭師放出了小鬼，那兩隻小鬼凶煞異常，牙齒鋒利，帶著濃烈的腥氣。張中先一眼看出這兩隻鬼童被以邪法養著，恐怕尚有實體在，只是實體在進入日本國境的時候不好攜帶，兩名降頭師便將鬼童的靈體帶了過來。

張中先揮舞著白幡，兩名鬼童雙雙被強大的吸力吸住，扎進了白幡裡。

這兩名鬼童可不是冷老爺子的靈體，法力沒有那麼高深，一個照面便被收服，讓兩名降頭師大驚失色，轉頭就想撤退，奈何幾人周身早已被陰煞包圍住。

三名降頭師用泰國話不知說了些什麼，射出數十道毒蟲，蠍子、蜈蚣、金蠶、毒蛇，什麼都有，陰煞當下被衝破。

張中先等人臉色一變，只見幾名降頭師身後飄著一道黑色靈體。那靈體已成人形，依稀能看出是個老人。老人生前的書卷氣不見，皮膚青黑，目光幽冷。

丘啟強三人臉色凝重地看向張中先。

冷老爺子的靈體成形，對方又有三名降頭師在，師父又消耗過重，恐怕……

正當丘啟強等人不抱樂觀態度的時候，靈體衝著他們撲了過來。三人甩出數道符籙，張中先趁此時機快速在白幡上畫符，巨大的吸力登時向靈體吸去。冷老爺子的靈體絲毫不懼，直衝而來，數道符籙在他身前三寸皆化作黑灰。

「退後！」張中先喝道。丘啟強三人已感覺到令人脊背生寒的煞力，即使以元陽護身，仍覺得手腳發冷，胸口如遭重擊。

海若忽然表情一變，「他們要逃！」

張中先見三名降頭師正準備上車。

丘啟強和趙固一愣，對方是不想要冷老爺子的靈體了？

三名降頭師拉開車門上了車，中間那名降頭師在坐進車裡後，將手中的東西遞出車窗外，冷老爺子的靈體忽然像是受到了感召，轉身飄了過去。

車子剛好停在路燈旁，藉著昏黃的燈光，張中先一行人總算看清了那是什麼東西。那名降頭師手裡拿著的是一撮長髮，用紅繩綁著。

不必說，這一定是冷以欣的頭髮。

怪不得靈體會跟著走，那頭髮上有靈體最留戀的氣機存在。

張中先啐罵一聲，周身元氣暴增，大喝：「想走？留下命來！」

丘啟強三人被驚得齊齊後退，目露驚駭與擔憂。

師父的元氣已消耗不少，這是要耗盡元陽？

「師父，不可！」

三人齊聲叫道，卻沒能阻止得了張中先。張中先周身的元陽以極快的速度衝向右臂，他的右臂在極短的時間內彷彿裹在金光裡，接著，釋出一股似鷹爪的氣勁。

丘啟強三人倒吸一口氣。這是？氣勁外放？

到了煉氣化神的境界，領悟了暗勁之後，一般的高手都能做到氣勁外放，而且暗勁的勁力最多只能放出三尺，絕對不像此刻張中先這般這麼遠。再者，他的氣勁不只是外放這麼簡單，那鷹爪已經實質化了。

嘶！師父的修為，莫非達到煉神還虛的境界了？

只有張中先知道，他的修為尚沒有進境，否則這時的氣勁應該更清晰。從英國回來後，夏芍每個月都會去香港一趟，為唐宗伯調理雙腿，玄門所有的弟子都能有幸在半山別墅裡打坐吐納。張中先去年在英國時，龍氣讓他身上多年的隱疾痊癒，他卻沒有進境的預兆，但是憑著閱歷，他對龍氣的理解比弟子們更為深刻。這大半年來，他持續不斷地修煉，漸漸感覺摸到了一些進境的門檻。

眼下這招法並非進境之後修煉得來的，而是他在有所領悟後自創的。玄門弟子多修習內家功法，他卻因為性情剛直，喜好修煉外家功法，這一手鷹爪功是他年輕時最喜修煉的功夫，有所領悟之後，他便自創將元陽與暗勁以及功法相融合，做到外發克敵。

不過，因為他這招法尚不純熟，連掌門師兄都不知道。這時，他卻是豁出去了，總不能讓那群兔崽子這麼容易脫身。

那鷹爪的氣勁如同勁風，將對方車子的玻璃頃刻間擊碎。

剛剛發動的車子，被震到公路另一邊。其中一名降頭師，從碎裂的車窗裡伸出頭。

那人正是拿著冷以欣頭髮的降頭師，但他不像是自願伸出頭的。只見他的脖頸抻得老長，脖子下方依稀有深深的五指印。那名降頭師的雙眼滿是血絲，眼珠幾乎快要凸出來。他的臉色青白，嘴唇發紫，喉嚨裡發出骨節像要被捏碎般的咯咯聲響。

他死死地盯著張中先，張中先也瞪著他，臉孔憋得青紫，額頭青筋畢露。元氣外放加速了元陽的消耗，張中先眼中凶光迸射，鷹爪捏著那名降頭師的脖子，狠狠往下一拽。

那名降頭師的脖子登時卡在車窗玻璃上，碎玻璃鋒利如刀，刺破了降頭師的喉嚨。降頭師身體劇烈顫抖，沒一會兒便沒了聲息……

張中先吐出了一口血，海若三人趕緊扶住他。

剩下的兩名降頭師萬分驚恐，踩下油門迅速離去。

丘啟強立即施法聚集陰煞，追趕車子，車窗裡飛竄出十數條蜈蚣。丘啟強解決了那十幾條蜈蚣後，這才轉過身來查看師父的傷情。

張中先擺擺手，「不礙事，休息一晚就好了。」

「師父，那兩個人和冷老爺子的靈體怎麼辦？讓他們給跑了！」趙固道。

「我們先送師父回去休息。」海若說話間，瞧了眼地上的白幡，道：「這幡裡困著那兩名鬼童，那兩人逃得再遠，我們也能找到。」

「不用了。」張中先捂著胸口，哼笑一聲，「抓他們兩個，不如抓他們一窩！冷老頭肯定是帶去給他孫女的，他們的目的地是京城。我們先回香港，冷老頭還沒出殯，要找出他的靈體？哼，容易得很！」

趙固和海若互望一眼，「師叔在京城一直在尋找冷以欣，她若是想找出冷老爺子，想必很簡單。不過，我們還是要快點回去。」

張中先點點頭，原本他們是打算明早再走的，現在不得不臨時改變主意，「今晚就走！」

張中先三人返回香港的當晚，兩名降頭師也連夜趕回了京城。

唐宗伯得知東京的事後一夜未眠，黎明時分，他下了決定，依舊讓冷老爺子出殯，入土為安，只是留下他生前的一些物件拿去京城，用以查找他靈體的所在。

既然要去京城，唐宗伯自然打了電話給夏芍。

夏芍接到電話時剛起床，聽了昨晚的事和師父的決定後，扶額一笑，「師父，肖奕八成也沒想到你們會去東京，連我都忘了這事兒，但是那兩名降頭師還活著，回去以後必然會將詳情告知。以肖奕的頭腦，他怎會想不到我們會用那兩名鬼童和冷老爺子的生前物來尋他？我猜那兩人現在要麼被滅口了，要麼就是跟冷老的靈體在一起，肖奕設了陷阱，等我們送上門呢！」

兩種猜測，夏芍更傾向於後者。

若是那兩人沒帶回冷老爺子的靈體，還將兩名鬼童留在玄門手上，回去京城必然是死路一條，但他們帶回了冷老爺子的靈體就未必會死。因為殺了他們不過是斷了與鬼童的聯繫，冷老的靈體卻還在，肖奕總不能殺了冷以欣吧？

他最有可能的做法是暫時不允許冷以欣和冷老的靈體在一處，由那兩名降頭師獨自保存，設下引誘玄門前來的陷阱。這樣一來，那兩名降頭師還能在死前最後被他利用一把，物盡其用應該是肖奕的風格。

「我也是這麼想的。」唐宗伯道，所以他才一晚沒睡，正是在考慮這事，「既然這樣，也不急於一時。今天出殯完，明天師父就帶人過去。妳在那邊稍安勿躁，等我們去了再動手。」

「嗯。」夏芍應了一聲，便掛了電話。放下電話後，她卻饒有深意地一笑。

肖奕和她交過手，在她手上吃過虧，應是知道她的行事風格，所以，她能猜出他會如何處置，而他也能猜到她猜得出來，那麼他會不會反其道而行，現在還說不好。

這事還真讓夏芍猜對了。

肖奕一晚沒睡，天將黎明的時候，他叫來了那兩名降頭師，用泰國話道：「你們帶著老爺子去京郊，擺開陣法，用你們養鬼的方式祭煉。」

那兩名降頭師也不蠢，一聽這話便面露怒意，「肖先生，你是要拋棄我們？」

「用你們中國話說，是要把我們當棄子嗎？」

「昨晚乃獨為了冷小姐死了！我們從泰國來這裡幫你，你不要忘了，你身邊的人手都是我們的人！」另一人忍不住怒道。

他們的人現在住在京城市中心的一座公寓裡，京郊根本就不是他們的據點。現在讓他們去京郊，還要帶上冷老爺子的靈體，不就是要把他們隔離開的意思？

肖奕轉過身來，對其中一名降頭師的憤怒反應冷淡，略帶嘲諷，「你們也不要忘了，通密死後，泰國首席降頭大師的寶座被別人搶去，你們這些通密門下的弟子根本就生存不下去，是我邀請你們來京城的。我們之間有共同利益，是在相互幫助，而不是你們在幫我。」

「可你現在是要拋棄我們！」那名降頭師一噎，接著又道。

「我若是拋棄你們，就不會將老爺子的靈體交給你們。他對我未婚妻的意義，看樣子你們不懂。」肖奕冷淡地道：「我給你們機會祭煉他，正是對你們的信任。他的修為不是你們兩人能對付的，我會將未婚妻的氣機給你們，你們負責祭煉靈體。我敢保證，對方沒那麼快來。」

兩名降頭師一愣，互相看了一眼。確實，這靈體很強，比他們曾經養過的任何鬼童都強。正因為如此，他們想祭煉這靈體，靈體未必聽從他們的，強行祭煉，很有可能會反噬，但是肖奕的意思是讓兩人以冷以欣的氣機為引子，祭煉靈體。這靈體練得越凶，對冷以欣的保護就越高，而同樣的，冷以欣的氣機在他們手上，想來肖奕也不敢耍什麼花樣。

「你怎麼知道對方沒那麼快來？」兩人稍微安心，一人狐疑道。

肖奕一哼，「我太了解她了。她一定會以為你們是我佈下的陷阱，在沒有找到我以前，她就算知道你們在哪兒，也不會冒然前來。她的小心，就是你們的時間。等你們將靈體祭煉完畢，少說也要七七四十九天。到那時候，一切也該有個了結了。」

兩名降頭師皺了皺眉。這是真的嗎？

真的還是假的，兩人如今都沒有太多的選擇。沉默了一會兒之後，兩人只得點頭聽從。

然而，離去之前，肖奕冰冷的聲音從兩人身後傳來：「我將未婚妻的氣機交給你們，正是我信任你們的證明。你們可不要用她的氣機做些不該做的事，否則……我敢保證，你們的同伴不會在乎你們的死亡，他們之中會有人樂意接替你們的工作。」

兩人臉色一變。其實他們剛才還真想過留一手，用冷以欣的頭髮下個蠱，到時候用來當自己的保命符。沒想到肖奕察覺了，這男人的修為不是他們能對付得了的……

「肖先生言重了，我們降頭師對待盟友是很真誠的。」其中一人說道，與同伴轉身離開。

冷以欣從房間走了出來，「你打算什麼時候把爺爺還給我？」

肖奕道：「他在妳身邊，妳會有危險。夏芍想找的是我們，只查出那兩名降頭師的話，她是不會現身的。正好藉此機會讓他們幫老爺子再提升提升，日後才好保護妳。」

冷以欣走到肖奕身邊，望向窗外黎明的風景，「她想找我，讓她找到我不就好了？」

肖奕目光一沉，「然後呢？妳和妳爺爺是她的對手？」

「所以我讓你用我的辦法。」冷以欣皺眉，「早就說你婆婆媽媽了，按我說的做，拿我當誘餌，讓她找到我。你們在她找到我的時候動手，我就不信，她中了你們的招法還能威脅到我？我要親眼看著她在我眼前受盡折磨而死，我要讓爺爺殺了她！」

「妳就這麼肯定妳手裡的東西能對付得了她？萬一不能，妳將她引來，死的就會是我們。」肖奕臉色沉了下來。

冷以欣嘲諷一笑，「那也比你的辦法好。說什麼聯合姜系的人，這都過了幾天了，對方根本就沒有跟你聯絡。」

肖奕聽聞此言，笑了笑，「如果他們聰明，在日方訪華前就應該會主動跟我聯絡。」

上回見姜正祈，他已經在他面前展現了常人理解之外的力量，姜家人如果不蠢，他們就應該知道，他們地位再高，也沒辦法贏得了夏芍。想贏秦系，只有通過非常手段，與他合作。

冷以欣搖了搖頭，垂下眼眸。肖奕終歸是有野心，他想和政壇的人聯手，豈止是為了要對付夏芍？他更是為了他自己。可恨她如今是一個廢人，無法自己做主，不然她會自己報仇。她要讓那個害死她爺爺的女人，也嘗一嘗失去親人的痛苦。

冷以欣眼底現出寒意，腦中靈光乍現。

爺爺？

對啊，現在她有爺爺！

肖奕察覺了她的氣息變化，眼睛一瞇，問道：「妳在想什麼？」

冷以欣目光如常，「我們為什麼要這麼麻煩？現在你手下有人，可以讓他們去東市，把她的父母親人擄來，也可以讓他們殺了華夏集團那些員工。她所有的一切都會被摧毀，何必要那麼麻煩地跟姜系的人合作？」

肖奕看著冷以欣，看出這確實是她的真實心意，並沒有說謊的跡象，這才一笑，「妳說的沒錯，毀了她的一切，確實解恨，但我更希望在謀略上贏她，至於她的父母親人以及華夏集團，妳不覺得讓他們看著他們信任的人輸給我，讓她的神話從此破滅，會更大快人心嗎？」

他在英國時中了夏芍的計，功虧一簣。他要打敗她，就必須全面贏她。殺了那些人，確實會令她痛苦，但她痛苦過後，不過是找他報仇，那就太無趣了。他要的是打敗她，殺了她，然後讓那些相信她、崇拜她的人親眼看著屬於她的一切落到他手裡，讓她的父母親人重新過回以前的貧困生活；讓她公司的員工明白她一手創立的商業王國不過是曇花一現；讓唐宗伯親眼看著玄門一蹶不振，而茅山派成為奇門江湖第一大門派。

冷以欣抿緊唇。果然，他們想要的根本就不一樣！

「這些不過是你美好的想法罷了，要知道，姜家還沒有找你。」

現實好像在諷刺她，肖奕的手機在這時候響了起來。她看見肖奕挑起了眉毛，嘴角噙著笑意，將手機拿在她眼前晃了晃。

「隨便你。」冷以欣沉著臉，轉身走回房間，砰一聲將房門摔上。看起來像是惱羞成怒，但房門一關上，她的目光便在昏暗的走廊裡發亮。她不是肖奕，她不會想跟夏芍論輸贏高下，她只想讓她痛苦。

冷以欣看了房門一眼，聽著肖奕講電話的聲音隱約傳進來，不禁冷笑起來。

道不同不相為謀，你儘管去做你的，別怪我不奉陪了……

肖奕就站在窗邊，她若離去，他會知道，因此，她要等，等待時機。

這個時機，第二天就到來了。

清晨時分，一家高級會館迎來了兩位客人，是一男一女。男人看起來像是六旬老人，坐在輪椅上，女子推著輪椅跟在後頭。會館裡的服務生認識這兩人，且印象深刻。幾天前，正是這兩人來過之後，會館裡便出了大案，姜少的一名保鑣莫名其妙死了。奇怪的是，這件事並沒有鬧大，而是被低調處理了，他們這些人也被下了封口令，不得對外談起那天的一切。

本以為這對古怪的祖孫會被姜家追捕，沒想到兩人今天又來了會館。

更奇怪的是，這兩人是姜委員和姜少父子的客人。他們已經被通知過了，一旦見到兩人到來，便請去貴賓室。

服務生親自領著肖奕和冷以欣來到貴賓室門口，守在外頭的警衛卻道：「抱歉，委員只想見肖先生。這位小姐，我們已經為您安排了房間，請您先去休息。」

肖奕聞言輕輕斂眸，姜山是隻老狐狸，明顯還不信任他。今天的談話，他應該不想讓再多的人知道，哪怕是他身邊的人。

「請放心，房間裡很安全。」那名警衛見肖奕臉色微沉，便開口道。

這話顯然是怕肖奕懷疑姜家在房間裡安排了什麼人，藉著控制住冷以欣來牽制他。

肖奕冷笑一聲，姜家不敢。即便是敢，他們也會後悔的。

「我去房間，你們那些謀算來謀算去的東西，我也不愛聽。」冷以欣冷嘲地說完，跟著服務生去了對面的房間，關上了門。

肖奕看了緊閉的房門一眼，警衛道：「肖先生，請進，委員在裡面等候多時了。」

一對父子坐在貴賓室的沙發裡，其中一人肖奕已經見過，另一人在電視上也常見。兩人的目光落到肖奕身上，肖奕笑笑，轉動著輪椅進了貴賓室。

二十分鐘後，貴賓室對面的房門被悄悄打開，冷以欣從裡面走了出來。守在門外的警衛見她出來，並沒有阻止，這不是他們的職責所在。

冷以欣離開走廊，搭電梯下樓，上了來時開的車子，直奔她和肖奕落腳的公寓。

回到公寓，她簡單地喬裝，還拿了提款卡和假身分證。她在新加坡買的那個面具給了那個自稱騙術大師的女人，現在她手上沒有易容的東西，只好從衣著上改變裝扮。她連衣服都沒有收拾，便下了樓，開車直奔京郊。

京郊的某個別墅裡，冷以欣的到來讓兩名正在佈陣作法的降頭師愣住，「冷小姐？」

客廳的沙發桌椅全都被搬走，中間的空地上有個巨大的血陣，陣眼之中擺著各種古怪的器皿，裡面盛著鮮血，旁邊還有一撮女子的長髮，長髮上附著黑色的靈體。在冷以欣踏進門的時候，靈體便似有所感地向她看來。

其中一名降頭師臉色不太好看，他們正在作法，她突然闖進來，兩人都會被她給害死。

「冷小姐，妳有什麼事嗎？肖先生應該不允許妳接近這裡的。」那名降頭師道，說完才皺了皺眉頭，想起冷以欣聽不懂泰國話。

冷以欣沒有看兩人，她只是看著法陣中央。她如今只是個普通人，看不見法陣中的靈體，但她知道老人一定在那裡。

「爺爺！」她呼喚一聲，法陣中的靈體猛然一動，往上竄去。

兩名降頭師大驚失色，眼看著靈體就要掙脫法陣的束縛，忙喊道：「冷小姐，別喊了，法陣會困不住靈體的！」

兩人知道冷以欣聽不懂泰國話，連忙對她直擺手。

「爺爺！」冷以欣卻不管兩人，對著法陣中央道：「爺爺，我們走！」

冷以欣說罷，轉身便往門外走。靈體掙脫法陣而出，跟著冷以欣離開。

兩名降頭師看得眼睛都直了，趕緊起身追了出去，卻不敢離冷老爺子的靈體太近，只能遠遠地喊道：「冷小姐，妳要做什麼？肖先生……」

冷以欣陡然回頭，目露凶光，隨後笑容詭異地勾起唇角，「爺爺，殺了他們。」

兩名降頭師聽不太懂中國話，但見冷以欣表情不善，當下變了臉色，接著就見冷老爺子的靈體朝兩人撲了過來。兩人連忙將身上的毒蟲丟過去，卻對靈體沒有半點傷害。

冷老爺子的靈體轉眼便到，兩名降頭師一步步退回門內。那靈體竟然直接穿門而入，穿透兩人的身體呼嘯而過，兩名降頭師頓時兩眼發直，七竅流血，直挺挺地倒在了地上。

兩人至死都不明白冷以欣為什麼要殺他們，是肖奕臨時改變主意了？還是……

「不殺你們，難道要等你們打電話向肖奕通風報信嗎？」冷以欣冷冷一笑。而且，她看不見靈體，不殺這兩個人，怎麼知道靈體受不受她的控制？

現在好了，她知道爺爺是跟著她的，也聽從她的命令。

而當冷以欣開車直奔京城機場的時候，夏芍也正在機場裡。

唐宗伯處理完冷老爺子出殯的事，帶著弟子們來了京城。老風水堂只留下幾名弟子看顧，這次玄門可以說是傾一派之力，齊聚京城。

夏芍來機場接到了唐宗伯，在車上只簡單地問了幾句，了解一下情況，便將車開到了華苑私人會館。未來一段時間，玄門的弟子們都會住在會館裡。

夏芍來到唐宗伯的房間。玄門弟子都在，茶几上放著一面白幡和冷老爺子生前的遺物。

冷氏一脈的弟子看著那些遺物，面色複雜。冷老爺子昨日下葬，墓地的風水還是掌門祖師選的，那塊地山勢水勢極利富貴，主出大賢之後，可惜冷家能不能有後還未可知。老實說，掌門祖師做到這個分上，已經是仁至義盡，他並不欠冷老什麼。

「掌門祖師，讓我們來幫忙推算吧。」一名冷氏一脈的弟子上前道，其他人也點頭，他們只想出一份力。冷老爺子去了，他們不想讓冷家唯一的血脈再錯下去。

唐宗伯沉吟半晌，點了點頭。

東西拿來京城，就是為了讓夏芍推算的。不過，這幾名弟子想幫忙，唐宗伯也不會拒絕。讓他們做些什麼，或許他們能釋懷些。

夏芍也沒有阻止，任由這幾名弟子在客廳裡佈陣，將白幡放到陣中，然後盤腿坐了下來。白幡和遺物都能推測出降頭師和靈體的所在，但氣機不同，放在一起推算，難免會混亂，因此還是分開推算比較好。那白幡中的兩名鬼童氣機極盛，明顯比冷老爺子的遺物更好推算，故而弟子們先將白幡放在了陣中。

張中先用手掐了幾個法訣，元陽之氣往白幡上一拂，原本束縛的咒法開了一道縫，裡面的鬼童立刻想要衝幡而出，奈何怎麼也掙脫不出。

夏芍坐在幾名弟子之中，道：「你們跟我一起推算。一起來，準確性會更高。」

「是！」幾名弟子齊聲答道，然後笑了笑。所有人都知道，夏芍不可能推算錯誤。所謂準確率更高的說法，只是在安慰他們。

推算的過程中，弟子們都感到頗為吃力，氣機顯示隔得很遠。依他們的修為，恐怕要推算個一天一夜才能有結果。夏芍卻皺了眉，露出古怪的表情。

唐宗伯問道：「怎麼了？」

「京郊的情況不對勁，那兩名降頭師已經死了。」夏芍道。

「什麼？」冷氏一脈的弟子們猛地睜開眼睛，齊齊看向夏芍。

他們才剛摸索出端倪，師叔祖就已經推算出來了？

「丫頭，妳怎麼知道那兩個兔崽子死了？」張中先問出了弟子們心中的疑問。夏芍在這麼短的時間內循著氣機追到京郊已夠令他們驚嘆，居然又推算出兩名降頭師早就身亡？

夏芍沒有說話，臉色相當凝重。

那兩人死得很不對勁，別墅法陣中有一縷頭髮，卻不見靈體。按張中先所說，被他殺掉的那名降頭師，用的是冷以欣的頭髮引誘冷老爺子的靈體跟著他們走。沒有含著冷以欣氣機的東西，靈體便不為所動。可是，引子如今還在別墅裡，那靈體去了哪裡？

「把白幡拿開，遺物拿來。」夏芍沉聲道。

沒人敢怠慢，立刻有人將陣中之物換掉，冷氏一脈的弟子們繼續跟著推算。只是與他們預測的一樣，遺物的氣機更弱，更難捕捉。他們才剛在天地元氣中找到跟遺物一樣的氣機，想要循著追出去的時候，夏芍的臉色驀地變了。

「怎麼了？」唐宗伯皺眉。

眾人都盯著夏芍，夏芍表情冰冷，咬牙道：「冷以欣！」

正月底的天氣微寒，中午天空飄起了小雪。陽光從雲層透出來，照得人眼睛有些睜不開。

有輛計程車停在桃源區門口，一名穿著白色羊呢大衣的年輕女子推開車門，從裡面走了出來。她眉眼含笑，氣質沉靜。社區保全遠遠看去，微微一愣。夏小姐怎麼這時候回來了？夏先生明明說夏小姐年前剛訂婚，今年寒假會住京城不回來。再說，京城大學也快開學了。

保全不敢怠慢，連忙打開窗戶，傾身往外探頭，笑著打招呼：「夏小姐……咦？」

保全愣愣地盯著對方的臉，來人竟然不是夏小姐，可這穿衣風格和氣質也太像了。正值中午，陽光晃得人眼花，他剛才確實是沒看得太清楚。不過，這麼像的人，又是出現在桃源區門口，他下意識就以為是夏小姐。

女子眼帶笑意，問道：「請問夏家住哪一幢？」

保全道：「抱歉，我們不能隨意透露業主的住處。您如果想找夏先生一家，請您先跟夏先生預約，我們會根據夏先生的……」

這句話成為保全一生中最後的一句話，他永遠也不會明白自己為什麼會死，他只覺得渾身像是浸在冰水裡，意識恍惚間，好像看見冰水倒灌進他的七竅，冰冷刺骨的水流進他的身體，卻有暖暖的東西湧出來。倒地時，他彷彿還看見女子含笑的眉眼，聽見一句不太清楚的話。

「問你夏家是哪一幢，你說那麼多廢話做什麼？」冷以欣瞥了保全一眼，走進保全室。

桃源區的保全室裡有控制室，電力、熱力、水力及監視器等都有記錄，電腦裡也有社區平面圖和戶主資料。冷以欣從電腦裡調取了幾張平面圖，過了一會兒才走出去，把門關上。從外頭看，保全室就像是沒人一樣。

冷以欣慢悠悠地走進桃源區，經過了一座曲橋，來到一幢三進宅院前面的時候，她忍不住露出了愉悅的笑意，然後一步步走近，卻在來到大門前時愣住。大門關著，上面落著鎖。

夏家人不在？

冷以欣皺起眉頭，午餐時間不在家，那就表示……有飯局？

她咬著唇，遲疑了半晌，這才轉身離開。

今天中午，夏家確實有飯局。

市郊的飯店包廂裡，桌上的菜餚十分豐盛，但是動筷子的人不多，大家不是頻頻往外看，就是低頭看時間。

「這孩子的手機打不通，肯定還在飛機上。」李娟拿著手機道。

夏志元道：「這孩子不是說寒假不回來嗎？這都快開學了，怎麼又突然要回來？真是……都訂了婚的人了，還想一齣是一齣！」

李娟不愛聽這話，「敢情你不想閨女？是誰前兩天元宵節的時候在家裡念叨女兒的？」

其他人聽了這話都笑了起來，夏志元臉面有點掛不住，咳了咳道：「那還不是這孩子要回來也不先提前通知，忽然打電話說中午回來吃飯，讓這麼多人在這裡等她？」

「行了，孩子整天不知道有多忙，能抽時間回來看看就不錯了！你這個當爸的，可別再抱怨孩子了！」江淑惠開口道。

「老太太都發話了，夏老弟，你就別急了。我們都理解董事長，她確實太忙了，前陣子日本出了點事，董事長親自去處理。集團有大動作，需要董事長領頭，她這段時間在京城，聽說也是天天在公司開會。她應該是覺得元宵節沒回來陪你們過，有些過意不去，才趁著開學前回來住兩天的。」陳滿貫笑呵呵地道。

這一桌的人，不止有夏家人，還有福瑞祥的總經理陳滿貫、華苑私人會館和華夏慈善基金會的兩位經理。

這些人都是夏芍打電話叫來的，連吃飯的這家飯店都是她打電話訂的。

事實上，陳滿貫也覺得奇怪。夏董打電話給他的時候，不僅約他們吃飯，還下令華夏集團在東市的公司今天全部放假。他在來飯店的路上，收到了華苑私人會館和華夏慈善基金會兩位經理的電話，兩人都問他出了什麼事。他雖然是集團元老，但也不清楚。夏董很少有事瞞他們這些元老級的人，她這次卻沒說明原因，他便隱約感覺到了不尋常。

他知道不能讓夏家人擔心，便把話題轉到了華夏集團往海外發展的事上。

果然，夏家人對這件事很感興趣。

「這才成立五年就要成跨國集團了，咱們小芍就是有能耐啊！」夏志濤率先讚嘆。

「沒聽說過有哪家企業發展得這麼快，別說國內，就是國際上，恐怕也找不出來。」劉春暉也附和道。他是也是做生意的人，自然知道做到這一步有多難。能做到跨國集團，對華夏集團的發展來說，必然是質的飛躍。這不是一加一等於二的問題，能在國外立穩腳跟，就說明華夏集團具有國際競爭力，將成為真正的國際集團。

對外第一個投資落戶的國家很重要，有了第一步的經驗，往後才會有第二個國家。

以夏芍的能耐，劉春暉相信她能辦得到，只是陳滿貫說的日本出了點事是怎麼回事？這事夏志濤也想知道，但兩人都不敢問，夏芍向來不喜家裡人過問華夏集團的事。今天陳滿貫說出來的，多半是可以對外說的。再深的事，問了他也不會說。

陳滿貫當然有分寸，華夏集團要進軍日本的事早已不是祕密，兩名經理在日本出事後，日本的政商界就都知道了，只是國內封鎖著消息，很多人不知道罷了。他說這些，不過是為了轉移夏家人的注意力，更深的事便沒再說。

前幾天，他們這些元老和分公司的高層主管們去京城開了會。僅僅幾天，日本國內已經有輿論在澄清前陣子的事。公司的員工都很驚奇，不知道夏芍哪裡來的人脈，能幫華夏集團這麼大的忙，她明明只在日本待了兩天。

其實夏芍已經在考慮下一步了。兩名經理在日本出事後，日本人便都知道了華夏集團意欲進軍日本。這段時間，加緊跟宣布破產的大和會社談收購的企業不少，夏芍卻令華夏拍賣公司總部準備大和會社的收購合約，等日本國內輿論一平息，她就親自去和宮藤家族的人聊聊。

這個計畫讓陳滿貫和孫長德都愣住，原本夏董沒有收購大和會社的打算，不知道為什麼忽然改了主意。而且，大和會社與華夏集團在世界拍賣會上結了仇，這是人盡皆知的事。這麼大的仇怨，宮藤家族哪會答應？除非夏董故技重施，來當初收購王道林的盛興集團那一手，但是夏董說了，她要親自去找宮藤家族聊聊。

這讓孫長德無語，按夏董的作風，她要找人「聊聊」，通常是對方做了什麼惹到她的事。這事是近日夏芍才決定的，不能對外公布，不過，陳滿貫已經能想像得到，等華夏集團收購了大和會社的消息對外公布，會驚掉多少人的眼珠子。

「華夏集團能走到今天，也不全是那孩子的功勞。陳總、趙經理和王經理都出力不少，說起這些，我這個當父親的還真是要替孩子感謝你們。」夏志元說道。他看了陳滿貫一眼，對他點了點頭，目光富有深意。

夏志元是知道陳滿貫的用意的，他管理著華夏慈善基金，怎能不知道今天放假的事？這件事他也覺得奇怪，只是女兒在電話裡沒有明說，而且她很少把公司員工請來和家人一起吃飯，就算有，也只有他們夫妻陪著，沒道理把家裡兩位老人家和親戚們都接來。

這裡面肯定有事！

陳滿貫一眼就明白他的意思，趕緊笑著擺擺手，謙虛兩句，旁邊兩名經理也跟著應和。夏志元拿起酒杯向三人敬酒，幾輪過後，李娟朝夏志元搖搖頭，表示夏芍的手機還是關機中，夏志元這才道：「這孩子不知道什麼時候才到，我們先吃飯吧，別等她了。」

眼看著中午就要過了，哪有讓客人餓肚子的道理？

兩位老人家當即帶頭動筷子，一邊用餐，一邊等夏芍。

結果，夏芍沒等到，夏志元的手機響了。

「夏董到了？」陳滿貫放下筷子問。

夏志元盯著手機愣了愣，「是劉市長的電話。」

劉景泉？

東市市長劉景泉打電話給夏志元的事並不奇怪，劉市長一直對夏家很照顧。

「現在？劉市長，能改天嗎？實在不好意思，我現在……」

夏志元話沒說完，那邊劉景泉就打斷了他，具體說了什麼，在場的人沒聽清楚，只是見夏志元臉色為難，聽了一會兒電話，道：「那怎麼好意思？算了，還是我過去吧。」電話那頭又說了幾句話，夏志元道：「不用了，劉市長，我過去吧，一會兒就到。」

夏志元說完，掛了電話。

「怎麼了？」李娟出聲詢問。

「劉市長有急事，請我過去一趟。」夏志元皺了皺眉頭，他本來想問問改天行不行，劉景泉竟然問他在哪裡，他要親自過來。他哪裡好意思讓人家一個堂堂的市長跑來？再者，自己的家人都在，說正事也不方便，他只好答應去劉景泉的辦公室。

「陳總、趙經理、王經理，實在是抱歉，我要先失陪一下。」夏志元無奈地向陳滿貫三人賠禮，又囑咐夏志濤等人好好招待客人，這才起身離開。

李娟看著丈夫的背影消失在門口，久久沒把視線收回來。她心裡有點不安，於是又拿起手機打給女兒，卻還是無法打通，不安的感覺又更重了……

夏志元開著車到了市政府，劉景泉約他在辦公室見面。

他猜不透劉景泉有什麼急事，來到辦公室門口，深吸一口氣，這才敲響了門。

「請進。」劉景泉的聲音傳來，許是隔著門的關係，聽起來特別的深沉。

夏志元推門走了進去，一進去便驚得倒吸了一口氣。

劉景泉被反綁在椅子上，有個女人躺在地上，七孔流血，眼睛無神地盯著門口。

劉景泉死命對夏志元使眼色，夏志元一時沒反應過來，後腦杓猛然傳來鈍痛，兩眼一黑，砰地倒在了地上。

門被關上，冷以欣拿著帶血的煙灰缸，微笑地看著昏迷的夏志元。

「妳說過不傷人的！」劉景泉怒道。

冷以欣嘲弄地笑笑，「劉市長，您真有趣。我不傷他，我讓他來幹麼？這麼簡單的道理，小孩子都懂，您之前怎麼偏就信了？」

劉景泉一口氣沒上來，憋得臉青一陣白一陣。他能不信嗎？他現在可是被人挾持著！

「您現在可是我的幫凶，別忘了，他會來，您功不可沒。」

冷以欣拿出繩子，綁住夏志元的手腳。繩子綁得極緊，夏志元的雙手很快就被勒出青紫痕跡。冷以欣似還不放心，想將夏志元整個人綁起來，可夏志元是成年男子，她哪裡推得動？

冷以欣瞇眼，一腳踹在夏志元身上，將他踹翻，這才動手慢慢地捆綁他。她像玩上了癮，踹一腳，捆一道，臉上始終掛著笑容。

「妳想把他怎麼樣？我警告妳，殺人是犯法的！」劉景泉看得發毛，更是心有愧疚，不忍讓冷以欣一再虐打夏志元，便出聲想轉移她的注意力。

冷以欣只是給了他一記冷嘲的眼神，然後看了眼倒在旁邊的女祕書。

劉景泉臉色變白。她都已經殺了一個人了，還在乎殺更多？可憐的劉祕書，才剛來市政府工作沒兩年，今天中午本該回家吃飯休息，他因為要處理原市委書記連忠勇下臺後積壓下來的那些爛攤子，便讓劉祕書留下來幫忙，沒想到遇到了這麼個窮凶極惡的女罪犯……

這女子剛進來的時候，他還有些驚訝，覺得她的氣質跟夏芍有些像。儘管她中午出現在市長辦公室不合規矩，他還是好聲好氣地詢問她有什麼事，沒想到她一進門就亮出了刀子。

劉景泉也不是頭一天在政壇混了，不可能被一名女子拿著刀子就嚇怕。他立刻大聲斥責威嚇，哪知道這女子只是拿刀指了一下劉祕書，劉祕書當場就死了。

他被抓住之後，才得知這女子竟是衝著夏家來的。也不知是華夏集團什麼時候惹的人，這人明顯是要報仇。她挾持著他，他不得不打電話給夏志元。這女子心機重，聽說夏志元在外頭吃飯後，曾要求他詢問夏志元在哪裡，要他帶她過去。好在夏志元沒同意，自己過來了……

當然，他隻身前來的結果就是讓他自己也深陷險境。

冷以欣站起身來，目光重回夏志元身上，她並非虐打夠了，而是在思考。今天中午，她從夏家離開，先到了華夏慈善基金會，又去了福瑞祥和華苑私人會館，發現這三處的員工居然都在休假，她隱隱察覺到了一絲不對勁，但夏芍應該還在京城，她想不出她有什麼本事知道她在東市，所以便來到了東市市政府，挾持了劉景泉，讓他聯絡夏家人。

可恨的是，夏志元沒說出他在哪兒，堅持要自己來，要不然……

不過，沒關係，殺一個是一個，晚上她再去夏家。

冷以欣笑笑，心底卻還有不安的感覺。她的目光陡然變得凌厲，轉身去到水壺旁，倒了杯水，走了回來，然後將水潑到了夏志元臉上、身上。

那水是熱開水，夏志元被燙得身體痙攣，麻繩將他的手腳絞得刺痛，他在刺痛下慢慢地睜開眼睛，視線模糊地看到一名穿著白色大衣、長髮披肩的女子，那張含笑的臉……

夏志元倏地睜大眼，臉上是不可置信的表情，隨即一陣頭暈，接著逐漸看清楚那名女子的長相，「妳……妳是誰？」

不是小芍！當然不可能是小芍！可是，這名女子怎麼跟小芍這麼像？

「是不是覺得我很像妳的女兒？」冷以欣臉帶笑容，笑意卻是冷的。她居高臨下地俯視著倒在地上的男人——那個毀了她一生幸福的女人的父親。

夏志元皺緊眉頭，沒有回答冷以欣的問題，他只想知道她到底想做什麼。

冷以欣猛地一腳踹在夏志元的手臂上，他的手被繩子捆得很緊，被這麼一踹，手腕頓時破了皮肉，鮮血染紅了繩子，「誰想要像她？這一切都是她的錯！」

「不像……」夏志元頭暈乎乎的，忍著痛，有氣無力地說道。

「什麼？」冷以欣一愣。

「不像。小芍是好孩子，妳們一點都不像。」夏志元道。

他的話音剛落，腹部便遭對方踹了一腳，夏志元臉色煞白，只記得後腦杓被人砸了一下，之後的事就不記得了，但身體似乎在他昏迷的時候挨過打，這一腳踹上來奇痛，也不知道是不是肋骨斷了。

「她好？是，你們都覺得她好……」冷以欣呵呵一笑，「你們都覺得她是天才奇才，她什麼都好，就連嫁的人都是她喜歡的……可是，她為什麼要搶我喜歡的？我什麼都沒有，我只有一個願望，偏偏被她搶走了！為什麼？為什麼她什麼都有，還要跟我搶？」

她的聲音淒厲，接下來又是一陣拳打腳踢。一聲聲悶響，聽得人心頭發顫。

劉景泉看得額頭青筋都露了出來，本想喊住手，卻咬牙沒有出聲。這女子是瘋子，誰知道激怒了她，她會不會變本加厲？他現在被綁著，沒辦法自救，更別提救人了，只能祈禱這女子趕緊收手。再這麼打下去，就要出人命了。

地上全是夏志元咳出的血，他已經意識模糊，冷以欣卻不解氣，蹲下身子，取來一把水果刀架在他的脖子上，「說，夏家其他的人在哪裡？說出來，你就可以不用死！」

夏志元不是傻子，他怎麼可能會說？他此時此刻只慶幸自己是一個人過來的，沒有讓劉景泉去飯店找他。

「不用怕，我只是聽說她還有祖父祖母，還有母親，想見見他們而已。」冷以欣笑道，剛才的淩厲此刻已然不見，如聊天般說道：「我的祖父和父母都已經不在了，我現在想見他們都很不容易呢！」

夏志元索性閉上眼睛，不再說話，一副等死的模樣。女兒今天的反常應該是因為這件事，好在其他人沒事，而女兒就快回來了，她一定能處理好這件事……只是不知道他還能不能活著見到女兒回來。

其實活到今天他也知足了，女兒的婚事有了著落，就算要他現在死，他也沒什麼遺憾……他的女兒他懂，日後沒有父母陪伴，她一樣可以過得很好。

夏志元的嘴角浮起了幾分欣慰的笑意。

他的笑刺痛了冷以欣的眼，她手中的水果刀猛然刺向夏志元的脖子。

然而，刀子卻在夏志元脖子前的一寸停住了。

冷以欣一驚，想站起來，身子竟僵住無法行動，隨即她聽見了不可能出現在這裡的聲音。

「妳想見妳的父母，我可以送妳去，我這人向來很好心。」

對方的話音剛落，辦公室的門便被一股莫名的氣勁撞開，而且那氣勁沒有停止，筆直地襲向冷以欣，將她撞飛了出去。

冷以欣的身體騰空撞到牆上，然後砰一聲重重地落地。她的臉朝下，脖子轉動間，嘴裡依稀低聲喊道：「爺……」

她剛喊出聲，夏芍已經舉起手掌朝辦公室的會客區發勁，室內無端狂風大作。

地上散落的各式文件被捲起，宛如刀片般四處激射，所到之處，書架被攔腰切斷，玻璃被切碎，接著如紙片遇上豆腐般，直直地刺入水泥牆當中。

劉景泉看得眼睛都直了，吸進肺裡的氣就沒出來過。眼前的這情景，簡直比看電影還要不可思議，他根本就反應不過來，更別提思索這是怎麼做到的。他看不見會客區那邊有什麼，只看見夏芍放下手後就不再理會那邊，而是朝著冷以欣走過去。

這時，有個約莫十三四歲的少年走了進來，他的臉色比夏芍還沉，一進門便趕緊去幫夏志元解開綁在他身上的繩子。

夏芍沒去看父親，她只看著冷以欣。

冷以欣嘴角淌著血絲，她看不到爺爺的情況，卻怎麼也不能相信爺爺竟是被夏芍一招制伏了。她曾聽肖奕說，夏芍的修為可能已在煉虛合道的最高境界。

呵，煉虛合道……

她果然做什麼都是優秀的！

冷以欣掙扎著想站起來，她不喜歡趴在地上抬頭仰望夏芍的感覺。

然而，她的手腳才剛動，身子才剛抬起一半，便看見了一只黑色的靴尖。那靴子沒碰到她的下巴，她卻一瞬間感覺到下巴劇痛。她的脖子猛地向後仰，頸骨幾乎要斷了，身子更是貼著地面向後飛，撞到了牆角。

牆角有一盆高大的綠色植物，被冷以欣撞得花盆碎裂，瓷片和泥土散落一地。冷以欣趴在髒兮兮的泥土上，吐了一口血，血水裡有剛才下巴受力撞掉的牙齒。

冷以欣仍是努力著想要站起來，面前忽來一股勁風。那勁風拂過她身子，像是清掃地上的垃圾一般，她在地上滾了幾圈，仰面朝上。

冷以欣睜開眼睛，視線有些模糊，看見夏芍緩步走了過來。她走得悠閒，氣定神閒。那是屬於她的氣質，她不顧性命學來的，此刻她卻倒在地上，倒在泥土和血汙裡，彷彿落進塵埃。事實在用最直接的方式諷刺著她——冒牌貨就是冒牌貨。而對方從進門開始到現在，從未跟她有過肢體接觸，而是徹頭徹尾地表現出嫌惡。

冷以欣緊咬牙關，眼底迸出恨毒的光芒。

誰想要模仿妳？

她從來都不想，如果不是為了她唯一的憧憬……

冷以欣伸手抄起旁邊茶几上放著的熱水瓶，正要砸人，熱水瓶在她手中爆了開來。

「啊……」瓶中的熱開水濺了冷以欣滿頭滿臉，熱水瓶的碎片扎進她的胸口、腹部、四肢……執壺的手傷得最重，一個大的碎片刺穿了她的手腕，鮮血登時飛濺各處。

「疼嗎？」夏芍自進門後，第一次開了口。語氣極淡，叫人莫名發寒。

冷以欣睜開一隻眼睛，臉上被燙得紅腫破皮，另一隻眼睛已經睜不開，她的每一根神經都在叫囂著疼痛。

夏芍道：「用熱開水把人潑醒，妳真天才。我受到妳的啟發，這才一試，妳不介意吧？」

冷以欣的一隻眼睛驀地睜大。她怎麼知道？她怎麼會知道？難不成她當時就在門外？可如果她在門外，為什麼沒有馬上進來，而是任由她虐打她父親？

夏芍冷淡地看了眼冷以欣受傷最重的手腕，「不過，我覺得用繩子綁人這招太老套，捆得再緊也不過是磨破皮，我喜歡乾脆一點，比如……這樣。」

夏芍一腳踩在冷以欣被碎片刺穿的手腕上，冷以欣吐出血沫，手腕處鮮血汩汩湧出。

溫燁已經幫劉景泉解開繩子，劉景泉呆坐在椅子上，被眼前的情景驚呆了。他跟夏芍相識五年，至今還記得她十五歲那年，如鄰家女孩般跟著李伯元出席拍賣會的樣子，包括這些年，他從來都沒有見過她這麼狠辣的一面。

她……她不會打算在他的辦公室裡殺人吧？

夏志元此刻正被溫燁扶著坐在地上，溫燁以元氣幫夏志元調息，他卻感覺不到，只是愣愣地盯著女兒看。他知道女兒自小習武，但沒見過她動手……

背對著他的夏芍，輕聲說道：「送我爸爸去醫院。」

接下來的事，她不想讓父親看到。

「嗯。」溫燁應了一聲，不等夏志元反應過來，便扶著他出去，搭計程車去了醫院。

冷以欣臉上紅腫起泡，面目全非。從夏芍進門起，她被暗勁傷了兩回，內腑受損，現在又受了這一番折騰，腦子早已暈乎乎的。她看著夏芍站在面前，視線模糊，只能強忍著睜了兩次眼便疲累得想閉上。

夏芍冷冷一笑，說道：「這樣就撐不住了？這怎麼行？我可是答應妳了，要送妳去見妳的父母，可不能食言。」

冷以欣心中一怒，胸口劇烈起伏，扯動傷口，頓時疼得打了個激靈。

「不過，妳確定妳父母見到妳，還認得妳嗎？」夏芍緩緩蹲了下來，看著冷以欣睜大了眼睛，目光沒有焦距，卻倔強地瞪著她。

夏芍忽然伸手，抓著冷以欣的頭髮，往地上砸去。

砰！

劉景泉頭皮一緊，聽夏芍又道：「妳的臉就算是完好的，他們應該也認不出妳了。妳這副樣子，誰認得？妳自己認得嗎？」

冷以欣頭痛不已，眼瞪得極圓，她自己認得嗎……有時照著鏡子，她都不知道自己是誰。悲哀、憤恨，所有的情緒還沒有湧上心頭，她的頭再次被抓著朝地上摜。

砰！

「妳爺爺是為了妳而死的！他至死都想保護妳，哪怕是為了一個冒牌貨！」

冷以欣眼睛還沒睜開，頭又是一痛。

「結果呢？妳讓他死後成為妳殺人的工具？」夏芍聲音異常森冷，拽著冷以欣的頭繼續往地上摜去，「冷以欣，妳的良心被狗啃了嗎？徐師叔、徐師叔，妳只記得妳的徐師叔，妳還記得妳的爺爺嗎？」

冷以欣只覺得臉下一片黏膩，熱熱的血腥味瀰漫。她艱難地抬起頭，望向會客區的方向，她看不見那裡的情況，只是朝那裡伸出手。

爺爺……

「現在看他有什麼用？他只是靈體，什麼都不知道，只知道聽從妳的私心殺人！」

砰！砰！砰！

冷以欣逐漸睜不開眼睛，耳邊卻依舊能聽得見夏芍的聲音。

「天胤從來都不知道妳對他的心思，妳從來沒有對他說過！妳只是活在自己的執念裡，偏執地認為誰搶了妳的東西！妳知道被妳當成敵人的人有多莫名其妙嗎？」

「師父雖然怪冷老爺子不顧念師兄弟情義，但是從來沒有恨過他。他膝下無子，親情對老人的重要性，沒有人比他理解，所以師父一次又一次放過妳，可妳呢？妳把他當成敵人！」

「妳被廢了功法，逐出師門，那是妳殺害同門，咎由自取！」

「妳爺爺的死，是因為妳執迷不悟，一心報復！妳要怪就妳自己，別往別人身上推！」

「妳今天把命交代在這裡，妳知道是什麼原因！」

「傷人父母，不共戴天！我想，妳死，也沒什麼話可說了！」

……

冷以欣的意識越來越模糊。

有什麼可說的？還有什麼可說的？這輩子，她都不知道自己為了什麼而活！

起初，她只是恨那些在父母的葬禮上態度涼薄的人而已。她想站在高處，看他們在生活裡掙扎，這是她唯一能為逝去的父母所做的。可是，她慢慢習慣了超然於外，人命對她來說，只是些早晚會走向死亡的東西罷了。

對徐師叔，她確實從未對他說過什麼。她想說的，可她沒有機會。那時是他師母的葬禮，葬禮過了，她想再見他，他已經離開了香港。這一走，就是十年的音訊全無。再見面，他身邊已經有陪伴的人。

或許，這就是報應。她習慣看別人在生活裡苦苦掙扎，她自己也深陷苦苦掙扎的生活裡。她恨命運，當年父母已經知道有大劫，卻還是沒有逃過。她為人批姻緣，自己卻要嫁給一個不愛的男人，永遠痛苦，不得幸福。

不知道從什麼時候開始，她恨所有人。恨從不看她一眼的他，恨擁有他的她，恨那個將自己綁縛在婚姻裡的男人，恨廢除功法讓自己成為沒用的普通人的宗門。所有人都是她的敵人，如果可以，她想毀了這個世界。

可是，她終究還是失敗了，敗在夏芍的手中。

可笑的是，她將夏芍當成情敵來恨，夏芍卻只覺得莫名其妙，

這一生，大概沒人比她更失敗了。

這一生，毀在她的執著裡了。

冷以欣仰起頭，在看見一束光前看清了眼前女子的臉。她張了張嘴，想說她死了，她也會死。世上沒有人能逃脫得了命運，最後還是發不出聲音，慢慢地閉上了眼睛。

劉景泉望著地上的血泊，兩眼發直——人死了？

夏芍對冷以欣要說的話不感興趣，她都敢與天機抗衡了，命運又有何懼？

她看向牆壁上的靈體，冷老爺子也快不行了。她剛進門的時候，沒心情跟靈體鬥法，直接引了午後至烈的陽氣困住靈體。此時，整個會客區籠罩在金色陽氣之中，陽氣早就成煞，對陰煞的克制自不必說。時間雖不長，靈體周身的陰煞已快被消耗殆盡。

即使是這樣，靈體依然想要攻擊夏芍。

夏芍抿著唇，伸出手，重重一握。辦公室裡所有的陰煞和陽煞瞬間皆化作或金色或黑色的氣，融在天地元氣裡，隨風飄散到窗外。

夏芍打了個電話給高義濤，請安親會的人來收拾冷以欣的屍體，劉景泉也被送到了醫院。劉景泉只是擦傷，傷勢並不嚴重，只是看見祕書和凶手死在面前，精神上受了些刺激，安心靜養一段時日就會沒事。夏志元的傷也不致命，肋骨沒斷，臉上的燙傷只屬於輕度，面積不大，手腳的傷休養一陣子就能痊癒，不過有輕微的內出血，做了一次小手術，在醫院觀察了幾天才出院回家靜養。

夏志元受傷的事，夏家人包括兩位老人都不知道，只有李娟知道。她不知道丈夫怎麼就被人打成這樣，夏志元對她的解釋是去了市長辦公室遇見凶徒，事情已經解決了。

李娟不是那麼好糊弄的，市長辦公室遭人襲擊，這麼大的事，怎麼不見新聞報導？

「媽，就是市長辦公室有人闖入才要低調處理，現在各個派系鬥得那麼厲害，一丁點小事都會被對手拿來做文章，劉市長想低調處理這件事是很正常的。」夏芍一邊為父親削蘋果，一邊笑著解釋道。

李娟張了張嘴，半晌才道：「怎麼這麼多事？當官的就是心眼多！」

女兒的說法，她還是信服的。

三天前，真是把她差點嚇死了。女兒直到午飯快結束的時候才回到飯店，坐了一會兒便散席讓眾人各自回去。這讓李娟生了一肚子的疑問——明明是女兒把人叫齊的，怎麼才說了幾句無關痛癢的話就讓人回去？

還沒等她問，女兒便開車帶她去醫院，她這才知道丈夫在市長辦公室被匪徒打了。

「妳爸也真是的，被劉市長叫去談事情都能遇上這種事。妳念書那會兒，他被莫名其妙被幾個小混混打了。妳說，妳爸怎麼淨遇到這種事？」李娟滿臉心疼，在醫院裡陪護三天，今天丈夫回家休養，醫生囑咐少說要養一個月。

夏芍低頭削著蘋果不語。這兩次的事，父親都是受她連累。天知道她在京城時發現冷以欣已在來東市的飛機上，這一路有多心急如焚。幸好冷以欣的一舉一動都在她的監視下……

「好端端的，提以前的事做什麼？」夏志元對妻子使了個眼色。以前的事是他倒楣，那群小混混打錯人了，但這回對方可是衝著他來的，顯然是跟女兒有仇，妻子不知實情，這話女兒聽了該難受了。

李娟嗔了丈夫一眼，「以前的事不提，這回呢？你畢竟是去市長辦公室後才受到連累的，聽說劉市長倒傷得不重。」

說起此事來，李娟也有些疑惑。市長辦公室被人闖進去，難道不是衝著市長去的？怎麼劉市長反倒沒事？

「唉！一個人有事還不行？還得兩個人？」夏志元含糊道。幸虧劉市長沒事，不然他心裡該更覺得過意不去了。見妻子還想說什麼，夏志元擺了擺手，「行了，少說兩句吧。這三天在醫院吃飯，實在是吃不慣，好不容易今天回家了，中午做點女兒愛吃的菜吧。」

李娟哪裡聽不出丈夫不欲多說，她還是有些疑惑，可是丈夫還躺在床上靜養，也不想多吵他休息，這才嘆了口氣，轉身出去了。

離午飯時間還早，李娟準備去市場買菜，走到社區門口卻發現市長劉景泉的車剛好停在社區外面，保全正拿起電話要打給夏家，沒想到李娟出來了。

劉景泉是來探望夏志元的，李娟把他請到家裡的時候，夏志元和夏芍父女兩人正在邊吃蘋果邊聊天，劉景泉提著果籃和補品進來，把夏志元嚇了一跳。

「劉市長，您怎麼來了？」夏志元趕緊要下床，本來他是打算身體好了再去看劉景泉的，沒想到對方倒是先來了。

劉景泉連忙扶著夏志元躺好，不好意思地笑了笑，「夏老弟，這次的事連累你了。聽說你住院，我忙著處理那些事，也沒來得及看你，今天就抽空過來，沒有打擾你休息吧？」

夏志元一聽，更不好意思。這事明顯就是他連累劉景泉，怎麼好意思讓人家過來？

劉景泉當然知道對方是衝著夏家來的，但他這些年跟夏家的關係不錯，當時他受人脅迫，打電話把夏志元騙過去，雖是不得已，可夏志元被打成這樣，他還是很過意不去。劉景泉邊說邊瞄了夏芍一眼，當然，他今天來也是因為心裡惴惴不安。那天，他和夏志元都被鬆綁，夏芍卻只把夏志元先送去醫院，他總覺得夏芍此舉有深意。或許她是故意讓他看見後來的一切，為的是給他一個警告。

直到現在他才明白，夏芍不僅僅是他認知裡的風水師，她身懷不同尋常的本領，要一個人的命實在是輕而易舉的事。

李娟端著茶水進來，夏志元見妻子倒了茶給劉景泉，還是有些過意不去，便對妻子道：「快去買些菜回來，中午請劉市長在家裡吃飯。」

劉景泉受寵若驚，趕緊推辭，李娟卻哪裡管這些，點頭便重又出了門。

屋裡只剩下三個人的時候，夏志元才道：「劉市長，那天的事實在不好意思，拖累你了。這幾天我住院，也不知道事情處理得怎麼樣了，那個女孩子……」

夏志元確實不知道冷以欣最後怎樣了，他在醫院住著，今天才回家，還沒來得及問女兒，劉景泉便來了。他沒想到的是，他這麼一問，劉景泉卻看向了夏芍。

夏志元一愣。他以為那女子最後是交給警方處置了，這才詢問劉景泉，不料劉景泉看向自己的女兒，莫非……那女子最後沒交給警方？

女兒沒把人家怎麼樣吧？

這並非夏志元心軟，而是在他看來，出了事應該讓警方處理。他是奉公守法的老實人，縱是夏家發達了，也沒有仗勢欺人過。有事就找警察，已經是他根深蒂固的思想。

夏芍淡淡地道：「小燁子帶她回香港了，師父會處置的，爸，您就別操心了。」

夏志元和劉景泉都很驚訝，夏志元道：「唐老？這、這跟唐老有什麼關係？那個女孩子不是華夏集團在外頭惹的人嗎？」

他看對方那天要把他往死裡打的狠勁兒，擔心是女兒在外面惹了什麼人。如果是公司的競爭對手，這要把對方惹到什麼程度才會有這麼大的仇？女兒沒做什麼違法的事吧？

「跟公司無關。她是我們宗門以前的弟子，因為被逐出師門，所以心裡有怨恨。」

「她也是風水師？」

「嗯。」夏芍見父親還有些不信，這才將師父與冷家的恩怨簡單說了一遍，也不避諱劉景泉。這些陳年舊怨，如今除了奧比克里斯家族的還有些未清，當年的仇敵都已肅清，而且這些事在香港早已不是祕密，只是內地知道的人少。夏芍的話裡並未提及冷以欣對徐天胤的執著，只道她是因殺害同門被逐出師門，心生憤恨，這才有了三天前的事。

這故事說長不長，說短也不短，夏志元聽完半天沒說話，劉景泉在一旁更是聽得眼睛都不眨。他實在不知夏芍說這些為何不避諱他，聽了半晌後，夏志元嘆道：「原來是這樣……我還以為是公司的競爭對手，不是就好……」

夏芍聞言垂眸，至今為止她所做的事並不是每件都合法，但她行事一直堅持著最初的原則，那就是人不犯我，我不犯人，無論是生意還是鬥法。而華夏集團能夠走到今天，靠的是實打實的商業手段。

自從入了玄門，修習玄學易理，明辨因緣果報，便知殺戮有違天和。若非對方下毒手，她不會輕易取人性命。不管她的修為如何精進，她始終沒有失去本心。

對於父親的擔心，夏芍只是一笑，沒打算多言。她轉頭看向了劉景泉，淡然道：「劉市長，此事連累你了，真是抱歉。」

劉景泉一愣，這可是他進門後夏芍對他說的第一句話，沒想到竟是道歉的話。他忙起身，又向夏志元賠了禮，表示自己那天確實是迫不得已，然後才深深看了夏芍一眼。他現在才明白為什麼她剛才說那些話不避諱他了。恐怕是他因這事受了波及，夏芍在給他一個解釋。

當然，那天她讓他目睹了一切，也未必沒有警告的意思。

不管怎麼樣，只要她不怪他就好，不過，看她的神色，她似乎心情並不怎麼好。

夏芍確實心情不好，卻不是因為劉景泉。

如劉景泉猜測的，她那天見到父親被打的確惱火。雖然知道劉景泉是逼不得已的，但她依舊心疼父親，所以才會讓他留在辦公室看了後來那一齣，當作震懾，亦為給父親出口氣。可這件事終究不是劉景泉的錯，所以該給他的交代她還是會給，該道的歉她還是會道。

至於心情不好，那是因為京城。

冷以欣死了，還有個肖奕。

這三天來，京城也是好一番熱鬧。

日方來京，土御門神道的人竟然也在其中。姜秦兩派人馬這三天鬥得好不熱鬧。在這臨近換屆的當口，秦系主張內外和平，姜系則一個勁兒指責秦系親近日方，恨不得安個通敵賣國的罪名。方筠方面還沒有傳來消息，也不知道姜系的人跟肖奕有沒有聯絡。

冷以欣死了，肖奕應該已經知道了，也不知道他會作何反應。不管他會有什麼反應，等到回京城，她絕不會再留這個禍害。

劉景泉陪著夏志元坐了一會兒，便推說有公務，先行離開了。

中午吃飯的時候，夏芍接到徐天胤的電話。

徐天胤這幾天都在京城主持外事訪問的安全事宜，那天發生的事，他是事後才知道的。從那天起，他便一天早晚兩通電話地往東市打，詢問夏志元的情況，中午來電話倒是少見。

「師兄？」夏芍目光柔和。

「嗯。爸回家了？還好嗎？」徐天胤的聲音雖低沉，卻聽得人心裡暖暖的。

「還好。我在這兒照看著，不會有事的，說了不用擔心，你怎麼這時候還打電話來？」

「張老傳消息來，香港的事辦好了，師父明天去東市。」

「嗯。」師父還沒給她打電話，想必一會兒就會打來。

請唐宗伯來東市是夏芍的主意，江湖上向來有禍不及妻女的規矩，不論雙方有什麼仇怨，都不得禍及對方家人。夏芍沒想到冷以欣會犯這個忌諱，但有了這次的事，她不敢再將父母安心地放在東市。只是，京城有肖奕在，她也不敢讓父母去京城，只好請師父過來坐鎮。

唐宗伯應允，京城由張氏一脈的弟子留下幫忙，其他人則回香港，然後他挑選了幾個人跟隨他來東市。前幾天，唐宗伯在香港處理冷以欣的後事。

徐天胤有任務在身，夏芍不方便跟他通話太久。兩人說了幾句，夏芍表示師父一來東市她便回京城去善後，接著就掛了電話。

夏志元和李娟夫婦聽說唐宗伯要來都很高興，以前跟老人家做了幾年鄰居，他這兩年在香港，東市這邊的宅子一直空著，夫妻兩人常去打掃，有時想起以前的日子，還有些懷念，如今唐宗伯要回來住一段時間，他們都很高興。

李娟下午就趕緊去收拾宅子，夏芍則打電話訂了次日回京城的機票。

唐宗伯明天上午來，下午女兒就要回京城，夏志元夫妻很驚訝，「怎麼走得這麼急？」

「爸、媽，開學了。」夏芍笑道。她不好明說，幸好這理由光明正大。

算算日子，京城大學確實是今天開學。

「我在醫院裡住了三天，都過糊塗了。」夏志元一拍腦門，嘆道。

「那妳快點回去，別擔心我們。」李娟說著，連忙去幫女兒準備回學校的行李。

夏芍這次回來得急，根本就沒帶什麼東西，走得也急，也沒什麼需要收拾的，但李娟習慣了，總覺得不幫女兒收拾行李，就好像少了點什麼。

第二天上午，唐宗伯帶著幾名仁字輩的弟子來了東市。夏志元和李娟熱情招待，夏芍也從師父口中得知，冷氏祖孫葬在了一處，而這件事並未對香港圈子公開。

第二章　連環巧計

初春的夜尚涼，京城大學的夜晚卻很火熱。今晚全國的目光都聚集在京城大學禮堂，這裡有一場兩國大學生的交流舞會。舞會開始前，由兩國大學生獻上傳統文藝表演，而臺下的觀眾不僅僅是京城各大學府的師生代表，還有兩國的政界代表。

晚上七點，禮堂裡掌聲雷動。在雷鳴般的掌聲裡，一行政界高官陪同使節團入座。穿著暗紅旗袍、白色燈籠袖羊呢大衣，打扮頗具民國風的夏芍，隨著使節團一起坐在最前排。她不僅是以京城大學學生代表的身分出席，還是徐家的準孫媳。

今晚雖說是兩國大學生的交流晚會，但其實京城大學禮堂裡的人並不多。出於安全考量，能坐在這裡的，都是經過嚴格審查的，而且是京城各大名校的師生代表。這些代表可謂是國內年輕一代的佼佼者，能出席這樣的晚會，無疑是無上的榮光。而論起年輕一代的成就來，誰也沒法與夏芍相提並論。

一行人剛坐下，使節團裡就傳來笑聲，「沒想到今晚能見到夏小姐。來京城三四天了，這還是第一次見到夏小姐，聽說夏小姐是京城大學的高材生？」

這話一出口，與使節團隨行的人都愣了愣。這夥人裡，姜秦兩系的大員都在。姜家以姜山為首，秦系以秦瀚霖的父親秦岸明為首，徐家也派了徐彥紹夫妻前來，夏芍就坐在徐彥紹夫妻旁邊。此刻，所有人都向她望來，目光疑惑。誰也沒想到，她竟然跟日方使節團的人認識。

說話的人是土御門善吉，此人圓頭圓腦，笑起來和善，乍看像商人，全然看不出是日方代表團介紹的修行之人。

「怎麼？夏小姐和土御門先生認識？」姜山爽朗一笑，開口問出了眾人的疑惑。

徐彥紹皺了皺眉頭，夏芍前幾天回東市不在京城，不知道京城可不太平，姜秦兩系可沒少藉這次外事訪問的事明爭暗鬥，尤其是姜系，硬說秦系親日。換屆在即，看得出來姜系這是急了，開始胡亂攀咬人。

當然，只是看起來。

誰都知道，兩國之間有很深的歷史糾葛，國內民眾對親日大多抱有反感情緒。姜系這麼做，對秦系在民意上的打擊當然是有的，而且，臨近換屆，上頭那位也忌諱下面的人跟外國政界的人有利益牽扯。

今晚可別把火又引到徐家身上才好。

徐彥紹看向夏芍，想對她使眼色，夏芍卻只是淡淡一笑，對土御門善吉客氣地點點頭，「一面之緣而已。」

一面之緣？

姜山笑笑，秦岸明暗鬆一口氣，徐彥紹則笑著頷首。他真是白擔心了，倒忘了當初老爺子對夏芍的評價。她既是老爺子看上的孫媳婦，怎麼會連這點政治敏感度都沒有？

只是，這口氣剛鬆下，土御門善吉笑著開口道：「夏小姐真會開玩笑，前段時間夏小姐還去京都見過我父親。我父親在主屋招待了夏小姐，我們見過面，夏小姐難道忘了？」

徐彥紹眉頭狠皺，這土御門家的人是怎麼回事？

土御門家這次是以民間代表出行，但普通的民間代表怎能在這種場合胡亂發言？

這幾天，姜系人馬一直對使節團不冷不熱，倒是秦系以禮相待。日方的人應該知道，在國內徐家已被看成是秦系的人，就衝這幾天秦系的招待，他們也不該今晚揪著夏芍不放才是。

他們揪著夏芍不放，簡直就是在給姜系找理由打擊徐家。

「土御門先生的記性真好。」夏芍不緊不慢地道：「既然您記性這麼好，想必不會忘了當初在世界拍賣會上和在東京時咱們的兩次過節，也不會忘了我是因為什麼原因去見你們老家主，更不會忘了我說咱們只有一面之緣並非虛詞。說起來，今晚咱們還是頭一次說話吧？」

秦岸明鬆了一口氣，徐彥紹則暗自一笑。

答得好！這話既沒否認與日方的人認識，又說明了相識是因為有過節，想必就算有人有心想要拿來做文章，也無可奈何——人家都說是有過節了，誰再說徐家親外，這不是有病？

姜山也笑了笑，他的笑意落在徐彥紹眼裡，心底莫名咯噔一聲。徐彥紹一時說不上來心底有什麼感覺，只是覺得古怪。姜系對使節團不冷不熱，使節團明顯喜歡秦系多些，既然如此，就不該跟夏芍過不去才是。

這幾天，使節團對秦系頗為熱情，今晚又兩番跟夏芍套近乎，乍看沒什麼，可從結果和利益上看，可都便宜了姜系的人。若不是見姜系總是對使節團不冷不熱，他倒要以為是姜系和日方聯手要對秦系不利了。

這時，土御門善吉卻有些尷尬，他身旁坐著的土御門秀和哼了哼，臉色不善，「夏小姐記性這麼好，怎麼就不記得前陣子的事了？」

這話一出口，所有人都看向土御門秀和。

徐彥紹再度皺眉，他們這是一定要跟夏芍扯上關係？

土御門臉上卻有報復的笑容，他語帶威脅地道：「前陣子，夏小姐不是才打……」

他想說，夏芍前陣子才打電話給土御門老家主，讓土御門家設法消除華夏集團在日本國內的不良聲譽。只要這話說出來，夏芍再想跟土御門家撇清關係，別人也不會相信。

他沒想到的是，這話他沒有機會說完。

土御門秀和的臉色陡然一變，渾身如入冰窖，動彈不得。不知何時，陰煞聚集在了他的頭頂上方。不僅是他，連他的叔叔善吉也跟他同樣的境遇。

土御門善吉震驚地看向夏芍，眼底有著深深的忌憚。他沒親眼見識過夏芍的修為有多高，只是聽父親說過，甚至在此次臨行前，父親還將他喚至跟前，囑咐他千萬不要惹怒夏芍。他當時雖答應了，卻有些認為父親太過在意夏芍。她的修為再不俗，土御門家以使節的身分來華，夏芍敢對他們怎樣？

沒想到，夏芍竟然真的敢對他們出手，而且一出手就是絕對的壓制。

土御門善吉掃了眼頭上的陰煞，臉色異常難看。他從來沒想過，以他的年紀和修為，竟連反抗的機會都沒有。若他沒看錯，這些陰煞根本就不是從遠處聚來的，否則他早就能夠察覺。這些陰煞根本是從周圍的天地元氣中聚集起來的，居然有人能隨心所欲操縱天地元氣？

土御門善吉的胸口陣陣刺痛，只見陰煞一絲一絲侵入了他的心脈，只要他和秀和敢妄動，他毫不懷疑夏芍會讓他們命喪當場。

夏芍淡淡地道：「秀和先生剛才想說什麼？」

土御門秀和臉色鐵青，其他人古怪地看向他：怎麼話說了一半就不說了？

使節團的人也使了個眼色，臉色有些不太好看。這種場合，話說一半是很失禮的事，善吉先生的侄子怎麼這樣不知輕重？

土御門善吉的臉色很不好看，可惜他現在也說不了話，夏芍完全沒給他解釋的機會。叔侄倆就這麼尷尬地坐著，幸好舞臺上的燈光亮起，晚會開始了。

晚會不過就是兩國大學生獻上傳統文藝表演，夏芍對這些節目不感興趣，除了其中一場由京城大學音樂系的民族舞，主舞的人是柳仙仙。

柳仙仙身穿一襲白衣素帶，隨著樂音翩翩起舞，宛若天河邊的仙子。夏芍見過這場景，在青市一中的文藝大賽時，柳仙仙便是憑此一舞獲得了評審的一致好評。

初遇、定情、分離、傷逝，女子一生中最美好的歲月和情感，柳仙仙演繹得淋漓盡致。

舞臺上的燈光忽明忽暗，夏芍卻還是能從柳仙仙的面相中看出她事有不順，而且起因來自於她的親生父親。

她忍不住眉頭微蹙，沒發現不遠處的座位裡，商務部長石丘生望著臺上，面色有異，而他身旁坐著的女人更是臉色陰沉。

這衣著高貴的女人約莫三十幾歲，鳳目微挑，目光凌厲。她盯著臺上的柳仙仙，再瞥一眼旁邊愣愣出神的丈夫，忍不住用力握緊椅子的扶手，緊到指尖微微顫抖發白。

這不同尋常的情緒波動終是引起了夏芍的注意，她循著波動轉頭看去。那波動來自姜山的妹妹姜欣，姜家老爺子的小女兒，在軍區文工團工作，是有名的舞蹈家。她身旁坐著的是她的丈夫，姜系大員石丘生。夏芍隔得遠些，只能看見兩人側臉，憑氣息才能判斷兩人有異，面相卻是看不太真切，她索性開了天眼。

這一觀，夏芍眼神微變。

沒想到柳仙仙的身世當真不簡單，她的親生父親竟然是石丘生。

夏芍對石丘生沒什麼印象，因為他是姜系大員，又跟姜家有姻親關係才曾經留意了一下。這人出身平凡，家世普通，只是學業成績好，曾是京城大學的高材生。因在校期間表現優異，畢業後才踏上仕途。像他這樣進入政壇的重點大學高材生，在當初那個年代並不少見，唯獨他平步青雲，就是因為他在畢業三年後娶了姜家千金的緣故。因為姜欣，石丘生仕途順遂，如今已身居商務部長的要職。外界都說石丘生有些妻管嚴，他雖不是姜家的上門女婿，但仕途倚仗姜家是顯而易見的，因此懼內也是正常的。沒想到，這樣的人竟然在外有私生女。

夏芍抬頭看向臺上，她自然要幫柳仙仙避過這事。不過，倒不需要特別做什麼，既然她的父親是姜系大員，姜系在未來一段時間內應該無暇他顧。

夏芍收回目光，冷笑一聲，今晚她有正事要辦。

晚會結束的時候，已是晚上九點，使節團被護送回國家賓館，其他人也各自歸去。京城國家賓館是徐天胤和夏芍年前舉辦訂婚典禮的地方，外賓下榻的正是的總統套房。大使一臉嚴肅地進去，留下土御門善吉，便遣了其餘人出去。只是退出去的人裡並不包括土御門秀和，他是奉了老家主的命令，看著叔叔和這些政客的，自然不會退出去。大使對土御門秀和這幾天的行事也已經習慣，土御門善吉曾說不要緊，大使就默許了秀和留在裡面。

大使對沖土御門善吉招手，往屏風後面走去。屏風後有間茶室，土御門秀和見了，也趕緊跟了過去。大使和土御門善吉兩人還沒踏進茶室，像是看到什麼似的，一臉錯愕，土御門善吉更是脫口而出地道：「妳、妳怎麼會在這裡？」

夏芍悠然一笑，道：「三位，請坐。」

大使最先反應過來，回頭想喊人，尚未喊出聲，忽然覺得渾身發冷，身體動彈不得。

「請坐。」夏芍笑意不變，只聲音略淡。

三人不是不想動，而是想動也動不了。土御門善吉與土御門秀和當然知道是怎麼回事，大使卻滿臉驚懼，頻頻以目光示意另外兩人，卻哪知身邊的人也幫不了他。

夏芍這才似乎想起三人無法行動，不禁淡然一笑，輕輕擺手。三人只覺面前忽來勁風，將三人往茶桌的方向推，接著，三人同時跌坐到椅子上。

「我只是想來跟三位聊聊，三位不怪我唐突吧？」夏芍笑道。

大使臉色微黑，她豈止是唐突？簡直就是嚇人！誰能相信，在保全嚴密的國家級賓館外賓房間裡會有不速之客？不過，對方是怎麼進來的，大使此時也心中有數了。這次外事訪問的保護任務是由中方一位將軍統領的，這位將軍可不就是夏芍的未婚夫？她要想進來確實不難。倒是徐天胤膽大妄為，他就不怕此舉激怒了日方訪問團，把事情捅出去？

此事要是捅出去，徐家絕對吃不了兜著走。

夏芍像是看穿了大使的想法，語氣透著嘲諷，「有捅出去的心，也得有捅出去的命。」

大使表情難看至極，「什麼意思？」

話問出口，大使才發現他能夠說話了，但身體還是動不了，聲音也不大。這時他也沒有心情管這些，而是瞪著夏芍。她那話是什麼意思？想殺人滅口不成？

夏芍話鋒一轉，道：「這些天，大使玩的好手段，看我國兩派相爭，看得很高興吧？」

三人一驚，她、她怎麼知道……

「我不懂夏小姐的意思。」大使眼睛微眯。

「少來這套！」夏芍的眼神中忽然現出幾分寒意，「我這幾天心情不太好，今晚不是真的來陪三位聊天的。我說，你們聽著。」

三人同時愣住，尤以大使的臉色最難看。

這女人是有多囂張？

「我不管你們跟姜系的人有什麼計畫，都不准動秦系的人。自明天起，你們的計畫不變，但我有件事需要你們配合。」夏芍淡淡地道。

日方訪問團與姜系的人合謀，這是她剛下飛機就知道的事，消息是方筠傳來的，看日方今晚在晚會上的舉動便可以證實。他們暗地裡與姜系交好，明面上親近秦系，給了姜系攻訐秦系的藉口，今晚更想要把她也拉下水，順便把徐家牽扯進來。

在方筠傳來的消息裡，並未提姜系還與旁人有聯繫，連方筠也不知道肖奕的事，但是今晚日方的舉動讓她確定，姜系必然與肖奕串謀了。

日方妄想為姜系製造機會，往徐家潑髒水，也就是說，姜系連徐家都打算動。若是從前，他們再與秦系爭鬥，怎敢動徐家？定是身後有所倚仗。

「我要你們做的事，在你們回國之前必須完成。」夏芍起身走過來，也不管三人用多麼震驚的眼神看她，她只在大使耳邊說了幾句話。

大使臉色變換不定，張口說不出話來。

夏芍目光幽冷，「做得到，你們就能安全回國。做不到，你們也能安全回去，只是……」她陡然一笑，眼底卻沒半點笑意，「回國之後，報紙上恐怕會出現訪問團集體暴斃的新聞。」

三人表情一變，大使面有怒色。

這是在威脅他們？

面前忽然又有股勁風襲來，大使猛地閉上眼。原以為會遇到像剛才那樣的怪事，不料那勁風直接撞擊胸口，猶如重石當胸一拍，五臟六腑瞬間劇烈翻攪，讓他忍不住吐了血。

同時吐血的還有土御門家的叔侄二人，當大使看見土御門善吉嘴角的鮮血時，眼裡湧出絕望的情緒。這次的訪問行程，之所以請陰陽師同行，就是因為國內政界高層信任土御門家的陰陽師。此行的真正目的本就是要攪亂中方換屆前的黨派之爭，以從中謀取利益。高層對陰陽師的信任多過保鏢，相信有陰陽師隨行，訪問團定不會出什麼事。倘若有突發事件，陰陽師也可以提前占卜預知，而且土御門家的陰陽大師能力是政界高層都見識過的，他們有馭鬼神的術法，此行一些事由他們暗中出手幫忙，簡直是事半功倍，對方只能吃啞巴虧。

沒想到，在夏芍面前，這對叔侄竟然毫無還手之力，兩人完全是任人宰割。

三人眼睜睜看著夏芍拿出三張符籙，沾了三人的血後收起。

「有人想試試嗎？」夏芍坐回對面，氣定神閒。

大使兩眼發黑，怒道：「妳對我們做了什麼？」

這一怒問，牽動了胸口的傷勢，劇痛告訴他這並不是在做夢，他的心裡才逐漸湧出幾許驚懼，「妳……妳詛咒我們？」

這符籙在他看來，雖然是鬼畫符一般，卻充滿了東方的神祕。與陰陽術不同，但他能想到的只有詛咒。大使一邊驚恐地盯著夏芍，一邊急切地對土御門善吉使眼色。他不是陰陽師嗎？從剛才到現在都被一個年輕女子壓制得死死的，難道就真的做不了什麼嗎？

土御門善吉沉著臉，最終閉了閉眼，他一點辦法都沒有。不是行內人，體會不了他現在所受到的壓制。那是絕對的力量，一個可以任意操控天地元氣的人站在面前，他連式神都沒有拿出來的機會。曾聽老家主說過，夏芍的修為在他之上，他當時還認為父親有些長他人志氣，沒想到今晚兩次碰撞，他們叔侄連跟人過招的機會都沒有。

對方取了三人的血，那符籙上畫的是何種符咒，他並不清楚，但他相信，若是不按照夏芍的意思做，他們真的會暴斃，而且他們不會死在中國，而是會死在日本。這樣一來，他們的死便跟中方一點關係也沒有。再者，相信夏芍也不會在意土御門家對此事的反應，她的修為本就在老家主之上……

這點土御門秀和也懂得，正因為懂，他才更恨。先有英國廢了安倍秀真的事，後有東京之事，再有今夜之事，一件一件，俱是侮辱。這女人太可恨了，更可恨的是，他們現在拿不出半點本事來對付她，就這麼丟著陰陽師的臉。

叔侄二人，一個閉著眼，一個憤恨地瞪眼，夾在中間的大使終於了解現在是什麼情勢。

三人無所倚仗，不得不低頭。

「夏小姐，在下帶使節團訪問貴國，這麼大的事，不是在下一個人能決定的。使節團這麼多人，在下聽了妳的，回去要怎麼交代？」大使終於軟了語氣，但還是想再爭取一下。

「那關我什麼事？」夏芍挑眉。

大使的臉色青了又白，一口氣差點沒上來。她吩咐他們好一通，只管使喚人，卻不管這之後的事。他回去沒法交代，這官等於做到頭了。

「夏小姐，我有話直說好了。妳要我們照妳的意思做，卻不給我們半點好處嗎？」大使心情很差，覺得夏芍非常不厚道。

「關你什麼事？」夏芍淡淡地道。

大使被堵得臉色青白不定，夏芍勾起唇角，嘲諷地道：「真是難為大使了，性命當前，居然還考慮到索要好處。」

大使的眼睛瞪大了一圈，總算明白了夏芍的意思——性命都不由他自己做主了，好處什麼的，還輪得到他考慮嗎？

如果說，剛才是不得不低頭，現在他總算真正明白了自己的處境。

眼下不是不得不低頭的時候，而是不得不認命的時候。

他們別無選擇，沒有談條件的資格，唯有聽從對方的安排。

大使好半天才嘆了口氣，頹然地低下頭去。

不認能怎麼辦？和這麼個連外賓下榻的重地都敢夜潛，連外國使節都敢威脅的人，有什麼可談的？她攥了他們的性命在手，這豈是尋常人能為、敢為的？

夏芍忽地笑道：「今晚我心情不好，希望沒驚著大使，那我就等大使的好消息了。」

大使望著夏芍悠然離去的背影，愣愣地出神。這女人來此也就一刻鐘，僅僅這一刻鐘，她所做的一切，外界不會知曉，卻左右了一國的兩派之爭……

大使再次一嘆，這次出來本就是為了攪亂中方政局，現在看起來，他們的打算落了空。

大使在這邊嘆氣，那邊夏芍已經出了門，走廊盡頭站著個人。

男人站在走廊盡頭的黑暗裡，彷彿與黑暗融為一體，讓人感覺不到半點人的氣息。

「師兄……」夏芍忍不住上前抱住對方。

只是分開幾日，對兩人來說，卻像是分開了多年。

她緊緊環住徐天胤精實的腰身，額頭抵著他的胸膛。他的衣服冷涼，但他身上的溫度永遠那麼灼熱。依偎在他懷裡，感受他心臟有力的跳動，她閉上眼睛，感覺自己的心變得安寧。

徐天胤微愣，隨後更用力地擁緊她，大手在她後背輕拍，笨拙地安撫道：「沒事了。」

夏芍揪住他衣服的手緊了緊，眼角隱泛淚光。

他總是那麼懂她。

這幾天她壓抑了太多的情緒。沒人知道她在得知父母有危險的時候，心情是怎樣的震盪，但為了父母的安全，她不得不壓下所有的憂慮，她知道一丁點兒的情緒都會影響她的判斷，甚至可能會造成無法挽回的痛苦，所以她當時在會館裡收回天眼，壓下了種種情緒。她忍著焦急如焚的倉惶，迅速趕往東市。

沒有人知道，她在路上看見父親被一通電話叫出去時的著急。沒有人知道，當她看見父親被打時的驚慌。她下了飛機直奔市府，後來父親住院，她在家裡陪護那幾日，在父母面前時時掛著笑容，不讓他們有一絲的不安。

這些日子以來，她心中的情緒沒有地方宣洩，直到此刻，在她心愛的男人懷裡，感受著他的體溫和氣息，她終於克制不住藏在心底深處的惶然，一股腦兒發洩出來。

徐天胤拍了她好一會兒，低頭在她頭頂親了親。

他的鼻息噴在她頭上，她感覺有些癢，不由得露出笑意。

夏芍賴在徐天胤懷裡，捨不得離開。她少有脆弱的時候，少有依賴的時候，徐天胤則珍惜地抱著她，忽然覺得這次的任務很礙眼。如果沒有任務，他就可以帶她回家，好好疼愛一番。

可是，他懂她。今晚她去見日方使節，雖然沒說什麼事，但她一定有計畫。他要替她看著這些人，她應該還有事情要做。

夏芍果然只在他懷裡賴了片刻，眉眼間便被凝重的憂慮取代。

師兄的大劫不知道會應在何時，經歷了家人的事，她不能再讓師兄有事。她有種預感，總覺得師兄的劫數與肖奕有關，畢竟肖奕若死了，她真想不出還會有什麼人能危害師兄。

所以，肖奕必須死。

誰敢阻止她，就要有賠上性命的覺悟。

到了這個地步，不得不先除去姜系這個近在眼前的敵人。

她之所以要先對付姜系的人，不是為了政局，而是因為姜系與肖奕合作。只有姜系的人失敗，姜山才有可能去找肖奕。她等的就是這個時機，以便出手滅殺肖奕。

「我今晚還有事要做，這裡師兄看著。」夏芍放開徐天胤，深深看了他一眼，雖知他今晚不會有事，但還是道：「要小心。」

徐天胤的回答是將她抱回來，抱得緊緊的，再次去輕拍她的後背。

他覺得她的情緒還沒有平靜下來。

夏芍心裡暖融融的，抬頭去瞧，對上男人黑漆漆的眼眸。

她噗哧一笑，「好像呆頭！」

徐天胤微愣，夏芍踮腳在他下巴印上一吻，在他眼神變深之前，她笑著離開他的懷抱，一邊往外走，一邊笑著揮手對他道別。直到夏芍的笑臉看不見了，他才摸摸下巴，默默走去日方使節下榻的門外守著。

夏芍搬出京城大學的宿舍後，平日都住在華苑私人會館，週末則去徐天胤的別墅。不過，今晚她沒回會館，而是直接去了別墅。

別墅外頭有人在等候。

徐彥紹從車裡下來，笑容可掬，一點也看不出久候的不耐，「小芍回來了？」

他在這裡等一個多小時了，今晚是夏芍約他來別墅見面的。這對徐彥紹來說是意外之喜，別說不耐煩，他簡直感動得快流淚了。自從他們夫妻惹火夏芍，夏芍就一直對他們不冷不熱。即便她跟徐天胤訂了婚，是徐家名正言順未過門的孫媳，她也沒叫過他一聲叔叔。她這是還沒有承認他們夫妻，無論他陪了多少笑臉，愣是沒有獲得她的認可。

這孩子看似脾氣好，實際上極有原則，得罪了她，實在很難解套。

因此，夏芍主動約他，徐彥紹激動得想哭。

他從京城大學出來後便接到夏芍的電話，當下連家也沒回，直接驅車過來。徐天胤有任務不回來，夏芍還沒到，徐彥紹又沒有別墅鑰匙，只能在院子裡等著，居然也不覺得等太久。

夏芍雖不喜徐彥紹一家，但基本的禮節還是有。她把車子停在院子裡，也沒開去車庫，就下了車來開了門，將久候多時的徐彥紹請進客廳，親自泡了茶。

徐彥紹笑呵呵接了，也不質問夏芍怎麼讓他等這麼長的時間，他可不想找碴，只想知道她約他有什麼要緊事商談。他在外頭等候的這段時間，滿腦子都在想這件事。

夏芍倒先表示了歉意，「徐委員，實在抱歉，方才我去了一趟國家賓館外賓下榻的住處，所以回來的時候耽擱了一些時間。」

徐彥紹正訝異夏芍竟然會跟他道歉，聽見後半句，一口茶噴了出來，隨即他便知道他這口茶噴早了。夏芍又簡單委婉地表示，她去了外賓房裡，和大使聊了聊人生理想，順道談了政治局勢，最終滿意而歸。

徐彥紹聽得很驚心。

那是外賓的住處，莫說夏芍只是個企業家，就算是他這個委員，也是不敢隨意進入的。哪怕是對方邀請，他也不敢瞞著上頭私下見外賓。

萬一消息外洩，夏芍，甚至是徐家，可能都會有事。

徐彥紹表情有些複雜。他早就知道夏芍的本事，所以這些顧慮都不是問題。任何權謀在絕對的武力面前都不值一提，這是她讓他們一家深刻體會的真理。今晚她又拿這真理去輾壓別人了，想想就知道日方大使遭受了怎樣的驚嚇。不過，只要這個人不是自己，徐彥紹在錯愕過後有些想笑。這驚嚇除了他們一家遭遇過，這次輪到別人頭上，他莫名心裡就舒坦了。

舒坦過後，他又是驚訝了。

夏芍此舉若成，兩派的紛爭就該落下帷幕了。

他不想說上位者政見不同，一旦繼位者確定下來，未來至少十年的民生、經濟、軍事，包括在國際上的地位會如何，單以徐家來說，徐家現今地位超然於派系之外，那是因為老爺子還在。可是，老爺子終究年紀大了，說句不中聽的話，待老爺子百年之後，徐家還能這麼超然？徐家的地位還能這麼穩？

看看王家就知道了。王老爺子一去，王家三代不成器，遇上王卓這麼個死都不從軍也不從政的，家族在外人看來光鮮，內裡早已空虛。就算沒有夏芍出手令王家傾覆，王家走下坡路，漸漸敗落也是大勢。

當初的王老爺子是開國功勳，徐老爺子也是，王家的情勢幾乎就是徐家的未來。

這麼說或許危言聳聽了點。在外界看來，王家傾覆，那是因為王家三代不成器，可徐家情況不一樣。徐天胤、徐天哲這兄弟倆，一個在軍，一個在政，都是年輕有為的俊才。縱使哪天徐老爺子不在了，徐家也萬萬不可能會是下一個王家。

徐彥紹對此卻是搖頭，少有人能看透，問題就出在徐家三代太出色上。

民間有句俗話，富不過三代。這話在政壇上也適用，權也不過三代。三代少說會成就一個家族的百年，百年不倒的家族，那可真是豪門了。商場上，或許還有豪門可說，政壇上，上位者豈容豪門存在？

現在不是從前的封建時代了，但政壇上的道理古往今來都是一樣的。一個家族越強盛，其在某一領域的掌控和影響力也就越大，這種影響力是上位者忌憚的。

老爺子一直約束著家中的人，不允許徐家參與派系爭鬥，正是希望將徐家對政局的干預力降到最低。這樣才能不使上位者過於忌憚，這是對徐家的一種保護。

徐彥紹懂得老爺子的用心良苦，所以他幾乎不參與派系的爭權，可是眼看著老爺子年紀越來越大，他知道，徐家能安然至今，除了低調之外，老爺子還在也是很重要的原因。不管上頭忌不忌憚徐家，對老爺子都得恭恭敬敬的，哪怕是做做樣子，也不能動老爺子。

動開國元勳，對名聲有礙，容易落個兔死狗烹的罵名。國內民眾對第一代的那些老人還是很敬重的，上位者不過在位十年，當然不敢拿這事去犯眾怒。

然而，老爺子若是不在，徐家少了倚仗，再低調恐怕也很難超然於派系之外。沒有了老爺子，誰會允許徐家置身事外？只是，徐家二代的官位已經夠高，三代又如此優秀，權力必然會被限制。若是徐家下一代仍是優秀，還從軍或者從政，要升官會更困難，最後就慢慢沒落了。當然，也可以假設徐家的第四代是紈絝子弟，不成器，那也就不用上頭刻意壓制了。

徐彥紹看看夏芍，再想想徐天胤，不由苦笑。怎麼想，這兩人的兒女，徐家的第四代，不可能不成器。徐天胤那性子，會不會教育孩子不好說，但是夏芍……兩人將來要是有了孩子，這孩子有他父母一半的本事，那也就了不得了，而且自己的兒子徐天哲同樣很優秀，變成紈絝的可能性實在不大。

徐彥紹知道自己有幾斤幾兩，不想那千秋萬代不著邊際的事，但只要自己活著，該為孩子們鋪的路保的平安，他還是會盡力去做的。

不過，以他的能力，要做也是官場上那一套。像夏芍這樣直接找上日方使節團，強硬把事情定下來，是他從前想也不敢想的。縱使敢想，也做不到。夏芍今晚會出手，是不是也是看清了徐家風光之下的隱憂？

事實上，徐彥紹猜錯了。夏芍對付姜系的人，只是為了引肖奕出來，至於徐家的未來，她看得透，卻沒他那麼擔心。

老話說的好，兒孫自有兒孫福。夏芍只信奉一個道理，那就是有多大的本事吃多大碗飯。徐家下一代的未來，要他們自己去走。有能力，想埋沒他們，那得看敵人有多大的本事。沒能力，就是鋪了金光大道，他們照樣也會跌倒。

夏芍從沒有為下一代鋪路的心思，她是靠著自己的努力走到今天的。徐家的下一代，頭頂那一片藍天，要靠他們自己去爭取。

徐彥紹的憂慮是世上大多數父母都有的，夏芍雖不贊成，卻也理解為人父母的苦心。她沒有心思跟徐彥紹討論教育理念和為人父母的心態，她約他來只有一個目的，那就是讓他與秦家打聲招呼，要秦家配合日方演一齣戲。

夏芍不直接找秦家，是因為她沒時間。除了秦瀚霖之外，她對秦家的人都不熟，要解釋因果太浪費時間。秦家的人不了解她，想要說服他們有難度。徐彥紹就不同了，他見識過自己的本事，跟秦家人也算熟，他去說，能省下她不少口舌。

徐彥紹當然樂意做這事，此事若成，徐家未來的十年就不必擔憂了。

離開之前，徐彥紹深深地看了夏芍一眼。當初老爺子有讓天胤日後撐起徐家的意思，他心裡是有些不滿的，畢竟他是叔輩，日後家中地位不如晚輩，面子上怎麼都說不過去。再者，天胤的性情也讓人擔心，他不擅長與人應對，這樣的性情，待老爺子過世以後，他是容易得罪人的，還怎能帶領徐家度過危機？

直到現在，徐彥紹開始理解老爺子要培養夏芍成為徐家當家主母的用意。就處世、膽量、謀算和決斷，他的妻子華芳是撐不起徐家的。夏芍雖然年輕，可她能做到的事，老實說，他都做不到，只是天胤的性子……

夏芍將徐彥紹送到門口，看著徐彥紹的車子開出去才轉身回去。

徐彥紹還是不懂，徐天胤那樣在乎親情的人，怎會不懂人情世故？可惜他默默為親人所付出的心，終究不敵徐家的利益存亡。徐彥紹一家一日不能理解他，她便一日不承認這家人。

日方使節團在京城還有兩天的行程，餐宴、參觀、交流，一切行程都按計畫排得滿滿的。除了姜系的人時不時對秦系的人譏諷抨擊，其他事都很正常圓滿。

秦系的人這段時間一直不跟姜系的人計較，什麼都忍著，理都懶得理，暗地裡都發笑，訪問團來京的行程就一週，我們只要不失禮節，錯漏一概不讓你抓著，你姜系的人再攻擊，也不過是會叫的狗不咬人。說到底，這也是你姜系窮途末路了，以往不入流的手段，現在都拿出來了。你不嫌丟臉，我們就等著，看訪問團一走，你們還有什麼招要出。

姜山也在笑：訪問團一走？呵，只怕訪問團還沒走，你們就會出事了！

兩派的人馬鬥了這麼多年，彼此也知道對方的本事，秦系背後笑歸笑，防得也很緊密。以姜系人馬的本事，不該只有這點找碴的手段。眼看著日方訪問的行程只剩兩天，秦系的一干官員更加小心謹慎。熬過這兩天，姜系就無招可出了。

姜系的人對姜山這次的想法也不知情，他們覺得這幾天對秦系人馬的攻擊手段水準都太低了，不知道上頭是怎麼想的。這樣的找碴，等訪問團走了，自己這方一無所獲，秦系那邊的人馬不嘲笑他們才怪。

方家近來是姜家在軍界著重培養的勢力，在這種時候，眾人都以為方家應該知曉內情，於是這幾天不乏打聽的，但方家把嘴閉得很緊，自己人也套不出話來，導致姜系的人馬都認為方家知情卻不肯對同僚透露，有些人頗有微詞。只有方家人自己知道，他們什麼也不清楚。之所以口風很緊，是因為方筠的父親方文祥是個好強又有城府的人。

王家敗落後，不少二線家族都想取而代之。姜家選擇了方家，當然有人不服氣。這次很多人出言試探方家是否知道內情，也有看看方家在姜家眼中有多少分量的意思。要是被人得知方家也不知情，不知道多少人會生出希望，跟方家爭搶這個位置。方文祥不能被這些人小瞧，從他決定要走上一線的時候，他就不會允許這樣的事情發生。

對於姜家的隱瞞，方文祥不是沒有意見，他卻沒去問姜山。他懂得分寸，當然不會讓姜山認為方家沉不住氣。

可是，方筠沉不住氣了。

她擔心秦瀚霖，夏芍所說的女禍應在她身上，對她來說一直是擺脫不了的束縛，讓她這些天吃不好睡不好。今早夏芍還跟她通氣，說從秦瀚霖的面相上來看，女禍仍舊未解。方筠心裡極為不安，這不安不是來自於夏芍，而是來自於她的直覺。

眼看著訪問團還有兩天就要回國，她有種風雨欲來的感覺。

這兩天肯定會出事，至於會出什麼事，自然還是要她去打探。

為此，方筠自嘲一笑，她倒真像是成了秦系的內應，一心做些探聽敵情的事。方筠嘆了口氣，誰讓她欠了秦瀚霖呢？其實她心裡清楚，現在的她已經跟當年的懵懂不同，她懂得雖然今天的成就有她自身的努力，但若非家族勢力，她很難年紀輕輕就身居要職。她這幾天的舉動，對方家來說，無疑是背叛，可她只是想讓秦瀚霖躲過女禍，以後……大家還是敵人。

敵人這兩個字讓方筠忍不住再次自嘲，又有些淒苦。她不想和秦瀚霖成為敵人，奈何命運捉弄，讓她當年犯了錯……

訪問團在京城的行程每天都是安排好的，每晚都有餐宴。晚上，趁著跟在兩國高官身旁保護他們的安全時，她將一顆微型竊聽器悄悄安到了正與外賓寒暄的姜山身上。

方筠不會把竊聽的主意打在外賓身上，這些外賓身邊都有高級保鏢，他們出使別國，首要小心的就是安全和竊聽。中方雖安排了人負責安全，但主要是控場，在日方使節自身的安全問題上，他們當然還是相信自己人。訪問團一干人等的住處、服裝以及所用的物件，一天能嚴密檢查好幾遍，竊聽設備藏不久，被發現了很麻煩，方筠便選擇在姜山身上動手腳。

這種事她已經做過一次，不然怎麼能得知日方和姜系的人暗通聲息。方家是姜系人馬，而且是新寵，姜山雖然城府深，但對方筠還是比較信任的。他的信任來自於方筠剛回國，初涉國內軍方事務，還是個新手，而新手沒那麼深的心機。這幾天，姜山的安全都由方筠負責，這不僅出於對新手的信任，也是做給方家看的。這次的安排，姜山沒跟方家說，也考慮到了方家會心有不滿，他表現出對方筠的信任，就是為了給方家吃一顆定心丸，有安撫的意思。

當然，也正因為姜山的「用心」，他才會著了道……

整場晚宴看起來很平常，方筠卻看見在晚宴結束，眾人離席的時候，姜山看了日方大使一眼。很平常的一眼，日方大使卻在散席後跟秦岸明笑著聊了起來。

姜山若無其事地走了出去，背對著秦岸明的嘴角幾不可察地勾了勾。

方筠的目光在三人臉上一掃，幾乎是瞬間，她便選擇跟隨姜山走了出去。留在這裡也沒有用，雖然看起來日方大使和秦岸明有話聊，但是這公開的場合定然不會出什麼事，倒是姜山剛才那意有所指的眼神讓她有些在意。

姜山走出大廳，來到宴會廳外面的走廊。姜系的一干官員跟在他身後，有些人回頭看了看宴會廳的方向，走廊就像一道分水嶺，接待官員的派系分得很明顯。姜系的人都跟著出來了，秦系的人則留在宴會廳裡，此刻秦岸明正被日方大使拉著熱絡地閒聊，其他人邊等邊戒備地看著宴會廳門口的方向。

走在後頭的姜系官員轉過頭來，臉色不好看。看對方的眼神，簡直是把他們都當成小題大作、動不動就上綱上線打小報告的不入流的人一樣。雖然這些天他們確實是這麼做的，但現在還在眾目睽睽之下，要抓著這件事打小報告，上頭多半也不會理睬，反而顯得他們這些大員像向老師打小報告的孩子一樣。

走在前面的姜山卻是無聲冷笑，可笑到一半，身體忽然僵了一下。

跟在後面的姜系官員沒發現，兀自竊竊私語著。

「這次到底葫蘆裡賣的什麼藥？這幾天咱們淨給人看笑話了。」

「這幾天算什麼，等訪問團一走，咱們的笑話才大！」

「噓……」有人遠遠地瞥了眼走在最前面的姜山，把聲音壓得更低，卻刻意咳了咳，「這是我們要操心的事嗎？我倒覺得肯定有安排。」

有人聽他這話有拍馬屁的意味，當即就哼了哼，只是說話的聲音低得不能再低，「你又知道有安排了？有些人倒是知道，就是不漏口風！」

「你是說方……」

「噓！」又有人噓了一聲，往後瞥了一眼，果然見方筠跟在最後面。

眾人訕訕一笑，轉而說起別的事。

方筠當作沒聽見，她只是隔著人望著姜山的背影。

剛才官員們在後面議論，姜山步子也沒停，像是沒聽見。偷偷議論他的官員瞧他沒什麼反應，也鬆了一口氣。方筠卻皺起了眉頭，眼神裡露出古怪之色。

姜山走路的動作看起來不太對勁！

方筠受過訓練，能看得出人正常的走路動作是什麼樣的狀態。姜山剛剛腳步略有停頓，之後走路就慢了下來，步伐變得緩慢。更詭異的是，上半身不動，只有下半身兩條腿在動。

方筠感覺出不對勁，立刻扒拉開人群，想靠近姜山。只是，正當她走到姜山身後，想要開口喚他的時候，前面的光線先是一亮，接著暗了下來。

出了走廊，到了門口了。

門口停著一排車，姜家的車就在前頭，司機一見到姜山出來，便打開了車門。

姜山沒什麼特別的反應，低頭就坐進了車裡。

後面出來的官員也紛紛上了各自的車。

再後頭，秦岸明也陪著日方大使出來，各自別過，上了車離開。

方筠知道她不能跟過去了，她這次的主要任務是保護訪問團，今晚宴客的地方就在國家賓館，接下來訪問團一行人要回去休息，她不能擅離職守。想起姜山身上已經被她放了竊聽器，她的心就定了定，可想起他剛才似有不對，剛放下的心又提了起來。

方筠整晚都心神不寧，對外賓安全的事也沒放在心上——這任務是徐天胤統領的，他在國外那十年，執行的就是暗中行走的任務，不知道闖過多少國家政要的安全防衛，對其中的死角太了解，只要他不說放誰進來，就是隻蒼蠅也飛不進來。

正因知道今晚國家賓館附近是銅牆鐵壁，方筠才敢分心。她有任務不能出去，那顆微型竊聽器的接收器在她的車裡，她也不敢進去接收。這國家賓館裡面所有的訊號源早已被監控，她這顆接收器是萬萬不能打開的。好在這事她私心是為了秦瀚霖，也是聽了夏芍的意思，她去找徐天胤，他應該會放她出去。

她今晚要密切監聽那邊的動靜，她總覺得會出什麼事。

方筠準備去徐天胤負責的區域，但才走出大樓，前方不遠處有個人慢慢走了過來。

那人走路的動作很詭異，兩條腿在動，上半身卻一動也不動。大樓外頭燈光亮堂，那人迎著光走過來，在轉彎處僵硬地轉身，往另一條路走去。

方筠在那人轉身的時候，看清了他的長相。
姜山？
他不是……回去了嗎？
方筠很快回神，抬腳就要跟過去。
就在這時，她猛地察覺到身後像是有什麼東西掠過，頭皮一麻，下意識摸向腰間，在轉身的同時，一把手槍赫然出現在了她手上，她舉槍迅速瞄準了面前的黑影。
方筠錯愕地盯著對方的臉，「徐、徐將軍？」
「監聽。」徐天胤淡淡地扔下兩個字，轉身走向停車場，目標正是方筠的車，似乎早就知道她將接收器放在車裡。
方筠這才像是被驚醒，看了眼姜山離去的方向，他要去的應該是外賓入住的地方。方筠心中大急，她現在更想知道姜山身上發生了什麼事，但徐天胤的命令不好違抗，她忍不住上前去拉徐天胤，「徐將軍！」
方筠的指尖還沒碰上徐天胤的袖子，突如其來的一股勁力便震得她手指微麻，手臂微微僵硬，甚至整個人不由自主地往後倒退了幾步。
他看著她，像是在看空氣，讓她忍不住生出幾分怒意來。這男人用得著反應這麼大嗎？她不就是一時心急想拉他？她對他又沒有什麼心思！
這幾天執行任務跟著他一起行動時，怎麼沒見他有不許人近身的忌諱？
想到這裡，她猛地隱約想起似乎聽其他人說過徐天胤不喜女人近身。
這些天方筠的心思都在秦瀚霖的女禍上，眼睛不時盯著姜山和日方使節，對於這種個人八卦，她過耳就忘，還真沒聽進去。

她嘴角扯了扯，眼神複雜。

夏芍的命可真好！

「監聽。」徐天胤冷冷地丟下兩個字，轉身便往方筠的車子方向走。

方筠瞧了眼姜山離去的方向，想著這會兒功夫對方應該已經進了大樓。大樓內外都有安全人員，現在沒有動靜，那就是說……徐天胤有意放人進去？

反正人都進去了，再去查看也沒意義，不如到車裡監聽狀況，看看裡面出了什麼事。

方筠趕緊跟著進車裡，正要把車開出去，去外頭接收訊號，沒想到徐天胤根本不理會。這車就是軍車，裡面配備齊全，戰時都可以當成小型臨時指揮部了，莫說是做些干擾遮罩訊號之類的事，但是當看見徐天胤這麼做的時候，方筠張著的嘴巴半天沒合上。

這傢伙也太膽大了！

雖然徐天胤是這次任務的總指揮，可正因為他是總指揮，在國家賓館內忽然出現陌生訊號和干擾源的事，萬一敗漏，徐天胤這個總指揮首先就會受到調查。

包括今晚他放姜山一路進入外賓住處的事，一旦被揭發，他知道是什麼後果嗎？他這十年為國家出生入死所立的功勳，都抵不了這次的過錯，搞不好還會被安個居心叵測、意圖叛國之類的罪名。不僅是他自己，就連徐家都完了。

方筠心神不寧地瞧著徐天胤，有心阻止他，卻有剛才的教訓，不敢碰他半點。眼瞅著徐天胤把收發器打開，兀自動作，她的心裡咯噔一聲——徐天胤這個樣子，簡直就像是在做一件再尋常不過的事，完全也沒有緊張感。

或許這不是膽大，而是囂張！

國家賓館又不是他徐天胤家裡的後院，姜山那麼個大活人，從外頭走進來，再走去外賓住處，一路上能不被發現？這明顯是早有安排！徐天胤居然敢帶著手下的兵做這種事，他當真以為事情不會洩漏出去？或者就算洩漏了，也沒人會背叛他？

心裡七上八下的，方筠的臉色再度古怪起來。

這應該就是夏芍那天說的，要她看著姜系的動作，所以徐天胤才冒這個險吧？

夏芍的命可真好……

然而，她沒有心思泛酸或羨慕了，徐天胤已經開始聆聽竊聽器接收的內容。

聽著那些對話，方筠臉色大變，臉色瞬間變得青白。

「瘋了……他簡直是瘋了！」

姜山怎麼能對日方大使說那些話？

那些事是身居高位的他可以承諾的嗎？

方筠轉頭去看徐天胤。剛才她還在擔心徐天胤放姜山進入外賓住處，被人抓著把柄，會疑心他叛國，哪知道轉眼間，真正叛國的是別人。

古往今來，上位者都很忌諱底下的人盯著他的位置。在上位者的位置上，與他國談合作，那叫做兩國共同發展。下面的人未經授權，與他國談利益交換，那叫做叛國。

叛國……

方筠的心高高提起，像是頭頂有把刀懸著。當然，這把刀不是懸在她頭頂，而是懸在姜系人馬的頭頂。往年姜秦兩派鬥得再厲害，不過都是政治博弈，可今晚的性質變了。

姜山與日方大使的對話如果被國安部的人知道，姜家永無翻身的可能。

方筠這些天暗中幫夏芍的忙，本是出於私心，不希望秦瀚霖有事，但不代表她希望姜家出事。姜家出事，姜系人馬怎麼辦？這不是說姜系的官員是姜家的私官，而是姜家倒了，底下的官員都要倒楣。所謂姜系、秦系，不過是以官職最高的那兩位姓氏冠名而稱，說句不好聽的，哪天姜家或是秦家落魄了，自然會有後來者補上，可能是李系、趙系、周系……這些派系爭鬥就像朝代更替、時代變遷，沒什麼稀奇。

然而，現在不行。

罪名不對，時機也不對。

罪名不對，是因為姜家倒臺的罪名如果是貪汙受賄或像當初王家那樣，那倒無所謂。要緊的是，官場家族的傾覆，無論什麼原因，總會有些時間。而這段時間裡，底下的人知道上頭要倒臺，該準備的就會準備。姜家倒了，空缺的位置，要麼是上頭任命，要麼是下面的人爭取，總之，一定會有接替的人。派系只是換個領頭人，跟隨的勢力並不會消滅。雖然大部分的人利益會受損，卻是暫時性的。

只是，姜家要是因為叛國的罪名倒臺，那會是瞬間的事，下面的人根本就不會有準備的時間。而姜家倒臺後，那些空缺的位置，也不是誰爭取就能上的。為了派系間的制衡，空缺的位置必然不會啟用秦系的人，恐怕會用中立官員或還是用原姜系人馬。

不過，姜家有這麼個叛國的罪名在，姜系人馬想要填補空缺，肯定不會輕易被信任。到時候，一番審查必然少不了……

這就是所謂的時機不對。

現在正值換屆之際，姜秦兩派鬥得水火不容的緊要關頭，姜系的人馬面臨大規模審查，秦系人馬豈會錯失良機？凡為官者，有幾個是查不出問題的？只要秦系人馬插手審查，姜系人馬面臨的必定是輪番落馬……這定勝負的緊要關頭，別說大批落馬了，就是要緊的位置換那麼幾個人，這場爭鬥還有得爭嗎？

不僅沒得爭，恐怕還會影響下一屆領袖的競爭。

試想，姜系人馬這次遭遇大清洗，必定遭受重創。這重創不是以前兩派人馬博弈，犧牲幾個人可以比的。這次分批被審查清洗，整個姜系利益集團的實力都會受到打擊。這一打擊，恐怕沒個七八年是緩不過來的，而到那個時候，換屆的緊要關頭又到了。沒恢復過來的姜系，還有一爭高下的實力嗎？

當然是沒有的。

方筠兩眼發直，後背發冷，漸漸起了一層細密的汗。

誰？這是誰的手筆？

好狠……

算姜山、滅姜家、陷姜系，定未來十年，還順手定了下一個十年。

二十年……建國才多少年？幕後黑手究竟是誰？

方筠盯著徐天胤，暗道，不會是徐天胤。他雖然身處軍界，軍銜也高，在青省軍區安居三年卻無實權的職位，直到這兩年才掌握實權。他並不是熱衷權力的男人，否則以他的軍功，一回國軍銜倒是次要的，首先他就該要個實權的職務。

當然，她也知道青省是什麼地方，那是華夏集團的根基所在，是夏芍讀高中的地方。人們總是喜歡鐵漢柔情的故事，因為徐天胤的冷，他和夏芍的感情經歷才頗被人稱道，但正因為他肯為了摯愛的女人放棄實權，陪她在地方上安居，才更說明他對權力真的沒有太大渴望。

這樣的人，別說派系爭鬥，就算是世界大戰，不打到他頭上，他可能都不會看你一眼。

那麼，不是徐天胤，會是誰？

方筠迅速把今晚的事又回想了一遍，慢慢睜大了眼。

不……不會是……

不，不可能！

沒錯，她最近注意姜山動向的原因起於夏芍，徐天胤今晚出手的原因也因為夏芍，可這絕不可能是夏芍的手筆。她不是政治圈的人，為什麼要對官員出手？即便她是徐家未來的孫媳，徐家身在軍政兩界，可徐家老爺子一向保持中立，不允許徐家子弟參與派系之爭，夏芍何苦出此舉得罪老爺子？她沒有理由這麼做！

方筠當然不知道，夏芍雖不從政，有人卻與肖奕有瓜葛。為了找出肖奕，有些事夏芍不介意介入，也不介意讓某些人當炮灰。

想不出來，方筠乾脆不想了，現在有一件事更為迫切，那就是不能讓今晚姜山和日方使節的談話內容洩漏出去。這個念頭剛出現在腦海裡，她便悚然一驚，慢慢地轉過頭。

徐天胤正看著她，漆黑的眼眸深沉冰冷。

只是一眼，方筠就知道，要從徐天胤手上搶走竊聽器的接收器是不可能的，可她不甘心。她是想救秦瀚霖沒錯，卻沒想過要把事情鬧得這麼大。她不顧及姜系的人，也總要顧及家人，萬一上頭展開大規模的調查，方家也逃不了。

就算夏芍說過，她做的這一切，到時候可以跟秦家通聲氣，方家不會被捲入太多，可是老實說，夏芍的承諾到底能不能兌現，她說的話秦家會不會聽，她持保留意見。

而且，還有很重要的一點，這件事要是鬧開，她首先就會被調查。

不僅是她，就連徐天胤，以及參與此次安全任務的所有人都會被調查——今晚的錄音來自何處，姜山和日方大使在哪裡談事，難道上頭不會查？一旦被查出來，他們這些負責安全工作的人，放任姜山這麼個大活人出入賓館，那就有失職之罪。

方筠不懂徐天胤為什麼肯冒這個險，但她不想。

她剛回國，這是她第一次執行這麼重要的任務，她會有很光明的前途，她不想毀了。當年她和秦瀚霖相戀，因雙方立場相對，兩人又太年輕，所以沒有能力為感情爭取，可是現在他們都已經有了成就，她需要這些成就和前途，靠著這些，她才能爭取自己想要的感情。

她不想像當年那樣無能為力，她萬萬不能丟了眼前的前途。

方筠嘆了口氣，姿態軟了下來，轉頭看向車窗外，看起來像是放棄了。

她從車窗上看見徐天胤收回目光，目光落在竊聽器的接收器上。

方筠目光不動，搭在腹部的手忽然揮出，指間一道寒光直取徐天胤頸側。

喀嚓一聲，方筠的臉色變白。

她的手臂軟軟地垂了下來，軍刀扎入座椅裡，刀刃幾乎全都沒了進去，而她仰著頭，喉間橫著男人的一根手指。

只是一根手指，便壓得她喉間咯咯作響。

她毫不懷疑，徐天胤稍一用力，她的喉嚨就會被壓碎，讓她瞬間斃命。

方筠瞪著徐天胤，一臉的不可思議。她動手的時候，心裡是有幾分把握的。她沒有傷徐天胤的心思，只是想制住他，再銷毀接收器。夏芍想要知道的事，她會告訴她，只是不能讓她拿到證據，這樣一來，秦系的人會警覺，瀚霖不會有事，而且秦系的人沒有證據，兩派就還是會和以前那樣鬥著，她也不會受到牽連。

沒想到，她居然失敗了。

徐天胤的動作太快了，她的手臂脫臼的同時，他就封住了她的咽喉。

方筠看著徐天胤，他的表情冰冷，沒有別的表情，甚至沒有看她，始終盯著接收器，沉默地聆聽著。雙方還在談話，還是那些給姜家招禍的話，也不知道有什麼好聽的，彷彿在徐天胤眼裡，制伏她只是很隨手的事。

一股屈辱感從心底升起，兩人實力的差距令她感到屈辱，也讓她深切地明白，眼前這個男人，始終無人能敵。

所幸，他沒有殺她。

據傳聞，一旦他出手，手下就沒有活人。

「徐將軍，我知道你不會殺我。」方筠笑了笑。或許他是看著秦瀚霖的分上，也或許他現在是軍人，必須恪守法紀，不是以前他在那個圈子裡行走的時候。他們共同執行此次任務，她死了，他沒有好處。只要他還顧忌這些，那麼他應該就會顧忌姜山的事可能會連累他，「徐將軍，你應該知道，這件事要是傳出去，你……」

砰！

話未說完，方筠便歪倒在了座椅裡。

暈過去之前，她唇邊有著一抹自嘲的笑意。

對，他不會殺她，但他可以打暈她……

這男人真混帳！

當方筠再醒來時，已經是早上。

今天日方使節團要回國，臨行前該有的招待當然不能免，場面幾乎是如同來的時候一樣盛大。身為安全人員，整個上午都是忙碌。

方筠趕緊下車，接收器被拿走了，幸好今天上午還有機會。

她知道僅憑一份沒有畫面的錄音內容，很難讓上頭草率地定一名政府大員的罪，再者，動姜山難免牽一髮動全身，上頭也不得不謹慎。哪怕日後有調查，也不會是今天，所以今天她還有機會接近姜山，給他提個醒。

方筠回到工作崗位上時，時間剛剛好，既沒遲到也沒早到。說起來，徐天胤打暈她的力道算計得好，沒讓她早醒礙事，也沒讓她醒遲了引起別人的注意。

她遠遠看見徐天胤身邊圍著幾人，例行報告昨日的情況。

她瞪了他一眼，有些氣悶，隨即又有些心安。

這次的安全任務各司其職，徐天胤總領全域，她跟在姜山身邊，不愁沒機會提醒對方。

上午十點，上頭那位帶著眾高官在閃光燈下入場。眾人和日方使節團親切談笑，姜山也在其中，只是姜山看起來不知是精神不好，還是有什麼心事，臉色頗為晦暗。

別人不知道怎麼回事，方筠卻是明白。昨晚她也許是唯一發現姜山舉止不正常的人，他看起來就像是被迷藥所惑，但是迷藥怎麼能引著姜山進入外賓住處，又怎麼能讓他在外賓面前說出那些話來？

世上要真有這麼好用的迷藥，他們這些人在外執行任務倒省了不少心。方筠左思右想也想不出姜山是著了什麼道，想必姜山能說出些什麼來。她要想辦法把錄音的事透露給他，然後問問他昨晚的事，說不定能找到躲過這次災禍的機會。

方筠面色自如，一邊走向姜山身後，一邊用眼角餘光觀察徐天胤。

徐天胤站在遠處控場，看見她走過去，並沒有特別的舉動。

這本該讓方筠欣喜慶幸的，可不知道為什麼她高興不起來，反倒心臟怦怦直跳。昨晚徐天胤打暈她也不讓她拿到錄音，她還以為他會把她調離這個崗位，她連拒絕的理由都想好了，沒想到什麼都沒發生。

事情太順利，一樣會令人不安。

不過，好不容易有機會，她當然不能放過。

今天這個場合，她不能隨意說話，便把提示寫在了紙條上，打算暗地裡遞給姜山。

下一秒，她忽然發現自己動不了了。

她的手放在口袋裡，居然拿不出來，偏偏她這個動作，在別人看來很正常，根本不會引起誰的警覺，而且她站在一排長官的後頭，除非特意觀察她，否則沒有人能發現她的異樣。

方筠就這麼站著，直到儀式結束。

儀式結束後，官員們與日方使節團一起走出大廳，方筠總算恢復了自由，姜山卻被姜系的其他官員簇擁著，方筠根本無法接近……

在前往機場的路上，她再次迎來了機會——她就坐在姜山身旁。

只是，上了車後，她再次渾身僵硬，不能動彈，不能說話，而姜山看起來心事重重，一路上竟然沒發現她有什麼不對勁。

等到使節團上了飛機，方筠瞅準時機，快步追上姜山，卻見迎面有三個人走來，對姜山亮明身分，然後將他帶走。

不僅是方筠呆了，連其他官員都呆了。

「國、國安局？」

這三個字從官員口中傳進方筠耳中的時候，她呆立當場。

難不成……事發了？

確實如她所想。

天剛亮，姜山和日方使節前一天晚上的祕密約談內容，便由國安局的人員放在了上頭那位的案頭。方筠想的對，僅憑錄音內容，不能草率定下一名政府大員的罪，但雙方在錄音中的交談內容太令人震驚，為了向日方使節展現自己的誠意，姜山居然表示會將自己手中掌握的機密檔案給日方，雙方甚至約好了交貨的時間、地點和暗號。

時間就在今天。

今天是使節團回國的日子，所有人的目光都在使節團身上，對於其他事自然鬆懈些。

地點在京城一間有名的二十四小時咖啡館二樓，東西在後排靠窗第三個座位的雜誌架上，上個月的商業週刊彩頁夾層裡。

今天上午，一名去咖啡館取東西的間諜被埋伏好的安全人員當場擒住。安全人員查看了昨晚的監控錄影，發現來咖啡館的人背影很像姜山，戴著帽子，帽檐壓得極低。容貌再難辨認，以安全人員的技術也很快處理出來，這張臉不是姜山的，不過誰都不意外。錄音裡說了，姜山會易容前往，而他易容的東西被丟在回程某處公園冰剛化的湖中，被遠處的監視器拍個正著。

罪證確鑿，姜山當天便被逮捕。

姜山被捕的消息如風般傳遍京城，引起震動。

姜系的人大驚，不知道這是鬧哪一齣。秦系的人也很意外，不知道這好事是怎麼來的。

這麼大的計畫，尤其是前晚決定，次日便執行的急計，秦系當然不可能人人都知道。這計畫從頭到尾知曉的只有秦馳譽秦老爺子和秦岸明兩人，但包括兩人在內，所有人都相當驚愕。

兩人也沒想到，徐彥紹晚上匆匆來說的事，居然真的就成了。

而其他官員則怎麼也想不到，日方使節團來訪的這段時間，一直是秦系飽受輿論抨擊，原本眾人都以為姜系還有別的動作，即便沒有，使節團一走，受這件事影響的也該是秦系，怎麼最後卻是姜山被帶走？

世上沒有不透風的牆，姜山的案子審得很嚴密，密不透風，但在姜家人身上發生的事仍是逃不過周遭的眼睛。

姜山被捕的第二天，在地方上任職的姜正祈便見到了調查組。接著，姜家從政的人都接到了調查組的調查，連同姜家的姻親也沒有避過。

調查組查了什麼，也通過一些管道傳了出來，但聽見傳言，一開始沒人信。

叛國？這不是開玩笑嗎？姜山身居高位，就算是姜系目前處於劣勢，也不過就是這一屆的事。這一屆敗了，還有下一屆，何必冒這險？

直到事發一週後，姜系的人也開始陸續被調查，有人才慌了。

如果不是大事，不可能牽連整個派系。若是姜山的罪名屬實，那接下來可怕的大清洗，會有多少人落馬？姜系的勢力會受到怎樣的重創？下一屆的十年，下下一屆的十年……

想到更深一層的人，頭皮都發麻了。

事情怎麼會突然走到這個地步？

這個疑問對於別人來說是疑問，對姜山來說不是。在姜山看來，事情本來就應該要如此發展，只不過落難的不是他，而是秦岸明。

約見日方大使、為己謀權、出賣國家機密、被抓被審、家族被調查、派系被清洗，這一切的一切，原本應該發生在秦岸明身上。

沒錯，這本來就是他的計策！

他和茅山高人肖奕見面，肖奕定下了此計。這個計畫裡最重要的人是日方帶來的那位名叫土御門善吉的陰陽師，沒有他，這個計畫就無法實施。秦岸明是個嚴以律己的人，他不可能會與日方使節走得太近，想讓他入套，需要借助一些神祕手段。

陰陽師的式神附於人身，可以令人被控制，之後做什麼事，說什麼話，全都身不由已。

那晚應該是秦岸明進入日方使節住處，國家賓館裡的安全人員也有辦法被引開。肖奕稱，安全人員裡除了徐天胤，其他人不值一提，日方的陰陽師會放出式神吸引他的注意力，將他引走，至於其他人，不過是些普通人，要他們失去意識很簡單。等秦岸明和日方大使見了面，雙方說的話自然會有日方錄音，最後流出，交到國安局手中。

至於當晚到那家咖啡館放機密檔的人也應該是被操控了的秦岸明，日方會在第二天犧牲一名不太重要的情報人員，以換取姜系上臺後所承諾的利益。

這個計畫是完美且瘋狂的。如果單單靠政治手段，這個計畫也能完成，只是需要漫長的周密的安排，還需要天時地利人和的時機。沒有十年，想要栽贓陷害秦岸明那樣的人不可能，但這次有茅山高人和日本陰陽師出馬，十天都不用，就可以置秦家、秦系人馬於萬劫不復之地。

十年的計畫如此輕易就能完成，說來是有些瘋狂的，可他喜歡這樣的瘋狂。計畫在敲定之前，他親眼看見一個人是怎麼被操控的，為此深信不疑，也暗嘆世間居然有這樣的奇人。

正因為深信不疑，姜山從沒想過會失敗，更別提這個計畫竟然反轉，坑了自己。

那晚的事，他大部分都不記得了，只有斷斷續續的記憶，所以在早上醒來的時候，他才不能第一時間判斷發生了什麼事，以致於日方使節一走，他就被逮捕了。

這是自己定的計畫，他知道接下來姜家和姜系會發生什麼事，只是他疑惑、震驚——這個人怎麼就變成了自己？

是誰？誰在坑他！

肖奕？日方使節團？

姜山不得不把懷疑的目光放在他們身上，畢竟這件事普通人是做不了的，而且這件事是由日方動手。姜山想破了頭也想不通，他和日方明明已經達成協議，為什麼他們會坑了自己，而不是去坑秦岸明？這沒有道理啊……除非秦系的人跟日方也暗中聯合，並且許諾了他們更大的利益。可這個猜想一開始就被姜山否決了，秦岸明那種死板的人，不可能會幹這種事。

那麼，是肖奕？

會不會一開始從他打上會館，引起他們姜家父子的注意開始，一切就是陷阱？

要知道，沒有他的提議，就沒有這個計畫……

這個猜測讓在政壇沉浮半生的姜山出了一身冷汗，但隨即他就冷靜了下來。

除了肖奕，除了日方，他還想起一個人來。

那就是夏芍。

肖奕曾說，他有的本事，夏芍也有。對此，姜山曾驚訝過，懷疑過，恐慌過。他聽說過夏芍的玄學造詣師承正統，上層圈子裡的人凡是有難事求她卜算化解過的都信服不已。

他還是相信風水的，官居高位，像他這種還有所求的，當然更在意吉凶運勢，但他原先以為風水師不過就是佈風水局、替人卜算吉凶化解災厄什麼的，沒想到這些人是奇人，還有不為人知的手段。

當看見肖奕的手段時，他便開始恐慌，他恐慌的是夏芍是徐家的人，與秦系的人親近，秦系暗中有此高人相助，姜系卻什麼都沒有，怎有一拚的實力？由此，他才決定和肖奕合作。如果這次合作成功，他必然會奉此人為高人，日後好生供著。沒想到，第一次合作，如此大手筆，竟然失敗了。

一想起讓這樣的計畫都失敗了的人有可能是夏芍，姜山就覺得他先前的冷汗出早了。

他已經從肖奕那裡聽說了，王家傾覆的真正原因……

如果肖奕說的是真的，那這個女孩子真的有可能翻手覆滅整個姜系？

太可怕了……政壇打滾半生，已經很少有對手能給姜山這種感覺。當初肖奕提出此計時，他還記得心頭的震撼，此時想起有人能將此計挫敗，他心裡就只剩下兩個字——可怕。

然而，再可怕，也沒有姜家和姜系的未來可怕。

姜山身陷囹圄，無法與外界聯繫，但是他知道兒子一定會想辦法救他。他有肖奕的聯絡方式，這個時候，他應該會想辦法聯絡肖奕。如果不是肖奕害了姜家，他一定會設法翻盤，畢竟他看起來與夏芍有深仇大恨。

姜正祈確實聯絡了肖奕，而且是在被調查組跟隨調查的期間。

他不怕調查組，一來他沒有出賣過國家，調查組從他身上查不出什麼來。二來他見識過肖奕的本事，只要能聯絡上他，調查組的人在他面前不過是普通人，要控制住很簡單。

所以，他打了電話給肖奕，所幸天不絕姜家，肖奕接了電話……

京城一番驚天震動，姜系面臨大規模的審查清洗，秦系的人忙於拉政敵下馬，前者夜夜難寐，整天頂著黑眼圈，後者忙得腳不沾地，也整天頂著黑眼圈，唯一清閒的人是夏芍。

夏芍悠閒地在學校裡上課，兩耳不聞窗外事，一心只做讀書的乖寶寶。

乖寶寶邊讀書，邊感慨，她覺得最近發生的事太多，像這樣坐在教室裡聽課，已經是難得的休閒時光。不過是一個寒假，再次坐在教室裡，竟讓她有恍若隔世的感覺，可以想像，這一個寒假到底發生了多少事。

正因為太忙碌，一刻不得閒，她才覺得如今坐在教室裡聽課的時光值得珍惜。儘管京城大學的校園裡已經滿是各種傳聞，她也充耳不聞——她不需要聞那些八卦，她本身就是這場震動的主事者，事情的真實情況，沒有人比她更清楚。

再者，她若是想要知道姜家和姜系人馬的情況，看看身邊的朋友就知道了。

柳仙仙最近得意著，她在大學禮堂為外賓表演了一場民族舞蹈，現在也是京城大學的風雲人物，甚至有幾位著名的舞蹈家看上了她，想收她為徒。柳仙仙雖然向來一副「老娘天下第一」的樣子，但事關她的人生，這樣的好機會，她也不想錯過，這幾天正糾結跟隨哪位導師。

只是她一邊糾結，一邊眉毛都要飛上天。有的女學生看不慣她，背後說她小人得志，她一扭腰一甩大波浪長髮，當即就殺了回去，「小人當然只懂得小人得志，哪裡知道世上還有人生得意這四個字。」當即把那幾個女學生的鼻子都氣歪了。

夏芍瞧她這副紅光滿面的模樣，不由得笑笑。

嗯，面相轉好，此劫暫時無虞了。

姜家遭逢大變，自身都救不過來了，哪裡還有心思管柳仙仙？

元澤身為青省省長家的公子，最近也很閒。當然，這個閒，是他躲出來的。他與學生會裡的學生會主席張瑞那一票官二代熟識，那些人都很關注政壇的變動，其中也有家中父親是姜系人馬的。這個時候疾病亂投醫，以往跟元澤走得不太近的，現在都想跟他套近乎，活動關係。元澤心裡太有數了，早早就躲得遠遠的，連學生會也不去了，閒來無事就躲去夏芍的教室，自己沒課的時候去聽她的課。

元澤與夏芍混在一起，就沒人敢來打擾。夏芍現在在學校裡是無人敢惹的，雖然人人知她見人就笑，卻沒人敢打擾她，就連她下了課坐在教室裡看書，教室裡都是靜悄悄的，大家說話都出去說，沒人吵她。一來是因為她的成是一部分人的偶像，二來也是因為她是徐家未來的孫媳，如今她可是跟徐天胤正經地訂了婚的。

元澤在夏芍身邊很清靜，清靜得課間曬著太陽趴在桌上舒服得都想睡覺，轉頭間見夏芍低頭看書看得認真，陽光照在她臉上眉眼，一如往昔的寧靜柔和，忍不住凝視了許久，捨不得移不開目光。半晌，覺得她低頭太久，再不活動脖子會僵硬，這才伸個懶腰，笑著嘆道：「偷得浮生半日閒啊……」

果然，他的聲音引得她抬頭望來。

只是，她剛抬頭，教室裡就傳來不和諧的聲音。

「嗤！」有人坐在角落裡，手裡也拿著書本，鄙夷地哼了一聲。

教室靠窗最後頭的座位上，衣妮捧著課本，頭也不抬，嘲笑著元澤。

她對於要女人庇護的男人很不齒，很看不慣。

元澤苦笑，衣妮瞧著嬌小可愛，實際上不太合群，性子有些讓人吃不消，她似乎不太懂幽默。不過元澤也不介意，他托著腮，笑看夏芍一眼。衣妮是生物系的學生，什麼時候這經濟系的教室這麼受歡迎了，他來聽課，衣妮也跑來聽課了。

夏芍無奈一笑，衣妮跟著她，是為了等肖奕的消息。肖奕也是衣妮的仇人，她沒有理由有他的消息不告訴她。

「倒是那兩個，最近難得見上一面。」元澤指的是苗妍和周銘旭。

這兩人不是難得看見，而是難得一起看見。

苗妍和周銘旭最近的關係有些尷尬，起因於夏芍訂婚那晚，周銘旭知道了苗妍的家世，也聽到苗成洪給苗妍介紹官二代的事。苗妍到底是乖乖女，寒假回來後便聽從父親的安排，與那官二代見了幾面。那官二代也不知道是不是真的看上了她，經常來校園接她，找她出去約會。這些事瞧在周銘旭眼裡，當然心裡不好受。他也不知道是不是自卑，覺得自己配不上苗妍，自此就躲著，兩人很少一起出現。

元澤早就看出來了，朋友的事他還是很關心的，他見過那個官二代一回，看起來特別不靠譜，苗妍可別吃了什麼虧才好。他以為夏芍不知道這事，也知道她忙，剛開始便沒有提，自己跟著苗妍出去了幾回，以朋友的身分給她撐場幾回，也暗示過那個官二代別對苗妍起什麼歪心思，但對方聽不聽得進去就不知道了，而且總這麼下去也不是辦法，他見夏芍看在眼裡，有點想知道她有什麼看法。

夏芍只是神祕一笑，打趣道：「元少這是要追小妍？」

元澤差點一頭磕到桌子上，難為他還能維持住溫煦的笑容，「妳就亂點鴛鴦譜吧！」

「那你幹麼搶銘旭該做的事兒？」

元澤一愣，聰明如他，自然一點就透，眼神當即亮了起來，頓時覺得自己是做得多餘了。悲催的是，他在那裡自責，夏芍還調侃他，「元少，做人要厚道，給兄弟留條路。」

元澤：「……」

厚道這詞兒是這麼用的嗎？

難得欣賞到元澤鬱悶的表情，夏芍的心情不錯。她從不插手別人的感情事，那兩人說來還處在懵懂期，能不能成，要靠兩人的努力。周銘旭這麼自卑是不成的，苗妍到現在還認不清自己的心也是不成的，所以她不插手，讓他們兩人自己領悟。當然，如果苗妍真有危險，她一定會出手。只是這次的事，險沒有，驚還是有的。

她轉頭看向窗外，這段時間，秦家託秦瀚霖約了她幾次，秦老爺子和秦岸明想見見她，都被她給婉拒了。兩人想見她，無非是想拉攏她，她沒這個心思。秦家也不知道是不是被這次的戰果給驚著了，她雖婉拒，也算不上太給面子，秦家竟然也不生氣。秦岸明親自打電話謝了她一回，態度誠懇裡竟然還帶著些敬畏。

秦瀚霖還在思過期，倒是週末時來徐天胤的別墅蹭了頓飯，席間哀嚎道：「小師妹，妳好可怕，以後我絕對不惹妳生氣了！」結果，在徐天胤的冷氣下又被逼改口叫了嫂子。

夏芍想起這些，會心一笑。

她知道悠閒的日子不會太長，她殺了冷以欣，肖奕遲遲不出現，想來他應該坐不住了。

這段時間，她還聽說了一件事，是柳仙仙告訴她的。

「聽說，前陣子潘家園那裡來了一個擺攤算命的道士，一天只算三卦，特準！」

柳仙仙向來愛八卦，從學校裡被某高層包養的二奶到某系某班某對情侶鬧分手是因為啥，現在都管到潘家園的算命攤上了。夏芍聽見這事時，正坐在學校外面的一家老字號火鍋店裡點菜。天氣尚涼，還是吃火鍋的時節，她下課早，早早便來了。她最近極愛吃火鍋，尤其是這家火鍋店，湯底正宗。

夏芍低頭看菜單，沒在意柳仙仙的話，只是抬頭瞧了她一眼。

這一眼瞧得柳仙仙渾身不自在，沒來由一陣心虛，便將夏芍手中的菜單搶過去，啪地往桌上一拍，「點點點，有什麼好點的？點來點去不就那幾盤菜？這家店妳一個星期來三次了，我連妳吃多辣的底料都知道，每回那幾盤菜我都能報上來，還有什麼好點的？妳認真聽我說話，別心不在焉的！」

夏芍嘆道：「我心不在焉倒沒什麼，妳別有事悶在心裡不說就好了。」

「……妳什麼意思？」柳仙仙一愣。

「原本我一直在等著妳說，妳卻自己扛著。」夏芍垂眸，「妳這麼愛八卦的人，能不知道近來發生的事嗎？」

夏芍雖說得隱晦，但想必柳仙仙明白。近來姜系幾名大員落馬，姜家深陷困局，石丘生身為姜家的女婿，也面臨調查。不管怎麼說，他終究是柳仙仙的親生父親，可柳仙仙卻瞧著一點也沒受影響，忙著拜師，忙著顯擺，忙得風生水起，活像那人與她無關。若她心裡真覺無關，夏芍也不好說什麼，怕只怕她又壓在心裡。

柳仙仙臉色沉了下來，半晌才問：「誰告訴妳的？」

「還需要人告訴我嗎？妳忘了我是做哪一行的？」夏芍嘆了口氣，這丫頭八成以為是胡嘉怡告訴她的吧？也就只有胡嘉怡知道她的身世了。

「靠！」柳仙仙瞪眼，拍了一下桌子，「誰讓妳又偷窺老娘的臉了？」

夏芍挑眉道：「行啊，那妳以後見了我，拿後腦杓對著我就行了。」

柳仙仙翻白眼，氣也不是笑也不是，臉上有被看穿祕密的尷尬，一時不知如何自處。身邊有個風水師就跟有個全方位掃描儀似的，自己知道的事能被她看穿，自己不知道的也能被她看穿。這種感覺，彷彿沒穿衣服站在人家面前。

「說不說是妳的自由，只是有什麼事別忘了還有我們在，別什麼都自己扛著就好。」夏芍看她尷尬，便打破沉默。

「呵，笑話！老娘扛什麼了？妳難道不覺得老娘現在春風得意？」柳仙仙猶自嘴硬。

夏芍瞧她一眼便不說話了，拿回菜單繼續點菜。

柳仙仙心中煩躁，轉頭看向窗外，哼笑道：「那妳覺得我現在應該怎麼樣？擔心嗎？」

夏芍笑笑，不說話。

柳仙仙氣悶，哼了哼，「告訴妳，我現在巴不得落馬的人就是他。可惜，到現在還沒有聽到這個好消息。」

夏芍這才抬頭看她，正撞見柳仙仙臉上還沒來得及收起的恨意。那恨意不是偽裝出來的，可見她剛才的話並非只是氣話。

「也不知道是不是秦家把姜家整到這樣，要真是，我倒想感謝他們。」柳仙仙嗤笑。

夏芍垂眸，她不想對柳仙仙說真相，那畢竟是她的親生父親。她不是柳仙仙，沒有經歷過她所經歷的，沒有體會過她的怨和恨，沒有資格說什麼，但身為朋友，她還是希望她喜樂，「他不如意，妳要是真開心，那也沒什麼，只怕開心不是真開心，痛快也不是真痛快。」

「我怎麼不是真開心真痛快？」柳仙仙盯著夏芍，眼裡有血絲，隨即又笑了，「對，我確實不是真開心真痛快，哪天他死了，我才是真開心真痛快！」

夏芍一愣，她沒想到柳仙仙對她的父親有這麼大的怨氣。

「哼！不過，就算他真死了，他這輩子也賺到了，只是可憐了我媽……」柳仙仙呢喃，聲音不大，似沉浸在回憶裡，「我媽跟他青梅竹馬，兩人一起到京城。他那時候就是個窮學生，我媽一到就拜了名師，有了名氣。他拿著我媽的錢讀書，說好了畢業娶她，可是我媽最後等到的是什麼？是姜家千金一句話就讓她丟了舞蹈工作，一句話就讓她在京城沒有立足之地。我媽從哪裡來的就回到了哪裡，家裡人死得早，她沒有依靠，又是未婚生女，受人白眼，低聲下氣地四處找工作……可他呢？他娶了姜家千金，寧可一輩子被人當上門女婿看，也要死皮賴臉地當官。我生下來就沒有父親，以前沒有，以後也不會有。那個在我媽去世的時候，偷偷跑來祭拜她，都不敢和我相認的孬種，他有什麼資格在我來了京城以後想和我相認？做他的春秋大夢！他是不是以為他當年來見了我一面，留了錢給我，我花了，就表示是他養著我他盡了責任，我就得認他？他真天真！如果當年我媽沒有被姓姜的賤人從京城趕出去，以我媽的天賦，她早該成名。我花的都是我媽本該得到的，還有他當年花我媽的那部分，至於他的，我一分都不稀罕。要我承認他？我跟他有關係嗎？他姓石，我姓柳，我們本來就是陌生人。」

陌生人？

若真是陌生人，是不會有情緒的。世上真正的陌路，是毫無感覺，而憎恨和怨懟，卻也是感情的一種。若真沒有感情，便連憎恨和怨懟都不該有。

夏芍靜靜地聽著柳仙仙的話，這些年來，想必除了胡嘉怡，她沒再對任何人說過這些話。這些話今天說出來，不知是否能讓她有發洩的感覺。還記得當年在青市一中，宿舍裡初見柳仙仙，覺得她像個遊戲人間的女孩子，不在乎愛情，厭惡官二代，原來一切都有原因。她這番話雖然不長，夏芍還是能想像得到，本該成為出色的舞蹈家的女人被權貴逼迫，黯然回到自己的家鄉，未婚生子的女人在那個年代，必然不被接受。名聲壞了，人家也不肯聘用她，她只好四處找工作養活自己和女兒。

年幼的柳仙仙跟在母親身邊，受盡周圍人的指指點點，私生女、來歷不明的孩子等等，這些字眼對一個年幼的孩子來說，何其沉重？後來母親去世，陌生的男人前來祭拜，卻沒有告訴她他是她的父親。男人許是怕妻子生氣，偷偷前來，臨走時只留下了一筆錢給她，她自此過上了寄人籬下的生活。縱然那是她最好的朋友家裡，可寄人籬下的生活，看著別人一家和樂，心裡恐怕並不好受。

怪不得當年看起來什麼都不在乎的柳仙仙，非要拿下青市一中藝術大賽的一等獎，非要保送京城大學的名額，非要選擇舞蹈成為她今後的人生道路，一切有因才有果……

想必前陣子在京城大學的禮堂，石夫人看見臺上的柳仙仙那般震驚是為何。她大抵不會想到，當年趕走了丈夫的未婚妻，二十年後她的女兒又出現在了她面前。

柳仙仙心裡多半是存了非要在京城舞蹈界立足，為母親出口惡氣的念頭吧？

柳仙仙心情不好，看見包廂裡有啤酒，打開就仰頭咕咚咕咚喝了。

元澤等人來的時候，火鍋已經上桌，柳仙仙兀自喝起酒來。幾人一進來，倒沒瞧出柳仙仙有什麼不對勁，只是不約而同瞧了眼桌上紅彤彤的火鍋湯底，一個個露出苦笑。

夏芍平時忙，不是每天都有時間和朋友們一起吃飯，但凡她有時間請客，大家當然都是願意來的，可是這幾天她不知道怎麼就改了胃口，喜歡吃辣，幾乎到了無辣不歡的程度。她是歡快了，大家卻苦了。

周銘旭和苗妍都來了，衣妮也跟著。由於近來周銘旭和苗妍在一起時，氣氛總是尷尬，所以大家很有默契地一坐下來就開吃，先把氣氛炒熱再說。

衣妮是個能吃辣的，元澤和周銘旭身為男生，吃不過兩個女生，當然會有爭強好勝之心。剛坐下沒一會兒，大家就吃得熱火朝天。夏芍瞧了好朋友們一圈，心裡暖融融的。

她特意瞧了苗妍一眼，她額頭冒了汗，臉頰紅潤，人比年前的時候又圓潤了些，瞧著與當年青市一中宿舍裡初見時判若兩人了。說起來，苗妍的陰陽眼封了有兩年半，到今年暑假，應該就能完全封印住。今後她便能和普通女孩子一樣，讀書、戀愛、結婚，也不枉她和師兄當年為她所做的一切。

苗妍吃的不多，看起來有心事，時不時偷瞄周銘旭。周銘旭坐在她旁邊，和元澤碰著啤酒罐，不太看她。直到苗妍被嗆得咳了一聲，周銘旭才轉過頭來，眼底明明有關切的神態，卻沒看多久，只起身去了包廂外面。回來的時候，手裡提著一熱水壺，倒了開水給苗妍，然後坐下繼續和元澤喝酒，自始至終沒說一句話。

氣氛頓時又尷尬起來。

柳仙仙忽然笑笑，一把勾住苗妍，滿身酒氣地問：「喂，為情所困啊？簡單！下午有課嗎？我帶妳去一趟潘家園，那裡有個算命的道士，算得超準！」

苗妍在聽見柳仙仙說為情所困時，臉騰一下紅得跟面前的火鍋湯底顏色差不多，但聽見她後半段話，臉色變得有些古怪。不止苗妍，其他人也都看向了柳仙仙。

「算命的道士？何必多此一舉？這裡不就有位大師？」元澤笑著瞥向夏芍。

柳仙仙鄙夷地嗤笑，「這位大師太貴了，潘家園那位算一次才幾十塊錢！」

「噗！」衣妮一口茶噴了出去，隨即皺眉，看柳仙仙的眼神就像看傻子。

元澤也笑了，「幾十塊錢的妳也信？」

他們這些人都被夏芍把眼界養高了，幾十塊錢的直接就歸入了江湖神棍的級別。

「呸！」柳仙仙瞪元澤，「不要以為貴的就一定是大師，便宜的就不可能是高人。我可告訴你，那位道士準得很，一天只算三次，算完走人。要是為了錢，誰一天就賺那幾塊錢？」

元澤覺得有道理，江湖神棍以騙錢為目的，沒道理有錢不賺。

「騙術多了，擺地攤糊弄人，能忽悠多少是多少的那些，是騙術裡最不講究的。再高深點的，會故弄玄虛，放長線釣大魚，我看妳說的那個道士就屬於這種的。」衣妮雖然早年離家，但一路走來，三教九流見多了，當下嗤笑一聲，「妳以為他真看得上那幾塊錢？他等的就是像妳這樣的人，以為他是高人，巴巴地跑去見識，順道還給他帶個家裡有錢的金主。」

衣妮說著，瞥了苗妍一眼，她是苗氏集團千金，真要是去了，被騙多少錢都有可能。

元澤身為官二代，對江湖騙術的了解還真不如衣妮，但他反應很快，秒懂她的意思，「妳是說，那個道士的目標是有錢人，每天只算三次，每次只收幾塊錢，是故弄玄虛，其實是在等金主自動上門？」

衣妮懶得回答，元澤卻感興趣地分析道：「確實有道理，這個人八成是外地人，初到京城，人生地不熟，也不認識什麼達官顯貴。有心想騙錢，又怕送上門去讓別人一眼就看穿，索性先故弄玄虛，把名聲打開。有人有興趣，自然會主動送上門。」他邊說邊笑著看夏芍，「有人跟妳搶生意了，妳不好奇嗎？」

夏芍從剛才起就沒說話，安靜地聽著朋友們你一言我一語。其實這世界上確實有雲遊的高人，身在世外，不計較錢財，可如今國內奇門江湖門派少，高人本就少，世外高人更是鳳毛麟角。走在路上，遇見世外高人的可能性和遇見江湖騙子的可能性一比較，當然是遇見騙子的機率高，但是……不知道為什麼，她心裡總有種奇怪的感覺……

她還沒來得及想明白，便聽柳仙仙不服氣地哼道：「那人家算得準怎麼說？」

衣妮翻翻白眼，連解釋也懶得解釋了，「算」得準的江湖術士多了去了。要是連人都忽悠不了，還幹這一行做什麼？

見衣妮不反駁，柳仙仙露出勝利的笑容，勾著苗妍的脖子繼續道：「別聽他們的，他們是黑暗陣營的人，看誰都不是好人。我們不一樣，我們積極向上，我們勇於探索，勇於求證！今天下午沒課，我們一起去，有課也蹺了一起去！」

「蹺課還叫積極向上？」周銘旭咕噥一聲，聲音不大，沒敢讓柳仙仙聽見。

其他人則是古怪地瞧著柳仙仙，她怎麼那麼想去看那個道士？要是別人也就算了，柳仙仙以前可是一口一個神棍地叫著胡嘉怡和夏芍，她嘴上從來不說信這些，今天是怎麼了？

柳仙仙嘿嘿笑著，「去了包妳不後悔，我可是聽說了，那個道士年輕又帥！」

眾人：「……」

這才是主要原因吧？

夏芍輕輕蹙眉。

周銘旭聽見那句年輕又帥，不由看向苗妍。

苗妍被他看得低下頭去，小聲對柳仙仙道：「我、我還是不去了……」

「幹麼不去？去算算姻緣也好，看妳和那個姓谷的能不能成。」柳仙仙邊說邊看周銘旭。周銘旭臉色有些白，看了苗妍一眼。苗妍也正巧看向他，兩人的目光一觸，像觸電似的各自慌忙轉開。柳仙仙哼了哼，鄙視地對苗妍道：「妳跟那個姓谷的才見了幾面？瞧妳這糾結的樣子！告訴妳，以老娘的經驗，挑男人就像挑草莓，永遠有更大更好的。」

眾人嘴角微抽。

柳仙仙繼續說教：「我今天就帶妳去看看比那個姓谷的更帥的男人，妳要是一下被震住，那就說明妳不喜歡姓谷的。妳不喜歡他，幹麼跟他在一起？因為他是官二代，對妳家的生意有好處？得了吧！這年頭有感情的都未必能走到最後，何況沒感情？就妳這性子還跟官二代交往，不被耍得渣都不剩？小芍當初為了妳費了多大的功夫，妳下半輩子還不趕緊好好過？要是過得不好，妳對得起誰？」

所有人都看著柳仙仙。原以為她硬要帶苗妍去潘家園是想看帥哥，弄了半天是為了開導苗妍，只不過這彎拐得也太大了些。

苗妍低著頭，心裡似有觸動。

周銘旭看看她，看看柳仙仙，在座的就他不知道苗妍有陰陽眼的事。

「那個道士長什麼模樣？」夏芍冷不防地開口問道。

柳仙仙哈地一笑，「哈，這裡有個對帥哥感興趣的了。不帶妳去，妳都訂婚了還想看帥哥，小心我告訴妳師兄！」

夏芍只當沒聽見這話，「可是二十五六歲的模樣，穿著金黃道袍，帶桃木劍，上頭掛著金鈴鐺，可能還戴著耳機，打扮有點怪異的年輕道士？」

柳仙仙一愣，下意識道：「妳怎麼知道？」

衣妮皺眉，「妳認識？」

「老熟人了。」夏芍先是面色古怪，後又饒富深意地一笑，「如果是他，擺地攤算命的事他倒真有可能做得出來。」

若真是無量子，他此時來京城，算來……當年說的兩年之期好像到了？只是，當年無量子的意思似乎是她有什麼劫難，可今年明明是師兄有大劫，到底是怎麼回事？

「下午我跟妳一起去潘家園。」夏芍對柳仙仙道。

她心裡雖諸多疑問，但眼下這時候，無量子來了會是很大的助力。

柳仙仙張大嘴，潘家園的道士怎麼成了夏芍的老熟人？是她什麼時候認識的帥哥？

衣妮關心的卻不是這個，「難不成，這人還真是位世外高人，我誤會他了？」

夏芍的朋友，在衣妮看來，當然不可能是江湖神棍，只有可能是真正的高人。

「若是他，他擺攤算命，可能只是在等人。」夏芍笑笑，無量子等的人應該是她，「先吃飯吧，下午去見他。」

可惜，計畫趕不上變化。

這天夏芍沒能見到無量子，不是她去了潘家園無量子不在，而是她根本就沒去成。

不知道是天意還是巧合，眾人剛吃完飯，夏芍的手機便響了。

電話是徐天胤打來的，「姜正祈回京了。」

夏芍一愣，姜家目前腹背受敵，姜山被逮捕調查，自然無法親自聯絡肖奕。她早就推測姜家會由別人來找肖奕想辦法，而這個人很有可能會是姜家被當作繼承人培養的姜正祈。姜正祈雖在地方上，但他的一舉一動早就被盯上了。

夏芍以為肖奕與姜山事敗，京城正亂，他們要聯絡見面也該是肖奕去姜正祈所在的地方，她還告訴徐天胤，若他的人發現異常蹤跡要立刻告訴她，她馬上就趕過去。沒想到，他們倒膽大，姜正祈直接回了京城。不僅如此，徐天胤在電話裡說，姜正祈回來之後連姜家都沒回，直接去了京郊的一處高級會館。

夏芍問明會館的地址，走到靠窗邊開天眼望了過去。姜正祈還沒有到，但會館的房間裡已經有一位老者在等候。那人坐在輪椅上，半低著頭，拿著茶杯的手皮膚乾皺，側著的半張臉也是老態畢露。

這人和她所認識的肖奕面容差別甚大，年紀少說也有五旬。若非當初聽師父說過茅山派的龜息祕法反噬之態，她決計不會認為此人是肖奕。她早就猜到肖奕還活著，時至今日，才算是親眼見到他。此人若不是肖奕倒也罷了，若真是他，連她都震驚於他的變化。

三十出頭正當壯年的男人，半年不見，竟真成了這副蒼老的樣子？

夏芍對於此人是否真是肖奕並沒有過多的糾結，她只往那人身上一掃，隨即便瞇了眼，

「是他沒錯，煉神還虛！」

不管這人是不是肖奕，他的修為是對得上的。

第三章　七煞鎖魂

徐天胤正在軍區，他這幾天可沒夏芍那麼清閒。日方使節團在京城期間出了這麼大的事，上頭肯定要調查，尤其是那份錄音檔來自何處。姜山豈是省油的燈？他是打定主意死也要拉個墊背的，在被逮捕審查期間，咬死了自己和日方大使談話的地點就在日方的住處。日方是住在國家賓館的，那裡的安全保衛最為嚴密，如果姜山真是去了那裡，所有負責此次任務的安全人員都會被問責。徐天胤身為這次安全任務的總指揮，他的責任首當其衝。

然而，夏芍既然決定用此計，便不會危及徐天胤。當晚的監視器早就被徐天胤提前調換，姜山在前往日方使節住處的路上經過的安全檢查點的人員其實並非被買通，而是早就著了道，別說一個大活人從他們身旁走過去，就是一個大活人過去捅他們一刀，他們都不會知道。

正因為不知道，面對姜山的供詞，這些安全人員都義憤填膺，紛紛請求上頭還自己一個清白，隨即便有人要求測謊。

本就不知道的事，當然什麼都測不出來。如此一來，上頭便沒有再盤問徐天胤。一來因為執行此次任務的安全人員都沒測出什麼來，本身已能證明姜山在說謊，二來徐天胤功勳加身，上頭又有徐老爺子在，縱然徐康國對此事毫不干涉，但上頭那位顯然不想在即將卸任的時候得罪徐老爺子，事情就這麼平息了。

不僅徐天胤沒事，就連方筠都躲過了調查。按說她是方家人，姜系新貴，在姜系人馬面臨大規模審查的時候，方家自然不能倖免，可是這事不知是誰在背後使的力，上頭一句「其餘人都沒說謊，方筠一人不可能助姜山進入防備如鐵桶般的外賓住處」為由，消除了她的嫌疑。

方筠沒被牽連，讓方家鬆了一口氣，只有方筠自己知道，她沒事多半是秦家的意思。當初夏芍曾向她許諾，她若肯幫忙，日後姜系若有事，方家可不必受太大的牽連，想來這些天方家雖然也在接受調查，卻沒查出什麼，也是秦家的意思。

這些天，徐康國把夏芍叫回過徐家一次。徐老爺子對這次秦系人馬忽然勝利存了好大的疑問，尤其姜山想咬徐天胤，這讓他的敏感神經一下子繃緊了，總覺得這次的事，不跟自己的孫子有關，就一定跟某隻小狐狸有關。但是，那小狐狸回了家裡，太會裝傻賣乖，就是什麼都問不出來。末了，徐康國擺手嘆氣，「算了，看來我是老了！」

這麼一來，徐天胤繼續回軍區工作，暗中幫夏芍監視姜正祈的一舉一動，夏芍則在學校裡過了幾天清閒日子，直到今天才得知了姜正祈的消息。

這消息來得不是時候，夏芍剛得知無量子來了京城，正打算去見他。可這也沒讓夏芍太糾結，她立刻做出了決定，「我馬上過去。師兄來的時候開車慢點，兩小時之內不許到。」

夏芍本想說不讓徐天胤來，不知道為什麼，她從剛剛接到電話時起，心臟就一直撲通撲通跳，總覺得會出什麼事。可對方是肖奕，徐天胤不可能放心她一個人去，他是一定會去的，與其讓他趕過來，不如給他規定個時間，讓他車子開慢些。等他到了，事情應該也就結束了。

掛了電話，夏芍轉身就見大家都在看她。雖然不知道出了什麼事，但是聽夏芍講電話的語氣，就知道一定是急事。衣妮緊緊盯著夏芍，只有她明白是什麼事。

夏芍看向了她和元澤，「我有事拜託你們兩位，去一趟潘家園，把我那位朋友請來。」

「為什麼是我？」

「為什麼不是我？」

衣妮和柳仙仙幾乎是同一時間問出口，前者神情急切，後者表情不滿。

「我的那位朋友是鬼谷派的傳人，法號無量子，你們替我去請他。我總覺得今天會出什麼事，不得不提早安排。」夏芍心知衣妮跟肖奕有仇，一聽仇人的消息，比誰都急切，因此她才跟她說清楚。說完，她才看向柳仙仙，「今天是正事，妳要是見了他，保證不亂開玩笑，那妳就可以一起去。」

夏芍之所以讓元澤也去，是因為元澤待人向來溫和有禮。柳仙仙和衣妮，一個人來瘋，一個性子衝，到了那兒，總得有個正常人，免得失了禮數。

「好。」元澤倒是什麼也不問，夏芍讓他幫忙，他只管點頭。

衣妮也應了下來。她沒想到那位高人竟然是鬼谷派的傳人，夏芍既然讓她去請援軍，她沒理由不答應，她一定儘快帶著人趕過去。

夏芍也給周銘旭和苗妍安排了事做，而且是有意把他倆安排在一起，「你們替我跑趟華苑，去找小燁子，讓他帶人去這個地方。」說著，她將地址寫給了朋友們，見眾人鄭重點頭，她這才和大家兵分三路，分頭行動。

說起來，一個肖奕，實在不必如此興師動眾，但夏芍記得，當初在日本的時候，她得到了一個消息，那就是肖奕身邊還有泰國的一些降頭師跟著。今天現身的只有肖奕，她有不祥的預感，不得不防著。

京城很少有人知道京郊有家高級會館，這個會館開在半山腰上，林木掩映，外面很難看得見裡面的狀況。一到週末，總有豪華轎車前來，大多數人以為這些有錢人是來爬山的，殊不知都是來會館的。

這家會館是私人經營的，邀請的都是頂級豪貴，具備資格的人很少，姜正祈就偏偏有這資格。他是這裡的貴賓，今天來此，地點是他選的，為的就是隱秘。

姜正祈到了的時候，那位姓肖的高人已經在房間裡等著了。滿室的茶香，讓姜正祈一進門就皺了皺眉頭——他倒是有閒情逸致！姜家今天的局面，跟他有莫大的關係！

不必照鏡子，姜正祈就知道自己的臉色不好看，他現在也不想擺出好臉色來，縱然眼前的這個人是高人，但他向姜家自薦，最後卻把事情辦砸了，怎麼看都應該是他向姜家賠罪。

然而，姜正祈很快發現，他低估了這個人，或者說，他摸不透這個人。對方在他進門後，倒了茶給他，讚了這會館的風水，又讚了窗外的山色風光，就是沒一句話在正事上。

姜正祈本是最能隱忍的性子，若他不是有這隱忍的性情，京城四少中也不會只有他的消息特別少，存在感那麼低。如今姜家深陷水火，一手造成此局的人就在面前，他再隱忍也忍不下去了，眼看著肖奕不道歉，他唇一抿，沉聲道：「肖先生，你就沒有別的話要對我說？」

「姜少想聽什麼？」肖奕眼中似有笑意，看似溫和地瞥了姜正祈一眼。

姜正祈陡然一驚，只是他向來善於掩飾情緒，這驚只在心裡，瞬間便壓了下來。他這才想起這人第一次見他時殺的那人，知他乃是奇人，這才斟酌著語氣道：「肖先生，你應該知道姜家現在的處境。我們當初合作，計是閣下的計，可本該是把秦岸明算計進去的計，反倒把我父親陷進去了。這件事至今我和我父親都百思不得其解，想來只有肖先生能看明白。」

這話說得很客氣，沒把姜家對肖奕的懷疑說出來。

肖奕一笑，笑容嘲諷，「我還以為姜家有多高的心就該有多強的心，沒想到也是個遇事就慌的。這麼周密的計畫都能被將計就計反將一軍，不正說明對手段數很高嗎？有這樣的對才不會無趣，難道不是一件值得高興的事？」

姜正祈一聽，險些吐肖奕一臉。理論上來說是這樣的，但誰人身陷囹圄，還有心思欣賞對手的段數有多高？這人真是說大話不怕閃了舌頭！心裡冷哼歸冷哼，姜正祈卻就勢問道：「聽肖先生的意思，對方是什麼人已經有眉目了？」

肖奕冷哼一聲，「這世上能把我的計畫給毀了的，除了那個女人，還有別人嗎？」

那個女人？姜正祈一愣。

肖奕彷彿從牙縫裡擠出兩個字來：「夏芍！」

姜正祈眼睛倏地睜大。

夏芍……姜家不是沒有懷疑過，畢竟她是連肖奕都忌憚的風水師，可是她年紀太輕，總讓姜家人覺得不可思議，沒人願意相信姜家現在的狼狽，是拜一個年僅二十歲的女孩子所賜。

肖奕既然這麼說，應該是沒錯的。

那……真的是她？

姜正祈驚疑著，便聽肖奕笑了起來。

這笑不同於剛才那看似溫和實則寒涼的笑，而是發自骨子裡的冰冷，聽得姜正祈都打起寒顫，驚疑不定地看向他。這一看，只覺得肖奕的臉都是扭曲的，笑意猙獰，帶著瘋癲的快意，聲音卻溫和得讓人起雞皮疙瘩。

「不過，她活不過今天了。」

姜正祈正為肖奕的話感到震驚，夏芍的車已經開到了會館門前。

不出她所料，果然有人來攔她。

來人是名保全，見到夏芍，頓時愣了，「夏小姐？」

夏芍輕輕頷首，不意外自己被認出來。這個會館開得如此隱祕，客戶必然是京城上流圈子的顯貴。這會館的老闆應當是有背景的，在這裡工作的人，又豈能沒一點眼力？

「我有個朋友在裡面，想進去見他。」夏芍淡淡地道。

她這話一說，那保全起了戒心。

這家高級會館的會員都是各路權貴，按身分來說，夏芍早有受邀資格，只是這家會館的會員都是男人。因為地點隱秘，常有些私密的娛樂活動，這些活動是提供給男人取樂的，夏芍自然不可能是這裡的會員。

現在會館裡只有兩位客人，其中一位是姜家大少姜正祈，另一位是他的客人。誰都知道，徐家和秦家是世交，夏芍出現在這裡要找姜正祈，能有什麼好事？

「不知道夏小姐要找的朋友是哪位？我們好進去通報一聲。」保全在會館工作久了，接觸的權貴也多，自然知道不能得罪人的道理。況且眼前這位可不是京城一般的權貴能比，且不提徐家，就是她自身在圈子裡那些人脈就夠嚇人的。

夏芍看出保全有心拖延，她沒這時間跟人周旋，當即二話不說便往裡走。

「夏小姐！」保全大驚，連忙跟在後頭，卻不敢硬攔，只好拿出手機來要打電話。只是，下一秒，他的步子停了，聲音也沒了，整個人像雕像般立在門口。

夏芍連頭都沒回，直接進了會館，一路上攔她的人都莫名其妙地遭遇了這輩子最為詭異的事。她也不怕動用陰煞打草驚蛇，她有種感覺，肖奕知道她今天會來。跟肖奕打了幾回交道，她知道這男人的城府，以他的謹慎，怎會不知如今的京城不是他和姜家人見面的好地方？雙方要見面，何不在姜正祈所在的地方上？特意在京城見面，必有深意。

其中的深意……只怕是在等她上門吧？

夏芍噙著冷笑，一路暢通無阻。

肖奕和姜正祈在二樓，根本無須看是哪個房間，縱深的走廊上只有一個房間門口有多人把守，保鏢站了兩排，遠遠地看見夏芍出現在走廊上，立即有人喝問：「什麼人？」

其他人紛紛掏槍，槍口直指夏芍。

夏芍瞇眼，保鏢們忽覺一股勁風撲面，胸口彷彿遭重錘擊中，眼前一黑，不約而同向後仰去。擋在門口的幾名保鏢更是遭到重擊，飛身砸中房門，壓著門板一起摔了進去。

姜正祈震怒地起身，「怎麼回事？你們……」

話沒說完，就被飛來的門板砸暈。

夏芍靜靜地站在門口。

輪椅上的人端著茶杯，唇角微扯，笑意一如夏芍的冷淡，一如她的氣定神閒，語氣頗有幾分老朋友相見的意味，「好久不見。」

他不反駁也不承認，在夏芍眼裡等於是默認了——此人果然是肖奕！

「我以為不會再見到肖掌門了。」夏芍既知眼前人是肖奕，那就沒什麼好說的了。她沒有心情跟他打招呼敘舊，他們之間沒有舊情可敘，倒有舊仇要清。

肖奕穩穩當當地坐在輪椅上，眉宇在逆著的光線裡辨不清神色，只是聽他笑道：「看樣子，我像是被小瞧了。」

夏芍不語，她從未小瞧過對手。她在英國逼出肖奕並且贏了他是勝在修為，倘若她的謀算比他欠缺一分，恐怕到現在玄門還不知道在背後總是陰自己的敵人是誰。

「我一開始就知道會再見到夏小姐。」肖奕的眉眼越發看不請，笑意越發沉鬱，「並且，我從來都知道，小瞧對手會有什麼下場。」

夏芍不動聲色，唯有她和肖奕明白，兩人見面的瞬間，各自周身的氣場已經蓄勢待發，如今談話不過是試探對方虛實而已，「看來，今天肖掌門是想讓我嘗嘗你所謂的下場了。」

「跟聰明人說話就是不費力。」肖奕一笑，「我就喜歡夏小姐的聰明，妳的聰明成就了妳自己，也會成為埋葬妳的墳墓。」

「哦？那今天就請肖掌門指教了。」夏芍手往腿側摸去，陰森黑氣如濃墨般射出，她口中同時喝道：「大黃！」

她一開始就不保留實力。沒什麼可保留的，肖奕領教過她的修為，也深知她身上有多少護身法寶，保留無用。今天她的目的就只有一個，速戰速決，遲了恐生變。

肖奕知道她的實力，卻還敢說出滅殺她的話，便知他有所準備。這個準備一定不是跟她硬碰硬，既然如此，她沒有好心到給他使出殺手鐧的機會。

肖奕冷笑一聲，似早就料到夏芍的舉動，他手往輪椅上一拍，輪椅滑退，早就算好了距離般往內室退去。這一切看似是算計好的，可他眼神沒有看起來這麼輕鬆，龍鱗和大蛟齊至，縱使是在他全盛時期也不敢輕敵，更別說現在。

夏芍微愣。她原本估算肖奕不敢硬接，退處應該是窗外。此處是山上，房間在二樓，窗戶是落地窗，與一樓的落差不大，以肖奕的修為，即便坐著輪椅，衝下去平穩落地應不是難事。

她連下一步的動作都準備好了，甚至到了窗外如何一舉拿下他的計畫都在心中，卻沒算到他竟會往內室退。

內室的情況她早就開天眼看過了，那是個死室，窗後是崖路，也不存在什麼密室一類的設置。那只是一間很普通的會館臥室，休息用的，沒什麼特別的。

正因是死室，無處可逃，肖奕又使用禁術，耗損過重，修為不及在英國的時候，此舉不合常理，夏芍才會愣了那麼一瞬。

肖奕忽然大喝一聲：「動手！」

夏芍目光一變，往裡面衝去，同時間開天眼再次掃視會館四周，可是什麼都沒有。

別說這處會館，就連這座山上以及附近的情況，她在來的路上也早就探明了虛實。她擔心肖奕有陰招，怎會不防他有後招？但當時和現在所探的結果一樣，什麼都沒有。附近乾乾淨淨的，沒有可疑的陰煞陽煞，沒有可疑的人，除了肖奕和姜正祈，只有會館的工作人員和保鏢。

那他剛才是在跟誰說話？

夏芍不知道肖奕有何準備，直奔肖奕所在之處。他在哪兒，她就在哪兒，哪怕他在地底深處安個炸彈，他總不至於炸了自己。

夏芍當然不認為真有炸彈，若有，她早就看出來了。她只是認為衝進去，肖奕有任何陷阱暗招，兩人共處一室，他要施展也會顧及會不會傷了自己。何況她修為在此，到了內室，未必有他施展陰招的時間。

從門口到內室，不過眨眼之間。她抬起手，天地陰陽之氣在她身前聚集，狂捲如颶風。大黃與龍鱗的陰煞在前，隨著颶風之勢直撲內室角落裡的肖奕。

濃墨般的煞氣似黑夜忽然降臨，將屋裡所見一切全數吞噬。在凶猛的吞噬裡，夏芍眼力極好地對上了肖奕的目光，然後她看見了肖奕的表情有那麼一瞬的呆愣。

夏芍心裡咯噔一聲。

肖奕為什麼呆愣？

他應該知道她今天的目的就是殺他，不論他往哪裡躲，她都理所當然地會追擊。

他早能料到她跟進來，那為什麼會愣住？

難不成，他認為他虛無縹緲地喊了句動手，她就該沒有能力追進來了？

諸般念頭如閃電般劃過，肖奕的表情在電光石火間，由呆愣變成了震驚、自嘲、痛苦……等等複雜到一時難以辨清，甚至他的臉上開始露出笑意，癲狂而猙獰。

夏芍殺招已至，肖奕手往輪椅上拍，縱身而起，用盡全力往上一竄，人在半空時手一揮，玻璃碎裂，他順勢從窗戶翻身出去。

外頭是崖路，但不險峻，甚至還有小路，對高手來說，根本就摔不死。瘋狂的大笑聲迴蕩在山間，夏芍追了出去，越過窗戶時，目光往被棄置的輪椅瞄了一眼。

肖奕的腿……沒事？

肖奕的腿確實沒問題，他從禁術中醒來的時候，身體確實極度虛弱，不得不以輪椅代步，但大半年的休養，他早已行動如風，可他在人前一直坐在輪椅上，除了冷以欣，就連那些泰國的降頭師都不知他雙腿並無殘疾，姜家人也以為他是位雙腿有疾的老人。

這是出於謹慎的緣故。肖奕深知修為不及夏芍，兩人早晚有碰面的時候，任何一個小細節都有可能成為關鍵時候的活命稻草，而今天證明了謹慎並非多餘。

肖奕在崖路上大笑著往會館前頭奔去，他不會停留在後山，要離開也要從前山走。後山林木茂密，很適合夏芍動手，可前山不同，下了山就是國道，這會限制夏芍的出手。她再想動手，也會顧忌無辜人的性命。

夏芍從窗戶翻出來，見肖奕一晃眼便看不見了。她打開天眼，手一揮，黑森森的煞氣裡金光陡然大盛，直沖天際。天色驟暗，黑雲驟生，會館的上空像是被金光給衝破成巨洞。巨洞中金色鱗光泛著青黑，巨大的頭顱自雲端俯視地上，那赫然是一條巨大的金蛟。金蛟的獸足包裹著金色鱗片，獸頭顱上有角。

金蛟龐大的身軀盤桓著，頭顱俯瞰地面，一人正向前山奔走。他的速度雖快，卻怎敵得過金蛟體型巨大，一瞬便將他罩住。

金蛟俯下身，張開口，鋒利的倒鉤牙寒光閃爍，信子一吐，便掃向肖奕腰間。

肖奕狂奔不回頭，手往頭上拍去，一道金符疾射而出。

金蛟頭微偏，鼻孔中噴出兩道氣團，萬分不屑。想當初在香港漁村小島，主人收服它的時候，那可是連下了五十四道金符才將它逼得不得不低頭，現在就這區區一道符也敢挑釁它？換成以前，它會忌憚，但自從去年英國一戰，它得益於海龍氣，已真正長成為蛟，小小一道金符也敢挑釁蛟龍之威？

金蛟晃動爪子，對著那道金符一爪子拍了下去。這一爪子尚未拍到實處，便有陰風呼嘯如暴風席捲，遠處的樹梢枯葉嘩嘩作響，黑氣暴捲過去，樹木瞬間連片枯死。

肖奕在這颶風煞氣席捲裡以元陽護體，埋頭急奔，奔走間回頭仰望一眼，正見自己射出的金符被蛟龍捏碎成數道金光，被壓倒性的煞氣吞噬淹沒。他瞳孔微縮，腳下不停，回手又是一道金符。他這一記也算有本事，金符在煞氣狂捲的勁力中旋轉借力，劍指蛟龍的七寸。

金蛟大怒。

敢動它七寸？

敢動它七寸的人類都不得好死。上一回那個不知死活敢用靈符動它七寸的姓余的老頭兒，已經被它嗷嗚一口咬廢了手臂。那個時候，它還只是一條小蟒。

金蛟一爪子拍飛那道金符，從雲端俯衝而下，張嘴便要開咬。

巨大的頭顱似天空黑洞裡墜下的金火，那金火逼近之處如泰山壓頂，而肖奕正在這陰影的籠罩之下。在這將要滅頂的一刻，肖奕驀地唇角一勾，微微一笑。

這笑容極為古怪。

金蛟將肖奕吞入口中，倒鉤牙齒閃著寒光，就要戳他個對穿。

就在此時，金蛟的眼睛陡然一睜，放出異光，隨後頭顱向空中仰起，不由自主地張開嘴，地面卻有一道金光隨著它射向高空。那道金光渾厚，圓形的光芒裡層層疊疊似有十八重小字，渾似咒語。密密麻麻的小字宛若以金筆書就，沖起時如十八層寶塔，塔尖直指金蛟頭顱，眼看著便要衝進它口中，將它的頭顱來個對穿。

金蛟急避，可以一爪子拍散金符的它，此刻面對這莫名而來的金光，感受到了前所未有的壓力。這壓力是自漁村小島與夏芍一戰後僅見，且與她給它的壓力不同。那元氣像是含了千年歲月的大悟積澱，那光一個照面，便沖得它神識迷茫。

什麼東西？

靈物對天地靈氣感應最深，對危險的感知也與生俱來。一個照面，金蛟便知有大險，不能硬拚。此時那光在它眼前，它的嘴巴還沒來得及閉上，眼看那光就要刺入口中，眨眼間它便會一命嗚呼，神形俱散，從此再不得存在於人間。

金蛟心中悲憤，它是為何跟隨夏芍，心中有何執念，它再清楚不過。跟隨夏芍的這兩年，它得益於她，尋常數百年也不能修成的修為，短短兩年突飛猛進，它甚至已經看到了崑崙，看到了三百年的分別，再見的那一天。

怎能死在這裡？

心中悲憤之際，忽地聽到一道嘯音：「小！」

這一聲如混沌中的一道清澈天音，震得金蛟靈識乍醒，近乎本能地，聽懂了這話的意思。霎時間黑雲散盡，金光驟縮，擎天般巨大的蟒身眨眼間像漏了氣的氣球，縮成一條嬰兒手指般粗細的小蛇，輕易躲過了那金光，摔入草叢之中。

金蛟從草叢中抬起頭來，看向遠處。

肖奕也停下腳步，看向遠處。

夏芍堵在他逃脫的道路上。

剛才她趁大黃對付肖奕的時候，從另一側繞到了前山，堵在了肖奕下山必經的路上。手執龍鱗的夏芍，目光落在肖奕手上，肖奕手掌上托著一個羅盤。

十八層的大羅盤，盤身金光護持，元氣渾厚。夏芍冷笑，怪不得大黃不是這法器的對手，這羅盤是茅山派的傳承法器，歷代祖師元氣護持蘊養，少說有上千年了。大黃不過兩三百年的修為，縱然已化蛟，畢竟時日尚淺，怎會是對手？剛才若非應對及時，這會兒怕形神俱散了。

這麼厲害的法器，她也只在師父唐宗伯手上見過。肖奕雖年輕，但身為茅山派掌門，手上果然有厲害的護身之物。怪不得，他今天敢不帶那些降頭師，自己一個人在這裡等她。

想到此處，夏芍又是疑惑。今日兩人見面，一場惡戰難免，肖奕為什麼不帶那些降頭師？他還有必要保存實力嗎？莫非，他肯定今天能全身而退？

他憑什麼這麼認為？

夏芍又想起剛才在內室裡，肖奕那句莫名其妙的「動手」來。若不是想起那些降頭師，她還一時想不到，莫非……肖奕說的動手，是讓那些降頭師動手？

可他是怎樣聯絡他們的？

所謂的動手，指的是什麼？

夏芍眼底有寒光，警覺地盯著肖奕。

肖奕眼睛微瞇，也在看著她。

夏芍站在他對面，可以看得出來她一點事也沒有。

他的術法……失敗了？

肖奕露出自嘲的情緒，或許不是他失敗了，只是老天都在幫她。

他今天之所以敢一個人來，自然是做了準備的。那些降頭師有他們的事做，他們要維持法陣，一個可以置人於死地的法陣。這個法陣，從欣兒出事那天就開始在準備了。今天剛好七七四十九天，他選在了今天約姜家人見面，引夏芍出來，就是為了祭奠她。

可惜，老天爺都在幫夏芍……

肖奕閉了閉眼，茅山最毒的，也是早已被列為禁術的七煞鎖魂陣。他不僅動用了禁術，而且教給了那幾名降頭師，命他們驅陣。那陣法中，甚至放進了一根頭髮。

說是一根頭髮，其實只有女子指甲長短。那是欣兒生前留下的，她說這是夏芍的頭髮。關於這根頭髮的由來，他曾細細問過。欣兒曾言，那是她被逐出師門那天，余九志曾想將她和夏芍賣給泰國降頭大師通密的弟子，巧取過兩人的頭髮。徐天胤寶貝她師妹，連一根頭髮都要留著，讓她拿回屬於自己的那根。

兩根髮絲，髮色長短極為相似，如何能辨得清？她隨便拿了一根，當初因恨狠狠掐斷了那根髮絲，一截隨風飄散，一截留在了指甲裡。後來她醒來，功法已被廢，人也已在冷家大宅。這截斷了的髮絲沒人發現，她自己也是在清醒後才發現，隨後便用手帕包好收了起來。

當時只是一個閃念，未曾想真有破釜沉舟用到的一天。

欣兒曾提議，以這根頭髮作法，任夏芍修為再高，也必死無疑，但他沒同意。因為那根頭髮確實有可能是夏芍的，卻也有可能是欣兒自己的。她不確定，卻瘋狂地願拿自己的命去搏，搏那百分之五十的機會。

她的瘋狂令他不快，他沒有答應，不僅是他不願賭她的命，也是他自己在賭氣。他想讓她看看，沒有殺手鐧，他一樣能令夏芍嘗到失敗的屈辱，令徐天胤嘗到痛失所愛的悲痛，可是，當她使計離開他，前往東市，他就知道，他失去她了。

她已經死了，他還有什麼顧忌？

從她死的那天開始，法陣就在布置，他要在她四十九天忌日之期，以夏芍的命和徐天胤的悲痛來祭奠她。活著，她不能得償所願，死了，她總能。

奈何，老天終究不幫他們。從他出生在那個小山村的那一天，老天就給他安排了不公的命運，他的父母待他不公，唯一視他如子的師父不理解他，他的未婚妻愛別人……

如今，就連他要報仇，老天都幫著仇人。

上蒼何其不公？

肖奕的眼底泛起血絲，手中羅盤金光大盛，他如離弦之箭，向著夏芍衝了過去。

夏芍手裡的龍鱗黑氣大漲，抬手射出，也如離弦之箭。與此同時，天地元氣急速聚集到她身邊，隨著龍鱗的黑氣一起襲向肖奕。那羅盤即便是千年法器，她就不信，有天地元氣逼迫，能奈何不了它。

肖奕冷哼一聲，十八層金塔再現，直撞向龍鱗。

那勢頭，竟像是要趁著天地元氣足夠濃郁之前重創夏芍。

黑氣森森的匕首裹在天地元氣裡，迎面撞上金光寶塔，似兩柄寶劍出鞘。氣場的碰撞死寂無聲，炸裂的光芒卻晃得人眼睛都睜不開。

會館的保全全都躲在一邊，有人喊了句：「爆炸啦！」接著，眾人驚恐地往山下逃去。

夏芍忽然目光一變，只見有道人影向遠處急奔而去。若非夏芍有天眼在，眼力一貫的好，還真不容易在茫茫金光之中發現。

好個肖奕，剛才那氣勢，她還真以為他要跟自己拚個魚死網破，鬧了半天，不過是緩兵之計。鬥法是假，施個障眼法逃命是真。

肖奕已奔到極遠處，兩步開外有一輛車停在那裡。

「肖奕！」夏芍怒喝一聲，抬手便發出一道氣勁，不是朝著肖奕，而是對準那輛車。

肖奕已經伸手去開車門，勁風襲來，他猛地縮手後退，只見原地無風起浪，氣浪衝向那輛車，車窗玻璃被震碎，車身凹陷，嚴重變形。

這車眼看是廢了。

肖奕驚怒，急忙出手。

夏芍又是發勁，卻是轉身對準了那個羅盤。不出她所料，無論是出於對師父的感情，還是出於肖奕自身的野心，他對傳承法器都極為重視。他以羅盤鬥法，不過是因為夏芍聚集的元氣尚不足以毀了羅盤，待他上了車，自然還是要將羅盤收回的。但此時轉頭，只見夏芍聚集新一輪的元氣，擊向羅盤，一次、兩次、三次，羅盤在龍鱗的黑氣裡節節敗退，十八層寶塔未有損害，金光卻有漸暗之勢。

肖奕抬手一招，羅盤飛向他手心。

夏芍笑笑。傳承法器與主人心意相通，無論是平時以其占算問卜，還是驅使鬥法，一用一收，都要耗費心神。羅盤正與龍鱗鬥法，要從這樣激烈的氣場相鬥中撤回，肖奕需要耗費的心力可不是平時占算問卜可比的。一個不好，他就會被反噬。

夏芍不會等他被反噬，她要的是他必須不好。

龍鱗的方向忽然一轉，連同濃郁的天地元氣，一同向著肖奕襲去。

肖奕心知不好，他一分心，肯定被反噬，但若強聚心神，接到羅盤的瞬間，龍鱗便到，那同樣是他的死期。

情急之下，肖奕將心神從羅盤上收回，拚著被反噬的危險，猛地向後退去。後頭不遠正是會館一樓的迎賓大廳，他退得極猛，身體如炮彈般砸了進去，裡面很快傳來女人的驚叫聲。

接著，肖奕慢悠悠從裡面出來，一隻手掌托著羅盤，一隻手扣著一個女人的喉嚨。他半個身子隱藏在女人後面，露出的半張臉青黑，嘴上全是血，嘴角卻勾著，笑得猙獰。

這女人穿著會館服務生的制服，會館的保全雖然逃下了山，會館裡面卻還有人因不敢出來而躲在了裡面……

夏芍皺眉，收起了龍鱗。

肖奕笑道：「動手啊，怎麼不動手了？」

夏芍嘲諷地看著肖奕，「初見之時倒沒看出來肖掌門是如此卑劣的人。江湖鬥法，素來不牽扯普通人，這點江湖道義，我以為你懂。」

肖奕哈地一笑，聲音裡中氣不足，嘴裡全是血，明顯受傷不輕。

「你死我活，還管什麼江湖道義？風水師最大的命門就在於太相信因果業障，你們玄門不是一直以江湖第一門派自居嗎？既然這樣，想必風格高尚，我們比不了。不如今天就讓我見識見識夏小姐這玄門嫡傳弟子的覺悟，看妳是要我的命，還是要她的命！」

肖奕狠狠一掐那女人的喉嚨，那女人的臉頓時紅得發紫，嘴巴張著，呼吸困難，驚恐的眼裡盛滿哀求。

夏芍抿唇不語，她太想要肖奕的命，但這女人是無辜的。她可以不顧這女人的命，肖奕已經身受重傷，只要她出手，把兩人一起解決，從此便再無大患，可是……

「果然覺悟高！」肖奕一笑，嘲諷至極。夏芍的猶豫已經表明了她的選擇，其實剛才在她收回龍鱗的時候，她就已經做出選擇了。

「這不是覺悟，這只是一個人最起碼的良心。良心不需要覺悟，只可惜你沒有。」夏芍冷然道，眼睛盯著肖奕不動。

肖奕在她的注視下大搖大擺地往外走，走到夏芍身邊，眼裡卻有失望，「在我看來，這只是婦人之仁。」

眼前的女子雖然是女子，卻是他此生視為最大敵手的人。她在英國時引自己出來，計謀是何等的令人驚豔，讓他在敗北之餘不由生出一決高下之心來。沒想到，今天她會因為一個普通得不能再普通，隨便就能捏死的陌生人手軟。

太讓他失望了！

這就是他的對手？

不過，也正因為如此，他今天才有機會走脫。事實上，他能預料到夏芍的選擇，不然他也不會拚著反噬的重創退進會館裡抓個普通人當人質。他知道在奇門江湖中，「不可妄欺凡人」是每個傳承門派的門規，包括茅山派。他也一直遵守門規，不過，不犯戒是因為不屑，凡人何德何能能讓他去欺？他的目光從來不放在凡人身上，他不屑在天賦尋常的人身上費心。

就連今天，他也不認為是欺誰。

保命而已，不過出於本能。

人在本能之下無錯。

「我倒覺得，說別人婦人之仁的人很可憐。這種人往往是自私且卑劣的，不肯正視自己的錯，硬要為別人扣上一頂帽子，來顯示自己才是正確的那一個。我很遺憾肖掌門是這種自我安慰和自我催眠的人。我的對手是你這樣上不了檯面的人，我感到很不愉快。」夏芍也笑了笑，眼裡的失望不比肖奕少，說完往旁邊很瀟灑地讓開，「請。」

肖奕青黑的臉色頓時變得黑紫，偏偏夏芍這時看起來不在乎今天殺不了他了，她笑咪咪退去旁邊，做出一副十里相送的模樣。身受反噬重傷讓肖奕沒有心情再去跟夏芍說什麼，不過是道不同不相為謀。他帶著那女人，一路倒退著往外頭院子裡停放的一輛車子走去。

那輛車應該是姜正祈的，肖奕沒有鑰匙，一掌將車窗打破，伸手進去打開車門，探身上前三兩下發動了車子。他全程小心地用女人擋著身體，車子一發動，便要將女人先塞進車子裡。

就在他轉身的時候，他的身體忽然僵住。

肖奕一驚，看向夏芍。

夏芍手中的龍鱗黑氣大盛，破空飛射而來，直刺肖奕胸口。他胸前空門大現，也不知道夏芍怎麼算準了這時機，以陰煞控制住肖奕，龍鱗這一擊，來勢凶猛，眼看著是要取他性命。

肖奕內心驚急，驚的是自己腳下的陰煞。

這陰煞什麼時候來的？他竟然一點也沒發現。

雖然身受重傷，但他不是傻子，思維在這時候轉得一點也不慢，想來想去，夏芍都不可能突然無聲無息地動手，唯一的可能是她早有準備。這個準備，是從什麼時候開始的？

肖奕不認為他和夏芍鬥法的時候，自己露出過什麼空門，只有……剛才交談的時候。

生死關頭，肖奕一眼掃見放在駕駛座上的羅盤。他此刻身體動不了，意念卻可以動。他意念一動，羅盤金光大盛，罩來他的身上。

歷代祖師以元陽護持的法器，陽氣最盛，正是陰煞的剋星。

夏芍怎由得他？

她趁著跟肖奕說話的時候，暗地裡讓陰煞繞了個大圈，等的就是這一刻。為了不被發現，她可是費了不少心思。剛才她跟肖奕說的每一句話都是在分散他的注意力，知道他有野心，有天賦，也有修為，就自然能知道這樣的男人自尊心有多強。

一個自認為有才華有實力的男人，怎麼能夠忍受對手說他可憐？

他那一瞬間的情緒波動，足夠她將陰煞引出去，早早等候在車子那裡。當然，這一切都建立在肖奕重傷的基礎上，否則平時他再被分散注意力，也不至於發現不了周圍陰氣異動。

雙方鬥法，任何細節都關乎生死勝敗，對夏芍來說，這一點的有利局勢已經足夠。

她從來就沒打算要放走肖奕。他可以以人質脫身，她也可以有別的辦法，不過是多一步動作罷了。只是為了不讓肖奕發現，她的這些動作很小心，陰煞也不強，在控制住肖奕的一瞬，她早就知道他會動以陽破陰的念頭。

龍鱗已在肖奕眼前，夏芍幾乎是在羅盤金光大亮的同時，讓之前聚集的天地元氣中的陰氣全數向肖奕罩去。這座山並非京城的龍脈大川，元氣並不算太充裕，眼下的陰煞要對抗茅山派傳承千年的法器還有不足，但能堅持一瞬就好。

殺肖奕，只要這一瞬。

然而，正是這一瞬，肖奕的手動了動。他知道陰陽二氣相鬥是要時間的，他現在最沒有的就是時間。他臨危的反應也奇快，一瞬間意念令羅盤的金光並未籠罩全身，而是全數聚集到了他的右手上。然後，他的右手成功一動，搶先將那女人給拽了過來，擋在自己身前。

肖奕冷笑，笑意瘋狂，甚至帶著濃濃的嘲諷。他承認他錯看夏芍了，他還以為她不願意傷害無辜人的性命，會就此妥協，輸了今天這一局。沒想到，她玩了這一齣。

不過，那又怎樣？縱然他中計了，但結果不會變，只要她不願意傷及無辜。

他很想逼著她殺人，只要她殺了無辜的人，她就跟他肖奕沒什麼兩樣。可如果她不願意，龍鱗就得收回。這一收回，被反噬的就是她。他剛受過的重創，他很想讓她也嘗嘗滋味。

夏芍目光一寒，在肖奕嘲諷的笑容裡，龍鱗自空中橫劈而下。笑話！他想毀她，她會站著給他毀？今天她倒要看看是誰毀誰。濃墨般的黑氣裡，劃出一道血線，鮮血濺了一地。

被挾持的女人尖叫一聲，兩眼一翻，撲通倒地，暈了過去，隨她一起掉在地上的還有半截斷了的手臂……

肖奕身體動彈不動，右臂血湧如泉，臉上黑紫有一瞬的蒼白，表情在黑氣裡震驚、猙獰，甚至還沒有來得及收回之前的嘲諷和癲狂。他沒想到夏芍竟然沒有收回龍鱗，而是半路改了路線，斬斷了他挾持人質的右臂。

右臂一斷，龍鱗並未停，殺招回轉。

肖奕顧不得地上那隻斷臂，羅盤金光大盛，聚集在雙腳。千鈞一髮間，他整個人彈進了車裡。他少見地有些後悔，剛才應該放了那女人，自己進車裡，這樣便不至於再次受重傷。

現在不是想這些的時候，肖奕上了車，車子便往前奔去。後頭的陰煞隨之猛撲過來，龍鱗更是從車窗射了進來。肖奕意念一轉，羅盤在窗口抵擋，肖奕用他那條剩下的左手打方向盤，車子藉著陰陽氣場相撞的震盪漂移向遠處。

肖奕一踩油門，向著山下急行。

就在這時，他忽然覺得身後微冷，連頭都不不必回，便知陰煞到了他後頸。意念一轉，羅盤護住身後，他眼睛只盯著前方，腳踩油門。

夏芍的車停在會館外頭，眼看著肖奕衝出會館的院子，便一邊往自己車子的方向去，一邊操縱龍鱗刺入肖奕的車裡，引附近的天地元氣，撞擊那個將肖奕護得滴水不漏的羅盤。

車裡的光亮得人眼睛都看不清，卻阻礙不了夏芍的眼力。傳承法器果然厲害，數度撞擊竟然絲毫不減其威，但氣場相撞的威力亦不是肖奕如今的身體可以承受，連番撞擊下，他噗地噴出一口血，車子明顯歪了一下。

夏芍正要伸手去開車門，手機鈴聲響了起來。這種時候，她本不想接，但那鈴聲是她特別設置的，一聽鈴聲她就知道是徐天胤的電話。

開車門上車、接起手機，一連串的動作一氣呵成，她發動車子向肖奕的方向追去，這才對手機那頭道：「師兄，我在追肖奕，他身受重傷。我這邊的人應該快到了，你開車別太快。」一路上來的時候，夏芍就打電話跟徐天胤將自己的安排說了，算算路程和時間，無量子與張老他們應該快到了。

前方肖奕的車速很快，夏芍的車速不比他慢，只是此時她接著電話，很難一心二用，龍鱗便先收了回來，只在後面跟著。夏芍緊緊盯著前方，心裡忽然咯噔一聲，隱隱覺得不對勁。

她愣了約有數秒鐘，忽然發現手機那頭沒有聲音。

「師兄？」夏芍看了手機螢幕一眼，確實是接通狀態，上面還顯示著「呆萌未婚夫」五個字。本來她的手機上這些年一直寫著「呆萌師兄」的，但是某一天有人看見她手機裡的標註，宣示了好幾天自己未婚夫的身分，她才配合著改了過來，只不過後來偷偷在前面加了兩個字，成了呆萌未婚夫。

這些年，對她來說，無論是忙是閒，是危險還是安然無恙，只要他的電話打來，即使他不說話，看著螢幕，聽著他的呼吸，她都覺得安心，可是此時……她連他的呼吸都聽不到。

夏芍一個急剎車，任肖奕離開她的視線，目光只盯著手機，只要求四周沒有任何噪音。

「師兄？」她試著喚了一聲，手機裡還是沒有聲音。

「師兄！」夏芍少見地急切了起來，「……天胤？天胤！」

電話裡滋拉一響，極為刺耳，像是訊號受到了什麼干擾。過了一會兒，干擾越發劇烈，像是兩股力量在拉扯，過了約莫兩分鐘，訊號才又穩定了下來。

徐天胤的聲音傳來：「沒事。」

他的聲音冷而不沉，似乎帶著點安心，和平時聽起來沒什麼兩樣，夏芍懸著的心卻依舊沒有放下來，「剛才是怎麼回事？你那邊遇到什麼事了？」

「沒事。」這回他答得很快，聲音依舊很穩，「妳沒事就好。」

夏芍沒那麼好騙，她沉默了一會兒，問：「你那邊怎麼沒有開車的聲音？你在哪裡？」

電話那邊又傳來刺耳的聲音，持續很久，約莫過了將近五分鐘，在夏芍焦急得打開車門下車，開了天眼一遍遍在徐天胤的來路上找尋的時候，那邊才又傳來了聲音。

一樣沒什麼異常，話卻讓夏芍愣住，「我想……吃妳做的蜜糕。」

夏芍愣住，「蜜糕？」

那是她來了京城之後，某個週末晚上在廚房裡搗鼓甜點，搗鼓出來的失敗品。其實也不算失敗，味道還算香，只是特別甜，徐天胤不是很喜歡吃甜的東西。雖然她做的東西好吃不好吃，他都會吃很多，但他的口味她還是清楚的。從那天開始，她就再沒做過了，不知道為什麼在這種時候他會提起來。

不知道為什麼……她心裡不安，不安得有些發冷。

「好。」下意識地，她答了一句。

「回家，好嗎？」他接著道，聲音很輕。

「好！」夏芍點頭再點頭，在她想明白發生什麼事之前，直覺代替了理智，眼淚刷一下就落了下來，「天胤，你在哪兒？我去接你好嗎？」

她的聲音很輕，連呼吸都屏住，生怕聲音大一些，他的聲音會消失似的。

「回家。」他只說了兩個字，電話裡便再也沒了聲音。

夏芍一看手機，那邊已經掛了。山風吹來，她不可遏制地發抖，連開車門的手都是抖的。她不要回家，她要去找他。哪怕把這個世界翻過來，她也要找到他。

耳邊忽然傳來剎車聲，夏芍這才回過神來，幾輛車停在自己對面，下來的是張中先、溫燁和十幾名留在京城的玄門弟子。

「肖奕呢？」張中先下車便問。

夏芍不答，肖奕怎麼樣了，現在不在她的腦海裡。她只想知道，她的師兄怎麼樣了。

張中先等人這才發現夏芍的不對勁，她臉色蒼白得嚇人，眼神很可怕。弟子們不敢出聲，面面相覷，當初清理門戶、殺通密，他們都沒見過這樣的師叔祖。

「丫頭，發生什麼事了？」張中先關切地問。

就在這時，一輛計程車從山下駛來，衣妮、元澤和柳仙仙從車上下來。

下車的人裡，卻沒有無量子。

三人撥開人群過來，看夏芍的眼神都有些凝重。最應該關心肖奕生死的衣妮一句話也沒有問，張口便道：「妳交代的事我做到了，我們在潘家園見到了那位無量子道長，可是他不跟我們一起來，他說，他在來龍峰等妳。」

夏芍這才看向衣妮，發現柳仙仙一副欲言又止的模樣，她那性子的人，眼裡竟滿是憂心，連元澤都沉著臉，卻唯有他站出來，「我來說吧。無量子道長說，一切自有天意，有的人不死，有的人應劫。來龍峰……徐將軍有劫難。」

「什麼？」張中先猛地轉頭緊盯著元澤。

砰一聲，夏芍上了車，急奔來龍峰。

來龍峰的峰頂，初春的天，雪已經化了。這季節少有人上山，今日天氣算好，只是山上風大，新長的綠草風一吹，瞧著生機茫茫，卻不知為何讓人覺得有些冷。

山下的守山人抬頭望了眼山頂，來龍峰的主峰高聳入雲，他自然望不見那峰頂，也聞不見那峰頂隨風傳來血腥味。

峰頂，黑血染了平坦的崖石，法陣早已被破，血和倒下的屍身遮蓋了法陣本來的面貌。一名二十五六歲的年輕道士踩上一灘黑血，道袍衣角被腥臭的黑血染髒，他絲毫不在意，四下裡一瞧，數了數……嗯，六具半。

共有六具半的屍體。

那些屍體大多頭身分離，唯有一具腰間斬斷，倒在懸崖邊，只剩下半身，肚腸嘩啦啦往崖下流，那上半身多半已經掉下去了。

除此之外，還有一地死去的蠍子、蜈蚣、毒蛇，場面儼然如人間地獄。

無量子嘆了口氣，「我真佩服你，身受七煞所困，還能爬這麼高的山，殺這麼多的人，破這麼棘手的法陣，唉……」

下方的山路上，一人倚著山石坐在那裡，頭微微低著，露出的半張臉已經看不出血色。青黑的眉宇間似有陰氣遊走，身體被染成黑紅，分不清是他的血，還是敵人的血，只看見露出的雙手黑血汩汩地往外淌。他手上抓著不放的兩樣東西，一是匕首，一是手機。匕首扎入地面，手機貼緊胸口放著。人看著已彌留，卻緊緊握著手機。

無量子望了眼山下，嘆道：「早知道我就不爬上來了，還得把人背下去……天意啊！」

……

時間倒退一些，肖奕在會館內室裡喊出那句「動手」的時候，一輛路虎車停在了路邊。車子停得很急，車窗玻璃上一片血紅。路過的人不想惹麻煩，趕緊踩油門走了。有人眼尖瞧見那車是京城軍區的車牌，便上前詢問。車窗還沒敲響，車子忽然發動，原地掉頭，向著來時的方向疾馳而去。

十分鐘後，那輛車到了來龍山腳下，駕駛一下車便噴出一口血，目光卻只望著山頂。

七煞鎖魂陣外七名降頭師盤腿坐著，這時睜開眼，各自眼底有驚疑的意味。

怎麼感覺被陣法所咒的人在靠近？

驚疑了一會兒，有人用泰語笑道：「不可能。肖先生說了，這是茅山最惡毒的陣法，由魑魅魍魎魈魃魖這七煞困守，日夜對陣中所困亡魂進行摧殘，直至魂飛魄散。要是用在活人身上，那就等同於千刀萬剮之刑，不會讓人立刻死去，但會慢慢熬乾生命。中了這毒咒的人，乖乖固守元氣還能活上一陣子，哪有趕著來送死的？」

有人看了山下一眼，雲霧遮了山下景色，頓時也笑道：「估計還沒爬上來就死在了半路，就算沒死在半路，上來也是送死。」

其他人互看一眼，也笑了。

七對一，有輸的可能？

殊不知，徐天胤上山的速度迅捷如豹，不到一刻鐘便到了半山腰。來龍山脈的龍氣源源不斷聚來他身體四周，他似要激發身體的極限，卻在山路旁的草葉上留下一路黑血……

行至接近山頂時，周圍忽然生變，眼前景色像入了迷宮。七煞鎖魂陣最強之處形同八門金鎖，牽一髮而動全身，陣中七煞形同鬼魅，折磨摧心。

七名降頭師臉色這時變了，直到有人進入陣中，他們才真的發現有人上來了。他們聽肖奕說過，這法陣對付的人是夏芍，他們之所以從泰國來到這裡和肖奕合作，也是為了找她報仇，但連通密都不是她的對手，之前覺得她不可能來，幾人還不緊張，如今人就在法陣之中了，他們怎麼可能不緊張？

正慌神中，不知是誰喝道：「冷靜！她受重傷了，來到山上一定消耗了她許多元氣，現在她到了法陣裡，未必能走出來！我們集中精神，維持法陣！」

其餘人想想也有道理，修為再高的人，受了重傷，又法在陣中，能怎樣？

他們這邊可是有七個人。

然而，這樣的慶幸，在隨後一道黑影突然出現，斬斷了正背對山下的一名降頭師頭顱的瞬間，徹底破滅了。

一顆頭顱滾到對面降頭師的腳下，六個人頭髮齊齊一炸。待一抬頭，只見無頭屍砰一聲倒下，露出後面的人。那人眉宇間有青黑遊走，已辨不清面容，可看身形竟是個男人。

怎麼會是男人？

肖奕明明說了，這咒是毒夏芍的，怎麼害的卻是個男人？肖奕明明說了，這陣形同八門金鎖，進陣容易出陣難，可難在哪兒？對方不是眨眼就在面前了？

這些人自不知道，徐天胤自奇門陣法一道上本就有奇才，他連師父唐宗伯佈下的八門金鎖陣都能走破，何況這形同八門金鎖的法陣？即便此時身受重傷，今時修為也與舊時不同了。

正當六人震驚之際，一道黑森森煞氣不知道哪裡來的，橫空一切，又有一名降頭師頭身幾乎分離，腦袋和脖子只剩一層皮連著。

剩下的五人終於驚醒，心下駭然對方入陣如入無人之境，一現身便殺兩人，當即不敢再有任何失神，法陣也不管了，嘴裡念叨著聽不懂的咒語，要用降頭術與對方一決高下。

五人覺得這法陣是肖奕吹噓的，沒他說的那麼厲害，這一起身，心知法陣也就破了，卻懶得理會。殊不知，這一起身，徐天胤眉宇間遊走的青黑霎時淡了，來龍峰頂的龍氣剎那狂暴，聚集在他周身儼然殺神降臨。那五名降頭師不敢相信徐天胤竟有如此高的修為，驚駭之下，有兩人躲去後頭，袖子裡射出密密麻麻的蠍子和毒蛇，往那兩名死了的降頭師身體裡鑽。

一鑽進去，兩具屍身便詭異地發黑，隨後直挺挺地站了起來。

春日山頂的風寒冷刺骨，兩具無頭屍身直立行走，令人頭皮發麻，但對於中泰法術大戰那晚見過蠱屍的人來說，這兩具屍身實在不夠看。五名降頭師深知修為差距，都躲在兩具屍身之後，徐天胤橫刀便劈，一刀刺中了一具屍身。

後面一名降頭師露出獰笑，這兩具屍身雖然不能跟蠱屍相提並論，但血未乾，毒蟲進入，已成一身毒血。這一刀劈下來，別說劈開之後毒蟲爬出傷人，就是毒血濺出，也能讓人中降。修為再高也是肉身凡胎，有他受的。

可惜，獰笑尚在嘴邊，那降頭師的眼神很快變成了驚恐。屍身並未被劈開，只是一隻手貫穿了屍身，黑血染了徐天胤半截手臂，手臂以可見的速度青黑發紫。若是蠱屍，那手早該在一碰黑血時就爛掉，這手卻握著匕首，反手一劃，沖天煞氣帶著龍氣橫切而出。那露出獰笑的降頭師腰間一冷，又一熱，接著有什麼東西噴出來，他的整個身體就往後仰去。在跌入萬丈懸崖的時候，他看見自己的下半身剛剛倒下……

其他人震驚地看著徐天胤將手收回，他手臂上帶出幾隻毒蠍，龍氣震出，毒蠍骨碌碌滾出去，翻了兩下便死了。徐天胤半低著頭，一口血噴出來，剩下四人一瞧，蜂擁而上。衝在最前頭的那人，看見了這世上最冷的眼，徐天胤抬起頭來，眼裡卻沒有映進誰，他的目光已模糊，不知什麼時候起早已看不清前路，也不知他身前都有些什麼人，他只是憑感覺，感覺有人觸上了他的元氣，他便本能地伸手抓住那人。

那降頭師從來不知世上有人身受重傷到失去五感，竟還能如此凌厲冷血地殺人。面對這樣空茫的眼神，一生殺過不少人的他竟背後發涼。也就是這發涼的瞬間，他感覺自己的衣領被抓住，然後才知道徐天胤手上的元氣有多強。他將所有聚來的龍氣都彙聚到手上，在抓住人的同時發勁。那降頭師只覺心脈震動，一口血吐了出來。剛吐了血，頭顱便落了地。

剩下的三人動都不敢動了，若非親身經歷，他們無論如何也不相信，有人可以全憑感官殺人。三人驚駭歸驚駭，卻互遞一個眼神，知道徐天胤已然看不見，對他們有好處。只要他們不妄動，他應該就不知道他們在什麼地方。

三人身上還帶著不少毒蟲，儘管毒蟲奈何不了他那身元氣，但可以吸引他的注意力，反正他眼睛看不見，只要感覺有東西靠近，他都會去殺。到時候，他們三人可以合力殺了他。

徐天胤站在下山唯一的出路前，眼神空茫。他剛上山時還有視力，他記得這法陣要七人，也記得自己殺過的人數，還有三人。

還有三人……

眉宇間青黑再次遊走，他吐了一口血，崖頂的風裡有東西射向他。無數的東西，在風裡窸窸窣窣的，他不知道有多少，只知道還有三人。

整個山間的龍氣忽然激蕩起來，捲上崖頂。三名準備動手的降頭師步伐一停，驚恐地看著自己和同伴置身於大面積的龍氣之中，然後他們看見徐天胤看了過來。那眼睛明明看不見，卻讓他們心頭冰冷。

三道血線直沖天際，當三顆頭顱一起掉落地上的時候，一個念頭還從三人腦中閃過，他們從來都不知道還有這種殺招……

可惜，這種殺招的後果是徐天胤隨即倒在血泊裡，血一口一口地吐，他卻在身上摸索，找出手機。她的電話號碼被他設置了特殊鍵，他按下去，然後等待著。

當她的聲音傳來的那一刻，他空茫的雙眼望著天空。

他有太多的話想對她說，卻知道只剩這幾句了。

他有太多的事想陪她做，卻最終只囑咐她回家。

回家後，有師父，有師門，有無量子，他們不會讓她隻身面對危險。

他知道，她不會有事。

他知道，他回不去了。

在閉上眼的那一刻，他甚至沒有發現，有人到了山頂。

無量子伸手去拉徐天胤，剛碰到他的手腕，他猛然睜開了眼睛。

眼神依舊空茫，山頂龍氣卻有聚集之勢。

無量子一甩拂塵，龍氣盡散，看著徐天胤嘆道：「都已無意識，真是癡兒……」拂塵在空中甩出金光，依稀可見是一太極金卦。太極自徐天胤天靈蓋上罩下，徐天胤睜著眼，眉宇間的黑氣褪去，接著徹底失去了意識。

無量子再次嘆息，這一次，嘆得特別悠長。

他將人背起，這才穩步下山。

到了山下，一輛車子衝過來，後頭跟著的車也陸續駛來。

夏芍第一個奔下來，目光落在無量子背上垂下來的那隻手上。

那手是青黑的，指尖尚有血漬。

張中先等人跟著下車，張中先當年在漁村小島是見過無量子的，只是那時不知道他師門，未曾說過話。今天一見，也沒時間多招呼，看見他背著的人，當下驚住。沒有人比玄門弟子更清楚徐天胤的天賦和修為，他傷成這樣，實在不可思議。

「師兄……」夏芍走了過去，表情有些懵，「師兄？」

「天胤這小子怎麼了？」張中先也大步過來，「這……怎麼傷成這樣？」

無量子將人放下來，解釋道：「他要是不去山上殺人，還不至於傷成這樣，眼下……反正現在還沒死就是了。」

他笑了笑，自以為這是個好消息，卻沒人欣賞他的幽默。

夏芍緊緊盯著徐天胤，慢慢扶起他，讓他倚在自己身上。其他人都不敢動，不敢出聲。他們都知道夏芍和徐天胤的感情，這時候受衝擊最大的人肯定是她。

眾人見夏芍低著頭，以為她需要時間去接受，卻不想她抱著徐天胤，周身元氣忽然爆開。兩人周圍三尺之內，地上飛沙走石，一道氣勁自兩人頭頂懸空而上，後方山林樹葉颯颯作響，整座來龍峰都似在顫動。風在吼，山林自下而上，樹葉沖天而起。看不見龍氣的人，只看見樹海狂龍自空中狂嘯而下。

無量子道：「沒用的，天下龍脈龍氣已弱，京城龍氣多護衛皇城，這處山上的龍氣要是能救人，我早在山頂就救了，何苦還背人下山？」

龍氣絲毫不停，漫天樹葉落下，兩人坐在其中，夏芍的手撫著徐天胤的胸口，目光只落在他身上，盼著他能好些。

「這世上能救他的人只有妳，妳確定妳要在這裡浪費時間？」

話音剛落，龍氣驟停。

夏芍抬起頭，看向無量子。

衣妮看了看徐天胤，臉色一沉，「他還中了蠱毒？幸好這些蠱毒看起來不像是施法咒下的，而像是臨時施下的，不算強，我能解，但是要解蠱毒的東西這裡沒有，我們還是先回去吧！」

夏芍這才站了起來，她扶著徐天胤走到車邊，不讓任何人碰，元澤道：「我開車！」他邊說邊看向徐天胤，然後伸手打開車門，想幫夏芍把人扶進後座，夏芍卻擋住他。徐天胤中了蠱毒，元澤並無修為，不宜碰，但這動作看在元澤眼裡，無異於她不想讓任何人碰徐天胤，頓時眼神一黯，卻沒有說什麼，見她自己小心翼翼地把徐天胤扶進去，這才看了她一眼，去了駕駛座上。

夏芍親手幫徐天胤繫上安全帶，她繫得極慢，頭低著，眸沉在暗處微微潤亮。她拉過他的手，手輕撫他的胸口，慢慢送入元氣。

一路上，夏芍一句話也不說，只是時不時摸摸徐天胤的脈門，時不時蹭蹭他的掌心，動作輕柔，眼神也柔，卻叫人見了莫名心疼。

眾人回了徐天胤的別墅，元澤和柳仙仙都沒走，連周銘旭和苗妍接到電話後都來了。一群人聚在客廳裡，沒心思說話，時不時往樓上房間望，看著那緊閉的門。

一回來，夏芍便扶著徐天胤去了臥房，誰都不知裡面什麼情況。其實夏芍的反應大家都理解，尤其她身邊的一眾朋友，大多是看著兩人從夏芍高中時便相戀至今的。年前兩人剛訂婚，過了年還去澳洲度假來著，誰能想到才過了沒多久，徐天胤就出了這種事？

她接受不了也是正常的。眼下進了房間，恐怕一時半會兒出不來。

正當眾人如此想時，房間的門開了。

眾人一愣，看著夏芍從樓上走下來，見她眼神已清明，且眼圈並未有浮腫的痕跡，顯然在房間裡並未哭過。

夏芍坐進沙發裡，溫燁走過來捧了杯茶給她。夏芍沒動，看著對面坐著的無量子，「道長，多謝你及時趕到，救了我師兄。上次一別，已經有兩年，方才見到並未與道長打招呼，失禮之處，還望見諒。」

無量子笑了笑，眼眸清亮。

張中先眼底滿是平日裡少有的擔憂，「丫頭，妳要是擔心就哭一哭，沒人笑話妳。」

他們都很擔心，看見夏芍這麼快就出來，更擔心。

瞧她這樣子，明顯是強壓著……

「我剛才在房間裡查看師兄的傷勢，他那七煞鎖魂咒中得有些奇怪。尋常這咒雖厲，但有七煞在周身，以我的修為並不難解，但我尋遍了他全身，卻發現這煞在他身體裡，有道長的太極金卦封著，暫且無法奪人性命。可我想將其驅出，卻驅不出來。這並非來自道長太極金卦的阻力，我懷疑這咒有引，此事不知道長怎麼看？」夏芍問道。

無量子意味深長地道：「兩年沒見，妳已快要步入煉虛合道的大乘境界，這件事情妳就沒有別的看法？」

夏芍眉頭一皺，「可我不知道這引哪裡來的，而且這引有點奇怪……」

對風水師來說，平時對自己的東西都很注意，住飯店時，夏芍每次使用浴室，連掉落的頭髮都收拾得乾乾淨淨，這是多年來養成的習慣。風水師身上的東西，並不容易被人得到，但世上的事誰也不能說百分之百，有疏漏也難免，若再遇上有心人，東西被別人得去也難免。可讓夏芍覺得奇怪的是，剛才她在房間裡試著驅煞，那煞給她的感覺很古怪。

看師兄中咒的情況，此咒必有引，可若有引，這七煞應深纏師兄體內，不易被逼出，但在她剛剛驅煞之時，那七煞一遇上自己的氣機，竟很凶猛地纏來。她當時就覺得怪，卻未多想，反而想藉此機會將這七煞引出。那煞的凶猛只是一瞬，下一刻好像有些猶疑，接著師兄身體裡便有股陌生的力量拉扯，那煞便回了他身體裡，再動不得。

不僅如此，她還發現師兄有內傷。

那不是新傷，不是今天受傷所致，像是舊傷……他哪來的舊傷？

她覺得古怪，這才下來。今日見無量子，觀其修為深不可測，恐是已在煉虛合道的大乘境界。有些事，她如今看不透的，想來他已能看透了。

「妳是不是發現這引想接近妳，但最終被一股力量拉扯回去？」

「沒錯！」無量子果然知道個中緣由。

「那應該就是天機的力量了。」

「天機？」一旁聽著的張中先愣了。

夏芍也愣住，卻不插話，等著無量子說明白。

無量子卻反問：「兩個月前，我不知道妳在哪裡，但是，以妳的修為，妳難道沒發現京城方向的天機有變？」

「兩個月前……」夏芍沉吟，目光微變，「有，那時我在日本。」

那天正好是華夏集團兩名去日本考察的經理出事，她和師兄正在澳洲小鎮的酒莊度假，聽聞消息，她直接飛到了日本。當時驅散兩人身體裡的煞氣用了一夜，將要完事時有感覺到某個方向天機似有震盪，但離得太遠，她起身的時候那震動便散了。當時還有要事，便先顧眼前事了。後來事情一樁接著一樁，這件事就被拋到了腦後。

無量子一嘆，「看來，又是天意……」

他就知道夏芍當時不在京城，如果她在，徐天胤不可能瞞著她做下這麼大的事。

「這跟天機有什麼關係？」張中先是個急性子，那天在日本的人還有他和掌門師兄，自然要問個清楚。

夏芍好像從無量子的話裡察覺了什麼，她不敢相信似的，直直盯著無量子。

「這天機應該是徐將軍動的，動機應該是在妳身上。」無量子嘆了口氣，「我在他身上下太極金卦的時候就發現那引有問題，聽妳這麼說，我應該能確定了。這咒本該是下在妳身上的，只是他動了天機，將妳的氣機引在他自己身上。」

「……什麼？」張中先倒吸一口氣，不可思議地站起身。玄門弟子們更是個個睜大眼。動天機？師叔祖瘋了？他是怎麼成功的？他就不怕一旦不成，被天機反噬？

柳仙仙等人卻像聽天書似的，一個也沒聽懂，但是大體意思能猜出來。

也就是說，今天受傷的人應該是夏芍？

元澤看向夏芍，只見她一動也不動。

是那晚……

那晚她到東京，他回京城，他說軍區有事……

軍區有事是假，他有事避開她是真。他是在那晚，瞞著她動了天機……可是，他做那事要引。引在哪兒？他拿了自己身上什麼東西？那之前，他們一星期都待在澳洲，她隨身帶的東西就那麼幾件，貼身衣物若少了，她定會察覺。他拿了什麼？什麼時候拿的？

那一星期，他們四天在海邊別墅，三天在酒莊，他少見的浪漫，帶她出海，教她海釣，沙灘上烤魚，酒莊外逛農場……常常一天他們都在外頭，唯獨晚上回房間會早早休息。那一週，她確實每晚都比他早睡，被他給累的。

他若想拿她貼身的東西，確實只有晚上她睡著了的時候，可她實在記不起來，只記得每晚他都抱她去浴室，洗完澡後抱她去客廳沙發上躺著，幫她吹頭髮……

夏芍忽然身子一震，就見她莫名抬手，摸著自己的頭髮，眼淚倏地流了下來。

師兄……師兄……

「還記得兩年前我說的話嗎？」無量子問。
夏芍的目光這才動了動，「這劫，本是我的。」
「是妳的，也是他的，這是早就註定的。妳不來，他也是要應劫，十之八九過不去。妳來了，他興許有救。」
夏芍眼中這才有了光彩，她起身向無量子行禮，「還請道長教我。」
無量子一笑，「用不著這樣。我今天可不是來施恩的，我是來還因果的。當年我受妳一語之因，受益匪淺，今天便還妳一語之果，但能不能受益就看妳了。」
夏芍看著無量子，沒有再坐下。
「他當日隱瞞天機，甘願幫妳受劫。今日天機在他身上不去，我也沒有辦法。我雖然已在大乘境界，但也不能逆天機而行，興許妳可以。」無量子還是那副笑，在這時候，任何人笑都會讓人覺得不快，唯獨他，笑意乾淨，不帶私欲雜念，反而叫人看了心神清明。
夏芍不語，她早就懷疑這傢伙早就看出來她是什麼來頭。連師父都看不出，這人恐怕天賦奇高之外，另有些奇才。
「妳本來就是逆天機而來，妳來的時候，天機就已經有變。既然妳是那個能夠改變天機的人，或許這次也可以試試。」無量子的話，夏芍聽得懂，張中先等人卻都聽不明白，只在兩人身上看來看去。
「怎麼試？」
「妳的修為還沒到大乘，這自然不行。除非妳入了大乘之境，才能看見天機真貌，理解世間天機真意。」

「好。」夏芍點頭。言下之意就是，她救師兄的前提是修為須入大乘，剩下的就是她和天機的事了，到時候自然就知道該怎麼做，現在問也沒用。

無量子又道：「不過，從窺見大乘之境到真正進入，不是一步之遙。我當初領悟，在鬼谷山上閉關兩年，出關前來這裡之前才進境。妳的天賦不在我之下，但是妳沒有兩年的時間，妳只有兩個月。」

「兩個月？」這下子連溫燁都出聲了，小眉頭一皺，「喂，怪道……無量道長，我師父雖然天賦高，但煉虛合道又不是兒戲，哪是兩個月就能成的？」

溫燁就差沒翻白眼，大概是想到今天對方是來幫忙的，算是恩人，不能態度惡劣，否則會挨罵，這才忍住沒翻，稱呼也半途改了改。

無量子顯然不在意，依舊笑容和煦，「這位小大師，你師伯他堅持不了那麼久。我在這裡替他護持，頂多只能保他兩個月。」

「好，就兩個月。」夏芍點頭，別說兩個月，就是兩天，有機會她就會去試。

張中先沒那麼樂觀，「京城這裡的龍氣已稀薄，那香港呢？我掌門師兄在半山有座宅子，正面大海，若引海龍氣來呢？」

無量子點頭，豎起三根手指，「那倒有用，說不定可以撐三個月。」

只是多了一個月……

沒有人因為多出的這一個月而樂觀，唯獨夏芍再次躬身，「道長，大恩不言謝。」

「有時間謝我，不如早點動身吧。」無量子指指外頭，「妳在這裡，想短時間內進入大乘之境是不行的，妳只能往崑崙去。」

崑崙山乃萬山之祖，龍脈之源，在龍脈龍氣耗盡的今天，唯獨崑崙山尚靈氣潔淨。夏芍想三個月內突破大乘境界，崑崙靈氣對她來說會是莫大的助力。

然而，即便此去崑崙，也未必能如期進境。

煉虛合道乃無上大乘之境，莫說現代，即便在傳承完整的先古時期，能入大乘境界的人都沒有幾個。各門各派傳承記載裡，恐怕最鼎盛時期，也未必有掌門祖師能破碎虛空，步入大乘境界。玄門傳承千年，只出過一位曠世高人，就連鬼谷派，聽說當初也只有鬼谷先師一人大乘而去。無量子這樣年紀輕輕就進入大乘境界的，鬼谷先師活過來，恐怕也要讚一句奇才。

同樣天賦奇高，無量子年長夏芍六七歲，他都用了兩年，夏芍如何能在三月之內進境？玄門弟子憂心忡忡，對無量子的話卻沒有反駁的。如今傳承缺失，靈氣稀薄，修煉進境比古時難得多，身在煉虛合道境界的高人恐怕當世只有無量子一人。如此高人，他說的話，不會有錯。若不去崑崙，三個月更不可能。

「我也是這麼想的，今天就出發。」夏芍垂眸。在無量子告訴她要提升修為時，她就想到了崑崙。她恨不得立刻飛去崑崙，但出發前，有些事她必須要交代下去。

夏芍打電話給京城大學請了長假，她稱自己要出國考察，學校方面自然是一口應允。別說她現在是名正言順的徐家孫媳，就算不是，有華夏集團那些資產，她不讀這大學都是可以的。對學校來說，如今夏芍在校讀書，已經是招牌意義大於其本身讀大學的意義了。

校方應允後，夏芍通知陳滿貫、孫長德和在香港的艾米麗、劉板旺這幾員大將，她不在的這三個月，料定京城會有變。既能料定有變，自然要提早安排。

就在夏芍打電話給這幾個人時，得到了孫長德的消息，「董事長，日方大和會社那邊，收購的材料都已經準備好了，您可以準備去日本了。」

夏芍聞言一頓，道：「拖著。」

「拖著？」孫長德愣了，前段時間她還說她要親自去和宮藤家的人聊聊，他們幾個元老還在笑，說這回宮藤家的人要倒楣了。材料也是她讓準備的，怎麼現在又讓拖著？

「對，拖著。要用什麼手段，不用我教吧？」

孫長德聽出夏芍語氣嚴肅，似是心情不佳，她少有這樣的時候，頓時笑了笑，「那倒不用，我要連這點事情都不會，哪還有臉在這個位置上待著？不過，董事長想拖多久？」

「三個月。」

「董事長，現在不僅是日方企業，也有其他國家的拍賣集團在接觸大和會社，三個星期還能拖，三個月……恐怕不是我們能控制的，大和會社也未必能拖得了那麼久。」

「你儘管拖著，我自然有辦法讓大和會社不鬆口。」

「好吧。」孫長德只能應下，自集團成立，董事長做的事從未錯過。既然她這麼說，他只能信她，但……「董事長，是出什麼事了嗎？」

「公司沒事，是我私人的事。」夏芍從來沒為私人的事耽誤過集團的發展，身為集團的掌舵者，她一直是負責任的。半年前她連訂婚的事都推遲了，這次說因為私事，孫長德還真愣了。他知道，不是萬不得已的大事，夏芍不會這麼說。

只是，當得知是什麼事，他還是震驚了。

「什麼？徐、徐將軍……沒事吧？很嚴重？」

夏芍並未提及鬥法的事，只道徐天胤遭了對方風水師的暗算，危在旦夕，「我不會讓他有事的。我此去崑崙，三個月為期，集團或許會受到一些阻力，但該安排的我會提前安排。這或許是集團成立以來最艱難的一段日子，我不在，就交給你們了。」

「您放心。我在，集團在。要是公司出事，您回來，我也沒臉見您了。」孫長德語氣沉重地立下軍令狀。

夏芍點了點頭，這些老將都是她一手帶出來的，如果連他們都信不過，她就沒有人可以相信了，「放心，風水方面的問題你們不必擔心，我不在，師門還在。有事儘管找我師父，我會拜託他老人家。你們要提防的是生意上的對手和政府官員，我走之後，京城應該會有大變動，公司的運作可能會遇到一些麻煩。」

話說開來，孫長德反而沒有先前不知情況時那麼憂心了，「您放心吧，這麼多年來，您的人脈、我們集團的名聲，也不是由著別人想捏咱們就捏的，再說，不有徐老爺子在嗎？」

「嗯，總之這三個月就交給你們，切不可大意輕敵。」夏芍沒有說，政壇上的事，萬一有變，老爺子年紀大了，未必鎮得住，而且許多事也不是他老人家一人說了就能算的。至於生意上的合作夥伴，大多是錦上添花的，雪中送炭者到時未必有，但她確實有幾位至交好友可以託付，只是她不打算讓他們介入。

因為好久沒有設局了，她這一走，就留個局在京城吧。

夏芍接著便撥通了日本的電話。

電話是打給土御門家主的，在這個時候，她想影響宮藤家的決定，必須要找一個有影響力的人，土御門老家主無疑是個很好的選擇。不過，上回她讓土御門家抹除華夏集團在日本的聲譽影響，雙方算兩清了。日方使節團來訪的時候，她又坑了土御門善吉和秀和一把，想必兩人回國後，那願意跟政壇官員走得近的善吉會受些影響，土御門家的聲譽可能也會有些損傷，這回的電話，這位老家主恐怕不會輕易應下。

夏芍沒給對方拒絕的機會，「老家主，上回的事雖然對土御門家的聲譽有影響，但不願與政府官員來往也是您老的願望。我雖有過，但也不算全然對不住您。這次的事，若您肯幫我，我便欠您一個人情。來日您若有求，或者土御門家族有需要，我必應。」

土御門家的繼承問題一直是老家主頭疼的，夏芍相信，賣她的人情，對這位重視家族的老人來說，還是有吸引力的。

果然，那邊沉默了許久，才傳來蒼老的聲音：「好吧，希望夏大師記住妳的承諾。」

夏芍道了謝，那邊，老家主拿著電話許久才放下。

外面傳來敲門聲，「爺爺，您找我？」

老家主見土御門秀和站在門口，笑容如常，便道：「嗯，你進來，我有話跟你說。」

「是。」土御門秀和彷彿沒看見祖父放下電話，垂著的眼眸裡卻有光芒一閃。

……

夏芍沉默了很久，才找出師父唐宗伯的電話。師兄出事，對師父來說是很大的打擊，他老人家一直把師兄當兒子看待，她一直不知道該怎麼跟他說。可是，無量子要去香港護持師兄，師父必須一起回去。

電話還沒撥過去，她的手機螢幕便亮了起來，電話正是唐宗伯打來的。

老人的聲音聽起來很沉：「小芍子，妳師兄的電話打不通，他出事了？」

夏芍沉默，唐宗伯一聽她沒回答，聲音更沉幾分，帶著焦急，「有話妳就說吧。為師今早起來就覺得不安，排盤起卦，妳師兄卦象奇亂，我已經打電話提醒過他了，但我隱約感覺他身上帶著的玉葫蘆有元氣震動，出事了？」

「嗯，師父，是我不好……」夏芍聲音低落，把事情經過說了一遍。

唐宗伯在電話那頭沉默許久，聲音有些顫，還是安慰道：「別自責，妳師兄命裡有這一劫，不是為了妳，他也躲不過，師父這就回京城。」

「我等不到傍晚就要離開了，師父，我只有一件事求您，爺爺那邊……勞煩您了。」徐老爺子那邊，她理應去說一聲的，但老人家年紀大了，若被他知道，他定要來看師兄。他若見了師兄那樣子，未必受得住。她實在不想師兄未好，老爺子再病倒，到時她怕她走得更不安心。好在師父與老爺子相識幾十年，有師父在，此事可以託付。

夏芍跟隨唐宗伯習藝，她有什麼念頭，唐宗伯還能聽不出來？換成以往，定要唬她一唬，專把這難纏的事交給他老人家，但眼下這事，誰也沒有心情玩笑，得知夏芍要去崑崙，師徒兩人今天恐怕見不著了，唐宗伯只好在電話裡囑咐：「此去崑崙，行李要帶足，妳身體從小就好，如今修為也不懼山上嚴寒，可仍不可大意。修為進境，首論心靜，心若不靜，莫說三月之期不可能有所領悟，恐怕還會害了自己。妳張師叔在，讓他陪妳一起去，師父放心些。記著……別想著三月之期，能不能進境，妳都記著回來……師父，一定保著妳師兄。咱們師徒三人，有什麼坎兒，一起過。」

說到最後，老人的聲音已有些哽咽。他一生無子，視這一對孩子為己出。一個冷面冷語，卻比誰都重情；一個成日裡打小算盤，三天兩頭氣得他吹鬍子瞪眼。這兩個孩子，從他們在山上過年那年起，他就看出天胤的情劫會應在小芍身上。只是想著，這兩個孩子天賦都高，到時一身修為，許能避過。

沒想到，這天還是來了……

這劫，是這兩個孩子的劫，又何嘗不是他的劫？他活了大半輩子了，已經不懼死，就是拚上這條老命，也要保下弟子。只不過，這話他不能說，說了丫頭會更擔心……

「妳爸媽妳也別擔心，我帶著他們一起去香港，就說帶他們去旅遊。妳儘管放心地去，不要記掛任何人，照顧好自己就行。」

「嗯。」夏芍應下，掛了電話時眼眶已紅。她沒有告訴師父，她不打算帶張老去，她不帶任何人。這個時候，任何人留在師兄身邊，都可以成為護持他的助力，她一個也不帶。

有人卻想跟她一起去。

夏芍回到樓下的時候，樓下一群人已經商議完畢。

張中先、海若和溫燁三人打算陪著夏芍去崑崙，連衣妮都要跟去。

夏芍搖頭，「我自己，跟我去的人未必幫得到我，但留下來能幫師兄，尤其是張老。」

她這一走，玄門除了唐宗伯，就屬張中先修為最高，她絕不會帶他去崑崙。

「不行，這事妳別逞強。到了那裡，會出什麼事，誰也料不到。妳命格奇，起卦都算不出吉凶，不帶幾個人去，妳讓我們怎麼放心？妳怎麼知道這些人幫不到妳？這可說不準。總之，這事不能由著你。」張中先不肯讓步。

溫燁也不退讓，還站出來大吼，聲音令人心疼，「上一回，我師父說他自己去，不讓人陪，結果他再也沒有回來！」

客廳裡一時沉默，沒人說話，人人都看著夏芍。

衣妮站了出來，「妳怎麼知道我們去幫不了妳？就算幫不了妳，崑崙那地方，對我們的修為也有好處。妳不讓我們去，我就跟溫燁作伴去好了，不當妳的累贅。」

「師叔，他們兩個到底年紀不大，我雖修為不算高，好歹年紀在這裡，路上妳要有什麼生活起居上的瑣事，我也能幫忙料理。」海若溫言溫語地勸。

夏芍沉默了一會兒，這才妥協地道：「好，小燁子和衣妮陪我去。要麼他們兩人，要麼我一個都不帶。」

夏芍平時雖性情隨和，但她決定的事向來難改。她這麼說，就是最終決定了。張中先和海若著急，夏芍道：「我是去修煉的，又不是去玩，不必有人照料，他們兩個足夠了。我帶著龍鱗和大黃，以我這修為，若還能出事，再多的人跟來也無用。」

夏芍決定帶溫燁是覺得這孩子一片誠心，不忍叫他再受當年等待之苦，而且衣妮說的對，崑崙靈氣對他們的修為也有助益，此去一趟，他們若跟著她潛心修煉，定然受益匪淺。至於衣妮，夏芍原想將她留在京城，她這一去，萬一京城有變，要她照應她的朋友們。後來想想，要真有什麼事，衣妮也不是肖奕那些人的對手。衣妮視肖奕為敵，平時又衝動，恐不成事反倒害了自己，不如將她帶在身邊。

事情就這麼決定了，夏芍立刻安排助理去訂下午的機票，又讓溫燁和衣妮去收拾行李，自己則上樓，再次進了房間。

第四章 命懸一線

房間裡，風吹拂著窗簾，更添靜謐。

徐天胤躺在床上，看起來就像是睡著了。

以前他從不在床上睡，即便有她陪著，夜裡她一動，他就醒了。現在他那麼安靜地躺著，連她進了房門，坐到床邊，他都沒有醒來。

她喜歡瞧他的睡顏，他睡著的時候，孤冷凌厲全然不見，她喜歡看他安心的模樣，甚至想要他安心的時間多些，再多些。可是，現在他睡得那麼沉，她卻連他安心的模樣都瞧不見。

他的臉色青黑，她要伸手去摸摸，才能摸得見他立體的五官。

夏芍低頭撫上徐天胤的臉頰，聲音輕得似窗外吹進來的微風，「他們都覺得我應該哭一哭，可是我不哭，不吉利。」

沒有人回應，房間裡還是安靜得只有風聲，她輕輕撫上徐天胤的嘴唇，感受著他極其微弱的呼吸，「我要走了。你是不是覺得，我應該有很多話要跟你說？我有，但我不想現在說，我要等回來再跟你說。」

夏芍俯下身，在徐天胤額上落下一吻，許久才起身，把他的手掌翻過來，和她做一個約定的姿勢，「所以，你要記著我還有話沒對你說，你不許走，一定要等到我回來。你說你不騙我，可你已經食言過一次，你不會再食言的，對不對？」

聽不到回答，她讓那個約定的姿勢再緊些，鍥而不捨地問：「對不對？」

掌心下的溫度有些涼，她握了握他的手，重新將被子為他蓋好。隨即，隔著被子枕上他胸口，輕聲喚道：「師兄……」

他的心跳不像往時那般有力，她細細聆聽，才能聽見虛弱的鼓動聲。她把身子的重量都撐雙手上，生怕壓著他，讓他喘氣更費力，但她的臉頰卻在他胸口感覺到異樣突起。

夏芎起身，打開被子查看，在徐天胤薄薄的毛衣胸口口袋裡發現了玉葫蘆。這玉葫蘆本是和另一個是一對的，師父當年發現一塊好玉，帶去風水寶穴中蘊養多年，收徒時便分別給了師兄和她。正是這玉葫蘆，讓師兄在師父失蹤的那些年裡憑氣息找尋，卻不知另一個葫蘆已在她身上，他找的人竟然是她……

說起來，還是這玉葫蘆成就了他們的姻緣。

她的那個葫蘆自拜師起就戴在脖子上，鮮少拿下，而師兄則習慣貼近胸口放著。他穿著薄毛衣，膚色青紫，唯獨放著葫蘆的胸口處青色淺上許多。她見了，立刻從自己身上提出那個玉葫蘆，湊成一對，一併放進了徐天胤胸前的口袋。

他胸口的青黑以可見的速度又淡了淡，明顯是這對玉葫蘆護住了他的心脈。

將被子重新蓋好，夏芎留戀地貼了貼徐天胤的胸口，「我把它留下來陪你，就當我在陪你。你一定要堅持住，等到我回來。」

她深深嗅了嗅，嗅他身上她熟悉的味道，隨後似是怕再待下去，她會不放心離去，索性起身，頭也不回地出了房門。

夏芎並未帶多少行李，她只帶了幾件厚衣服和洗漱用具，其餘的登山工具到了當地再買不遲。溫燁和衣妮回來之前，夏芎在樓下跟朋友們告別。

事情是那麼突然，中午幾人還在火鍋店裡吃得熱火朝天，下午夏芎就要往崑崙而去。柳仙仙甚至在樓下和元澤等人商量，要不要一起請長假，陪著夏芎一起去。哪怕他們不登山，只在山下駐紮，有什麼事也能幫上忙。

夏芍瞧了她一眼，道：「妳消停些吧，我知道你們都擔心我，但相信我，沒有人比我更在乎自己的安危。我若回不來，他也活不成了……所以，你們要信我，我一定會回來。」

柳仙仙不說話，平時就屬她嘴快，愛跟人爭辯抬槓，這時卻一句也不說了。

夏芍最擔心的便是她，「我離開的這段時間，妳跟家裡人一定不要硬來。記住我的話，忍一時意氣，等我回來。」

「他們現在自顧不暇了，還有功夫惹老娘不快？」柳仙仙哼了一聲，本因擔心夏芍，臉色有些沉，一聽夏芍提起她父親，臉色更沉得難看，但見夏芍瞧著她不說話，不像是隨意囑咐她的，這才轉頭應了，「知道了！」

夏芍又看向元澤，「對你我就沒什麼話要囑咐了，你一向懂得輕重。」

元澤苦笑，直到今天他才知道，凡事有輕重是缺點，她竟沒什麼可對自己說的。隨即他又慶幸，慶幸在她這麼難的時候，他沒成為她的牽掛。

「至於你們兩個……」夏芍又轉頭看向周銘旭和苗妍，「希望我回來的時候，你們兩個別再這麼彆扭了。」

兩人一愣，相互瞧一眼，各自紅了臉，有些尷尬。

元澤扯出個還算安慰人的笑容來，「妳就放心吧，他們幾個，我會幫妳看著。有什麼事，我會提醒他們。」

「有你在，我確實放心些。」夏芍也笑了笑。

幾人頓時嘆了口氣，都這時候了，難為她還能笑得出來。換個人，早就亂了主意。

溫燁和衣妮回來的時候，華夏集團的車已經在別墅外頭等了。眾人送出來，無量子、張中先等人要在別墅裡照看徐天胤，不能一起到機場，元澤四人則開了車跟著一起去機場。

心裡有萬千囑咐，臨別時卻只剩「保重」二字。

飛機起飛前，夏芍看了眼外頭，只見天邊晚霞燒來，濃烈如血。

……

四個小時的行程，飛機上，溫燁和衣妮見夏芍閉著眼，便都不打擾她，讓她多休息。哪知夏芍根本就睡不著，到達目的地的時候，外頭已經天黑了。

一下飛機，冷意襲來，天空飄著小雪，氣溫果然比京城冷得多。來往的人都裹緊了大衣，形色匆匆，夏芍三人有修為在身，元氣護體，倒不覺得多冷。

來接機的是華夏集團在這座城市的分公司經理，這位經理只有在年終和集團高管會議上才能見到夏芍，因此顯得十分興奮，親自開車將夏芍三人送往入住的飯店。

飯店早就訂好了，房間裡登山要用的帳篷等一應工具也都已準備齊全。

晚飯也早就訂了廳房，備了宴席。廳裡坐滿了人，男男女女，盛裝打扮。經吳經理介紹，都是華夏集團在此地公司的高階主管和家屬。夏芍今天來得突然，但也有些本地商人聽說了，紛紛找了吳經理，想求個入席的機會。吳經理也不知自己這麼安排，夏芍高不高興，想著她剛下航班就要被一些人纏著寒暄，怕她會覺得太累，認為自己不夠體貼，便回絕了那些人，只帶著公司內部的主管前來。夏芍對公司員工向來和善，想來自己人來見見她，她不會有意見。

夏芍再有心事，面對自己的員工，該有的溫和也有，當下一番握手寒暄，帶著溫燁和衣妮一起坐下。

吳經理約四十出頭，身旁坐著妻子和女兒，臉上陪著笑。他一年能見夏芍的機會只有三四次，除了報告工作和開會時提出一些建議，平時說話的機會並不多。雖然聽說夏芍來此是有私事，讓準備的都是爬山的工具，像是要登山旅遊，但她既然來了，公司的事恐怕也是要過問，他當然要好好表現。

「董事長，您不常來，今晚準備的都是當地特色菜餚全羊宴，是名廚掌勺的。您一路辛苦了，嘗嘗看？」吳經理頗為殷勤，一旁的女兒瞧了父親一眼。

父親在當地也是有名氣的人，華夏集團在國內有多大的名氣，父親在當地商界裡就有多少面子，她向來是看著別人對自己家人殷勤，還是第一次看見父親對別人這麼殷勤。

當然，這人也不是別人，是華夏集團真正的當家人，那個充滿傳奇的女孩子。

吳經理的女兒好奇地瞧著夏芍，他們今晚都盛裝前來，夏芍倒穿得平常，一身白色羊呢大衣，跟在商業雜誌和電視上看起來的樣子不太一樣。不是醜了，而是讓人驚嘆。驚嘆一個人不施脂粉，尋常打扮，眉眼依然如此吸引人，而且，對方年紀與自己一般大，氣度卻比她母親沉穩，溫溫和和的一個人，所有人卻都得陪著小心。

吳經理的女兒在本地也是千金名媛，與圈子裡同齡的女孩子向來說得上話，見席間氣氛緊張，便想給父母長長臉，笑道：「夏董，您來這裡玩兒，徐將軍怎麼沒來？」

這話一問，衣妮和溫燁當即就皺了皺眉。

吳家千金見了，心裡咯噔一聲。她是聽說兩人感情很好，所以才問的，而且兩人剛訂婚，應該還在甜蜜期，這話題……不該有錯啊！

「妳這孩子！」吳經理瞪了女兒一眼，「徐將軍在軍區，哪能是說請假就請假的？」說完又對夏芍陪笑，「董事長，您別介意。小女跟您年紀差不多，還在讀大學，平時嬌生慣養的，哪裡知道工作不易？」

夏芍從頭到尾含笑，笑意就沒變過，看起來並不介意。

吳經理一瞧，這才稍鬆口氣，道：「淨顧著說話了，您嘗嘗這道菜，保准和在京城吃的味道不一樣！」

「多謝吳經理費心準備。」夏芍拿起筷子，見一盤裝飾精美的烤羊肉串轉到了面前。雖不是稀罕菜品，但說起當地的特色美食，這當然是不可不嘗的一道。飯店名廚的手藝，瞧著就有胃口。只見那羊肉串，肥瘦相間，色澤焦黃油亮，聞著就有股肥香熱辣的味道。

夏芍近來喜辣，嘗了嘗。一入口，那香氣如想像中一般美味，唇齒留香，直入喉嚨。她卻忽然皺眉，只覺胃中翻攪，當即放了下來。

一桌子人見她臉色有變，都愣了愣。

夏芍起身道了聲抱歉，這才不緊不慢去了洗手間。一進洗手間，門一關，她便乾嘔起來，待不適的感覺淡去，她才抬頭瞧著鏡中自己，疑惑不解。

過了一會兒，傳來敲門聲，衣妮在外頭問她有沒有事，夏芍這才開門出去。

一桌子的人都有些不安，吳經理看夏芍重新入席，便站起身來道：「董事長，是不是這些菜不合您的胃口？要不撤了，重新上別的？」

夏芍一笑，「沒事，是我的問題，可能是剛下飛機，有些暈機的緣故。」

吳經理趕緊喚來服務生，添了幾道清淡的菜品。夏芍這一晚也就吃著這幾道清淡的菜品，卻仍覺得口中無味，可她掩飾得很好，還問了問公司的情況，又問了員工家中狀況，連眾人帶來的家眷都沒冷落。一頓飯下來，眾人是越吃臉上紅光越重，氣氛越熱絡，再無起初的緊張，卻沒人發現，夏芍很少動筷，除了溫燁和衣妮。

晚宴結束，眾人滿足離去，吳經理留到最後，說明早安排人送夏芍三人去崑崙山臨近的縣城，這才離去。

回到飯店房間，一進房，衣妮便問：「妳沒吃多少東西，要不要叫飯店送些宵夜來？」她平時話不多，其實很是細心。

「不用了，可能是暈機吧，剛才清淡的菜都吃不下，就別叫東西了。」夏芍在兩人面前不必再維持笑容，臉上現出倦意。

溫燁皺著眉頭，盯著夏芍，「天天飛來飛去的人，又不少坐飛機，怎麼會暈機？」他說得很有道理，衣妮也古怪地瞧著夏芍。

夏芍怎能不知自己從不暈機，她心裡也奇怪，只道：「可能是今天心情不好，太累了，應該休息一晚就好了。」

這聽著倒像是那麼回事。徐天胤出事，她情緒一直壓著，不適也有可能。見夏芍眉眼間倦意越來越濃，溫燁和衣妮也不打擾她，讓她趕緊上床睡覺。

夏芍本以為自己心思重，定然睡不著，沒想到一沾床就沉沉睡了過去。第二天晨起，覺得精神好些，便叫了飯店的早餐送進房間。

早餐很簡單，牛奶、煎蛋、三明治，還有份甜點。煎蛋煎得金黃，蛋黃還嫩著，這回夏芍連動也沒動，只聞著那煎蛋的香氣便皺眉，甚至跑去浴室一通乾嘔。再出來，衣妮和溫燁在門口擔憂地看著她。

「妳這是休息了一晚還沒好？」

「生病了？」
兩人一人一句，溫燁伸手去摸夏芍的額頭。
夏芍笑著躲開，「沒事，可能是水土不服。」
「到底是暈機、心情不好，還是水土不服？」溫燁很不滿，又要跟師父唱反調。
「我看還是去一趟醫院吧。」衣妮道。
夏芍一聽，自然拒絕。去醫院太費時間，又是掛號，又是問診的，少說半天，她現在是半分鐘都不想耽擱。
「不行，萬一妳在山上病了，會比現在更麻煩。妳要是不想去醫院，叫吳經理帶個醫生過來也可以。」衣妮道。
這提議倒不浪費多少時間，夏芍只好同意。吳經理一接到電話，聽說夏芍叫醫生，頓時以為她生了什麼重病，來的時候氣喘吁吁，身後帶了位老人，說是父輩交好的退休老軍醫。
老醫生笑容親和，也不怎麼寒暄，倒是夏芍有禮貌，跟老人打了招呼。
老醫生坐下問起了她的情況，讓她伸出手替她把脈，過了一會兒，嘆了口氣。
這一嘆氣，旁邊三個人都急了。
吳經理比衣妮和溫燁問得都快：「王伯父，我們夏董……是哪裡不好？」
老醫生笑了笑，語氣感慨，「現在的年輕人啊，對自己的身體一點數都沒有。工作、賺錢哪有自己的身體重要？這都快兩個月了，居然都不知道。」
夏芍僵在了沙發裡。
待吳經理送老醫生出了飯店，房間裡還是靜悄悄的。

衣妮和溫燁都沒反應過來，兩個人的眼睛都直直瞅著夏芍的肚子。

夏芍低下頭，手輕輕撫在了腹部上。

兩個月……是在澳洲的時候。

也只有那一週，兩人每晚都有親密房事。往常他知道她還在讀書，兩人在房事上都有做預防措施。只是，那一週，他的心思在別處，許是沒太注意，而她也因事前去日本，之後事情一樁接著一樁，自己的月事倒真沒注意。現在想想，還真是推遲許久了。

「要、要不要再去醫院看看？」衣妮少見地結巴，盯著夏芍的肚子，似還沒醒過神來。

夏芍還沒說話，吳經理送完人回來了。

這一回來，便滿臉喜意地向夏芍道喜。誰不知道，夏芍和徐天胤雖沒結婚，可那是正經訂了婚的，聽說當初徐家老爺子是親自去夏家下的聘，訂婚的喜帖都是老爺子親筆寫的，而且，訂婚的場地還在國家賓館，軍界政界大員都是到場了的。徐家給董事長的場面夠大了，這是再滿意不過的意思。一場訂婚雖未公開，可那日子也傳得舉國皆知，要不是董事長還在京城大學讀書，恐怕年前辦的那場就不是訂婚，而是婚禮了。董事長現在懷孕，誰會說什麼？

徐家大房就徐天胤這個獨子，徐老爺子疼愛得緊，現下就快添丁了，徐老爺子和徐將軍指不定會高興成什麼樣子。

吳經理問道：「董事長登山的行程是不是要取消？我給您訂什麼時候回京城的機票？」

「行程照舊。」夏芍垂眸。

「啊？」吳經理愕然，張大了嘴。

照舊？這是為什麼？

董事長和朋友來此地登山，難道不是為了來旅遊的？什麼好玩的能比現今肚子裡那個大？

知道華夏集團是夏芍一手創立的人，都知道她不是個玩心重的。她要有那玩心，也不會年紀輕輕就有今天的成就。吳經理納悶了，難道有什麼非去不可的理由？

「不過，」夏芍沒解釋，又開了口，「原定的行程稍緩一緩。我對本地不熟，你找一家好點的醫院，幫我約醫生，我要先去做產檢。」

夏芍喜怒不露，沒有人知道，她垂著的眼眸裡是怎樣欣喜、擔憂。

兩世為人，這是她的第一個孩子……

以往再避著孕事，也不代表她不喜歡孩子，只是覺得年紀尚輕，還沒畢業，結婚尚早，所以孩子的事就先避著，沒想到這孩子還是因為一個疏忽就來了……

天下的母子緣分都是修來的，這孩子既然來了，那便是緣分到了，她自要好好待他。

奈何孩子的父親如今命懸一線，她又要登崑崙閉關，她擔心孩子經不經得起……

所以，原本她只以為自己身體不適，不想耽擱時間去醫院，現在也必須得去一趟了。她得知道這孩子在她肚子裡好不好，健康不健康，能經得起多大的折騰。她必須要了解清楚，待到了山上，她行動之時才能做到心裡有數。

這是她的第一個孩子，也是他的第一個孩子，她得保住！

保住孩子，也要救他，他們兩個都是她的心頭肉，一個也不能有事！

因此，此刻她心裡再是怎樣的情緒波動，也得保持頭腦清明。

夏芍見吳經理還錯愕著，又吩咐道：「把準備的登山用具都搬去送我們的車上，開去醫院門口等著，等我從醫院出來就直接離開。」

吳經理一個激靈，忙應了，再不敢提回京城的事，趕緊出門打電話聯絡去。

吳經理常有應酬，身體也不是特別好，認識幾位本地醫院有名的主任醫生。雖不說是私人醫生那麼誇張，但身體不好時打個電話去就能有人來家裡。這些醫生裡雖然沒有婦產科的，可打個電話，對方幫忙預約一位，是再容易不過的事。

吳經理很快回來，請夏芍下樓，衣妮和溫燁在後頭跟著，一路上也沒說句話。兩人都對那老軍醫的話不是太信任，究竟是不是，到了醫院一驗就知道了。

一個小時後，夏芍拿著一張血檢化驗單和超音波單子出來，坐上了前往崑崙的車。已經約好了醫生，又不必等，檢查其實花不了太多時間，不過，夏芍跟醫生聊了很久，問了很多的問題，這才用了一個多小時。

坐在車裡，夏芍只管低頭看手中的兩張單子，衣妮和溫燁也一左一右地瞧那兩張單子。其實他們也不是不信那位老軍醫，只是有私心，覺得此去崑崙，三個月之內進境已經是很難成功的事了，這時候誰也不希望是真的懷孕。雖然是喜事，但無異於雪上加霜。

想歸想，衣妮坐在夏芍身旁，眼神除了擔憂，還有些羨慕。她想起了在寨子裡，和阿媽生活的那些日子。自從阿媽被人害死，她的生活發生了天翻地覆的變化，她以為這輩子能為阿媽報仇就很好了，沒想到會遇到夏芍，仇人也眼見著能有手刃的一天，因此她從來都沒想過，等大仇報了，她生活的目的還會有什麼，是不是也會遇到喜歡的男人，有自己的孩子……

女人對於孩子，心裡總會多幾分柔軟，哪怕再擔憂，一路上衣妮都沒說一句話。吳經理跟著車，因為知道夏芍有孕在身，一路上特意吩咐司機開慢點，開穩點，待到了臨近崑崙最近的縣城，已經是晚上了。

飯店同樣是早就訂好的，夏芍的臉色有些白。她從昨晚起就沒吃多少東西，路上喝了點水都停車去吐了出來。之前沒發現有孕的時候，她連辣火鍋都能吃得下，誰想這妊娠反應一來，卻是來勢洶洶。當晚衣妮去買了水果，讓飯店送了甜粥來，夏芍勉強吃了些，到晚上睡前，卻又全都吐了出來。

溫燁皺著眉頭，一聲不吭，在屋裡團團轉。轉著轉著，轉出了房門，打了個電話。

電話是打去香港的，接的人是海若。

「師父？」他雖拜了夏芍為師，但對海若的稱呼一直不改，唐宗伯和夏芍知他人小重情，從不在此處糾正他。玄門向來重輩分，輩分一道上頗亂的，只有溫燁。

海若接到電話時正在香港的半山老宅裡，一行人昨天下午等到唐宗伯從東市回來，連夜回了香港。徐老爺子也跟著來了，昨天夜裡，誰也沒睡，徐老爺子在陪徐將軍，掌門祖師和無量子道長一夜都在外頭佈風水大陣。日出時分，兩人聯手聚了海上的龍氣來，場面驚心動魄。無量子道長修為已入大乘，他倒是無礙，掌門祖師卻受了不輕的傷，今天調息了一整天，剛好些了，也去了徐將軍屋裡，替了徐老爺子。

現在老風水堂那邊，掌門祖師和師父張中先都已不去，由她師兄丘啟強、趙固和其他仁字輩弟子主持。她本該也去的，但因著是女人，照顧人貼心些，便帶著兩名女弟子留在老宅裡，照顧這些貴客尊長的飲食起居。

眾人原沒想到夏芍會打電話來，她往崑崙去的路上應不會有事，即便打電話來報平安也沒什麼用。她最凶險的是在山上那段日子，而那段日子必然是訊號不通，無法和外界聯絡。

接到了溫燁的電話，海若很驚喜，她正坐在客廳裡，徐康國正由警衛員陪著走下來。他已八十高齡，昨天午聽孫子噩耗，曾經歷過太多世事的老人，眼神發直，半晌沒從椅子裡起來。他顧不得身分不宜隨便出京，跟上頭那位說了一聲，便帶著警衛員跟著玄門一行到了香港。他在香港只能住三天，昨天一晚任誰勸都沒睡，陪著孫子一直到現在。

唐宗伯讓他去休息，他哪裡睡得著？正想來客廳坐會兒，吹吹外頭的海風，醒醒神，一下樓梯便看見海若驚喜地接了電話。似老了十多歲的老人一瞧，眼睜了睜，倦意一掃而空，拄著手杖的手卻在微微發抖，「是不是芍丫頭的電話？給我，我來跟她說！」

這丫頭也真是的，這麼大的事不告訴他，自己就跑去了崑崙。

這季節，崑崙山區那邊是人能進的嗎？

海若張著嘴，眼睛瞪得溜圓，不知道是被徐康國的出現給驚的，還是被電話裡的內容給驚的。半晌，她才回過神來，瞧了老人一眼，歉意地笑了笑，捂了電話便道：「老爺子，不是師叔來的電話，是我家裡的一個晚輩。家裡出了點事，我出去處理一下，您快去休息吧，有消息我一定告訴您。」

說罷，她趕緊起身走了出去。

徐康國伸著手，望著外頭黑沉沉的天，不知是失望還是別的。

海若確定後頭沒人跟著，這才鬆了口氣。

這口氣剛鬆，便又提了起來。

師叔竟然有了身孕！

這樣的大喜事，在這節骨眼上卻只會讓她更艱難，因而她不敢告訴老爺子，老爺子得知孫子的事，倒沒怪師叔，只為此擔了兩個人的心。若是他這時候再知道師叔肚子裡懷著徐家的骨血，他哪能受得了？怕這心擔得就更重了。因此，哪怕是撒謊，也得先瞞過去。

電話那邊，溫燁又問怎麼照顧孕婦，海若頓時苦笑，她沒有孩子，也不太清楚，只知道一點，索性都說了，「我聽你說的，你師父也不算吐得太厲害。聽說那吐得厲害的都能吐出血來，得去醫院住著，所以你們兩個在那邊先寬心，別太憂慮。」

溫燁張著嘴，想說這還不算厲害？但聽了接下來的話，無力沉默了。

真有這麼辛苦？

他從小在孤兒院長大，直到被師父收養。曾經想過自己的父母為什麼狠心不要自己，也痛恨過，但聽師父這麼說，也不知為什麼，心裡泛酸，很難過。不知道他母親當初懷他的時候，是不是也吃過這些苦。如果是，難道對他沒有感情？為什麼會忍心不要他呢？

「我知道的也不多，只知道孕吐這事沒有別的法子，只能吃了吐，吐了吃。也別一時不停地讓你師父吃東西，瞧著她的情況，等她能吃得下的時候再讓她吃些。問問她喜歡吃什麼，儘量依著她的口味。再有，早上先讓她喝點水吃點東西再起床，胃裡會舒服些……」海若思量著，最終嘆了口氣，她知道的也只有這麼多了，這些還都是從朋友那裡知道的。

話說起來，師叔的父母這次也要來香港，明天就要到了。

師叔原託掌門祖師代為照顧家人，但因徐師叔的事，掌門祖師不得不回來。師叔的事，祖師怕夏家人擔心，也不敢透露半字，只好說請他們來香港遊玩，自己先行回來安排。他們明天中午就到香港了，住的地方自然是飯店。

師叔的事，要是她母親知道了，定然知道怎麼照顧女兒，可惜這事得瞞著，不然長輩不知得有多擔心。

海若嘆著氣，知道自己剛才教的那些不會起太大的作用。師叔要去崑崙，冰天雪地的，她吃的東西能好到哪兒去？這可怎麼辦……

之前只以為她此去崑崙是任務艱難，如今豈止艱難，簡直就是凶險了！

她憂心忡忡，那邊溫燁聽了應下，掛了電話回去，把海若的囑咐悄悄跟衣妮說了。衣妮點點頭，回頭看夏芍躺在床上，手裡拿著明天出發採買的食物清單。

比起他們的憂心，她倒鎮定，鎮定得讓人覺得什麼事都難以將她打倒。

「這單子上的東西再添幾樣，明早你們就去買。」夏芍頭也沒抬，吃的東西原本就備好，在他們到飯店的時候，已經放在房間裡了。這些都是她早就吩咐的，她去山上閉關修煉，吃的東西不需太多，易保存的乾肉、壓縮餅乾之類的，沒什麼花樣，很簡單的吃食。現在不成了，她肚子裡還有一個，縱然她反應厲害，該吃的還是得要吃。

「你們明早去買些乾果、水果、乳酪、餅乾，青菜類的挑不必生火下鍋的買，用保溫箱裝著，量不用太多，一個星期的就夠。」夏芍吩咐著，心想，本來她的打算是讓公司的兩輛車送她到山下就回，看樣子需要帶的東西太多了，根本搬不上山，必須雇些人在山下紮營，建個小補給站，每週讓人送需要的東西上山。

兩人聽著，點頭歸點頭，卻不樂觀，「東西運上山很困難。」

確實如此。

這個季節還有雪，山路難走，風雪大時容易迷路，又時而有雪崩，當地人都不願上山。即便酬勞高，有人願意冒險，他們一行要帶上山的東西太多，她又要尋那龍脈寶穴之處修煉，選的地方許會很高，一般人拖著東西上山，未必能運得上去。

玄門那邊這些日子她抽調了不少人，留在老風水堂裡的弟子忙得腳不沾地，如今運東西上山這樣的跑腿事，她實在不願再抽調宗門的人。留著人在師父那邊，說不定有不時之需。

夏芍思慮片刻，拿起手機，撥打了一個電話號碼。

接電話的是女子，聲音雖冷淡，接起來的速度倒快，「真稀奇，妳居然打電話給我。」

「莫非。」夏芍難得臉上有些笑意，當初她扮作保鏢去香港幫李卿宇化劫，師兄給她安排了軍事資源公司的身分，還請伊迪手下的雇傭兵隨她一起赴港，莫非是其中一人。兩人因相處得還可以，分別時便互留了聯繫方式，夏芍也沒想到自己能有用到的一天，「妳能接電話，說明妳現在沒有任務在身，我這邊有一件棘手的事，妳能過來出趟任務嗎？」

「我在度假中，不接任務。」莫非還是那麼一板一眼，隨即又說了後半句，「但妳可以找伊迪，我聽從組織調遣。」

夏芍聞言哭笑不得，她明明就是願意來的，非要拐彎抹角。正腹誹間，那邊電話已經換了人，三秒鐘後，一個含笑的聲音傳來。

「嗨，親愛的未婚妻小姐，聽說妳有委託？」伊迪聲音帶笑，不等夏芍接話，便又誇張地叫了起來：「哦，上帝，妳和徐吵架了嗎？他居然要妳親自聯繫雇傭兵？」

徐天胤那小子，手裡有那麼龐大的地下資源，他未婚妻有急事，用得著自己出面？他只要打個電話，不就立刻有人來了嗎？

夏芍這時候沒心情跟人說些沒營養的廢話，她直接把自己的要求說了出來，但獲得了對方更加驚訝的聲音。

「妳需要出動國際雇傭兵為妳當搬運工？」

「妳應該知道，這次的搬運工作不容易，作業地點環境惡劣。」

「我猜，妳要搬運的一定是軍火吧？上帝，妳要炸掉崑崙山嗎？」

「食物。」夏芍倚在床上，閉著眼，瞧著有點累。

那邊卻沉默了，接著傳來呼哧呼哧的聲音，不知是喘氣還是在忍笑，「好吧，只要雇主肯出錢，我們不在乎運送的是什麼。」

「嗯。」夏芍應了一聲，對伊迪報了自己所在的地點和需要他的人在山下待的時間。

伊迪愣了愣，這才聽出事情不對。

哪有人在山上待那麼長的時間？這是遇上什麼事了？

「伊迪，派幾個可靠的人來，要信得過的。」夏芍的語氣也讓伊迪聽出些問題來。

「好。」他當即收斂了開玩笑心思，也沒問出了什麼事，一看時間，便道：「明天中午，十人的隊伍到妳那裡，由莫非帶隊，她跟妳熟。」

夏芍應了，這才掛了電話。她不提徐天胤出事自然有她的道理，他曾經在地下世界打拚多年，若說沒有仇人是不可能的。她怕有些人得知他現在不好，會動什麼歪心思。好在雇傭兵是雇主給錢就辦事的，他們只在跟價碼有關的問題上才會問清楚，雇主的目的從不過問。

運送隊伍的事一定下來，夏芍便鬆了口氣。這些雇傭兵，什麼惡劣的環境都去過，他們的精力和體力自然比在當地雇人要好，而且，要出什麼險情，他們也能自保。

夏芍手撫上腹部，即使是這樣，她還是要在這段時間裡虧待這孩子了，這已經是她如今能給他的最好的了。

夏芍閉了閉眼，衣妮又拿了些東西給她吃。她累了，睡得快，倒沒去吐，可早上一醒來，她便又開始嘔吐，幸好溫燁在，按著海若的吩咐，讓她先喝溫水吃點心，這才壓了下去。

衣妮跟著吳經理出門採買，她話不多，心卻細，兩人半天後回來，搬回了不少東西。

夏芍笑了笑，也難為他們了，水果青菜量不多，裝在小保溫箱裡，外頭套著幾層大箱子，就怕凍壞了。剩下的還有乾果仁、乳酪、餅乾，另有些點心甜食。

「董事長，再往前走就沒有去山區的車了，咱們得自己開車過去，但是路上有雪，道路難走，到了那邊恐怕要傍晚了。您看，是不是再休息一天，明天一早出發？」吳經理問。

「不，中午出發。我有幾個朋友要到，他們到了就走。」

莫非中午果然按時到達，一行十人，其中也有熟面孔，正是在香港時和莫非一起保護夏芍的俄羅斯傭兵馬克沁。這十人裡只有兩人是女人，其餘都是西方男人，大多身型威壯高大，一出現在飯店門口，便將吳經理和隨行的兩名集團員工給驚了個不輕。

吳經理不知道這十人是雇傭兵，只以為是董事長請來的保鏢，心頭更覺古怪。有了身孕還堅持登那崑崙山，已經是夠讓人想不通的了，登個山還要請這麼些個凶神惡煞的保鏢來，更讓人覺得此行有異。

夏芍什麼也沒解釋，只道：「接下來由他們送我過去就好，你們回公司吧。」

吳經理只得從命，他們臨走時把車留了下來，加上莫非一行開過來的，五輛車在這天中午浩浩蕩蕩從飯店出發，直奔崑崙山。

夏芍帶著衣妮和溫燁，與莫非坐在一輛車裡，馬克沁開著車，不等莫非開口，他先和夏芍打了招呼。這個俄羅斯男人第一次與夏芍見面的時候，被她收拾了一頓，連心愛的軍刀都被她扔進了垃圾堆裡，這事他到現在都記得，一張口便是大嗓門，「幾年不見，身手退步了沒？到了地方，先下車較量兩下？」

莫非從副駕駛座上掃一眼過去，「我是不是應該告訴伊迪，你要跟雇主打架？」

馬克沁脖子一縮，咕噥道：「行了行了，知道這次妳是領隊，女人就是麻煩……」

莫非只當沒聽見，回頭便對夏芍道：「妳臉色不太好。」

夏芍微微一笑，「近來功法練到了緊要關頭，氣血有些不順暢。這次去崑崙山，就是為了修為去的，往後的三個月就要勞煩你們了。」

聽到功法二字，莫非挑了挑眉。這年頭，誰聽見這樣的話也難免古怪，但他們這些雇傭兵去過的地方太多，遇到的奇事也太多，玄門的年代久遠，這也是知道的，因此莫非只挑挑眉，多的也沒問，點頭道：「只要是雇主的意思，我們都會盡力，拿錢吃飯而已。妳有什麼需要，儘管跟我們提，怎麼做到是我們的事。」

夏芍笑著點頭，她就喜歡莫非的直接。對不住她的是，這次她不能有話直說了。懷孕的事她不能說，連吳經理都能看出她懷著孕還要堅持上崑崙山很不正常，更別提這一行生死任務裡行走多年的雇傭兵了。師兄重傷的事不能洩露，哪怕是他的朋友。她信得過莫非和馬克沁，卻不知此行來的其他人什麼底子，萬一讓人看出不對勁來，以這些人的情報路子，要查不難。眼下一點對師兄的安危有礙的事，她都不能做，哪怕這很可能只是她的多疑。

衣妮看著夏芍，皺了皺眉頭。她不告訴這些人她有孕在身倒沒什麼，可她反應這麼厲害，這一路她能忍著不吐？

夏芍還真忍下來了。出了縣城，往崑崙山去的路便異常顛簸，路上有積雪，車開得很慢，卻依舊晃得人難受。夏芍在昏暗的車裡臉色越來越白，衣妮數次想要喊停車，讓她緩一緩，都被夏芍給不動聲色地攔了下來。

車隊到達崑崙山腳下的時候已是深夜，數道刺目的車燈照著前方白雪皚皚的茫茫祖山，照不盡的黑暗裡，如一條巨大的盤龍沉睡於夜幕之中。下了車的眾人不語，只覺雪氣迎面，山風自天際捲來，彷彿來自遠古的怒吼，震得人心中凜然，肅穆中生出敬畏之心。

這便是崑崙山……天下龍脈之源，古代神話中居住著西王母……據說，西王母座下由兩隻青鳥侍奉，與東王公分掌男女修仙登引之事。

崑崙，乃大乘境界飛升之處。

神話有幾分可信，夏芍不敢斷言，她只知道，國內三大主龍脈是從崑崙山東部分出的，分北中南三條，隨三大水而行，紫禁城的龍脈便是與崑崙山相通。京城紅牆大院裡的龍氣她曾動過，郊外龍脈山她也去過，那裡所剩的龍氣與此地實不能相較。不提此地龍氣未曾受世間濁氣汙染，便說此時她一下車，幾個吐納之間，胸臆間便暢快許多，一路顛簸引來的不適，此刻也盡數淡了下去。

「紫營！」後頭，莫非帶著隊友選好了適合紮營的地點，過來說道：「紫營需要點時間，你們先去車上吧，外頭很冷。」

夏芍道：「我沒這麼嬌氣，我先看看明天上山的地點，咱們停的這處未必合適。」

崑崙山脈綿延數千公里，龍脈起伏甚大，她衝著大乘之境而來，自要擇一處風水寶穴。

莫非古怪地瞧了夏芍一眼，順著她看的方向往崑崙山脈看去，饒是她這些年執行任務，眼睛在黑暗中視物能力極強，這大晚上的也看不清太遠的道路，也不知夏芍是要怎麼看明天的上山地點。不過，也是看一眼，她便指揮隊友做事去了。她不是多管閒事的人，跟夏芍合作過一回，那一次也沒有幫到她多大的忙。她知道她身為風水師，有些常人難以理解的手段。雖然這次他們受她雇傭，可能幫得上忙的地方，也不過是些體力活罷了。

崑崙山脈在國內橫貫四省，夏芍選擇從此地來崑崙，自然有她的理由。此地離崑崙源頭不遠，若說崑崙山乃天下萬山之祖，這裡便是萬山之祖的源頭，且不遠處便是海拔七千多米的最高峰，乃西崑崙山脈的龍脊所在。此地龍氣萬千，最適合修煉。夏芍此時要做的是為自己日後的修煉，尋一處藏風聚氣的寶穴。

即便是深夜，也不影響夏芍的視力。天眼一開，龍脈彷彿一幅連接天地的圖畫自動鋪開。古人云，崑崙乃連接天地的巨柱。此巨柱倒不是說崑崙山的高度能接連天地，而是指氣。

風水以氣為宗，陰陽、天地萬物皆因氣而生。定龍脈、佈風水局，實際都是在尋氣理氣。山為天地重濁之氣凝結，崑崙山氣通天地，此話確實不虛。

夏芍開著天眼，只見金龍雄踞，龍氣不絕，雪花隨風過處，金氣通天。她仰頭看向天空，看見的同樣是漫天金氣，與崑崙之氣似連接在了一起，乍一看，竟分不清何為天，何為地，心中升起空茫之感。

這空茫只是一瞬，還沒等頓悟，那感覺便又散了。夏芍神情一斂，自英國那晚後，她再沒出現過這等心境了。雖然只是一瞬，但面前正是崑崙，想來是好兆頭。

心思一轉，夏芍便又將精力放在尋找風水穴上。

細細一掃，還真發現了一處好穴。

此穴在山背面，一條臥龍居於背後，中局左右雙獅朝拜，再往前，一面廣闊的雪地好似白湖入局。不僅氣象大，而且堂局美，可謂逆水有情，可謂千山萬水盡收入穴，乃不折不扣的真龍穴地。若葬在這樣的寶地，後代可以狀元及第，武建奇功，子孫無論從文或者從武，都是世代富貴昌隆之相。這樣的風水寶穴在國內名山已很難尋到，也就是崑崙山不乏此等好風水了。

然而，這穴在背面，若非夏芍有天眼通的能力在，換了別的風水師，可能要登上山頂，一覽崑崙風光才能斷得了此穴。眼前這崑崙高峰，海拔七千多米，冰峰林立，陡峭如刀，還時時有雪崩，豈是誰想攀上頂峰便能上得去的？世上不知多少人想要登頂，都在此地折戟沉沙。這一處真龍穴地，大抵也因為這樣，保留到了至今。

此穴在半山腰，且穴處平坦，正適合她修煉用。她和雇傭兵們也不用登頂了，明天從一側尋了路繞過去就行。

這樣想來，夏芍的目光一轉，想連明天的路也一起尋了，好節省些時間，可她像是看見了什麼似的，忽然愣了一下。

在她剛才尋見的寶地左側，必經之路上有一處坡度平緩的山勢。雖平緩，那裡的雪卻比其他地方要厚許多，像是千萬年積壓而成，目測足有兩三百米，像是雪崩形成的。令她看不透的並非是發現了雪崩區，而是這厚厚的積雪底下，有一塊古怪的區域。

那塊區域在極深的地底，面積廣闊，裡面凝聚著海一般寧靜祥和的金氣。那金氣，與崑崙山的龍氣不同，比龍氣更濃，濃得以夏芍天眼通的能力，竟然只能看見那團大面積的金氣，卻看不見那地底下有什麼……

夏芍還是第一次看見比龍氣更濃的氣，相比她的眼睛看不透裡面的真境，她更在意那金氣是什麼來歷。世間之氣不過陰陽，崑崙龍脈氣通天地，已是至極之氣，怎有比它更濃的？

那氣只濃，卻不烈，反而很祥和，似天地億萬年凝聚的精氣，只一眼，便覺得暖暖的，好似胎兒孕育在母體裡，安靜美妙，讓人忍不住變得安詳。

夏芍不自覺地撫上腹部，唇邊現出一抹淡淡的笑意。

衣妮看了她一眼，問：「妳沒事吧？」

夏芍回過神，笑著搖頭，「沒事。我尋著了一處好穴，明天就去那裡吧。」

衣妮是蠱毒一脈，她對風水之事並不通，聞言只是點了點頭，瞧著莫非等人已經手腳俐落地搭起好幾個帳篷了，便扶著夏芍進帳休息。後頭溫燁跟著，手裡捧著個羅盤，回頭瞧了遠處沉在黑暗裡的山脈好幾眼。以他的眼力，看清山勢沒有問題，但是他很想知道師父選了哪處寶穴？他看前頭倒是發現了幾處，但有的不適合紮營長期停留，有的也不是那麼驚豔。要知道，這裡可是崑崙山，他不覺得他師父能看得上一般的風水穴。

溫燁疑惑地跟進來，夏芍坐進舒適的帳篷裡，目光卻又往那處看不透的雪崩區瞧，她敢斷定，那裡面的必是極好的東西，可是……那地方在兩三百米深的厚雪之下，人力難達。

次日一早，莫非一行十人隨同夏芍登山。

雖是搬運工的工作，莫非一行人倒不怠慢，他們比夏芍起得還早，出了帳篷便去了山腳下勘查山路。昨晚天太黑，瞧不清楚，今早一看，饒是這群長年槍林彈雨裡行走的雇傭兵也知這次的任務不容易。

這崑崙山，太陡峭了。

若是尋常深山老林，哪怕是原始森林，這些人也不懼，可眼前的是雪山，冰峰林立，別說沒有天然的道路，就是那些看似緩坡之處，也覆蓋著皚皚白雪。那白雪下埋著什麼，是否有殺機，誰也不知道。

「一會兒我派三個好手在前頭探路，運東西的在後面跟著，你們走最後。」莫非在聽說夏芍要去後面的半山腰後，帶著人一研究，回來說明安排。讓夏芍三人走在最後，一旦有雪崩或者什麼危險，他們可以更快速地下山，這是他們執行此次任務的職責。

夏芍笑笑。

「那邊看似平緩，但不能走，有很大的可能是雪崩區。我們從左側上山，雖然路陡了些，但能借力的地方也多。妳放心吧，到時候我來安排。不過，行進過程中不要交談，儘量降低動作幅度，我們最好用手語交流。」莫非掃了眼夏芍身後的兩人，她是見識過夏芍的身手的，想來她帶的這兩人身手也不會差。他們雖然是雇主，到底也不是那種身嬌體貴，專給人添麻煩的雇主。上山過程中，夏芍三人的配合度想來是很高的，她只是來問問他們懂不懂手語，不懂她可以教幾個簡單的。

夏芍順著莫非手指的方向看向右側山腹，目光在那深潛的一團金氣裡頓了頓，笑道：「那邊確實是雪崩區，大抵有兩三百米厚，面積也廣，咱們是要避開。」

莫非一愣，「怎麼，妳對這裡的地形很熟悉？」

夏芍沒有明言，笑得高深莫測，「妳忘了，我是風水師，卜算吉凶本就是拿手的事，所以一會兒還是我在前頭領路，妳派幾個好手跟在我後面，把行進路線標好，方便你們日後上山。」

「啊？」莫非愣了半晌，愣是沒反應過來。

不僅是她，溫燁也鼓著眼睛，用一副「妳很扯」的表情盯著自家師父。他怎麼不知道風水師還有這能耐？卜算吉凶是不假，卻也不可能有能耐到連探路都可以用算的吧？

衣妮的表情也沒好到哪裡去，當即要出言阻止，被夏芍一個眼神止住。

「不行！」莫非不同意，「妳是雇主，妳的安全是第一位的！」

「既然我是你們的雇主，那就聽我的。我把你們召集過來，自然要讓你們多少人來就多少人回去。」夏芍語氣淡了下來，不容莫非拒絕，看她還有話要說，便先一步道：「我不是莽撞行事的人，這妳應該知道。」

莫非一滯，這下倒不知說什麼好了。

夏芍轉身回了帳篷，這事顯然就這麼定了下來。

莫非無奈，只好回去與同伴商議，除了馬克沁翻了個白眼以外，其餘人全愣了。這大概是他們執行了這麼多年的任務裡頭，最為古怪的一樁了。雇主在前頭開路，他們在後頭跟著？這叫什麼事？夏芍的名頭和她那些傳奇故事這些雇傭兵也清楚，可她說要用卜算吉凶的法子上山尋路，所有人都是不信的。

這次上山，雖說不必登頂，但眼前這山峰可是西崑崙山脈的最高峰，即便半山腰也不是那麼好爬的，更何況一行人還是負重前往。莫非一行送夏芍三人上山安頓下來後，還要當天返回山下營地，在營地裡露營，補充下週的物品。白天要摸清道路上下山，時間還是很緊迫的。

眼看著夏芍主意已定，莫非看了下時間，不得不臨時調整計畫。她讓馬克沁和兩名登山好手跟在夏芍身後，其他人跟在後頭，打算行進路上一旦有變，立刻便能將人員和夏芍對調。

溫燁和衣妮自認為身手比這一行雇傭兵要好，他們極想跟在夏芍身後，奈何夏芍給了他們個眼神，那眼神是要他們乖乖配合，他們只好皺著眉頭跟在了最後。因走在最後，兩人的擔憂不比莫非一行少，他們是知道夏芍有孕在身的，她這幾天吐得很厲害，卻從昨天中午起就忍著沒吐，這樣強忍著必然對身體不好，今天她又走在前頭探路，萬一一腳踩空，以她的身手雖不至於有問題，但誰敢保證不動胎氣？

所幸雙方的擔憂並沒有發生，這一路走得十分順利。

夏芍走得不快，每一步都很穩，後面跟著的雇傭兵們起初大氣都不敢喘，每看她邁一步便心往喉嚨裡跳一次，但走了數百米後，馬克沁等人的驚心就變成了驚奇。他們都是很有經驗的人，明白崑崙山這等神山上的雪是堆積了多少年的，積雪的厚度該有多驚人。更驚人的是，夏芍所走的地方，沒有一處積雪是沒過膝蓋的，最淺的路雪不過剛過腳背，而且這種淺處又實的路還不少。

明眼人都瞧得出來，這哪是在探能走的路？分明不僅能走，還都是好走的！就是找個當地的嚮導來，也未必能領出這樣一條路來！

剛在山下還不相信的一行人，不由瞪圓了眼，人人眼裡都是相同的疑問：這真的是卜算吉凶算出來的路？

溫燁和衣妮卻知道不可能，卜算吉凶充其量只能算出此行是吉是凶，要想走一步問一步，哪有可能？即便是修為高的人可能有這本事，但溫燁聽說過，師父的命格很奇，她的吉凶向來算不出來，她怎麼可能用問卜的方式去探路？

奇怪歸奇怪，這一行雇傭兵可沒忘了正事。馬克沁在前頭一瞧出夏芍領的路很難求之後，便立刻打手語讓後頭跟著的兄弟注意插好路標，日後上山下山可就靠著這條路了。

一行人跟在夏芍後頭上山，待繞去半山腰的山後，已經是下午，眼看著就要傍晚了。一行人一看夏芍選這處平坦的地方，只有溫燁有時間奇怪她什麼時候看出山後頭有這麼處玉龍出洞的風水寶穴，莫非則趕緊打手語，指示眾人搭帳篷。

兩頂帳篷並排搭好，夏芍和衣妮住一頂，溫燁和那些食品擠在一頂裡。山上沒有訊號，莫非來時特地帶了個發訊號的電臺和對講機，預備著有緊急情況的時候聯繫。夏芍雖知一旦有緊急情況，他們從山下趕過來也來不及，卻沒說什麼，只笑著收下這心意。

「傍晚了，你們下山安全嗎？」夏芍小聲在莫非耳邊問。

莫非道：「放心吧，時間比我之前預估的還早。我們路上插的路標都是螢光棒，而且沒有負重，晚上行路只要風雪不大就沒問題，我們到了山下會跟妳報平安。」

夏芍點點頭，不再多說什麼，只讓莫非一行趕緊原路返回。這崑崙山上長年積雪，氣溫有零下二十多度，晚上若有風雪，能見度很低，下山有路標也會有危險。莫非也知道要緊，只與夏芍三人道了聲保重後，便帶著人立即返回。

待一行人的身影看不見了，衣妮走來夏芍身邊，低聲道：「妳要不要緊？想吐就別忍著了。走了一天也沒休息，妳先進去睡會兒吧，今天休息，明早日出時分我喊妳起來打坐。」

夏芍笑著搖頭，手往腹部撫了撫，目光溫柔而擔憂，「也不知是崑崙靈氣好，還是這孩子懂事，自從來了崑崙山，他就沒再鬧過我，這一路倒是乖……」

不乖的時候，她雖難受些，卻覺得這孩子在。

現在孩子乖得一點動靜都沒有，她反倒擔心起來了。

衣妮眼睛一亮，盯著夏芍的肚子瞧，「說不定還真與崑崙山上的靈氣有關。妳說，妳在山上修煉這三個月，這孩子生出來會不會天賦奇佳？」

夏芍笑笑，天賦佳不佳，她根本就沒有想過。自從知道這孩子投到她這裡，滿心只希望他能平安。只要平安健康，將來正直善良，天賦又有什麼重要？想來父母對她也是這樣的期望。他們大概不希望她有多大的出息，哪怕沒有華夏集團，只要她平平安安的就好。

天下父母心，她竟然要到了自己有了孩子才能真正理解。

而且……

夏芍垂著眸，衣妮沒有看見她眼底冷意一閃而過。

衣妮並不知道，也可以說，所有人都不知道——所有人都以為她此行三個月為期，其實只有她自己清楚，她在心底只給了自己兩個月。

臨行前，她告訴無量子，告訴師門，甚至告訴公司的元老們，她此行三個月後才歸。那是因為她知道，瞞不過自己人，就瞞不過敵人。

京城要變，所有人都以為她需要三個月才回，可她兩個月就能出現在他們面前……到時會不會看見一場好戲？

夏芍抬頭時，眸中冷意已去。

就讓她瞧瞧，京城能有多大的動靜，都是些什麼人在鬧。

「不休息了，咱們不是來散心的，時間緊急，哪怕多一晚也是好的，這就開始吧。你們不必太掛心我，此行機會不易，你們自己把握。」夏芍回帳子裡喝了口水，便走到外頭懸崖邊緣盤腿坐下，閉上了眼睛。入定前，對還站在旁邊想勸她的兩人道：「我入定後就別打擾我了，該休息的時候，我會起來的。」

「肖先生，根據我得到的可靠消息，徐天胤最近不在軍區。徐家老爺子前幾天在香港，剛剛回來。」京城某飯店的房間裡，姜正祈邊說邊不著痕跡地看了眼對面坐著的肖奕，目光在他垂著的右手上掃過一眼。

那天，他被門板砸暈，等爬起來後便知道外頭打了起來，只好在屋裡避著。等外頭沒動靜了出去一瞧，著實驚了個不輕。滿山青綠的會館，草木死了大半，院子像遭了砲轟，車子似被什麼力量轟扁，地上一灘血，血裡一截殘肢，夏芍和肖奕都不見了人影。

姜正祈驚魂未定，看不出那殘肢是女人的還是男人的，只見著已經黑紫，再多看一眼都覺得反胃。他打了電話給肖奕，連打幾次都沒接通，他便推斷肖奕是凶多吉少了。

肖奕不是夏芍的對手，而夏芍來時又知道是他與肖奕在會館密談，她滅了肖奕之後不知道還會不會對姜家下手。以往肖奕說王家的敗落是夏芍的手筆，他還不太相信，如今眼見為實，不由他不心驚。他可是還記得當初肖奕是怎麼在他面前殺了他的保鏢，如今連肖奕都不是夏芍的對手，他不得不考慮姜家的後果了。

父親還在被關押調查中，姜系人馬如今人人自危，但政壇上的人都知道，整個姜系集團不可能被一網打盡。姜系這麼多官員，從上到下都動一動，那跟動國本也沒什麼區別了。上頭那位只可能是想動動姜家，反正姜家倒了還有別人可以補上，至於整個姜系集團，如今不過是敲打敲打罷了。

姜正祈自知這個道理，因此他現在不擔心姜系的生死存亡，只一門心思救父。

救父不是那麼好救的，原本還指望肖奕，現在肖奕也指望不上了，那些一出事就遠遠避嫌的人更加指望不上。按說這個時候，那些與姜家一同接受調查的官員最能跟姜家同仇敵愾，但上頭正惱姜家，這時候拉幫結派無異於自己找死，故而姜正祈誰也沒理，只偷偷找上了方家。

方家在這次事情中雖然受了調查，但從調查結果上來看，沒受多大的牽連，而且方家想在軍中往上爬還得靠著姜家。姜家倒了，後來替位的人自有自己的親疏，未必跟方家走得近，他們要想謀求，還得再打算。因此，如今這形勢，方家是少數幾個姜家敢用的。

方筠在國外待了十年，京城知道她當年和秦瀚霖那一段的人已經不多了，但姜正祈是知道的。他一面讓姜家在軍區那邊暗中聯絡當初王家的舊部，探探消息，一邊讓方筠接近秦瀚霖，探探秦系的口風。

方筠掛了父親的電話，只剩苦笑。

探秦瀚霖的口風？他真以為她在秦瀚霖心裡還是當年的她？

她心知必定什麼也探不出來，卻還是跟秦瀚霖見了一面。這一面，她也不知是為了演戲給姜家看，不讓姜家懷疑方家，還是因為自己想見秦瀚霖……

想見秦瀚霖可不是那麼容易的，方筠深知給他打電話，他必定不見，於是她去了京郊一處高爾夫球場，果然在那裡見到了秦瀚霖。

草皮上剛冒出嫩綠的芽兒，秦瀚霖只穿著一件白色的薄毛衣，衣袖挽著，正午的暖陽下，額頭微微見汗，眉眼間的笑意比那暖陽還要讓人暖上幾分。

方筠有些恍惚，彷彿看見當年在她身邊的少年。直到那笑容在看見她後淡了淡，眉頭也皺了皺之後，方筠才反應過來，笑著走了過去，「真意外，我還以為一來到這兒，你身邊少說也有幾位美女陪著。」

秦瀚霖聞言也笑了起來，那眉頭就像是沒皺過，「我倒不意外在這裡會見到方大小姐，妳還是那麼消息靈通。」

方筠臉上的笑容僵了僵，她知道秦瀚霖是認為她來之前查過他，不然她怎麼會知道他常來的地方？其實這地方她早就知道，當初在國外的時候，他的一舉一動，她都有關注。不過她也沒解釋，恐怕說出來，他會更不高興。她只是用開玩笑的口吻說道：「是啊，我還是那麼消息靈通，倒是你，怎麼孤家寡人，轉性了？」

「怎麼，方大小姐是想填補我身邊的空白，還是想介紹幾個美女給我？」秦瀚霖笑了起來，那笑容怎麼看怎麼嘲諷。

方筠心底一痛，腦子一熱，道：「你要是願意的話，我不介意重新開始。」

秦瀚霖聞言，臉上的笑容變都沒變，只是轉過身，一杆將球揮出，冷風掃了方筠一身，「抱歉，我介意。」

方筠盯著他的背影，把他的拒絕瞧得清清楚楚，心底只覺酸楚，不由自嘲一笑，眼裡帶了連自己都沒察覺的不甘，「是啊，你當然介意。你現在口味變了嘛，專愛看人冷臉，越是對你不理不睬的、凶聲惡氣的，你越喜歡。」

秦瀚霖倏地回身，方筠愣住。她從未見過他這樣的神情，不僅冷，還帶了厲。暖陽落在他身後，他的臉藏在陰影裡，眉宇像罩了層寒霜。

方筠心中湧起說不清的酸楚和怒氣。她是見過張汝蔓的，不覺得那女孩子有什麼特別，也就是年輕些，有一股腦兒的衝勁。說白了，就是沒經歷練，不知天高地厚。論家庭論身手論資歷，哪樣比得上她？當年確實是她對不起他，可她在國外也掛念了他十年，如今回來，他的心要是在一個比她優秀的人身上，她或許也沒現在這麼難受，可他的心在一個與她性情完全不一樣的女孩子身上，這是在報復她，告訴她，他完全不在乎她了，還是說他真的是真心？

她寧願相信他是在報復她，因為他這些年來身邊那些女人，來來去去都是跟她的性情相像的，也正因為這樣，他身邊就這麼一個不一樣的，她才覺得慌……

她查過了，他們認識四年，沒交往過，甚至交集不多，可就是這樣的一個人，卻讓他做了那麼冒險的事，以致於現在被牽連，停職在家。她太了解秦瀚霖，他少年時期就已是老成心思了，油滑得他家老狐狸都沒轍，誰也別想抓住他的把柄。他唯一一次冒險的舉動是為了她，而她出賣了他……時隔十年，他再次為一個女人冒險，她怎能不知他有沒有真心？

眼看著秦瀚霖的臉冷了下來，方筠心中更加確定，也更酸楚。她到底是方家千金，自幼嬌生慣養，大小姐脾氣磨不盡，一見秦瀚霖冷了臉，她的脾氣也上來了，不由一笑，比他之前還要嘲諷，「我猜，這該不是男人的征服慾吧？」

「方小姐這些年在國外學的本事，我看都用在我身上了，真是榮幸。」秦瀚霖不答，反倒笑了起來，笑意不在眼裡，「既然妳這麼喜歡推理，那就繼續。我在這方面不擅長，就不奉陪了。」說完，拿起放在一旁的外套便走。

「秦瀚霖！」方筠怒氣沖沖地轉身，她在國外這些年，耐性已經磨得比當初好太多了，但在他面前還是忍不住。

秦瀚霖當真停了下來，只是沒回頭，冷淡的聲音透過背影傳來：「還有，方小姐既然消息這麼靈通，不如把妳的情報網用在別處。想查什麼，自己去查。別查來查去，又查到我這裡。」

方筠看著秦瀚霖走遠，神情懊惱間有些複雜。他果然還是知道她找他幹什麼的，他還是那麼敏銳……可惜，她總被他攪亂心情，連正事都沒提。

方筠從秦瀚霖這裡什麼消息也沒得到，方家在軍區那邊卻得到了一個消息。

徐天胤不在軍區已有一週的時間。

他不在軍區本不是什麼稀奇事。自從他回國就職，一些檔案公開，許多人才知道他以前是在國外執行任務。也因此，一些老狐狸知道，有時軍區裡鬧出一些動靜，比如他去地方部隊公幹了一類的事，可能只是障眼法，實際上他是又出國執行任務去了。

這次如果軍區還是鬧出類似的動靜，一些人也不會太在意，讓人起疑的是，徐天胤這回是請假。請的是什麼假，多長時間，誰也不清楚。

徐家的家風，無論是軍界還是政壇，容不得家中子弟有仗勢胡來的事，更別說因私誤公。當初王家雖然是敗落了，但王老爺子的舊部還是盯著徐天胤，這次瞧著動靜不對，便四處打聽是怎麼回事。

天下沒有不透風的牆，徐康國去香港是祕密行事，卻還是被某些老狐狸聽見了點風聲，還聽說徐康國前兩天回來，身體不太好，這幾天醫生就沒敢離了他身旁。

方家與王家以前的舊部有些來往，一聽這消息，便趕緊告訴了姜正祈。

姜正祈深知以徐康國的身分，近些年非有重要的國事訪問，是不輕易外出的。他外出，肯定是有很重要的事，但是這兩天沒見有什麼報導，且他是瞞著人出去的，顯然是為了私事。

什麼私事能讓這位老爺子外出？

姜正祈查不出來，但也感覺到事情不對勁。且不說徐家老爺子的奇怪外出，他都回來一個星期了，肖奕都敗得那麼慘，姜家竟然一點事也沒有。他原本還以為夏芍會找姜家的麻煩，結果她一點動靜也沒有。

徐家那邊查不出什麼來，姜正祈便想到了查夏芍。

夏芍臨走前把自己的行程等事告知了手下大將，孫長德等人雖不會將事情告知集團上下所有員工，幾個要緊的經理還是要說的，尤其是京城的方禮和祝雁蘭。夏芍在京城讀大學，沒事就去公司，她長時間不露面，也瞞不住他們。可是事情這一透露，世上就沒有不透風的牆了，連徐康國外出的事都能有風聲傳出來，別說這件事了。

姜正祈琢磨不透，夏芍和肖奕碰面的那天下午就走了，而且要一去三個月？這顯然是有什麼要緊事情，姜正祈雖然不知是什麼事，但心裡鬆了口氣，暗覺天不亡姜家。夏芍這一離開，至少他不用擔心會有人在背後用那些神祕的法子毀了姜家。

三個月，國內政壇上的這場風波肯定能穩定下來，也給了他時間找出救姜家的法子。只是這個法子不是那麼好想的，他還沒想到什麼招，肖奕便找上了他。

肖奕居然沒死！

接到電話的那一刻，姜正祈有說不出的驚訝。肖奕要見他，他當然不會拒絕。兩人就約在了市中心的飯店見面，肖奕在聽了姜正祈給出的消息後，似乎並不驚訝。

姜正祈等了半天，見肖奕只喝茶不說話，看不出在想什麼，便接著笑了笑，「夏芍也不在京城。她在和肖先生碰面的那天下午就訂了機票，帶了兩個人去西邊了。打聽不出來她要去幹什麼，但是聽說要去三個月。」

說話間，姜正祈又掃了肖奕垂著不動的右臂一眼，那裡下半截明顯空空如也。再看肖奕的臉色，他雖半低著頭，氣息明顯給人的感覺比前幾次見面陰鬱多了。果然，那天在他面前誇口說夏芍活不過當天，結果自己差點死在人家手裡，換成誰，心裡都是會憋著怨氣的。

正瞧著，肖奕喝完茶，抬起了頭。

這一抬頭，倒把姜正祈給驚了驚。肖奕豈止是比從前陰鬱了些，他眼下烏青，眼窩和兩頰都有些凹陷，眼底可見血絲，陰鬱中帶了幾分邪氣。

「我知道。」肖奕一開口，聲音也比以前低沉些。姜正祈這樣出身，見慣了場面的人，竟然屏息，有些不太敢與他對視。

「肖先生知道了？」

肖奕怎麼知道的，姜正祈無從知曉，反正不外乎他那些神鬼莫測的手段。想來也確實，如果肖奕不是知道夏芍不在京城，他哪裡敢聯繫他？就不怕一出現，再被夏芍堵個正著？一次能逃了命去，再來一次，未必還能有那好運氣了吧？

當然，這話姜正祈不敢說。他只是鬆了口氣，既然肖奕什麼都知道了，又主動找上了他，那他肯定是有主意了，「肖先生想打算怎麼辦？這可是難得的好機會。」

「姜家，我可以救。」肖奕直截了當地丟出一句令姜正祈呆愣的話。

呆愣過後，便是驚喜。姜正祈這些天也在琢磨著怎麼救父親，但到了這個時候總是掣肘太多，肖奕肯出手，自然是神不知鬼不覺。

「肖先生如果能救姜家，姜家自然不會忘了肖先生的恩情。」姜正祈起身，向肖奕鞠了一躬。肖奕不會無所求地幫姜家的，他知道他肯定有想要的東西。

結。哪怕這個了結的代價是撼動國運，會遭天譴，或者拖著姜家一起，他也要做。

肖奕嘲諷地扯嘴角，「我能救姜家，就是不知道姜家有沒有膽量擔起我給的富貴。」

姜正祈抬起頭來，忘了直起身。

肖奕卻沒有解釋，又是一笑，譏嘲裡帶了漠然和涼薄。

擔不擔得起，或者有沒有命擔又怎樣？他救的不是姜家，只是跟夏芍的一個勝負，一個了

如今對他來說，抱負、野心，都不敵毀滅的欲望。

在他死之前，他會拉上所有擋了他抱負的人。

姜正祈想問肖奕的話是什麼意思，肖奕沒有正面答他，只道：「你回去等著吧，四十九天之後，就是你們姜家翻身的時候。」

姜正祈一驚，想說四十九天是不是太久了點？夏芍已經走了一個多星期，就算四十九天後姜家能翻身，留給姜家的時間豈非只有一個月出頭？那點時間能幹什麼？

這話姜正祈沒敢說出來。他知道，如果讓姜家來動作，未必能救父親出來，肖奕既然肯出手，人出來總比在裡面強。到時若是夏芍回來知道肖奕還活著，她總該先找肖奕算帳……

兩個人各懷鬼胎，事情就這麼定下來。

姜正祈鄭重地謝過肖奕，也沒問他要用什麼法子讓姜家翻身，只管回家等著。

他卻不知道，自他這天起，京城紅牆之內，百年未動過的龍氣開始緩緩流動……

與此同時，在香港半山老宅裡，身穿道袍的男人緩緩從風水陣中起身，沐著晨陽，在充裕的海龍氣裡抬頭，意味深長地看了京城的方向一眼。

身後傳來輪椅的聲音，老人由弟子推著出來，臉上淨是疲憊，仰頭望向京城方向的眼睛瞇

了起來，「這是……」

京城龍氣有異！

雖然很緩慢，但是到了他這等修為，還是能感覺得到。

如今京城中玄門的弟子已全部撤出，有本事能動得了京城龍氣的人，除了肖奕，不會有第二個人。他身體尚未完全恢復，想要自由地調動天地元氣不可能，若是佈陣還是有可能的。

「他竟敢動京城龍氣，到底想幹什麼？」

無量子笑笑，「他想幹什麼，我們如今也管不了了。不如他做他的，我們顧我們的。一天天數著日子，等崑崙那邊的消息就好。」

這話很實際，玄門現在確實是沒有多餘的人能顧得上京城了。

眼下，無量子同他兩人身在老宅，一力護持著徐天胤。張中先前兩天點了幾個好手，出發去崑崙尋夏芍去了，老風水堂裡跑內跑外的都是些年輕弟子，由丘啟強和趙固兩個人帶著，半山老宅這裡看顧的只有海若一人。

海若雖沒敢將夏芍懷孕的事告訴徐康國，卻沒瞞著唐宗伯。夏芍此去崑崙，三個月能不能歸來且不說，她有孕在身，若是出個什麼事，海若可不敢擔欺瞞掌門祖師的罪名，只能將事情據實以告。唐宗伯得知後，又驚又喜又憂，張中先也差點跳起來，回過神來就往外走，要去老風水堂點幾個人，跟著他一起去崑崙。還是唐宗伯沉穩，先將他給叫住，瞞過了徐康國在香港的幾天，待他前腳一回京，張中先後腳就帶著人走了。

無論夏芍三個月能否進境，這次去的人都必須護她周全。

夏芍走的時候，張中先一行人都在京城，他們知道夏芍從哪裡進崑崙的，所以不會很難尋她。算算時間，他們這時候應該到了崑崙山下了。

唐宗伯望著天空，看看京城的方向，又看看崑崙的方向，長長地嘆了口氣。天胤的情況目前還算穩定，只是一直沒有意識，全靠風水陣引來海龍氣維持著生命。無量子估算得不錯，天胤的身體情況頂多能維持三個月……

夏志元夫妻目前以旅遊的名義被留在香港，大概是瞞不住他們夫妻三個月的。

哪怕瞞不住他們夫妻，也不能讓他們回去，肖奕那邊不知要出什麼么蛾子。

京城的龍脈自從最後那一個王朝的結束，龍氣已所剩無幾，如今除了龍脈上的，剩下的都在紅牆大院裡。眼下只能感覺到肖奕動了京城的龍氣，卻不知他動的是哪裡的，要做什麼。

儘管不知，自這天之後，京城的龍氣動態一天比一天大，讓人瞧著心驚。

唐宗伯每天在房間裡照看過徐天胤，都會出來對著天空看上一看，一次比一次看得久，一次比一次眉頭皺得緊。

直到第四十九天清早，金烏剛從海平面上升起，無量子便從盤坐中睜開了眼，清澈的眼底被海邊金烏映出金光。海風拂來，身後的金鈴清脆作響，院中的海龍氣卻隱隱躁動不安。

屋裡的唐宗伯感受到異樣，令海若急推著出來，一出來便習慣性往天空看，只見那邊方向雖還晴空萬里，可隱約泛出青烏。這段日子一天比一天躁動的龍氣出奇地平靜下來。安靜，卻感覺壓抑，像極了暴風雨前的寧靜，海風裡都透著幾分不祥的肅殺。

「這是……」唐宗伯還沒把話說完，無量子便將目光從京城方向收了回來，笑道：「福兮禍之所伏，禍兮福之所倚。」他還是那副平靜的樣子，只是目光收回前看了眼崑崙的方向，隨後便閉上眼，調整陣中的海龍氣去了。

唐宗伯看了他一會兒，便轉著輪椅快速回房間打電話去了。

也正是這天，京城極少數的高層知道，上頭那位莫名生病了。這病來得有點急，有點重，醫生說是操勞過度，身體各方面都沒有大問題，只是有高熱，退了就好了。事實也確實像醫生所說，三天後便沒了事。

只是，上頭那位身體是沒事了，京城的風向忽然變了。

起先是對姜系人馬的調查慢慢停了，查出來的貪腐官員被處理了一些，剩下的人皆鬆了口氣，暗道這場風波總算是要過去了。唯有秦系的人有些意外，雖然心中跟明鏡似的，知道不可能把整個姜系都打壓太死，可這才幾個月這場風暴就停了，似乎比預期的早了些。

接下來還有更令人想不到的，姜山被放回了家中。

他是被暗著放回來的，下面的人並不知情，唯獨高層的那幾個人知道，但心裡也是納悶，因為沒有幾個人清楚為什麼會釋放姜山，他的罪名幾乎是鐵板釘釘的事，就算姜系的打壓結束了，姜山該伏法還是要伏法才是。其中想接替姜家的人更是鬱悶無比，紛紛打聽怎麼回事。就連秦家也不清楚詳細情況，秦家老爺子甚至去問了徐康國，徐康國也是搖頭。

過了那麼幾天，上頭便下了令，說明對姜山的調查結果，說是審查之後發現事實不清，有重大疑點，令姜山暫時停職，接受重新審查。

事情一出，政壇一片譁然。原本以為那樣的罪名，進去了就不可能會出來，沒想到居然還能落個停職重新審查的結果。這結果簡直就是好得不能再好了，明顯就是還有翻身的可能。

姜系在這幾個月裡雖然損失了幾名大員，也有不少人受到了打壓，可姜家沒人有事，姜山又放了回來，顯然是在這次事件中挺了過來。傷了皮肉，未動筋骨。

政壇裡混的都是人精，一瞧這形勢，這幾個月裡離姜家要多遠就有多遠的人，這回又紛紛貼了上來表示祝賀，可是姜家大門緊閉，誰也不見，眾人都當姜山是初回家，行事低調，不敢招搖，卻沒人知道，姜山回家的次日早晨，家中客廳裡就坐了一個人。

肖奕！

與姜山被調查之前相比，肖奕的樣子變化很大，但姜山的變化也不小。原本就削瘦的一個人，現在更加瘦得見骨，兩人面對面坐著，誰也不問對方這段日子過得怎麼樣，只談將來。

「我聽正祈說，肖先生說要給我們姜家富貴，不知道我們姜家有沒有膽量拿？」姜山給人的印象是笑起來很爽朗的一個人，此時他臉色蠟黃，笑起來頗為陰沉。

肖奕一笑，「看樣子，姜委員是想告訴我，你們姜家有這個膽量了。」

姜山哈哈一笑，眼裡卻沒有多少笑意，「肖先生既然有本事讓我逢凶化吉，我對先生的造詣由衷欽佩。有先生在，我們姜家有什麼不敢賭的？」

肖奕也笑了，眼裡同樣沒笑意，「姜委員知道你這次為什麼能逢凶化吉嗎？」

姜山一愣，知道肖奕要說的無非就是玄學易理那方面的事，說出來他也未必聽得懂，但還是很給面子，「請先生賜教。」

肖奕的笑容裡帶了些譏誚，「我動了京城的龍氣。國內龍脈起於崑崙，二十四條龍脈，每一條一個王朝。京城這條龍脈氣數已盡百年，只是當初京城建制上頗講風水，龍氣聚於紅牆內，雖再撐不起一個帝王之朝，卻撐得住現在這十年一屆的興衰。我將龍氣引入你們姜家，你們要是有膽量，翻身不是沒有可能，就看你們敢不敢想了。」

這話並不難懂，雖然聽起來虛無縹緲，姜山還是一口氣噎在胸口，許久沒能放下。

敢不敢想？

姜家求的，不一直都是這個最高的富貴？

姜山盯著肖奕不語，眼底躍動的光芒透露出他內心的激動。

激動歸激動，姜山可不是傻子，他緩緩笑了，「真的要謝謝肖先生，不過……我聽正祈說，徐家那邊，那位孫媳婦似乎……」

姜山的話沒說完，望著肖奕，意思很明顯。肖奕不是夏芍的對手，他現在有本事救姜家，甚至放話給姜家富貴，但那是在夏芍不在的情況下。夏芍走了兩個月，眼看還有一個月就回，姜家的富貴不會只在這一個月吧？

如果肖奕解決不了夏芍，那什麼富貴都是虛無縹緲的。姜山不喜歡做春秋大夢，他要的是實打實的春秋大業。龍氣這種東西他也就是聽聽，他看不見也摸不著，他能相信的，只有能看得見的形勢和敵手。

「哼！」肖奕眼裡迸出陰鬱的光芒，「放心吧，她回不來了！」

崑崙那種地方，要死個人太容易了。

姜山不明白肖奕這話從何說起，肖奕沒打算解釋。夏芍在這個時候不該放下一切去崑崙，他們這一行的人，去崑崙要麼是勘風水，要麼是修煉。無論夏芍是基於哪種理由，她都沒有現在走的道理。她現在不顧一切地走了，只能說明一點，那就是發生了對她來說很重要的事，讓她不得不走。

肖奕曾試著推演過，可他竟然推演不出來。他記得姜正祈曾說過徐家的奇怪舉動，於是笑了笑，「徐家出事了，這可是千載難逢的機會，過了這村沒這店。我會負責把夏芍留在崑崙，你們能不能把握機會，那是你們的事。」

肖奕屢屢在夏芍面前受挫，他這回又說這樣的話，可信度在姜山心裡是不高的，可他不敢乾坐在家等肖奕的成果。如果肖奕成功了，而姜家什麼也沒做，豈非惹他不高興？

所以，姜家很快有了行動。

政壇上又有風吹了起來，只不過這次風向轉了，吹向了秦系。

確切地說，是吹向了秦家。

姜山回來後，見過他的人很少，人人都道他是低調避禍，沒想到姜家還是有行動。不過，姜系如今傷了元氣不宜大動，便沒有大範圍開火，只對準了秦家，對準了秦瀚霖。

秦瀚霖年前受牽連，目前賦閒在家。這件事情原本告一段落，沒想到姜家又提了出來。他們提出幾個疑點，意思是指秦瀚霖並非如同之前調查的那般，是發現了地方在軍校錄取上的貪腐情況，才迫使當時的人把名額歸還原主，而是他親自動手，他的目的是出於私情。

這事一提出來，京城的空氣又緊張了起來。雖說姜家是沒大動，但他們動的是秦瀚霖，動靜依舊不小。有人實在想不通，眼下明顯是秦系強，下屆的事基本定了，姜山能回來就已經是意外之喜了，還折騰什麼？這麼折騰下去，上頭那位萬一惱了怎麼辦？

果然，秦家對此事反應很激烈，事情很快就鬧得動靜大了。

奇怪的是，上頭竟然一點反應都沒有，任兩家鬧了起來。這下子，下面的人不由傻眼，紛紛猜測起了上頭是什麼意思來。難不成，是這幾個月秦系勢頭太強了，上頭要反過來敲打了？如果真是這樣，那姜家這次的發難，可就是上面默許的了……

不管下面的人猜測的對與不對，這案子還真就重審了起來。

張汝蔓在訓練場上出來時，看見警車上下來的人，當即皺了眉頭。

到了警局，警方的詢問和當初沒什麼兩樣，主要就是問她和秦瀚霖怎麼認識的，又問了當初錄取的事。張汝蔓很納悶，「怎麼，這案子不是審完了？」

她在校訓練，幾乎是半封閉式的，外界的事她也不感興趣，壓根兒就不知道政壇上最近吹著的風。一聽警方問的是當初錄取的事，她心裡便咯噔一聲。

她不過就是個軍校的學生，又不是什麼重要的人物，這案子要是又出什麼岔子，八成不是衝著她來的。是……秦瀚霖又出什麼事了？

「案子有疑點，我們需要重新做筆錄，希望妳配合。」那問訊的警員態度還算不錯，卻證實了張汝蔓心中所想。

她有問有答，看起來十分坦然，但警方問完了當初問的問題之後，沒有放她離開，而是針對她和秦瀚霖，問題一個接著一個。

「妳跟秦瀚霖私下裡常見面嗎？」

「你們常通電話或者傳簡訊嗎？」

「我們這裡有張通話記錄單，證明你們私底下有聯繫，對此妳有什麼解釋？」

「你們真的像妳說的那樣，不是很熟？」

……

張汝蔓盯著那張沒幾通電話的記錄單，眉毛挑得老高，眼神冷颼颼的，「你的意思是，要我幫你數數我們倆講過幾通電話？」

對面三名警員頓時面露尷尬，他們也知道，這記錄單上的通話數目和時間少得可憐，壓根兒就不足以證明兩人很熟。就這通話數目，恐怕比普通朋友還淡，可是他們也沒辦法，上面發話了，必須要從這女孩子身上打開缺口，而且要不計手段。

不計手段，這事他們還不敢，畢竟這女孩子是夏芍的表妹，徐天胤的未來小姨子。京城方面的警局可是怕了夏芍，現在警局裡都稱夏芍是剋星。當初在青市也好，在京城也好，她進過的局子到最後都很倒楣，很倒楣……

上面的話他們不敢不從，但為了自己著想，怎麼都得溫和點，希望對方能夠配合。

張汝蔓確實很配合，她掏出手機，邊按邊問：「我們倆傳的簡訊要不要給你們看看？」

三名警員一聽，一齊伸長了脖子，只見張汝蔓的手指在手機上按啊按啊按，按了兩下，忽然抬頭，衝他們一笑。

「不好意思，剛想起來，早刪掉了。」

三名警員一噎，伸出去的脖子差點閃到。

這是耍他們呢？

張汝蔓收起手機站了起來，臉上笑容一斂，木著表情看了眼手錶，「抱歉，我的外出時間快結束了，得回學校報到，再見！」說完，她轉身就往外走，後頭三名警員趕緊站起來喊她，卻不敢硬攔。張汝蔓揮了揮手，頭也沒回，大搖大擺地走了。

一出警局，她的臉就沉了下來，抬手叫了輛計程車，上車後拿出了手機。她和秦瀚霖互發的簡訊其實並沒有刪除，她沒有留簡訊的習慣，但也不知道為什麼會留著他的……現在這些都不是關鍵，關鍵是她刪不刪都沒用，警方如果辦理相關手續，是可以查出簡訊內容的。他們今天沒拿出來，應該是手續還沒辦好，沒來得及查。

她雖然不諳官場那一套，但不代表她傻。今天警方一句句的話，問的都是她和秦瀚霖的關係。顯然假如查出兩人有曖昧關係，那麼這個案子就對秦瀚霖很不利，對方完全可以說他循私操控錄取名額。

這案子不是已經結束了嗎？怎麼又被提起來了？

張汝蔓不知道出了什麼事，但也知道絕對不是好事。她沒打電話給秦瀚霖，她沒那麼蠢，這時候讓人查出來兩人通話，那就真說不清了。她拿著手機，撥了電話給夏芍。意外的是，電話竟然打不通。

張汝蔓連續打了幾遍都是一樣的結果，她臉色微變，讓司機改道，去了京城大學。

車子停在京城大學門口時，天色已經暗下來，校門口燈光亮堂，張汝蔓一下車就愣了。門口一群人在打架。

大學生打架的事不新鮮，張汝蔓沒那個閒功夫管別人的閒事，她邁著步子就往校門裡走，想去找夏芍，卻聽見有女孩子帶著哭腔地勸架：「別打了！別打了……」

有人在看戲，笑道：「幹麼不打？沒血性的男人不是男人！銘旭，狠狠揍那小子！」

張汝蔓倏地停下腳步，目光一掃，果然在人群邊掃到笑得歡快的柳仙仙，旁邊那抓著她的正是苗妍，她已經急得哭了。

元澤沉著臉，見幾個男生臉色不善，要往裡衝，一個眼神掃過去，那幾人瞧著極忌憚他，步子頓住，沒敢往裡湊熱鬧。

學校警衛擠進了人群，有人拉架，圍觀的人稍微散了些，這才看清裡面的情況。

周銘旭把一個男生按在地上，一拳接一拳地打，那男生被揍得眼睛都睜不開了。

苗妍急得眼淚直往外湧，拚命喊道：「別打了！別打了！會出人命的……」

兩名警衛把人拉開，周銘旭身上也有傷，臉上手上也都是血，顯然也傷得不輕。警衛一左一右架著他，將他拖到一旁。地上那男生傷得比他重，已經站不起來了。

在外圍被元澤盯住的幾個人再也顧不上其他，慌忙衝了進來，一看地上那人的情況，立刻罵了一聲，見周銘旭被警衛架著，當即發狠地飛起一腳，朝著他肚子踹了過去。

警衛又驚又怒，大聲喝斥。

元澤沉著臉要去阻攔。

苗妍喊了聲「銘旭」，便往這邊跑。

踹周銘旭的那條腿被人擒住。

不知道什麼時候竄出個女孩子，女孩子穿著軍綠色的外套，出手極為俐落。擋住那人的腿後，抬手往對方的膝蓋一壓，疼得那人當場慘叫一聲，接著被掀得一個踉蹌，摔了出去。

「張汝蔓？妳這個男人婆怎麼來了？」

張汝蔓沒理柳仙仙，掃了周圍一圈，問元澤：「這裡什麼情況？」

那個被摔出去的人被同伴接住，回過神來又是叫罵。

張汝蔓冷著眼，看了眼那罵罵咧咧的男生，指著地上躺著的人，「你確定現在有比送他去醫院更要緊的事？這個人都快嗝屁了。」

話雖不中聽，卻把那幾個憤怒的男生給點醒。幾個人連忙圍上去，七嘴八舌地喊「谷少」，有人打了電話叫救護車。

張汝蔓在一旁瞧著，彎了彎嘴角。鼓少？是挺鼓的……那臉都快肥成豬頭了。這幫人，要按著她高中時候的脾氣，敢對她罵罵咧咧的，她非要教訓一頓不可，可是現在讀軍校，校規很嚴，她答應表姊要好好讀書，自然不敢隨便犯事，尤其還是在表姊的校門口……要是被她知道她在她校門口打架，那後果她想都不敢想。

想起夏芍，張汝蔓這才問道：「咦？我姊呢？」

她知道現在是吃晚飯的時候，夏芍喜歡和朋友一起吃飯，她才來京城大學找人的。

苗妍過來扶住周銘旭，淚眼汪汪地察看他的傷勢，帶著哭腔打電話，也叫了救護車。張汝蔓掃了一眼，想問到底怎麼回事，卻沒心思，只想趕緊找到夏芍。

元澤愣了一下，「她不在京城，怎麼，妳不知道？」

夏芍已經走了兩個月了……電話一直不通，也不知道現在怎麼樣了。

張汝蔓張了張嘴，這回換她愣了。

第五章　四方雲集

五月山風依舊寒涼，正午的陽光照著崑崙山間的皚皚白雪，反光晃得人眼睛都睜不開。

夏芍靜立半山腰的雪中，眼簾半垂，唇角微彎。山風襲來，陽光下雪花細碎晶瑩，宛若一條雪龍自山頂而來，在山間暢遊，自在逍遙，卻在遊近山腰時忽然變得歡快，朝著夏芍遊了過去。山風似是打起了旋兒，雪龍繞著夏芍轉了幾圈，正欲親近，後頭帳篷的簾子這時掀了開。

山風一揚，萬千雪花呼嘯一舞，鋪散在山間，無聲無息……

「飯做好了。」衣妮走出來，聲音不大。兩個月來，三人已經習慣了低聲說話，作息時間也有了規律。日出打坐，日落歇息，遵循著天地間的生息法則，正午時分是吃午飯的時候。

夏芍轉過身來，笑了笑，手輕輕撫上微微隆起的腹部。腹中寶寶四個月大了，已經有些顯懷，只是她穿得厚實，要撫上去才能摸得出來。

回了帳篷裡面，奶香襲人，地上擺著熱騰騰的牛奶，另放著些麵包、乳酪、乾果和切好的水果。雖然只有牛奶是熱的，夏芍瞧見這些，肚子還是鳴叫了起來。她撫著腹部，瞧了一眼，笑容有些歉意。這兩個月來，她的心思都在修煉上，只在半夜會起身吃點東西，其餘時候皆是按著一日三餐進食，吃的東西來來回回也就眼前這幾樣，而且她上山後，雖因崑崙靈氣，孕吐沒山下那麼嚴重，可對吃的卻比以往挑剔得緊。她深知在山上能吃到這些已是不錯，倒從未挑剔過，可終究是吃了兩個月，日漸吃得少了……回想當初上山前，她還特意去看過醫生，詢問了許多，總想盡可能護著這孩子，可到頭來，還是虧待他了。

衣妮瞧了瞧夏芍的肚子，又看了眼她瘦得有些尖的下巴，眉頭皺了皺，半天才鬆開，「今天是他們送新鮮食物上山的日子，張老他們不知道又去鎮上給妳帶什麼好菜來，溫燁等不及，已經去接了，傍晚就到了。」

夏芍正喝著牛奶，聞言笑了笑。張中先一行六個人，在她們上山五天後就到了。夏芍等人到了才知道是溫燁那小子跟香港方面通了電話，師門一聽說她有孕，便急急派了人過來。崑崙山上靈氣充裕，能在此潛心修煉一回不容易，他們卻把心思都放在了她身上，連好的風水穴都放棄了，尋了一處山下營地和半山腰中段的風水穴，充當中轉站，每週派人去鎮上飯店一趟，帶份飯菜上山來。

崑崙山離鎮上遠，路又難行，他們這兩個月來無一不是提早一天出發，在鎮上住一晚，當天早晨帶著飯菜趕回來，再送上山來。即便腳程再快，保溫得再好，到了山上飯菜也涼了。即便如此，也好過她兩個月來只吃眼前這幾樣東西。

夏芍垂了垂眸，他們如此照顧著她，她這兩個月……修為卻一直不見進境。

來此之前，她對外言明三個月為期，卻只給了自己兩個月的時間。如今兩個月已至，修為卻仍然停在那道坎兒上，而京城想必已經有變，再想到師兄的傷只能再熬一個月，明知修煉不能冒進，她這幾天還是心急如焚。

當初在英國，她已摸到了大乘境界的門檻，可真正進境還是比想像中要難的多。管她每日天不亮便於雪地裡打坐，沐浴天地金輝，吐納至純至淨的靈氣，身上的元氣已淨至巔峰，卻依舊捅不破那薄薄的一層窗紙。當初那感悟的一瞬，想再次悟到，卻那麼的困難。

想到修煉的事，夏芍頓時胃口更淡了些，但腹中還有個小傢伙要吃的，她還是多吃了些，只是飯後片刻的休息也無，便起身到了外頭，繼續盤腿坐下，開始打坐。

衣妮本想勸夏芍休息一會兒，見她坐下來，便也不敢打擾了。隨行的這些人知道她修煉拚命，沒人敢在她打坐的時候打擾，連那群雇傭兵送食物上山的時間都改成了日落時分。

傍晚，莫非帶著人和張中先等人一起來了半山腰，溫燁也在其中，手裡提著保溫壺。

一行人來之前，夏芍便睜開了眼，她雖未進境，可這些日子也不是白修煉的。如今靈臺比以往更加清明，旁人一上山她就感覺到了。

張中先背著手進了帳篷，在山下總是皺著的眉頭也只有見到夏芍的時候才會舒展開。誰都知道時間不多了，算上回程的時間，還有不足一個月。沒有人在夏芍面前提時間，誰都知道她是內心最煎熬，也是這段時間最辛苦的人。

夏芍知道眾人擔心她，因此無論心裡有多急躁，見人仍是帶著笑，師門從鎮上帶回來的飯菜，她也是能多吃就多吃些。

張中先呵呵一笑，問：「還想吃什麼就說，讓他們去鎮上買。」

話雖這麼說，張中先卻知道，夏芍不會答應。他剛來的時候，原是安排弟子們三天去一趟鎮上，被夏芍否決了。她擔心他們去得太頻繁，會讓山下的雇傭兵起疑，到時消息傳出去會對徐天胤不利。二則希望他們既然來了，就把握機會好好修煉，待回香港也多些助力。說來說去，她每一個安排，心思都繫在天胤那小子身上。

夏芍笑了笑，沒說什麼話。她不希望再讓人送一次飯菜上山，她不希望在山上耗費的時間再超過一個星期。

待吃過了飯，莫非等人把食物搬去了隔壁帳篷。夏芍出來看時，天色已經黑了。

「辛苦了，天黑了，你們快下山吧。」自從張中先等人來了崑崙山，為了不打擾她打坐，莫非幾人一直都是傍晚才到山上，趁黑下山。有張中先一夥人陪著，夏芍也放心些。

「嗯。」莫非還是老樣子，什麼也不問，只管做事。她點了頭，便招呼眾人下山。

幾名雇傭兵跟在莫非身後，與張中先他們一同下了山。

等眾人的身影消失，夏芍才道：「我出去打坐，累了自會回來休息，你們先睡。」

衣妮皺眉，「天已經黑了，外頭起風了，不比白天，妳得顧及身體。」

她知道夏芍著急，但她再急，這兩個月都顧及著有孕在身，天一黑就休息。她也知道進境不容易，若是三個月之期臨近，還沒有進境的兆頭，夏芍一定會冒險晚上修煉，沒想到，還有一個月她就急了。

「溫燁，勸勸你師父。」衣妮看向溫燁。

溫燁看了她一眼，便掀了帳篷簾子，「我陪著我師父。」

夏芍笑笑，在衣妮還錯愕的時候，走了出去。

山上果然起了風，風裡帶著雪花，刀子般割人，崑崙山脈在黑夜裡沉靜如遠古巨獸。夏芍迎著這頭巨獸坐了下來，目光平靜。溫燁在她身旁站定，望著遠方，問道：「師父，大乘境界真的有那麼難嗎？」

夏芍瞥了他一眼，「資質不一，難與不難每個人答案不一。我告訴你難，到底有多難，到了這個境界你才能體會。你如今也是煉氣化神的人了，身在崑崙山兩個月，感覺怎樣？」

「難。」溫燁依舊望著遠方，「精進是有，感悟談不上，心靜不下來。」

夏芍聞言垂眸，這經歷難得，但對他們來說，確實都難以靜下心來。溫燁這孩子雖然嘴巴硬，心裡最重情，他必也是掛念香港那邊的。他跟徐天胤都是話少的人，這小子的毒舌在他師伯面前總是有所收斂，而徐天胤更是話少，兩人碰面頂多打個招呼，交談很少，可不代表他出事了，溫燁這孩子不擔心。師門裡最重情的兩人，恐怕就是這一大一小兩個男人了。

「我剛才只說了一半。修為成就，不全憑資質，還要看機遇。如今身在崑崙，便是機遇。你資質不錯，這機遇難得，靜下心來，以你的資質，一定辦得到。」

身為師父，即便是在這時候，該盡的責任還是要盡。

「這可是妳說的。」溫燁這才低頭看師父，表情欠扁，「妳資質好，還是我資質好？」

夏芍眉毛一挑，忍不住一笑。這小子……弄了半天，是為了開導她。他這是在拿她的話來開導她……她勸他靜下心來，可論資質，她若能靜下心來，收穫也一定不淺。

雖知進境之難，夏芍還是心裡泛起暖意，焦急的情緒也緩了下來。她沒再說話，盤腿閉上了眼。這些日子，她把自己逼得太緊。她知道自己有不得不進境的理由，所以修煉再用心，心卻總缺了一角。修煉的本真，她已經失了，今晚說是點醒別人，倒不如說點醒了自己。

若她不能放下一切，回歸本真，這道門檻便過不去。

哪怕是一次，她這心也必須靜下來。

夏芍閉著眼，調整呼吸，逐漸入定。她聽見溫燁後退了三步，聽見他盤腿坐下來時衣服的摩擦聲，聽見風雪自山巔俯低的呼嘯。感官慢慢變得敏銳，她不再試著去尋找當初感悟的那種感覺，只融入到此處天地，感悟此時天地間的一切。

周身的元氣緩緩融入天地，她閉著眼，眼前卻豁然開朗，自成天地。她看見自己的髮絲在風裡飛揚，聽見那悉悉索索的細微聲音；看見風掠過雪地捲起的雪花遠遠散開，聽見雪花捲在一起貼地的細軟聲；看見山巔有風吹過山石冰峰，聽見細小的石子墜落山間的清脆聲……

沒有開天眼，天地也似在眼前鋪開。

白茫茫一片，崑崙之巔的雪、雪下的峰，萬物的界限開始變得不明顯，甚至分不清什麼是雪，什麼是峰。或者，沒有雪，也沒有峰，更沒有自己。

天地萬物，或者本沒有萬物。

一切皆是虛空，或者，連虛空也沒有。

夏芍心中一動，在這似有萬物又似無一物的天地裡，好似看見一條無形的大道。

這一刻，沒有欣喜，沒有激動，平靜得心底不起一絲波瀾。

夏芍欲走進去，身後的風裡卻送來淡淡的血腥味……

張中先一行人已經回到了營地。

大家都是練家子，腳程頗快，半山腰夏芍的營地到山下一直插著路標，即便是晚上，順著一路亮著的螢光，下山的行程頗順利。比起兩個月前，崑崙山上的風雪已經溫和了些，但晚上依舊寒風凜冽。

玄門的營地與山下雇傭兵的營地還有段路程，按往常路線，莫非會帶著人先送張中先等人回來，稍作歇腳整頓後再下山。

今晚也不例外。

然而，兩路人馬在到達營地眺望山下時，全都臉色一變。

夜色黑沉，寒風颳著雪花層層迷著人眼，山下營地方向依舊能看見朦朧的亮光。營地在風雪裡靜得可怕，這本沒什麼，這麼遠的距離，耳邊除了呼嘯的風聲，根本就不該聽到其他的聲音，只是寒風竟送來了淡淡的血腥味……

血腥味很淡，極難捕捉，對於久經生死、經驗老道的雇傭兵來說，卻能敏銳地分辨出風裡不同尋常的味道。

莫非和馬克沁頓時變了臉色，莫非抄起對講機便想與山下通信，營地裡只留著兩個人。對講機裡傳來滋拉滋拉的聲音，那種聲音在黑夜裡低沉如寒風裡的鬼號。

「關了對講機。」馬克沁沉著臉，壓低聲音。身在雪山上，這樣的聲音太刺激神經，他抬頭一掃山頂，見山上的雪似乎沒什麼反應，這才一揮手，對身後道：「馬上下山！」

莫非在馬克沁開口的剎那已經果斷關了對講機，做出的決定跟馬克沁一樣，也是下山。她的性情比馬克沁的火爆急性子要沉穩得多，在搭檔發號施令的時候，她已經補充道：「通話設備失常，山下百分之八十可能是出事了。現在不清楚對方的來路和目的，我們下山時兵分兩路。我帶著三個人走前面，其他人跟著馬克沁從這裡從前面下山，繞到後頭去。」

馬克沁瞥了莫非一眼，「我走前面。」

誰都知道，在對手不明的情形下，走前面根本就是亮出來當靶子。

莫非撇嘴，「我是這次任務的隊長。」

馬克沁頓時瞪眼，腦門上的青筋都擠了出來。

其他人已經自動分好了隊，只等著分兩路下山。

身後忽然傳來老人的聲音：「等等！」

雇傭兵們一愣，齊齊轉身，只見張中先背著手站在他們後頭，望著營地的方向，眼睛瞇著說道：「我看你們留在山上好了，山下找事的你們對付不了。」

張中先身後跟著的五名玄門弟子都是仁字輩的，皆已為人師，年齡都在四十歲開外，頗為沉穩。此刻也望著山下營地的方向，點點頭道：「那邊有煞氣。雖然不算重，但看那陰煞頗邪，來路應該好猜。」

「現在跟咱們為敵的，也就是肖奕那小兒了。他應該不會親自來，來了也不會費時間對付山下帳子裡的雇傭兵。」

「上回徐師叔在來龍峰上殺了七個降頭師，那些降頭師八成不止這個數。」

大夥兒點點頭，猜測一致。

雇傭兵們聽得有些迷糊。大意他們是聽懂了，眼前的這些風水師們認定山下襲擊營帳的人是他們的死對頭，但他們憑什麼在沒見到人，也沒看見營帳裡什麼情況的時候就這樣認為？他們聽得不是很明白，唯獨莫非和馬克沁聽懂了。兩人互看一眼，瞅準了莫非手中的對講機，眼神一變。這種對講機裡的詭異聲音他們曾經聽過一次，那是在香港陪同夏芍扮演李家保鏢的時候。陰煞這種詭異的東西他們不是很了解，只知道對磁場有很大的影響。

「張老先生，您確定？」莫非臉色沉如水，僅僅聞見風裡的血腥味她就已經很擔憂山下的同伴了，如果他們是遇上了奇門江湖的人，那生存的希望又降低了不知多少。

其實話雖這麼問，莫非心裡已基本認同張中先等人的推斷，因為只有這個解釋得通。他們來崑崙山執行這次的任務，可以說根本不需要槍林彈雨，只是運送任務，不需要和對方人馬搶個你死我活，除了上下山會有潛在的危險外，在山下營地可以說很安全。留下的那兩個人只是看著營地而已，事先誰也不會想過會出事。

既然不可能是他們這方的對頭，那麼只有一個可能，那就是風水師們對頭了。

「嗯。」張中先點頭，看向莫非，「江湖鬥法的事，你們摻和不了。山下營地裡的那兩個人凶多吉少，我帶人下去看看，能救我一定會救。你們就別下去了，在這裡的營地待著，我留兩個人給你們。」

張中先點了兩名弟子留下，自己帶著剩下的三人下山。

莫非身後的雇傭兵們一聽，不少人急了。山下的同伴出了事，如今居然連山下什麼情況都不讓他們去看看，難道就任由這些風水師說了算？這些人可不是他們的雇主。

說起來，雇傭兵這個職業和風水師這個職業，在普通人眼裡都是神祕的族群，但雇傭兵們生死邊緣裡謀生，信的是自己的刀槍和過硬的身手，對風水師這類比自身還要神祕的人並不怎麼認同。說白了，就是不怎麼信服。

被張中先留下來的那兩個人也皺了皺眉頭，不甚贊同。肖奕籠絡了多少降頭師來報仇，這次來崑崙山偷襲的有多少人，他們現在並不清楚，張老只帶三個人下去有點冒險。

只是，張中先很堅決，不由分說，帶著人便往山下走。

莫非也很果決，衝著同伴擺手，暫且將幾個著急的同伴壓下，在張中先身後說道：「張老先生，我看我們還是分成兩隊，一隊留在原地，如果山下有事情需要我們幫忙，我們馬上就可以下去。另外一隊人上山去夏小姐的營地，山下出了事，要通知她一聲。」

張中先回頭，本想說不必通知夏芍。這並不是想瞞她，而是她那修為都快大乘了，只怕在山頂就能察覺出山下有異，去通知她根本就是多此一舉，而且山上有溫燁和衣妮在，萬一有什麼事，也比這群雇傭兵管用多了。轉念一想，張中先還是點了頭——得派個人去告訴她，他已經帶人去處置，免得這丫頭要下山來。她現在那身體，哪能瞎折騰？

見張中先只點了個頭就帶著人下山了，莫非身後幾名雇傭兵很不爽，只覺這老頭矮豆丁一般，架子卻不小。

幾人只顧著不爽，卻忽略了張中先帶人如飛毛腿般下山的速度……

「你帶人留在這兒，我帶人去山上。」莫非回頭對馬克沁說了句，重新點選了跟著自己的人，都是那幾個急著下山的，明顯是怕他們趁著她不在的時候慫恿馬克沁下山。

「我上山，妳留下。」馬克沁又跟她爭。

「我是隊長。」莫非一句不冷不熱的話又把他打發了，在馬克沁腦門上又開始冒青筋的時候，她掃了一眼留下來的那兩名風水師。兩人都是四十來歲，這兩個月相處下來也看得出性情沉穩，但此時兩人都望著張中先下山的方向，面露憂心。

「上山的事只是跑腿，我帶著人上去就行了，兩位還是下山幫忙吧。」莫非道。

兩名玄門的風水師一愣，看了莫非一眼，隨即也沒有矯情推辭，果斷點了頭。他們的憂心是很有道理的，山下那兩名雇傭兵如果還有救，張中先帶去的那三個人肯定要分出來救人，萬一再有突發情況，就他們那幾個人根本就不夠用。

兩人迅速下山，莫非也帶著她身後的三人往山上趕。

見兩名風水師不在了，莫非身後那三名雇傭兵說話也就沒了顧忌，「隊長，咱們的兄弟可在下面，生死不明，你就放心讓那老頭兒去？他有什麼本事，你清楚？」

「閉嘴！」莫非頭也不回，只看前路，聲音隨著山巔的風雪捲進三人的耳中，「我不敢保證世界上的風水師都能信，但玄門的人最好還是信。我見過夏芍的本事，她師門的人應該不是繡花枕頭。你們應該清楚，山下的事沒道理是我們的仇家幹的，他們的推斷有很大的可信度。如果真是他們的仇家，那我們幫不上忙。你們手裡的刀槍，對這些人沒用。」

莫非也擔心山下的同伴，正是因為知道刀槍沒用，所以她才決定不下山去添亂。這裡是雪山，槍不能用，否則有雪崩的危險。至於刀……面對那些神祕職業的人？還是算了吧，她不能讓手底下這幾個兄弟再出事。

後頭三人相互看了眼，有些不太信服。他們這些人都是身型高壯的西方男人，張中先那矮小的身高，也就只到他們胸口，他們委實沒把這個老頭看在眼裡。

「迅速前進，山下營地未必一定有人，對方也許藏在山裡，或者已經上了山。」莫非的聲音這時又傳了過來，帶著些冷沉。

這便是她提議上山的原因，雇傭兵有自己的行事準則，哪怕知道危險，知道不是對方的對手，可一旦接了任務，就會以雇主為先。

這多半也是張中先留下兩名風水師給她的原因。他們應該有著一樣的擔心，那就是對方可能已經有人藏在了山上，意圖對夏芍不利。

山下營地是下午到晚上這段時間裡出事的，這段時間有幾個小時，他們誰也不能確定對方會留一部分人在山下等著伏殺，還是有人已經藏在了山上。他們之前為了運送方便，在山路上安插的那些路標，簡直就是給對方提供了指示路線圖。

莫非只能肯定一點，如果對方已經有人藏在山上，那麼他們應該不是順著這條路上山的，因為半山腰夏芍所在的營地太高了，對方腳程再快也需要幾個小時，搞不好就會和下山的他們迎面撞上。可他們下山的時候，沒有撞上任何人，如果她是那些要上山的人，她會在看見指示路線後，從另一條路上山。如此，可以避免在對方行走的路上狹路相逢。

正當莫非做出這個判斷的時候，她的雙腿忽然僵住。

不僅是她，身後的三名雇傭兵也以同樣詭異的姿勢動彈不得。

風裡一傳來血腥氣的時候，夏芍就知道山下出事了。正值進境的緊要關頭，她知道張中先等人已經走到營地，必然會做出應對，也知道有人已經上了山，甚至對方是什麼人她都心裡有數，她卻坐著沒動。她甚至沒有時間提醒溫燁和衣妮，因為在她感覺到血腥味、心神一散的時候，眼前的世界也跟著渙散，那無形之中的道路似乎就要關閉。

夏芍立刻調整心神，屏棄雜念，重新入定。

她知道不能再拖，師兄的傷不能再等。

這次入定比之前要難得多，她要放下對進境的執念，放下救師兄的執念，也要放下對山下情況的執念，試著調整到之前連虛空都看破的心境。這一次用的時間比之前要多，她不知道過了多久，只知道每一分每一秒都太難，越是告訴自己要放下執念，越是分神。她咬破舌尖，疼痛讓她清醒了些，她索性放棄之前的境界，讓眼前所感悟的天地徹底散去，重新來過。

好在剛剛經歷過感悟的階段，她還清楚地記得那種感覺。

她不再給自己任何暗示，只是放任自己吐納，靜待最自然的平靜。

當她再次感受到天地間細微的一切動靜，她明顯感覺有四道人影以極其詭異的動作和速度向半山腰的營地爬來。

然後，她感覺到溫燁站了起來。

溫燁起身的時候，衣妮也從帳篷裡出來，兩人都在黑暗裡看向山下那條路。衣妮的年紀比溫燁大了六歲，但兩人修為差不多，又因為她兒時在寨子裡長大，比溫燁更多一分對危險近乎野性的感知。

「有什麼東西上來了……」她走近溫燁，聲音壓得極低，儘量不讓在打坐的夏芍聽到。他們兩個都感覺到了異常，夏芍肯定也感覺到了，她沒起身，顯然是有什麼情況不能起身。

溫燁沉著臉，往前走了幾步，站在衣妮和夏芍前頭，擋在了山路口。那東西不知是什麼，只是看見有隱約的煞氣，來得極快。山下有兩處營地，既然這東西能避開山下上來，那必然說明山下也出事了。不管來的是什麼，來得都不是時候。

溫燁回頭看了夏芍一眼，就見衣妮袖口裡爬出一群蟲蟲，繞著半圈把夏芍圍了起來，隨即她也上前幾步，和他一起站在了不寬的山路口。

兩個人都沒再說話，也沒有說話的時間，那東西上山來的速度太快，煞氣剛剛還覺得在遠處，眨眼間便在山口。

兩人都不知道來的是什麼東西，觀那速度，想來也非人類。天下之大，總有些山中靈物。這崑崙山是萬山之祖，靈物必然也是有的。只是在山上兩個月，除了溫燁偶爾下山，沒人離開過營地，也就沒遇見山中修煉的靈物。今晚來的，瞧這速度與煞氣，想來也與山中靈物不同。

正猜測間，山口有幾道影子晃了晃便逼近了。

溫燁和衣妮緊盯著山口不動，兩人眼力皆屬上乘，一眼瞧清那幾道影子時都愣住了。

那幾道影子還真是人，只是外貌極其詭異，四個人半趴在地上，手腳撐在雪地裡，身體遊動向前，說不清是像蛇還是像蜥蜴。四人伏在地上，身體不正常地扭曲著，頭抬起，臉在風雪裡罩著青氣。

溫燁和衣妮同時看清了四人的面容，頓時一驚。衣妮目光變冷，甩手便是四道蟲蟲射出，向著四人昂起的喉嚨。電光石火間，四人腰身詭異地一扭，身體便滑溜溜地避去了一旁。正當他們避定，四人的身體又一僵，青黑的臉上黑得夜色裡瞧不清晰，只看見雪地裡有雪化開，竟是有黑血滴落在地。眨眼的功夫，四人趴在地上不動了。再一看後頭，不知什麼時候，先前被衣妮安排在夏芍四周的蠱蟲已經繞到四人後頭，想來是在四人避開正面襲擊的蠱蟲時，後頭的蠱蟲得了手。

衣妮冷著臉，眼裡沒什麼情緒。她知道這四人是夏芍的朋友，但她管不著這些。制不住這四人，他們一群人在這裡打起來，必然會對還在入定的夏芍有影響，且眼下這地方，根本不敢放開了鬥法，很容易引發雪崩。她不能讓夏芍冒險，只能先制住四人，哪怕讓他們傷得更重。

溫燁顯然也贊成衣妮的決斷，所以他沒有阻攔，蠱是衣妮的，她自然會解。他在莫非四人倒下的瞬間，便抬眼衝著那煞氣來源的方向衝下了山路。

剛奔下山路，後腦杓忽地一陣涼風襲來，溫燁倏地回頭，就見幾道飄忽不定，似陰人的東西從四人倒下的方向撲來。溫燁連發四道符籙，接著朝雪地裡一仰，順勢滑了下去。

頭頂上那四道飄忽的煞氣極怕溫燁甩出的符籙，當即飄著扭了幾下躲過。溫燁仰面朝天，也看清了這些東西的真貌。

剛才見莫非四人被附身的姿態，他便知不是陰人附體，此刻一瞧，果真不是。那些煞氣，有些像陰靈，又有些不像。世間開智的靈物極少，更別提陰靈了。他師父夏芍那裡就有一條驚世駭俗的大陰靈，除了大黃，溫燁這還是第一次看見別的陰靈。

那四條陰靈跟大黃有點像，看起來同屬蛇類，只是那四條煞氣顏色不太顯，應是黑色鱗片的玄蛇。說玄蛇也不太貼切，玄蛇乃《山海經》中的大蟒，而這四條的身形卻與書中描述不太一致。這四條蛇在躲開符籙之後便糾纏到了一起，形成一身四頭的黑蛇，且蛇身上像長出了青木般的藤蔓，極為怪異。

溫熚還沒想清楚這陰靈的來路，眼前便飄來一道白影。

那白影混在風雪裡，如雪片般，向著他的天靈蓋落下的時候，發出刺目的白光。溫熚瞇著眼，順著山路往旁邊滾。山路不寬，旁邊便是冰峰，他蹭到冰峰上，一滑間便從兩座不高的冰峰中間的空隙墜了下去。

下面是聳立如林的冰峰，即便是有修為的人，墜下去不死也得重傷。

四個人在風雪裡現出身形來，仔細一看，四人竟像是從山石裡生出來的一般，均是一身雪白的衣服，偽裝得倒好。這四人見溫熚墜下山去，便直奔近在眼前的營地。

就在四人奔向營地的時候，身後嗚地一聲山風呼嘯，四人回頭，見溫熚從墜下去的山崖處躍起，拂塵一甩，金光直逼幾人面門。

四人忙往旁邊躲避，那拂塵的金光從兩人身旁擦過，直劈剛才那雪片般的白影。那白影被從中間劈裂，飄飄搖搖落下，金光卻未絕，衝著那四頭蛇身的陰靈打了去。那陰靈的身子是纏在一起的，見金光追擊，不敢硬接，蛇身一分，四條蛇分散了開。

正是此時，注意力被溫熚吸引了去的四人忽然後背一涼，身後不知何時多了四道符籙，向他們的後心打來。為首的那人反應最快，一左一右拉了兩旁的人便躲，剩下的那人便沒那麼走運，後心被符籙擊中，一口血噴出，人踉蹌著要栽倒。他的手腕這時被人拉住，見是為首的同伴，心裡一鬆。

就在這個時候，他整個人被同伴甩了出去，甩到了山路中央。

他還沒反應過來，耳邊聽見窸窸窣窣的聲音，接著渾身一麻。在短暫的時間裡，他聽見血液湧上來的聲音，那些血從他的雙眼、鼻孔和耳朵裡流出來，世界變黑，他一頭栽倒……

所有的變故只在一瞬，他倒下去的時候，溫燁雙腳剛剛落地。他先看了地上劈落的雪片。其實那不是雪片，拼湊起來應該是人形的紙片。

式神？

陰陽師！

溫燁眼神微寒，心知不好。

他剛才是故意摔下去的，他身上帶著拂塵，墜下的瞬間纏住冰峰的峰尖，借力跳了上來。他攻擊那四人，攻擊式神，甚至攻擊陰靈，都只不過是障眼法，為的就是那四道符籙能一擊即中。可終究還是太一廂情願了，有衣妮的配合，才死了一個人。現在奇襲已經過去，雙方面對面，接下來的鬥法對他們這一方很不利。

師父今晚狀態極佳，修煉這種事不是想何時進境就何時進境，她大半年前就悟到了大乘境界的門檻，卻在崑崙山上困了兩個月不得進境。今晚難得看起來狀態不錯，如果被打斷，下一次契機不知會在何時出現。

關鍵是，師伯等不了那麼久了。

溫燁板著臉，擋在路口處，一步也不動。不管有多難，他今晚都要擋住這三人，不能讓他們通過一步，不能讓他們打擾到師父進境。

對方的目的顯然就是來攪局的，為首的那個人給兩旁的人遞了個眼神，讓溫燁擔心的事終於還是發生了。

他們不再把精力放在對付他身上，而是操縱那三條蛇往一旁山壁上撞去。溫燁眼皮一跳，出手阻攔。他身上帶著陰人符使，只有兩個，但也好過沒有。他放了陰人出去攔道，自己對付剩下的一條蛇。他身上帶著的符籙有限，剛才用了不少，眼見著便要消耗殆盡。

溫燁不敢虛空製符，虛空製符調動的天地元氣太多，眼下大動作對他們實在不利，誰知道動作太大會引發什麼後果？可不拿出狠招來，跟這些人僵持的時間久了，對他們也不利。

眼下只有兩個辦法，要麼速戰速決，要麼拖延時間，等師父進境成功，或者等山下張老等人上來救援。

溫燁知道，他師父遇到這種敵襲都不起身，必然是已經摸到了大乘的門檻。當然，他同時也知道，進境需要的時間很長，絕不是一時半刻能成的事。而半山腰的情況即便被山下察覺，張中先等人的速度再快，沒三個小時是上不來的。

三個小時……變數太大了！

「別管那麼多了，速戰速決吧！」衣妮奔過來，把身上所有的蠱蟲都放出來，幫溫燁壓制那三名陰陽師，冷聲喝道。

溫燁眉頭皺著，心中卻知道只能這麼辦了。這麼拖下去，即便是不溫不火地鬥，鬥到最後也是要出事的。速戰速決，興許……不會有事。他安慰自己，眼中有著決意。師父明知此時進境是冒險，她還是選擇了冒險，因為有人等著她去救。那麼，他便也冒這個險，把自己的命一併賭了進去。

溫燁伸手虛空畫出一道符籙，反手甩向那蛇的七寸。那蛇也感覺到此符的威力不是先前的符籙可比，尾巴在山石上一拍，借力往後退。後頭又有一道符來，那蛇一回頭，這才看見它頭顱四周有三道金符呈三才位，形勢對它極為不妙。溫燁根本就沒給那蛇反應的機會，三道符籙幾乎是同時虛空製出，同時甩出。那蛇被困在中間，被三道元氣震開的波動幾乎震碎了骨頭，整個蛇身在空中一軟，掉了下去。

後頭三名被蠱蟲壓制著的陰陽師，其中一人臉色蒼白，嘴角流血，眼底血絲如網。

他們是得到了確切消息，夏芍在崑崙山上修煉後才趕來的。沿途的路標給他們找人提供了極大的便利，原本他們的計畫是由同行的泰國降頭師們配合，悄無聲息地摸上營地，在夏芍修煉的關鍵時候給她一擊，即便不死也能令她受到反噬。計劃進行得很順利，可誰也沒想到，營地裡的這兩個人竟然如此棘手。

如果只有溫燁一人，他即便有三頭六臂，也擋不住他們四人和四人的式神，沒想到他竟有個驅使蠱蟲的同伴。這個女人看著嬌小玲瓏，身上不知道帶了多少毒蟲，黑壓壓一片擋在山路上，又是晚上，視線不明，隨便被哪隻咬上一口，他們都吃不了兜著走。因此，對付毒蟲，反而比預料中更費事。如果不是這些毒蟲分了他們的心神，絕不會讓溫燁一招毀了一隻式神。

那三名陰陽師臉色難看，溫燁的臉色也不好看。

以他煉氣化神境界的修為，能虛空製符已經是天賦卓絕，平時在山下鬥法，他頂多能製出兩道符，今晚憑著崑崙山上靈氣濃郁，他才一口氣製出三道來。但因要一擊即中，他幾乎是三道一齊瞬發，一瞬間抽空了自己身上八成的元氣，如果不停下來打坐吐納，恢復元氣，他是無法再製出符來的。

溫燁知道，對方不可能給他這個時間，他也不想給對方喘息的時間。他從身上抓出一把黃色的空紙符，咬破手指，以童男精血借崑崙元氣畫符。這世上陽氣最盛之物便是童男精血，修煉之人的精血更勝黑狗血數倍，乃是克制陰煞的最烈之物。此符一出，溫燁便收回放出的兩隻陰人。失去了對手的兩條蛇卻絲毫沒有放鬆之感，蛇眼盯著那符，極為忌憚。

精血畫符耗費的時間比虛空製符要長，往往一張符甩出，被躲開之後便失去了作用，很難形成符陣。不過，溫燁還是一張接著一張地畫符。畫一張，臉色便白一分。衣妮驅使著蠱蟲，憂心忡忡地看過來，可她無法幫忙，陰靈這東西，蠱蟲無從下口，根本就對付不了，而且，她這邊也有情況。

那三名陰陽師起初被蠱蟲逼得很頭痛，其中一人剛才受傷之後，他們便交頭接耳說了幾句話，然後情況發生了變化。那受傷的人眼神堅定，那表情……只有不畏死的人才有。

說起不畏死，衣妮自認為沒人比她更了解這種心態。這些年四處尋找殺母親的凶手，她多次都不懼豁出命去。有幾次，在練成了凶險的蠱後，在讓不讓那蠱蟲寄生在身時，她同樣露出過這種表情。那是必死的心態，而不怕死的人，往往是很瘋狂的。

果然，那受傷了的陰陽師擋在兩名同伴前頭，擲出了三張人形紙片。他的修為大抵沒那麼高，可以讓他同時操控三隻式神，故而在他強行操控式神向衣妮攻擊的時候，他自身也露出了太多的破綻。

蠱蟲就是在這個時候下的口。衣妮太了解被蠱蟲咬中的感覺，她練蠱，每練一種，都是由她第一個感受蠱噬之毒。蠱的種類不同，中蠱或癢或痛，或骨肉如蟲咬，都絕不是好滋味，而她今晚將身上的蠱都放了出去，天色太黑，連她都不知道咬到那陰陽師的是哪些蠱蟲。只是看見蠱蟲成群地往他身上爬，他露在外面操控式神的雙手最先黑紫下來，接著鼓起銅錢般大的水泡，然後是他的臉。蠱蟲從他的眼睛、鼻孔裡鑽進去，又爬出來，他身上的水泡開始破開，湧出一堆堆蠕動的毒蟲，破開的皮下血肉模糊，風裡血腥氣開始蔓延。

場面太過血腥，頗似一場活人祭祀。那人身後的兩名同伴卻好像看不見這一幕，他們兩人面對面站著，手中不停地變換著法訣，口中念念有詞。

衣妮對風水師的術法都了解甚少，更別提陰陽師。她只知那定是什麼術法，卻不知作何用處。她看見面前意圖攻擊她的三張紙片開始掉落，對面那陰陽師血肉模糊地緩緩倒地，她沒時間多看一眼，驅使著剩下的蠱蟲衝向了後面那兩名陰陽師。

空氣裡有什麼東西開始顫動。

那是一種隆隆的聲響，好似遠在天邊，又好似就在腳下。那聲音聽得人心裡發慌，衣妮不自覺停下動作，溫燁的動作也一頓，兩人同時聽見了細微的喀嚓聲。

那聲音極細，半山腰呼嘯的寒風裡一時辨不清來自哪個方向，衣妮的眼睛一痛，那感覺像是沙子迷了眼，她低頭之時，感覺有些東西簌簌落在了她頭頂上。顧不得眼睛的痛處，她霍然抬頭，隨即瞳眸狠狠一縮。

頭頂上方是一片延伸出來的山石，那山石懸在營地上空，若遠遠地勘察地勢，這處地方就像是一條張著嘴的巨龍，而他們的營地就安在龍口之中。

現在上方的山石竟開始落下沙石，一條肉眼可見的縫隙正在以極快的速度蔓延。

衣妮不知道，陰陽術與風水術對天地元氣的操控和定義不同，他們更為細化，就連式神都可以分為水、火、風、暗、悍這幾種，比如日本神話傳說中的雪女、河童，便屬水系，而霧天狗等則屬風系。如今這些傳說中的妖怪存不存在，只有日本古老的家族才知道。而今晚四名陰陽師出動的妖蛇雖與傳說中不同，但是他們的術法同樣有著古老的傳承。縱然現代傳承丟失嚴重，不及古時術法的威力，可他們從一開始就很有目的性，他們先是不停地攻擊這處山石，又輔以術法，那片山石雖只成功裂開了一小道縫隙，看在衣妮和溫燁眼中，也如晴天霹靂。

正當兩人抬頭看頭頂山石的時候，兩名陰陽師齊聲一喝，四周飛雪如蓋，遮迷人眼，周圍天地元氣霎時被抽空一般，兩人和兩條妖蛇全部的勁力一同向那山石上砸去。

喀嚓一聲，本是細細的一條縫，霎時裂開，頭頂的山石眼看就要斷裂砸下。

溫燁和衣妮一驚，再顧不得陰陽師，轉身便往營地狂奔。營地前的地上，莫非四人尚且趴在地上昏迷不醒，那山石若斷裂砸下，四人立時便可成為肉餅。他們已沒有時間救人，溫燁在從四人身體上越過去的時候咬碎了牙，含了最後一口氣，暗勁向後發出，將四人推出山口。

他沒有回頭，不知道自己的力道足不足以將四人一起送出危險地帶，但他能做的也只有這些。在發勁的瞬間，他吐了一口血出來，腳下一個踉蹌，幾乎是摔到夏芍面前。

夏芍臉色發白，嘴角隱隱有血跡。溫燁和衣妮一人一邊攙起了她的手臂，三人往另一邊的山路一躍，順勢滑了下去。

這處風水穴兩邊都有路可通，只是當時一邊看似山路平整，卻很可能是雪崩區，因此他們選擇了另一邊上山。此時營地上方山石要斷，三人也顧不得什麼了，只得冒險滑下去。

這邊的山路，上山兩個月來沒人走過，滑下去之後才知道，山路確實是很開闊，沒有另一邊山路嶙峋的冰峰，三人背部著地，幾乎是以躺著的姿勢順勢往下滑，而身後卻傳來隆隆一聲巨響，身下的大地都在抖動，天崩地裂般的顫慄。

不必回頭都知道營地上方的山石終究還是斷了，一條龍脈的龍顎就這樣毀了……

大地在震動，溫燁又咳出幾口血來，卻咬著牙與衣妮一同控制下滑的方向，奈何身下的雪越來越軟，隆隆的震顫聲中，三人的身體越滑越往雪中陷。溫燁暗道不好，與衣妮交換一個眼神，兩人同時頷首，就要配合著一齊站起。

身後撲來呼嘯的冷風，吹捲著兩人的頭髮，狂風讓他們剛想有所動作便同時跌倒。

跌倒的瞬間，兩人仰起頭，同時僵住。

山頂雪龍怒嘯，鋪天蓋地砸來……

雪崩了！

夏芍出事的消息，第二天便傳回了京城。

姜家是最先得到這個消息的，徐康國親自致電當地部門，救人的工作開展得很迅速，但崑崙山雪崩，埋的人不多，也算不上重大事故，不必徐康國致電地方上。但凡了解徐康國作風的人，都能從這件事裡嗅到一點不同尋常的味道。

姜家自從知道徐家出事，就一直派人盯著，多方打聽。見到徐家老爺子的動作，便知道一定是又出了什麼事。

正當做出這個猜測的時候，他們收到了肖奕的電話。

夏芍果然是在崑崙山出了事。

雪崩發生在晚上，兩死兩傷，三人失蹤，夏芍就在那失蹤的名單上。

救援人員半夜接到電話，趕到現場已經是凌晨，等到雪崩徹底停下來後才上山搜索，結果發現了兩名被壓在斷裂山石下已死亡的人。這兩人都是外籍人士，救援人員試著清理兩人的遺體，但作業十分困難，斷裂的巨石很難挖掘，清理工作進展緩慢。除此之外，另有大批救援人員在山上搜索，雪崩表面並未發現被埋的人。

也就是說，人完全被埋進了雪裡。

在雪崩中被活埋，只有百分之二十的人能活過半個小時，而能活過三個小時的人，不足百分之五，死因大多是因為窒息、碰撞、失溫或者休克。而昨晚自雪崩發生到救援隊到來，期間的時間，豈止過了三個小時？

救援人員雖然一直在搜索，但所有人都不認為被埋的人有生還的希望。

叱吒商場，這些年創造一個又一個傳奇的女孩，她的結局會是這樣的？

當消息在京城傳開的時候，很多人不相信。華苑私人會館的會員除了政界要員外，還有不少是商界人士，他們紛紛打電話詢問華夏集團，而華夏集團的高層正在開著緊急會議。

孫長德、陳滿貫、馬顯榮、劉板旺和艾米麗，五位元老齊聚。劉板旺和艾米麗是接到孫長德的電話，從香港緊急飛來青市的。五個人坐在辦公室裡，氣氛沉肅。

「我不相信董事長會出事。」陳滿貫先開了口。論資歷，他是最早跟著夏芍的人，也是親眼看著她以古董發家，以風水為公司積累人脈，一步一步走到今天的。別人出事他都相信，夏董出事他不信。她玄學易理的造詣，早已被太多人嘆服，平時都是她為人消災解難，如今傳出她出事，誰相信？

「董事長的電話一直打不通。」孫長德皺著眉頭，看著陳滿貫。

陳滿貫一聽就火了，桌子拍得啪啪響，「她的電話打不通又不是今天才有的事！」

陳滿貫的年紀在五人裡最年長，也是性情最沉穩的。經歷了當年的變故，這些年雖跟著夏芍在商場打拚，卻頗有修身養性的心態，尤其是這兩年，見了人都是笑呵呵的，已經許久不見他發火了。

「陳哥，我明白你的心情。」孫長德拍拍陳滿貫的肩膀，他跟著夏芍是陳滿貫推薦的，兩人的交情要比跟其他人更親厚些。他是第二個加入華夏集團的元老，對夏芍的欽佩和知遇之恩的感激不比陳滿貫少。正因為如此，他才明白自己現在要做的是什麼，「我也不相信董事長會出事，但我們信不信不是最重要的，重要的是外界信不信，公司員工信不信。董事長的私人電話不是只有我們才有，萬一她電話打不通的事情傳出去，外頭的傳言會越傳越烈。當務之急，我們得想辦法穩住輿論，穩住公司的員工。」

「孫總說得有道理。」劉板旺開了口，「這件事是今天才從京城傳出的，很快就會傳開了。我來此之前，嚴格控制了我們集團旗下的媒體和網站對這件事的報導，但我們不報，阻止不了其他人報。這件事香港方面還沒傳開，可是恐怕要不了明天就有風聲了。這個消息，我們不能由著外界傳起來，董事長太年輕了，我們集團也太年輕，五年就資產龐大至此，沒有繼承人。你們想想，要是董事長意外身故的消息傳出去，我們的競爭對手會怎麼做？」

辦公室裡沉默著。

怎麼做？只要散布華夏集團內鬥、集團可能會易主或者分崩離析的謠言，集團的客戶就會嚴重流失。引發恐慌的話，股價也會不穩，到時若有國際上強勁的對手在背後操縱，集團面臨的就是一場災難。

華夏集團目前已經不僅是國內商業界的巨頭，在英國的世界拍賣會上出了那麼大的風頭，不知多少國際巨頭盯著這個新星，也不知多少人盯著國內龐大的市場。生意競爭，從來就不講人情，夏芍在的時候，她是享譽國內的風水大師，自然有人敬她畏她，不敢招惹華夏集團，只是她若不在了呢？

「不，就讓謠言傳出去！」陳滿貫喘了幾口氣，把情緒壓了下來。

孫長德等人一起望向他，陳滿貫對劉板旺道：「能不讓謠言傳出去當然是最好的，問題是你做不到。國內的媒體不是只有我們一家，沒有辦法讓事情密不透風，那就只能讓消息傳開並鬧大。等鬧大了，你代表集團出面澄清，就說董事長與徐將軍訂婚，正在國外度假，我們會查明造謠者，以法律途徑解決。不管外界信不信，我們的態度強硬些，我想就算有謠言，別人對董事長的身分還是有諸多忌憚的。我就不信，事情沒確定之前，有人真敢冒險動華夏集團，除非他不怕董事長哪天回來找他麻煩。」

幾人一聽，眼睛一亮。

劉板旺甚至笑了笑，但隨即他便笑不出來了，「雖然是個辦法，但……董事長走之前，說三個月便歸，要是到了歸期，她還沒回來……」

劉板旺越說越憂心，說到底，夏董要是沒出事，眼前的事都不叫事。萬一她真出了事，集團怎麼辦？對外界的公關手段只能用一段時間，要是她長時間不歸，就說什麼也壓不住了。

這話一提，剛剛輕鬆下來的氣氛又沉了起來。

「我相信她，她不是食言的人。」艾米麗的話讓會議室裡的四個男人都不由露出苦笑。她是最幹練務實的人，從來不憑感性做事，因為相信就去做事，真不是她的風格。不過也正因為如此，連艾米麗都開口安慰他們了，他們也只能打起精神來。

現在除了相信董事長，他們也沒別的辦法了。他們能做的，只有做好該做的，盡全力替她守好公司，就是報答她的知遇之恩了。

眼下情勢緊，五人沒有耽誤多少時間，一商量好對策便迅速各回各的地方坐鎮。劉板旺和艾米麗先走一步，馬顯榮也離開後，會議室裡只剩下孫長德和陳滿貫。

兩人對這件事還想再商量出一些應急辦法來，孫長德的電話響了。

電話是京城那邊拍賣公司的總經理方禮打來的，京城的傳言是他和祝雁蘭通知孫長德的。孫長德接起電話，還沒說話，方禮便道：「孫總，董事長讓我留意的一個帳戶有動靜了。」

「什麼帳戶？」孫長德還不知道這事。

「是董事長去年讓我留意的帳戶，本來有過兩次動作，但都問題不大，我剛才發現那筆資金流向日本，接收方你猜是誰？」方禮哼了一聲。

「誰？」

「大和會社！」

「什麼？」孫長德一愣，險些以為自己聽錯了。

「什麼事？」待孫長德掛了電話，陳滿貫問。

孫長德沉著臉，「我這邊還沒有接到大和會社要動的消息，但剛剛他們有一筆五十億的資金到帳，除了他們要把公司清出去，我想不出別的理由。」

「什麼？」陳滿貫也愣了，半天沒說出話來。夏芍走之前，保證過她有辦法讓大和會社不動，現在是對方聽聞她出事了，所以大膽動了？可是夏芍出事的消息現在還在京城，就算傳開也是先在國內傳開，日本方面現在就知道了，這消息管道太神了吧？

「你不覺得，最神的是，大和會社一得到董事長出事的消息，立刻就接收了資金嗎？」孫長德看向陳滿貫。這說明了什麼？說明了大和會社和這個欲收購大和會社的人早就聯絡上了，雙方是談好了，只等董事長出事，所以他們才能那麼神速，董事長一出事，他們就有動作。

陳滿貫顯然也想到了這點，他沒說話，孫長德卻擔憂起來。

「陳哥，我一直不信董事長會出事，但是如果真是我們推斷的這樣，我現在真怕。這說明這個傳言很有可能是真的……」孫長德越說心裡越沉，「你說，如果董事長真的是出事了，那她的事……會是偶然嗎？」

這話問出來，孫長德先驚出一身冷汗來。

這種事不少見，只是他沒想過會發生在夏芍身上。

「別嚇自己，你忘了董事長的身手了？我們是見識過的。她會那麼容易就出事？我不信。現在還不到三個月，先等董事長的消息。如果到時候董事長不回來，這事的真相我們一定要去查。你先穩住公司這邊，咱們按計畫進行，我今天就不回青市了，我去趟香港。我去唐老那邊問問，再說，還有徐家在呢，董事長的事，他們不會坐視不理。」陳滿貫心也沉了，但還是安慰孫長德，也立刻想出了探問消息的辦法。

孫長德點點頭，去找找唐老是對的，唐老知道的事可能多些。

但兩人都不知道，此時，香港和徐家都出了事。

夏芍出事的當晚，香港半山老宅裡燈火通明。

客廳裡，丘啟強和趙固帶著幾個人看著從樓上急走下來的海若，問：「出什麼事了？」

這兩個月來，掌門祖師和無量子道長向來是只留一人在房間裡看顧徐師叔，可是，剛才掌門祖師派人喊了無量子道長進去，兩人已經在房裡有一段時間了。

「徐師叔的情況可能不太好，我不敢進去打擾，我們還是在此等著吧。」海若道。

徐天胤的臉色前所未有的青黑，胸口放著一對玉葫蘆的地方，皮膚也漸漸被青黑侵蝕。老人的手青筋突起，覆上他的天靈蓋，虛空製著安神符籙，恨不得將畢生元陽全數灌注其中。無量子盤腿坐著，手中拂塵無風自起，畫著太極金符，罩在徐天胤胸口。

兩位當世難尋的高人持續發力一夜，天濛濛亮時，青黑總算有所褪去，胸口的煞力暫時被制住，但那地方與兩個月前相比，僅留一指餘地……

唐宗伯盯著那一指餘地，連月來熬紅的雙眼裡，精氣神大不如往昔，看著床上躺著的弟子不動，半晌才將目光轉向無量子，「這才兩個月出頭，先前一直算穩，今晚怎麼突然……」

他這一生經歷風雨無數，鮮有不敢面對變故之時，但今晚他望著眼前這個年輕卻天賦卓絕的後輩，竟似是想從他嘴裡聽見一句安穩的話。

無量子微微垂眸，意味深長地道：「他曾騙過天機，身上仍留有夏小姐的氣機。今晚傷勢突然惡化，恐怕是崑崙出了事。」

唐宗伯坐在輪椅上的身子一晃，手微微發抖。他的目光緩緩落去徐天胤的胸口，那裡的一對玉葫蘆，有一個是屬於他的女徒弟的。他怎麼沒發現上頭的元氣波動？只是當時救人要緊，他將擔憂強壓了下來。

外面傳來敲門聲，海若等人在外頭守了一夜，發現房裡元氣停歇，這才敢敲門。

無量子起身走過來，欲推著唐宗伯走出去。唐宗伯疲憊地抬了抬手，表示不必。他有事要出去處理，這房裡一刻也不能離人，就要勞煩無量子在這裡看顧著了。

唐宗伯出去後便打電話給張中先，但電話一直不通，海若等人聽說可能是夏芍出事後臉都白了。唐宗伯取了卦盤出來，夏芍的吉凶一直算不出來，但別人的可以。

卦象擺出來後，海若的臉又白了白。

張中先等人沒事，有事的是溫燁。

「此數大凶，逢極轉運……」唐宗伯推演完卦盤，精神更加疲憊，盯著卦盤久久不動。旁邊圍著的人臉色都不好看，此卦若是平時為人占得，任何卦師在解卦之時都不會讓人期待「逢極」的。所謂極數，陰陽逆轉，日出西方，世間難見之象是為極。

這極數，豈是常人可遇？此卦，大凶之數未定，卻等同於定了。

「小燁……」海若捂著嘴，眼淚在眼裡打轉，轉身便往外奔。奔出去又折回來，她命裡無子，身邊三個弟子，她都當作兒女般養育，如今出事，她這做母親的心讓她恨不得飛去崑崙，可是掌門祖師這裡還需要人照顧，師叔情況不好，她想走卻走不開。

唐宗伯看著海若六神無主的樣子，嘆了口氣，強自鎮定心神，「妳現在去了，路上要走兩三天，還不知道那邊出了什麼情況。不如等上這半天，妳師父沒事，他定會派人和我們聯繫。等知道發生了什麼事，再決定不遲。」

這話幫海若定了心神，她一下子燃起些許希望。忐忑的等待時間必然是漫長的，但其實張中先的電話來得很早，天剛亮起不久，他報信的電話便到了。

電話是跟隨他一同去崑崙山的同門打來的，崑崙山下已經亂成了一團。

那晚，張中先帶人到了山下營地，營地裡兩名雇傭兵中了降頭術，六親不認，險些開槍打死他們。幸虧他們動作快，才沒讓槍聲響起來驚了山上的雪。他們制住兩名雇傭兵的時候，被藏在不遠處的三名降頭師偷襲。幸虧張中先早有防備，從山上返回的那兩人趕來的時間剛好，六人聯手殺了那三名降頭師，並著手救人。誰也沒想到，他們正救人的時候，山上的情況便開始不對勁。張中先留下兩個人，帶著其餘人就往山上奔，但剛到他們一行人在山上的營地，半山腰就出了事。

山石斷了，雪崩了。

張中先和馬克沁帶著人到達半山腰的時候，看見的是一地血腥。莫非和另一名雇傭兵煞氣入體，且中了蠱，重傷倒在山路上，另外兩人則被壓在了山石下，只留下兩條腿在外面。除此之外，現場尚有死過兩個人的痕跡，但屍體只留下了一人的，那人渾身已成一灘血肉，辨不清容貌，更不知身分。

眾人之前見到三人從雪崩區滑下，雖沒看清是誰，但估摸著是夏芍、溫燁和衣妮。

他們三人雖然沒被壓死在山石下是好消息，卻遇上了雪崩，被埋在了雪裡。

馬克沁快要瘋了，抱著莫非就往山下衝。張中先派了兩個人跟著，帶著傷患一同去鎮上就醫，路上順道解蠱。跟著一起來鎮上的人負責報信，留在香港的唐宗伯等人這才接到消息。

當得知發生了什麼事，唐宗伯忍著憂心悲痛，讓海若的兩名女弟子吳淑和吳可兩姊妹陪著她一起前去崑崙山，又立即給在京城的徐康國打了電話。

同樣經歷過太多風雨的老爺子沉穩的聲音裡也微顫，他親自致電地方政府，讓他們緊急派人救援。當天上午，京城就出現了夏芍出事的消息。

青市華夏集團總部裡，陳滿貫打算來香港找唐宗伯打聽詳細情況的時候，已經是中午。

這個時候，京城姜家開始動了。

姜家是最不希望夏芍回京城的，對她出事的消息，他們雖不敢輕信，但肖奕有一手消息。是他與日本土御門家族的一些人達成了協定，陰陽師損失了兩個人，把夏芍送進了墳墓裡。至於土御門家族的陰陽師為什麼會同意與肖奕合作，姜山聽到了一個令他下定決心行動的理由，那就是害他之前被調查的幕後推手是夏芍。是夏芍那晚控制了土御門善吉和秀和叔侄，把他處心積慮重創秦家的謀算用到了他身上。

這件事土御門秀和親自見了他，說了個明白。他之所以肯和肖奕合作，為的是報當日之羞辱，而肯來見他說明當天的事，自然是為了等姜系上位後，能與土御門家支持的政黨交好，做些互利互惠的事。

自從上回來訪吃了虧，回國之後那位大使便引咎辭職，而土御門善吉也因此事在國內政界受到了埋怨，連帶家族聲譽也受到了些影響。土御門秀和雖跟叔叔意見不和，不在意與那些政界的人來往，但他對陰陽師的聲譽看得很重。他的心只在家主之位，而他不能忍受等他坐上家主之位後，外界對陰陽師的評價卻越來越低。

祖父老了，他做事越來越瞻前顧後，竟然一而再再而三地忍讓風水師。他是該把家主的位置讓給年輕一輩了。只有年輕一輩才有勇闖的膽識，也才有今日大勝的結果。

土御門秀和同姜山談話這日，肖奕沒有出現，姜家在土御門秀和走之後開始行動。

起初京城的風只是微微地動了動，嗅覺敏銳的人都沒有察覺到什麼，卻有一個人發現了這微妙的變化，那人是張汝蔓。

前些天到校門口找她的員警態度還很和氣，這天，兩輛警車鳴笛到了京城軍校門口，毫不客氣地將她「請」上車之後，她便覺得事情不對了。

到了警局，警方問的還是那些問題，態度卻不同了。

張汝蔓自小就是個吃軟不吃硬的，在軍校讀了快一年，軍事化的訓練沒磨去她的銳氣，反而因這一年風言風語不斷，壓在她心裡的火氣一直無處宣洩。當警方拍著桌子跟她說話，甚至拿出手銬和警棍恐嚇她的時候，她積在心裡的火氣當場爆了。

她搶了警棍，打傷審訊室的警員，一路打出了警局。

出了警局，摔了警棍，出氣歸出氣，她卻知道自己闖禍了。

她沒回學校，又去了京城大學。她那天從元澤等人口中得知表姊夫出了事，她表姊去了崑崙山，還要一個月才回來，也知道這時候去也見不到人，但她找到了元澤。元澤是官二代，政壇上的事他門兒清，警方態度的轉變，或許從他那裡能得到什麼消息。

元澤剛聽見一些夏芍出事的風聲，事情沒有證實，為了不讓朋友們擔心，他還沒有跟任何人提。張汝蔓找了來，一聽說警方的態度，元澤的臉色就在夜色裡白了幾分。

如果不是確定夏芍出事了，這些人沒有這麼大的膽子……

「有個消息，說是妳表姊在崑崙山出了事。」幾經天人交戰，元澤忍著心中焦急，將傳言告知。張汝蔓被捲在這件事情裡，她必須知道出了什麼事才能應對。

「……什麼？」張汝蔓半晌沒反應過來，呆了一會兒，轉身就走，「我去找她！」

元澤一驚，拉住了她，「妳知道她在哪裡？去哪裡找她？別添亂！她說三個月就回來，現在歸期不到，無論什麼謠言，妳都該相信她！再說，妳這一走，妳以為軍校的校規是兒戲？妳想過妳表姊回來該怎麼跟她交代嗎？」

雖然知道傳言恐怕有些可信度，元澤還是試著勸張汝蔓。夏芍臨走之前，把朋友們都託付給了他，雖然這裡面不包括她表妹，但是這件事是他告訴她表妹的，所以他得負責把她看好。他知道，能說服眼前這女孩子的方法，只有拿她表姊來壓她。

張汝蔓苦笑，「我表姊就是不回來，我也交代不了了。」她回不去軍校了，她不僅犯了校規，還襲警。依照校規，這是要被開除的。她不回去，不是怕被開除，而是這些人明顯盯上了秦瀚霖，非要整治他，而她就是整治他的那張牌。以那些人的囂張，如果她回去，才是自投羅網。她要是落在他們手裡，他們刑訊逼供起來，什麼方法都用得出來。

所以，她現在不能回去，而去崑崙山尋她表姊，未必不是躲開眼下困局的辦法。

張汝蔓心裡還是怕的。這輩子考軍校就是她的夢想，如今夢想實現了，她卻面臨被學校開除的命運。當初，她答應過表姊，不管發生什麼事，這書她都要讀下去，現在她食言了……

誰讓某人幫過她呢？她沒什麼本事能夠還他這人情，唯一的辦法就是離開。

她將想法跟元澤一說，明白元澤應該懂這其中的利害關係。果然，元澤的手勁變小，卻沒就此放開，「妳用什麼辦法離開京城？就算妳能離開，妳以為他們查不到？妳人沒到崑崙山，說不定就被他們給堵到了。」

張汝蔓聞言，咧嘴一笑，「你以為我在軍校這一年什麼也沒學到？反偵察手段不是白學的，你就放心吧！」

元澤的手卻緊了起來，明顯不認為她這沒實習過的反偵察手段能逃過經驗豐富的警方的追捕。張汝蔓沒想到元澤這人看著白淨淨的，竟然這麼難說話，這才嘆了口氣，道：「好吧，我有幫手。我表姊夫給我找了個師父，以前是特種部隊出身的，後來當過雇傭兵。我去找他，讓他和我一起去。」

張汝蔓直視元澤的眼睛，讓他看出她沒在撒謊。

元澤緊盯著她許久，慢慢放開了手。這個看起來一直很沉穩冷靜的男生，直到這一刻才露出令人心底揪疼的眼神，「一路平安。如果可以，一定要找到她。」

張汝蔓看了元澤一會兒，笑了笑。

如果不是她表姊夫也是這樣愛她表姊，她倒覺得這個男生也不錯。

夏芍出事的消息果然如孫長德等人所料，通過各種管道以極快的速度傳了出去。

在外界譁然，紛紛向華夏集團求證的時候，華夏集團的應對如同那日商定的，由華夏拍賣公司總裁孫長德出面嚴斥，並聲稱定會查清造謠者，以法律途徑解決。華夏集團旗下媒體配合著宣傳，一時間，是真相還是謠言，撲朔迷離。

撲朔迷離的局面只是迷了大多數人的眼，卻沒有迷了那些上位者們。

羅月娥將一雙會走路了的小兒女交給保姆，白著臉色從沙發上站起來，「吳媽，去叫司機，我要去趟唐老那裡。」

唐宗伯自從回到香港，一直閉門謝客，羅月娥的到來，讓他破例出來見了一面。當得知夏芍確實在崑崙遭遇了雪崩之後，羅月娥並沒有多加打擾，而是立刻提出了告辭。

回到羅家大宅後，陳達聽聞消息已經趕了回來，羅月娥給身在英國的祖父打了電話，調動羅家在政界的力量，派遣了一支經驗豐富的國際救援隊伍，即刻前往崑崙。

陳達道：「香港也有經驗豐富的救援隊，要不要活動活動關係，派支救難隊過去？」

「不行。」羅月娥搖頭，「我妹子出事的消息現在正傳得沸沸揚揚，華夏集團剛出來澄清，香港一派救難隊出去，消息立刻就會洩漏出去。寧可派遠的，也不派近的。」

陳達點點頭，覺得有道理。

羅月娥又道：「再說，近的不用我們派。我們派只會大張旗鼓，鬧得人盡皆知。你放心，肯定有人能神不知鬼不覺地派人出去，而且也沒有狗仔敢跟。」

陳達一愣，還沒想到她說的是誰，便見妻子轉身又雷厲風行地去給公司助理打電話了，「最近注意各處的風聲，要是有對華夏集團不利的馬上報給我，再幫我約見華夏傳媒的劉總。」

羅月娥的猜測是對的，這時候，三合集團總裁辦公室裡，氣氛極為火爆。

「大哥。」

「滾！」

「大哥……」

「滾！」

接連兩聲怒喝，把洪廣喝得臉皮直抽。

韓飛勾住洪廣的脖子，笑道：「大哥讓我們滾，我們還是趕緊滾吧。」

洪廣一步三回頭，被韓飛拽出了門。門剛關上，裡面一個玻璃杯摔過來，砸在門上，要不是他們關門關得快，那杯子就得砸在他們後腦杓上。

「滾回來！」

門被推開，韓飛笑咪咪地拽著洪廣回來，邁過一地玻璃碎片。

「大哥有什麼吩咐？」

戚宸一看見韓飛這張臉，臉色就更黑，「給我滾去查查徐天胤是幹什麼吃的！」

「為什麼要查他？他沒做什麼更好，這不正是大哥您表現的機會？」韓飛道。

洪廣一聽，眼皮子一顫，一副「你小子又找死」的眼神。這事是大哥不能觸的雷區，自從夏小姐訂婚，誰敢在他面前提徐天胤？

「咳，大哥，兄弟們去查過了，唐老回來香港兩個月，始終閉門謝客。一個多月前，張老帶著五個人去了崑崙山，夏小姐的事情基本可信。您、您要是不信，要不，您去唐老那邊問問看？咱們兄弟可是見不著唐老的。」洪廣趕緊接話，替韓飛打岔。

奈何戚宸的雷區不是一句打岔就能溜過去的，洪廣明顯看見戚當家腦門上的青筋爆起，隨即又砸了杯子，怒喝道：「滾！」

兩個人又被罵走了……

門一關上，果不其然，裡面又傳來聲音：「展若皓去哪了？讓他滾過來！」

戚宸手下這三名大將，一個太油腔滑調，一個太憨，只有展若皓很正經，無論是在公事上還是在私事上，所以這個時候，也就只有展若皓不會氣戚宸。

韓飛沒敢走回去，只在外頭笑，「大哥，阿皓那邊走不開，他追的胖妞來找他。」

「誰？」戚宸聲音沉了沉，明顯不記得誰是胖妞。

韓飛笑笑，曲冉如今比讀高中剛出道的時候苗條多了，只不過臉上有嬰兒肥，看起來很圓潤，幫裡的兄弟都笑她是胖妞。當然，這個稱呼是不能當著展若皓的面說的。

「阿皓這兩年在追的女人，大哥不記得了？夏小姐以前的同學。」洪廣厚道地提醒。

韓飛唯恐天下不亂，「大哥，那女人難追著呢，就是看不上阿皓。阿皓這兩年什麼法子都用了，那個女人避他避得遠遠的，難得今天來找他，你說他能不見色忘義嗎？」

說來也鬱悶，那女人看起來膽子小得像兔子似的，實際上是個木頭腦袋，比石頭還硬。她認定阿皓是黑道的人，不可靠，無論阿皓條件多好，她就是無動於衷。這年頭，只聽說怕黑道的，沒聽說有敢歧視黑道的。

戚宸笑了，韓飛兩人在門外聽著那笑聲都覺得毛骨悚然，戚宸的聲音接著傳了出來：「去告訴他，讓他滾，給我滾得越遠越好！」

「哎！」韓飛歡快地應了，勾著洪廣的脖子就走。

洪廣埋怨他，「阿皓好不容易看上個女人，這女人要不因為夏小姐出事了，她能求到阿皓頭上來嗎？你這人，不幫兄弟的忙就算了，怎麼還拿他氣大哥？大哥這半年來一直心情不好，把他惹火了，阿皓真得倒楣！」

韓飛白了洪廣一眼，大口嘆氣，想不出來這麼個火拚起來最不要命的硬漢，怎麼就在猜測大哥心意上面這麼遲鈍，「你傻啊！你沒聽大哥說讓阿皓滾得越遠越好嗎？這不就是派他去崑崙山的意思嗎？他現在正在追胖妞，什麼法子都用過了，就是不管用。你不覺得，阿皓去崑崙山比我們合適？大哥這是既想救夏小姐，又想幫兄弟。」

曲冉都求到展若皓面前了，他要是親自動身，她說不定還會感動。哪怕不感動，也會感激的，至少會領他這個情。

洪廣張著嘴，一拍腦門子，這才明白戚宸的用意，頓時很是感動。

他們這個大哥再狠辣，對兄弟都是真心實意的。可惜了，情路不順……

「那趕緊去找阿皓，讓他挑一幫救援的人馬上走！」

同一時間，還是香港，嘉輝集團裡，李卿宇拿起電話，打去了美國。

接電話的人是美國黑手黨家族剛定下的接班人傑諾。

傑諾一聽李卿宇的意思，便道：「我知道了，這事我也聽說了。前幾天聽說伊迪的軍事安全公司裡，幾個人在崑崙山出了點事，他正派人手過去。按我的消息網，事情十有八九是真的。你就是不打電話來，我也要派救援隊伍過去看看的。上回在倫敦遇見夏小姐，幸虧她指點了一句，我才能把我大哥給扳倒，我欠她一個人情。」

李卿宇半天沒出聲，他性情沉穩，向來遇事不亂，聽了傑諾的話後竟半天沒說話，傑諾都不由嘆了口氣，「行了，我一定派美國這邊經驗最豐富的救援隊伍過去，你放心吧，一定給你把人找回來。」

活要見人，死要見屍。

當然，這句話他沒說。

而這個時候，英國奧比克里斯家族的老宅裡，亞當轉過身來，「你是說，那支救難隊已經被人請走，往崑崙山去了？」

老管家微微躬身，語氣恭敬，「是的，伯爵。我們這邊的救難隊已經先一步被請走了，聽說是被老公爵請走的。另外，萊帝斯家族的老伯頓已經讓他們集團在其他國家的公司聘請救援專家，應該很快也會往崑崙山去了。」

亞當聞言一笑，似微嘆又似自言自語，「動作倒快……她的人脈啊，可真夠驚人的。」

一個雪崩的消息，驚動這麼多人，恨不得把全世界的專家和救難隊伍都派過去的，估計也只有她了……

亞當走去書桌後，拿起那枚家族的漆印，寫了幾筆，蓋了章，「拿去給勞瑞，讓他帶幾個黑巫師去崑崙山。聽說玄門的張老先生在那裡，雖然我們有過節，但這個時候想來也不會拒絕我們幫忙。另外，告訴父親一聲，我去一趟香港。」

老管家恭敬地應下。

過一會兒，老安德魯來了書房，「你是打算去香港向唐老先生賠罪嗎？這個時候？」

亞當曾經答應過唐宗伯，等他把家族內部的事處理穩妥了以後，會帶著父親親自上門為當年的事賠罪。他這個時候要去香港，老安德魯不得不往這方面想。

亞當搖頭，「我自己去，父親不必去。我這次去不是賠罪的，是去幫忙的。聽說唐老先生閉門謝客兩個月了，夏小姐去了崑崙山兩個月，您難道不覺得玄門一定是發生了什麼事嗎？說不定現在需要人手，我去看看，如果能幫得上忙，那是最好的。」

他雖然答應了唐老會帶父親去賠罪，可是正如夏芍所說，他們賠罪不過一兩句道歉的話，抵償不了唐宗伯這麼多年來雙腿不便的苦痛。道歉既然太蒼白無力，不如做幾件實在事。只不過，這次他不會帶父親去，玄門出了事，任誰也沒有心情面對以前的仇敵。現在去，影響人的心情不說，萬一給人添亂，那就是好心辦壞事了。

還是這個時候，南邊臺市安親集團裡，救援人手已經動身了。

依舊一身白衫的龔沐雲，負手立在窗前，身後的茶桌上，茶水微冷。

「當家的，按您的意思，華晟帶人去了。任何有關華夏集團的事，也按您的吩咐密切留意了，這邊是送過來的今天各方動向的消息。」劉老進來，在他身後道。

前一刻靜如風景的男子，聞聲回頭，接過情報資料，看得極為仔細。

「除了各國的救援專家，地下那邊有不少退下去的傭兵和特工人員也有所行動，看來應該是徐天胤的人。」

龔沐雲沒有說話，只是仔細看完資料，緩緩合上了。他的動作一如以往的優雅，修長的手指指尖卻微微發白。他再次望向窗外，似要透過明淨的天看見崑崙山。

四方雲動，共赴崑崙。

妳一定要安好！

夏芍醒來的時候，四周都是暗的，彷彿置身虛空。

她一時想不起來自己為何身在黑暗之中，也無法思考。

短暫的記憶停擺，直到聽見虛弱的聲音：「師父……」

聲音雖弱，卻如虛空裡突生的一道明光，劈裂黑暗，攜著潮湧般的記憶直灌而來。

夏芍閉上眼睛，腦海中一幅幅畫面閃過，令她回到半山腰崖壁前。

她令自己放下執念，到底還是入了執念。她執意進境，不肯放過一時的機會，終在山路鬥法激烈之時無法從入定中脫身。頭頂山石斷裂的時候，正是她元氣劇烈遊走全身的關鍵時刻，她一時無法動彈，任由溫燁和衣妮把她拉下山路。

當時，她大乘之境正進境至四五重，對天地間一切的感知已敏銳到先知的程度。沒有開天眼，她便預見到了雪崩。雪崩之前，她所做的最後一件事，便是忍著內傷盡力從進境中脫身，調動四周崑崙元氣，護住了三人。

雪崩塌下來的時候，她的意識陷入黑暗，但她清楚，以她如今的修為，能與她的意識相感應的不再只是天地元氣，天地中的萬物都該有所感應。雪壓下來，應該會避開三人，三人至少不會被雪埋窒息。

如此，他們還有一線生機。

只是……眼下這情況，她昏迷多久了？

一想到時間，夏芍頓時清醒了過來，開始轉頭查看四周，適應黑暗。

「師父……」身旁又傳來虛弱的聲音，夏芍這才反應過來，這聲音是溫燁的。

溫燁的聲音極為虛弱，卻能聽出其中的欣喜。這孩子從他們初見那時起，他便整日皺著眉頭，除了毒舌的時候，少有孩子的童真情緒。在這不知身處何處的黑暗中，聽見他帶著欣喜的聲音，夏芍心底一酸。早知大乘不易，沒想在此還有一劫，幸虧這孩子沒事。

「我沒事，你有沒有事？可傷了哪裡？」夏芍趕緊出聲，她的聲音沒有溫燁虛弱，這一出聲，竟發現有回音。她伸手一探，觸手冰涼，原來是摸到了冰壁。再運足眼力一瞧，顯然幾人身處一處狹長的冰縫中，旁邊就是溫燁，兩人被卡在了冰縫中間。

「我沒事，衣妮……」夏芍正觀察著四周，便聽見溫燁急切的聲音傳來。

夏芍心一沉。

衣妮呢？

她左右迅速一掃，溫燁在她身旁，衣妮呢？

「下面……」溫燁虛弱地道。

夏芍當即低頭，她被卡住的角度，低頭看下方有點費力，但還是看見了下面的一雙腳。從那腳的姿勢看，衣妮是橫躺著的，下面的冰縫更窄，她被卡在了下面。兩人說話的時候，並沒有聽到她的聲音，顯見她的情況很不好。

「掉下來的時候……她怕……摔著師父，就擋在了下面……我們不知道被埋了多久了，我躺下來往下能搆到她的手，一直幫她調息，但是……她沒醒過……」溫燁氣息很輕很淺，顯然是消耗極重。

夏芍半晌沒說話。他說得簡單，實際上，他鬥法的時候就把元氣消耗了個八九成，這麼長的時間，他沒暈過去就已經是意志力在支撐了，恐怕這孩子是想暈不敢暈，在漫長的時間裡照顧著衣妮，還擔憂著她的情況，才把自己熬成這個樣子的。

而下面那個拿身體給她當肉盾的人……

夏芍眼睛酸澀，卻安撫地笑道：「師父醒了，一切交給師父就好，你歇一會兒吧。」

她拍了拍溫燁的後背，自他後心灌了元氣進去。溫燁早已支撐不住，卻不肯生受夏芍的元氣，喘著氣道：「沒事……」

他邊說邊往夏芍肚子上看。夏芍已經清醒，感官也逐漸恢復，他這一眼，她感覺到了，當即以另一隻手輕輕撫上腹部，眉眼間寫滿憂慮。

孩子怎麼樣了，她也不知道。雪崩之時，她也是為了保護這孩子，才強行調動崑崙元氣。可是在這冰縫裡不知困了多久，不吃不喝，四周極寒，她如何不憂心？

再憂心，也是救衣妮要緊。

夏芍邊給溫燁灌元氣，邊抬頭順著冰縫往上看。上頭是望不盡的黑暗，她只得開天眼，這才知道三人被埋得極深，目測足有兩三百米，且上頭零零散散壓著半山腰滾下的山石，頭頂的那一塊異常巨大。眼下這情況，別說他們不可能爬得上去，就算能爬上去，也推不開山石。

雪崩之後，夏芍相信張中先等人在外頭一定急瘋了。救援是一定的，只是雪崩區作業沒那麼容易，那些山石要清理也需要時間，即便清理出來了，也未必能發現他們。

他們三人現在等於是被困在了這裡……

夏芍心頭沉著，等不到救援，也爬不上去，那衣妮怎麼辦？

她低頭去看衣妮，掃到冰縫的另一頭，不由一愣。這條冰縫極長，前方綿延近千米，盡頭是一處極寬廣的天地。那天地裡漫布金輝，凝而不散。千米的距離，在此處絲毫感覺不到那天地裡的一切，若不是天眼通，任她如今的修為都感受不到那裡的天地。

那裡面有什麼東西，夏芍看不透徹，但她這一眼瞧得心裡咯噔一聲。

這不就是上山之前，她瞧見的那處神祕的天地？當時，由於知道那天地存在於雪崩區下，且極深，人力難達，這才沒有多想，只把心思放在了尋找風水寶穴修煉進境上。沒想到，如今掉下來，竟在離那處不遠的地方？

手心裡傳來涼意，夏芍這才發現自己不知何時扶著一側冰壁，不知扶了多久，才感覺到寒意。按說三人身處的冰縫儼然一處天然冰箱，本該極寒才是，身處此地這麼久，他們三個受了傷的人居然沒有絲毫的失溫狀況，她的手腳仍是溫的。

起初夏芍以為是自己修為的問題，這時感覺到不對，她轉頭問溫燁，「你可覺得冷？」

溫燁被夏芍補了會兒元氣，稍稍恢復，聽見這話，下意識答道：「沒有……」

他之前心思都在師父和衣妮身上，哪會注意冷不冷？但師父問起來，他才發現不對勁！對啊，為什麼不冷？

「我這裡蹲不下身，你瞧瞧衣妮，她的手冷不冷？」

溫燁趕緊蹲下身去摸，抬頭回道：「不冷。」

夏芍點點頭，這麼說來，不是她修為的問題，而是前頭那處天地的影響。那天地中的金輝絲毫不洩到此處，三人身在此處都受了庇佑，看來那地方真是寶地所在。

雖然當初在山下時，她就推測這地方可能是寶地，如今離得近了，她反而不敢被興奮沖昏了頭貿然前往，否則救人不成反害人，如今倒是能放下心過去瞧瞧了。雖然過去了也未必能找到出去的方法，可若是寶地，至少三人能先恢復體內元氣，到時再想辦法。

夏芍沒有立刻讓溫燁扶衣妮起來，而是繼續為他調息。前方的路並不好走，冰縫在接近那處天地時是閉合的，他們要想過去，勢必要破冰前往，溫燁消耗太重，他必須先恢復些精神。這冰縫不是那麼好走的，窄處只容一人側身通過，需兩人合力才能將衣妮送過去。

黑暗裡時間異常的長，好在溫燁很珍惜夏芍為他調息輸送的元氣，不敢分心，不敢浪費，強壓下心緒，配合著調息。一有力氣站起來，他便道：「師父，可以了。」

夏芍知道他擔心她的身體，也擔心衣妮，不肯任由自己完全恢復。聽著他的聲音恢復了些中氣，便不再強求他。能撐著走過去就行，到了那地方再好好調息就是。

她讓溫燁扶著衣妮起來，溫燁蹲下身卻半天沒把人扶起來，他仰起頭道：「卡住了！」衣妮的一條手臂卡在下方的冰縫裡，半個肩膀陷在裡面，卡得死死的。

夏芍思量片刻，抿唇道：「你扶穩了她，我把這冰震開。」

「不行！冰一裂，塌了怎麼辦？」溫燁反對。塌了上面就很不好辦了，萬一再塌了下面，他們三人再往深處掉，那可就真沒救了。

「你不必管，你只管帶著她逃。順著前方的冰縫走，遇上窄處也不必管，交給我就好。你只記著一點，帶著她往前逃，前方千米便是生機。」

溫燁不知道夏芍為何敢肯定有生機，但這逃生的過程聽得他心驚膽戰，「那師父走前面，妳帶著她，我跟在後頭。」

「行了，別跟我爭，等你什麼時候修為高過我了再說。」夏芍嘆息，「放心吧，我心裡掛念著你師伯，不會容許自己在這裡出事的。」

夏芍不再跟溫燁爭執，果斷出手，往冰壁上一拍。

喀嚓一聲，清脆的裂響，似是這世上最牽動人神經的聲音。溫燁的心在黑暗裡一下子蹦到喉嚨裡，哪裡還有時間怪他師父突然出手？這個時候，時間就是他們三人的命。

他用力往上拽起衣妮，下方牢不可破的冰壁果然被震得鬆脆。

好的不靈壞的靈，這冰壁竟真從下面塌了。

腳下有大小不一的冰塊掉下去，頃刻間便像冰層在下方張開大嘴，貪婪噬人。

「走！」夏芍的聲音傳來的時候，溫燁已竄起，雙腳往冰壁上一點。那一點，帶著暗勁，滑溜溜的冰壁上，腳尖陷了進去，將身體撐了起來。

正因他這暗勁，順著腳尖往上，兩條細細的裂縫在清脆的聲響裡蔓延向上……

溫燁也知道他跳起的後果，所以他動作極快，在跳起的瞬間，衣妮已被他抓著往背上甩。一隻手固住她的手腕，另一隻手撐著冰壁，雙腳借力蹬起，在冰縫間一蹭一蹭地往前奔去。

身後是無數的冰裂聲，腳下的冰塊一塊塊地掉下去，這億萬年的冰層大地像是在這一刻被驚醒，張著大口在後方追咬，掉下去的冰塊猶如果腹之物，許久之後才傳來沉悶的聲響。

溫燁不敢往後看，也沒時間往後看，他只能根據身後的風聲判斷夏芍有沒有跟上來。很快的，他連這樣細微的心神也不能再分散，前方的冰縫果然變窄了。

溫燁雙腳撐在兩旁的冰壁上，眼看著衝力就要帶著他撞上去。

身後一道勁力逼來，那冰壁轟一聲被震開。四面飛撲而來的冰雪砸了個滿頭滿臉，溫燁卻眼也不敢眨，一腳踏上冰裂之後凹凸不平的冰壁，雙腳借力一縱，繼續在黑暗裡躍遠。

三人一路奔過來，冰壁被震碎了一路，漸漸的，不再只是腳下的冰開始下陷，連頭頂都傳來了隆隆之聲。

冰壁上方終於也坍塌了……

真正的天崩地裂。

溫燁連看回頭的時間都沒有，更別提抬頭看上面。下方的冰裂之際，他還能借力竄起踏著未裂之處前行，上面的冰壁一塌下來，山石般大塊的冰塊當頭砸下來，在狹窄的冰縫裡，要躲便是難事了。

前方又一處窄壁，在他即將撞上的時候，被夏芍從後頭轟開。溫燁借力之時，只聽頭頂風聲呼嘯，如天地倒懸，速度之快，風勢之烈，頭頂的髮尖都瞬間被壓扁，緊緊貼著頭皮，面頰如被刀割般刺骨生疼。

那巨冰未至，便有如此威力，溫燁心一沉，電光石火間直覺要躲不過。這時，背後一股勁力灌來，伴隨著夏芍的一聲喝：「走！」

溫燁背著衣妮往前撞去，前方的冰壁卻好像閉合了，裂縫止住了。

「師父！」溫燁不顧自己即將撞得頭破血流，扯著喉嚨便在如雨般砸落的冰石中喊夏芍。那巨冰太重，師父灌力給他送他過來，那她呢？

溫燁兩眼充血，嘴唇幾乎咬爛了，忽然聽得頭頂的風聲似乎一滯。

這個時候，風聲只能越來越快，豈有慢下來的道理？

還沒來得及細想是怎麼回事，面前冰壁嘩啦啦被轟開，溫燁身子往前的慣性不停，背著衣妮就跌跌撞撞衝了過去。

眼前忽來一道亮光，晃得人眼疼，溫燁下意識地閉眼，腳下一個踏空，他心道不好，待睜眼時，人已經帶著衣妮滾了出去。

身後是天崩地裂的轟鳴聲，他摔在地上並不疼，眼睛還睜不開，心裡記掛著夏芍，只能閉著眼回頭高喊：「師父？師父……」

夏芍沒回答，而是愣著神望著眼前的一切。

第六章　飛升進境

眼前的天地甚為寬廣，外頭看著金光遍布，不知內裡乾坤，此刻放眼望去，這個空間自成一格，猶如白晝。

天地中央，大如山斗的白冰支撐而立，四周山石矗立，連綿一片，宛若巨龍。龍身前後，樹木成林，腳下新綠的草芽正冒著，一派春意。

崑崙地下數百米冰川深處竟有如此奇景，實在令人稱奇。

夏芍深深吐納了一息，只覺臟腑舒暢，因反噬而受創的內臟於疼痛處劃過幾絲清涼。

她閉上眼睛，聽見了溫燁有些沙啞的聲音。

「師父……」少年跌在地上，眼睛本該適應了亮光，卻依舊閉著眼。叫了兩聲，沒有聽見夏芍的回應，他便以為她被埋在了裡面。他弓著身子半跪著，幾乎把臉埋到地上，肩膀顫抖，呼吸沉重，痛不欲生。

夏芍唇邊浮起笑意，眼神溫柔，心裡酸楚，「你這總不相信師父的毛病得改改。」

她聲音柔得似水，聽在溫燁耳中卻如炸雷，他倏地抬頭，睜開眼睛，一眨都不眨。只是這麼看著，彷彿以為身在夢境。

他是總不信，當年年幼的他，就是因為相信，師父便再也沒有回來，多年後才知他遇難，但屍骨在何方卻成為了此生或許都無法知道的謎。這一次，他以為他要再次失去，卻看見一雙溫柔的眼眸，看見她站在他面前微笑。

不知道多少次，在夢裡他看見師父回來，站在面前對他微笑。

不知道多少次，他從夢中爬起來，奔向門口打開房門，門外只有黑沉的夜和冰涼的風。

他從七歲的小豆丁，長成十二歲的小豆丁，直到遇見她。他以為他多了個師妹，世上終於多了個他可以保護的人，結果她成為了他的新師父。

這兩年，他很少再做那個夢，此時此刻卻如在那夢中。夢裡的人換了，但是終於有個人在他睜開眼的時候等在那裡……

溫燁睜著眼，直到眼睛開始酸痛，漸漸泛紅。

一隻手落在他頭上，夏芍輕笑，「行了，再哭就真長不大了。」

溫燁向來討厭別人摸他的頭，這次卻紅著眼，什麼也沒說。半晌，用袖子狠狠擦臉，站了起來，鼻子裡不太清楚地應了一聲：「嗯。」

夏芍蹲下查看衣妮的情況。她卡在冰縫裡的那隻手臂骨折，另外有內傷，才仍昏迷不醒。幸虧溫燁這段時間一直以元氣護著她的內臟，傷勢沒有惡化。只是……一時半會兒是好不了，必須得想辦法出去，只有去醫院才能救得了她。

溫燁站起來後，這才看見眼前的奇景。

待夏芍起身的時候，他驚嘆地轉過頭來，「師父，這什麼地方？」

當時，是師父說要往這邊逃的，她說過千米之外便是生機，很顯然，她早就知道這裡有這樣一處天地。

「我也不知道，能肯定的是，這裡必是天地靈氣聚集的地方。」夏芍邊說邊往前走去。四周樹木成林，不知多廣，此處天眼通所見受限，但靈氣所聚之處卻極有意思。

這方天地中間支撐的冰山，正是四面靈氣匯聚之處。

夏芍走了過去，她掛心外頭的情況，即便此處造化神奇，一生難見，對她來說卻有比此更要緊的事。她沒有遛達的時間，但必須四處察看，看能不能尋到出去的辦法。

夏芍思索之時，已走近冰峰，漫不經心那麼一瞥，腳步忽然頓住。

溫燁從後面跟過來，把衣妮背到一處樹下放好，轉頭問：「怎麼了？」

夏芍盯著那冰峰，屏息觀察，彷彿看見了不可思議的東西。她少有這般失神的狀態，溫燁在後頭瞧得奇怪，忍不住走了過去。待走到近處，看見那冰峰裡面，也驚住了。

那支撐天地的冰峰裡，儼然生出一個胎兒形狀的冰胎。那胎兒大如山斗，依稀能瞧出是個男嬰，手腳具備，蜷在冰峰裡，如酣臥母親體內。四周的靈氣彙集入冰峰內，金輝漫越，光華迷離，好似女子的子宮，孕育著這冰嬰。

「崑崙胎……」不知過了多久，夏芍喃喃道。

溫燁一副不敢相信的模樣。

崑崙胎，最初是叫地生胎。傳說只有在龍脈的源頭或者集天地靈氣之所在的地方，才能孕育出一些嬰兒形態的奇物。這些地生胎往往在樹木、岩石或冰峰裡，經萬年孕育可成精靈。西遊記裡的孫悟空是從石頭裡蹦出來的，那石頭並非普通的石頭，正是地生胎。

然而，傳奇終歸傳奇，誰也無法考證地生胎到底存不存在。歷史上唯一對地生胎的記載是在唐朝一本文獻裡，據說是當地一位藏民在崑崙山的冰峰裡發現的，但那是個女嬰。後來有人在女嬰肚臍上修了座廟宇，便是崑崙童子廟。此廟位於崑崙山何處，如今已不可考，只是從那以後，地生胎便叫做崑崙胎。

在風水學中，崑崙胎乃是天定寶穴。神定的胎位，地生的靈物，聚大地靈氣之所在，天底下最好的風水寶地，非天下山川所有富貴龍穴能比，也不是風水師想尋就能尋得到的。傳說只有命定之人才能遇得見它，也只有通天的人才有資格將陵墓修建其中。

歷史上唯一記載埋在崑崙胎裡的只有一人，那便是黃帝。

夏芍猜到了這裡是風水寶穴，卻沒有猜得到竟然是崑崙胎。這地生胎在如此深的地底，孕育至此，少說歷經了萬載光陰，他們這豈止是絕地逢生，簡直就是通天的機緣……

「地生胎……真的？」溫燁還不太敢相信，這機緣近萬年來，除了他們三人，再沒有哪個風水師能有了。

「天無絕人之路。」夏芍淡淡一笑，語氣感慨。

溫燁仔仔細細瞧著眼前這個晶瑩透明的胎兒，這一刻，他早就忘了三人被困於此，還要想辦法出去的事。

「其他地方先不用看了，我且在此進境，你也先調息。待我大乘，我們再想辦法出去。」進境和想辦法出去都是必須要做的事，但既然有此機緣，得遇天命寶穴，她不先進境，自然對不起這機遇。事情總得一件一件做，急也不過是浪費時間。

夏芍迅速讓自己冷靜下來，吩咐了溫燁便轉身回到樹下，扶起衣妮，為她灌注元氣。此地元氣乃大地至精至純的靈氣，且護住她的內腑。想來不僅能防止她的傷勢惡化，對她的五臟六腑也有說不盡的好處。

溫燁依舊站在冰峰面前，愣愣出神。他修為境界畢竟是低了些，遇見這等機遇，難以像夏芍那般接受得那麼快。今日機緣，他知道已是這一生的莫大奇緣，一旦離開此地，再難遇到。想起剛才在冰縫裡的九死一生，冰縫塌了，也不知驚沒驚到這地生的冰胎。他瞧著那胎兒五官雖還不太明顯，但手腳蜷著，已栩栩如生，不由慢慢伸出手，想摸摸那冰胎。

他的手指尖剛觸上冰壁，腳下忽然傳來隆隆震動。

溫爗一驚，倏地收手，急步退後，腳下的大地仍在顫動。

夏芍也是驚愕，見溫爗退過來，眼睛直盯著顫動的腳下。可真正的顫動不是在他腳下，而是在對面。對面的林子，蜿蜒如龍的山石在抖動，山石上的土石嘩啦啦落下來，石飛如雨，恍若地震。溫爗直到聽見山石落下的聲音才吃驚抬頭，眼睜睜瞧著一片石林剎那間彷彿活了，好似一條石龍，正漸漸剝落開身上的塵土，下一刻，它就會張牙舞爪，無情地吞掉膽敢闖入天定寶穴的人。

溫爗的這個猜想一點也沒錯，那條宛如石龍的山石真的活了過來。不同的是，山石剝落的石塊塵土落在地上，露出來的卻是片片金光，映照在冰峰上，光幻迷離，金劍齊飛，僅那光芒便令人心生畏懼，眼都睜不開。

龍……

金龍！

那金龍似因溫爗觸碰了冰胎才甦醒，急怒之下，未等石片剝落完全，便昂起滿是塵灰的頭顱，龍身一抖，金甲罩身，朝天大吼。

天地都在顫動。

溫爗退到夏芍身旁，半邊身子擋住了夏芍和衣妮。這禍是他闖的，死也是他死在這兒。

夏芍低頭看了眼胸前。

她的胸前也有東西在顫動，那東西跟隨她許久了，正是帶在身上的金玉玲瓏塔。

金玉玲瓏塔裡，大黃一直在修煉。自打來崑崙山，她便沒放它出來過。她該放它出來的，這崑崙山對它來說有著非同一般的意義，可是，她希望它能最後再潛心修煉一段日子。那條雄蟒聽無量子說，已經飛升而去了，大黃即便尋遍崑崙，也未必能找得到它。它們之間的緣分，許在兩百年前就盡了。她知道，它是想去找尋那條化龍的雄蟒，所以她早在來崑崙之前便做好了決定，待她歸去，便是放它離去之時。

對此，大黃許是心中有數，因此這段日子異常的安靜，從來不鬧。

今天……是怎麼了？

夏芍心中一動，金玉玲瓏塔急動，顯然是大黃要強行破塔而出。

眼前的金龍不顧還沒完全變化，怒吼著撲來。

電光石火間，夏芍心念一動，一道黑影從金玉玲瓏塔裡衝出，與那金龍撞上。

金龍似乎感受到了熟悉的氣息，停下了攻勢。

大黃的身軀比金龍小些，金色的鱗片裹在黑森森的煞氣裡，金龍灼人的陽氣照亮那陰煞，一龍一蛟，半空碰了個正著。

金龍見大黃收勢不住，當下一甩龍尾，借力側身，摔進了旁邊的樹林裡。

巨響過後，塵土漫天，溫燁張著嘴，傻愣愣地不知發生了什麼事。

金龍慢慢抬起頭，滿頭滿身的灰，宛若一條泥堆裡鑽出的土龍。

它愣愣地望著前方，慢慢發出低沉的哀鳴。

周圍樹葉颯颯作響，風吹著草地上的新綠，吹不動金蛟周身的煞氣。

金蛟裹在黑色煞氣裡，長了角，與分別之時已然不同。

兩百年了……

他也早已不同。

兩百年前，他生了龍角，修為小成，卻遭遇大劫，被鬼谷派先師收在金玉玲瓏塔裡，雲遊天下大寺道觀、名山大川，最終來到崑崙山，歷經百年，頓悟化龍。

自靈智初開的那一刻，他一生最大夙願便是化龍飛升。夙願得償那天，他卻沒有離開。他遊遍了崑崙，沒有尋到她。

道士告訴他，她與他一道收在法器裡，而她的修為、心性皆不及他，化龍所需時日不可與他同日而語。

他未曾飛升而去，自此停留在崑崙等待。

一年、兩年……

那道士未頓悟大乘，壽終而去。

他遊蕩崑崙，等鬼谷派的傳承者，等後來的人將她帶來，與他相見。

十年、二十年，至今已一百二十一年。

他錯過了頓悟飛升而去的時機，為了等她漸積心魔，即便已是龍身，卻再無法飛升。他成了一條在崑崙遊蕩的金龍，直到發現了這處天定的寶地。

他來此之時，崑崙胎已成胎形，那孩子栩栩如生，雖非蟒身，卻令他想起大劫那年他與她失去的孩子。自此，他安居在此，以龍精之氣吐納蘊養此胎。崑崙胎乃大地靈氣所生，養育此胎，乃大功德。此功德也是他為她所留，待她來崑崙之日，便是他們一同養育此胎之時。千年後，必可功德圓滿，飛升而去，不再受世間命數劫難之苦。

未曾想，未等來她，卻等來了天定之人。

未曾想，有個不知死活的小子敢動崑崙胎。

未曾想，會等來她。

兩百年的滄桑，他化龍，她為蛟。他沐浴元陽，她身附陰煞。再相見，與當年島上結伴修煉的模樣相去甚遠，但他不會認錯。

他不會認錯，她也不會。

一龍一蛟遙遙相望，兩百年後的重逢，天地間都是靜默。

溫燁不知出了何事，愣愣地看著師父。

夏芍臉上有著淡淡的笑意。

誰說天地間只有人有情，萬物生靈皆有靈性，人有時枉入人道，尚不及這世間靈物。兩百年了，她沒想到這對有情的靈蟒還能有再相遇的緣分，而她……是否還有能從此地離開，來得及回去救她心愛之人的緣分？

師兄……

夏芍抬頭望向這方天地的天空，那被厚厚冰層蓋住的地方，她看見自己的倒影。

她想回去，兩個多月來，沒有哪一刻比此刻更想。

夏芍轉過身，走到角落的一棵樹下。

溫燁跟了過來，順道把衣妮也背了過來，「師父？」

「我要修煉，你按我剛才說的，用此地靈氣護好衣妮的內臟，然後也修煉去吧。有此機緣不易，別浪費了。」夏芍盤腿坐下。

「可是，他們……」溫燁回頭看看金龍，再看看大黃。

金龍慢慢向大黃靠近，天地間淨是悲傷的哀鳴，聽得人心裡泛酸。

「他們不會打擾我們的。」夏芍未再看向那邊，說完便閉了眼。

溫燁知她說話向來有依據，但沒想到這個時候她還能靜下心來修煉。這心性，他目前是遠遠不及的。溫燁雖然不知道雪崩之後過了多久的時間，很顯然的，三個月之期還未滿，師伯尚且有救，他也能理解師父連這點時間也不願意放過的心情，便默默背著衣妮走開，去了她前頭的一棵樹下坐下，邊為衣妮調息，邊注意著金龍的動向，打算一旦有變，就衝過去護住師父。

然而，他想多了，接下來什麼危險的事情也沒有發生。

這一龍一蛟從長久的對視到耳鬢廝磨，再到雙雙入了林中。林中除了傳來悲鳴的聲音，並沒有打鬥的聲響。

夏芍在樹下一坐便是極長的時間。

這時間有多長，溫燁無法估算，只覺得三五日有，十來日也像。他起初幫衣妮蘊養好了內臟，見夏芍久不動，林子裡又無險，便也只好打坐入定。此地果真不愧是天定寶穴，他入煉氣化神之境不足兩年，修為尚淺，這一入定，行過幾個周天便覺受益匪淺。可以毫不客氣地說，在此吐納一個周天，是在外界三年閉關修煉也未必能達到的。而之前在崑崙山上修煉兩個月，也不及在此小坐片刻。

沒想到，這一坐竟坐了極長的時間，直到溫燁感覺到周圍的靈氣在動，才睜開了眼。

他轉頭向夏芍看去，頓時一驚。

她仍坐在樹下，精純的靈氣緩緩向她聚去，在她周身形成薄膜，恍若金色蟬翼。她獨坐金輝中，神態祥和。林中忽有動靜，溫燁警覺地轉頭，見一龍一蛟從林中探出頭，雙雙望著夏芍，像在等待什麼。

周遭是前所未有的安靜。

溫燁再次看向夏芍時，她周身的金輝融入身體，再逐次散出來，直到靈氣恢復平和。

她未曾睜眼，溫燁卻已感覺到此刻的師父與之前大不相同了。她坐在那裡，看起來人是在那裡，卻好像不在。她像背後靠著的樹，像那樹上的枝葉，像坐著的泥土，像這方天地裡最精純的靈氣。她似這天地間的萬物，那般虛無，又那般不同。極強的融入感，也有極強的存在感。

溫燁深吸一口氣，不由自主地屏息，他隱隱覺得這就是大乘之境了。

他心潮激動，又不敢太相信，只是盯著師父。

等著她睜開眼睛，等著她含笑起身，等著她確定地頷首。

然而，夏芍始終沒有動靜。

她的眼前一片虛空。

極目之處淨是白，白得什麼也沒有，連她自己也不存在。沒有喜怒哀樂，沒有天地萬物，虛無的感覺令人舒服得想睡。可是，她一點睡意也沒有，她總覺得有心願未了。她停下腳步，茫然地往回看，虛空裡一片白，靜得沒有半點聲音。

她駐足堅定地望著身後，覺得那裡有什麼東西。

也不知站了多久，她聽見的第一道細微的聲音是嬰兒的哭聲。那嬰兒的哭聲揪痛她的心，她往前走了一步，看見那是個漂亮的孩子，是男是女看不真切，孩子還太小，身體幾乎是透明的。而孩子的身後有個男人，男人默默望著她，眼眸如深邃的黑夜。他不出聲，也不挽留，不挽留她走向那更高的地方。她卻在看見男人的瞬間，眼淚不由自主淌了下來……

隨後，她不管離她越來越遠的高處，毅然決然地向他走了過來。

她沒能走到他身邊，而是一腳踏入了另一個虛空。

那虛空裡有繁華的城市和街道，儼然另一個時空。她看見熱鬧的商業街上，自己從一座大廈裡走出，穿著一身黑色套裝，那打扮、那大廈，她再熟悉不過——是前世的她。

正是傍晚時分，她神情有些疲憊，卻打起精神叫了輛計程車，來到一家茶餐廳門口。餐廳裡，同樣穿著套裝的女子向她招手，那笑容、那眉眼，她也再熟悉不過，是她表妹張汝蔓。

吃飯的時候，已是律師的張汝蔓提出週末朋友有個舞會，想帶她一起參加。那時的她與如今一樣，是個喜靜的人，週末恨不得懶在家中小睡，一聽是參加舞會，當場拒絕。張汝蔓軟磨硬泡，見她就是沒興趣，這才支支吾吾說出實話。原來她兩年前在辦一樁案子的時候，認識了個家世不錯的男人。兩人分分合合，直到最近，她才鼓起勇氣走進他的圈子。他決定帶他見一見他的朋友們，約她週末晚上見。她心裡沒底，這才想要拖一個人去壯膽。

表妹的感情一直磕磕絆絆，她有心儀的人，她自然高興，這才破例前往。

她見到的仍然是熟人，只是當見到秦瀚霖特意笑嘻嘻拉過來介紹給她們認識的男人時，她瞬間愣住了……

那時空再次亂了，她再看不見哪怕模糊的一幕。

當再次回歸眼前的虛空，她忽然可以看見寬廣的景物，像是當初在香港漁村島上天眼通的能力開啟，這次她看見天上風雲變換，大地山川河流、城市變遷、家國興衰……

過去、未來，前世、今生。

相識之人，陌路之人，包括她自己。

何為命運，何為天機，忽然明悟。
這一世，自從遇見他，她常想，若前世她未亡，而他仍在，他與她可還能相遇？
直到今天她才明白，他們還是能相遇的。
只不過，他們若相遇，若相愛，他孤煞之命未解，她註定早亡。
她在這一世，常與人說不批八字，因斷人八字業障太重，任何人在命運的十字路口都有選擇的權利，命運從不是天生帶來再無可能改變的。而她，就是其中一人。前世的她在遇上他之前的十字路口，做了一個改變命運的決定，因此有了這一世，有了天機之變。
所謂的天機，看似深奧，其實簡單。
不過是因果。
往深處說，天機是一張因果平衡的大網。
網從何處來？從天地間的陰陽二氣中來。
陰陽二氣，自宇宙之初便存在，與人的生老病死，乃至一國的氣運興衰息息相關。一個人需陰陽二氣平衡才能健康，一個人的興衰起伏也與因果有關。
天機從來不是由誰操控的，而是宇宙生生息息的一張網。
人的命運從來不是由天操控的，只是生或息，皆繫於一身氣機。
善惡因果是唯一能改變這氣機的辦法。
民間有句話，叫富貴險中求。人欲求生，種下多大的因，才能得多大的果。
一念善惡，一念命運。
夏芍的眼睛慢慢睜開，臉上尚有淚痕，眼神卻是前所未有的清明。

如何改了師兄的命格，她心裡有數了。

「師父……」溫燁聲音極輕，一出聲便懊惱，生怕出聲得不是時候，驚了夏芍。

夏芍對他微微一笑。這一笑，似天地間的明光。明明是平常的笑，卻讓人覺得日月明朗。沒有問，溫燁已經覺得必是大乘了，她身上的氣質，絕非外頭的當世高人可比。

夏芍起身，遙遙望向林中探著頭望她的一龍一蛟，含笑而立。

金龍的眼眸與剛見到故人時的朦朧模糊不同，此刻如水洗過般的明亮。

他開口，竟是人語：「妳有天目？」

夏芍聽見人聲，神色半分不動，坦然頷首，「沒錯。」

「命定之人。」金龍看了她一會兒，也頷首，「天機十一年前驟變，想來是妳了。」

如果不是她，她身上不會有鬼谷派的金玉玲瓏塔；如果不是她，他的故人如今還被鎮在那廟裡受苦；如果不是她，他們不可能在此相見。

那麼多年，他等的，或許也是她。

天定寶穴是她的機緣，她卻是他們夫妻的機緣。

夏芍微笑，並不否認，她看向大黃，目光溫柔，「妳還是找到他了，這是你們緣分未絕，而我們的緣分，或許要到此為止了，我要走了。」

夏芍不再問怎麼出去，她已大乘，對世間萬物的感悟已然不同，除了飛升，天底下已無她出入不得之地。

嗚咽聲響起，大黃從林中遊過來，夏芍對她搖搖頭，「不要跟我出去了。這裡是修煉的好地方，你們在此，不會再受世俗煩擾。養育崑崙胎乃大功德，待胎成之日，便是你們功德圓滿之時。天下無不散之筵席，緣來則聚，緣盡則散，不需強求。」

嗚咽聲更重，夏芍卻笑著轉身。其實她沒有資格勸慰大黃，她自己也是執著的人。方才大乘，她險些飛升而去，卻放不下師兄和腹中的孩子，選擇留了下來。這世間，比起無欲無求、長生不老，她更愛愛她的人和這世上一切令人溫暖的喜樂哀愁。

「小燁子，背上衣妮，我們出去了。」

崑崙山下，此刻距雪崩已過去半個月。

山下原本三兩頂的帳篷變成了一個一個紮堆的營地，連綿數里。十四支國際救援隊，加上當地的救難人員，三百多人聚集在山下，各類世界先進儀器、各類救援方案，沒日沒夜地忙了半個月，結果是……沒有結果。

十二天前，曾有儀器在雪崩區下三百米的深處探索到熱源感應，並勘測出那是一處大冰縫裂隙帶，世界各國的救援專家聚在一起，連夜討論出移動上方巨石厚雪，設法深入地下三百米救人的方法，但誰都沒想到的事，天還沒亮，冰縫就塌了。

這一塌，就塌了千米。天濛濛亮的時候，所有人站在帳篷外頭，盯著山上又塌下來的雪，嘴裡灌了一口雪沫，心都涼了。

天一亮，雪崩一停，救援隊伍便上了山，再一勘測，果然沒有再找到生命跡象……

消息一發回去，各方傳來的話都只有一句話：挖！活要見人，死要見屍！

挖？談何容易？雪崩區作業，三百米深的冰層千米長，豈是簡單能完成的事？

即便如此，救援隊還是開挖了。

這一挖就是近兩個星期，因救援專家們時刻要研究避免雪崩的挖掘方案，救援進度不快。所有人都知道，就算找到人，也不可能是活著的。

中午用餐的時候，帳篷的簾子掀開，有個中年男人走了進來，喚道：「張老！」

來人正是跟著張中先一起來崑崙山的風水師。

展若皓和華晟正帶著幾名專家在帳篷裡跟張中先說話。展若皓和華晟兩人分屬三合會和安親會，兩幫人馬本是水火不容的，好在戚宸和龔沐雲兩人這次難得有共識，派來的人都是性情沉穩不誤大局的，因此這些天雖然碰了面氣氛頗冷，卻沒打殺起來。這自然也是看在玄門的面子上，唐宗伯跟兩個幫會的老當家是拜把子的兄弟，這可不是鬧著玩的，在幫玄門的事情上，兩幫人自然不敢放肆。

張中先明知此事，這幾天還是常把兩人叫來身邊，美其名曰研究救援方案，其實就是親自看著他們，這地方容不得他們打起來。

見人進來，張中先負手回身，半個月下來，本來就身量矮小的老人更顯佝僂，眼窩都陷了下去，唯有那一雙眼看人時頗有精光，「怎麼了？是不是洋鬼子那些巫師偷偷搞什麼事？告訴他們不用假惺惺，能幫就幫，幫不了就滾！」

見來人神色焦急，張中先便想到了亞當派來的那些黑巫師。這些天，救援隊一撥一撥地過來，來的人無不是夏芍這些年認識或幫助過的人。看見這麼多人，張中先自然也感動，唯獨不太接受其中一支人馬，那便是奧比克里斯家族的人。因著當年的恩怨，即便這半個月來這些人也是盡足了力氣，他始終說服不了自己拿出好臉色來。

「咳！」來人咳了一聲，忙道：「不是，是山上傳來消息。剛剛清理出一角來，但是情況不太好，因為下面……有更大的裂縫！」

「什麼？」張中先僵在原地，旁邊聽見這話的幾名專家臉色都白了。誰都知道，更大的裂縫代表著什麼。

展若皓臉色難看，不待張中先說什麼，便大步走了出去。

張中先來到山上的時候，清理出來的裂縫旁邊已經圍了不少人。張汝蔓在最前面，趴在地上，幾乎把頭都伸了進去，但她看不見裡面的情況，裡面黑乎乎的，一旁的探測儀器上明顯顯示出兩三百米以下有大裂縫。

四周氣氛凝重，所有人都注視著儀器的螢幕，心沉到了谷底。原本就有專家表示，冰縫大範圍坍塌，很可能造成底部有更大的裂縫。探測不到生命跡象只有兩個可能：一是人已經沒有生命體徵，二是人掉進了更深的冰縫裡。

無論哪個可能，都說明了一件事：人不可能活著。

若是第一種可能，至少還能找到屍體。若是第二種，可能永遠都找不到人了。

這些天，除了和夏芍相識的人還抱著一線希望，其餘人都是抱著找到屍體的希望。可是，看著眼前這結果，怕是屍體都尋不到了。

叱吒商業界多年的女孩，被那麼多人敬畏的風水大師，結局就是以冰為棺，永葬崑崙？

「我下去！」張汝蔓從冰縫裡抬起頭，一張臉連日來被崑崙山的風割得通紅，臉頰沾著雪渣，嘴唇咬得紫紅。

「誰有辦法放人下去？我下去看看。」她一掃那些沉默的救援專家，身後突來一股大力，揪著衣領把她提了起來。

「逞強的毛病還是沒改。」說話的是個高大的男人，三十來歲，右臉頰上有道猙獰的傷疤從眼角延伸到唇邊，破壞了那俊朗的面容。男人的氣勢鋒利，將張汝蔓丟給後面的人。

後面的人也對張汝蔓露出不贊同的神色，張汝蔓一見他們，知道掙扎也沒戲。這些人是和她一起來的，本來她是打算只和師父來崑崙山，結果師父召集了不少人來，大多跟他同樣的身分，都曾是表姊夫的部下，退役的特種兵。要是在山下遇上這些高手，她一定很有興致跟這些人過兩招，現在她沒這心情，也知道這地方不能打架，她連說話的聲音都是沙啞的，「找不到我姊，我不會回去的。」

男人看著她，眼神無奈，語氣卻是冷的，「我看妳是不想回去了。就憑妳那沒練過的身手，打架行，下這冰縫，下去了妳就別想再上來。」

「我……」

張汝蔓還沒回話，旁邊便傳來一個聲音。

「我去吧！」

說話的是名英國男子，張汝蔓不知道他叫什麼名字，但是有印象，這人帶著的一隊人馬是這崑崙山的營地裡最不受張老頭歡迎的。

勞瑞正是亞當派來的家族黑巫師的首領，他知道下冰縫的危險性。儘管身為巫師，身手和術法都是當世高手，但到了下面，萬一冰塌，誰也無力抗衡。只是，必須得有人下去。與其讓玄門的風水師下去冒險，不如他去。他知道家族和玄門的恩怨，如果犧牲他一個人，能換來化解恩怨的機會，這條命也不算白搭。

張中先上山來的時候，勞瑞已經在身上繫好了安全繩索，正準備下去。

張中先臉色一黑，提著繩索就把人拽去一旁，「玄門還不用你們黑巫師出這個面。」

一行黑巫師臉色難看，勞瑞忍了忍，操著一口腔調很濃的話語道：「張先生，伯爵命令我們來這裡，如果我下去，再也上不來，請張先生能原諒我們老伯爵以前犯的錯。」

說完，他毅然決然地縱身一躍，跳進了冰縫裡。

張中先驚在當場，他一直對這些洋人有偏見，這些天即使知道他們事事都衝在前面，卻沒給過好臉色。原諒老安德魯，不是他說了算的事，但他這一生最敬忠義之人，奧比克里斯家族他雖然不待見，可這個巫師倒算是個忠義之人。眼見著人這麼跳下去冒險，張中先也並非真的鐵石心腸，誰的命都是命，他再焦心夏芍和溫燁三人的生死，也不能讓別人冒性命危險，要去也該是他這把老骨頭自己去。

他沉著臉，一手抓住下滑的繩索，提勁便要將人拉上來。

就在他的手抓住繩索的瞬間，腳下開始傳來震動。

那震動很輕，感覺到的人全都變了臉色——雪崩，或者是冰場？

極短的時間，也就是這個念頭剛剛鑽進在場的人腦中的時候，腳下的震動便明顯加劇了。那震動一層疊一層，層層遞來的感覺，好似大地在腳下心跳般的顫動……

「快下山！」不知是誰喊了一句，山上的救援人員紛紛撤離。

張中先提著繩索想把人往上拽，這時頭頂上的雪開始鬆動，儼然又一場雪崩。

「張老，快走！」旁邊兩人一邊一個架住張中先，硬把他扯開，急速奔下山。

「放開我！那邊還有個巫師小子……」張中先的怒吼在雪崩聲裡幾乎淹沒。

先撤離一步的人陸續回頭，表情驚駭。這幾天，短時間內這片雪崩區已然發生了兩次大規模雪崩，不太可能再發生第三次。沒想到，竟然真的發生了。

不僅發生了，那些地底下坍塌的冰像是被某種類似火山爆發的力量頂出來，連帶著之前被挖掘上來的碎冰，也被山頂的雪龍一道捲起，猛撲而來。

雪崩、冰崩，一眨眼便在頭頂。

回頭的人來不及再把頭轉回去便邁步逃生，幾乎在看見雪崩來勢的瞬間，人人腦海中都閃過一個相同的念頭：滅頂之災。

崑崙山救援半個月，到頭來卻是埋了自己……

山下留守的一百多人衝出帳篷，震驚地張大嘴，看著那山上渺小如沙粒的人群，看著他們頭頂的雪龍，有的人忍不住閉上了眼。

空中忽然傳來一道龍吟。

那嘯聲似自地底而來，一嘯沖天，貫穿了巨冰與雪龍，於青天白雲裡鋪開了半邊天際的雪花，劃出了一道金色長虹。

山上和山下的所有人都仰著頭，張著嘴，呆呆地看著。

山上的人看頭頂的雪龍和巨冰懸在青天上，不升不落，像架了一道冰雪白橋。

山下的人看白橋之上，金色長虹躍入青天，於白橋上一抖，冰雪散落，金光耀目。

看見那耀眼金光的人卻眼睛不眨……忘了眨。

那金色長虹，長鬚、蛇身、四足，金鱗布滿全身。

……龍？

那金龍身旁還有一條身形略小的黑龍，周身裹著黑色霧氣般，裡面能看見金色鱗片。兩條龍躍出崑崙，盤踞冰雪白橋之上，形成兩道金橋。

更令人錯愕的是，金龍頭頂上居然有人。

遠遠看去，金龍頭頂乘了四個人。

一人趴著，兩人坐著，為首之人在最前方負手而立。

那人身穿白衣，腳踏龍首，漫天的冰雪，漫天的日光，好似都聚集在她一人身上。她逆光而立，站在那神駿崑崙裡，立在那天際虹橋之上，猶如自天上而來的仙人。

天際又一道龍吟，雙龍發出一道金輝降下，她自龍首上緩緩走下來，彷彿踏雲而來，那天地間獨有的神采令四周鴉雀無聲。

她緩步來到山下，無人敢出聲，人人眼中升起敬畏之色，恍若仰望天人。

夏芍含笑道：「辛苦大家了，大家先下來吧。」

一語驚醒夢中人，眾人先是驚惶地看看頭頂未動分毫的冰雪，再挪動腳步慢慢往下走，最後變成了狂奔。

跑在最前頭的人是張中先帶著的玄門弟子，最後卻是張汝蔓最先跑到，卻沒敢碰夏芍，只是瞪著眼睛，聲音顫抖著，「妳……妳是我姊嗎？」

她看看夏芍，再瞄瞄旁邊那兩條威武的龍，覺得整個世界都玄幻了。

「芍丫頭……芍丫頭……是妳嗎？」

張中先被玄門弟子扶過來，抓住夏芍，手微微發抖。他覺得像在做夢，半個月了……這一生，除了掌門師兄失蹤那幾年，這半個月是他最難熬的日子。曾經以為，玄門這個天賦最奇的女娃就這麼葬身在崑崙山上，內心的愧疚險些將他擊垮。早知道說什麼也不讓她來崑崙山，哪怕天亂的命保不住，也要阻止她。最起碼，掌門師兄不會一下子失去兩個孩子，最起碼，能保住徐家一點血脈……

太多的後悔，太多的焦心，他這些天已經打算萬一她真葬身在了崑崙，他就回去向掌門師兄以死謝罪。哪想到，今天能再見到她，她竟然完好無損地出現在眾人面前，而且這修為……怕是已經大乘了。

這丫頭從一開始就給人太多的驚喜，太多的意外。

她沒事，真是太好了……

夏芍輕輕頷首道：「張老，這些天辛苦您了。」

張中先渾濁的雙眼裡兩行熱淚落下。許是羞愧這麼大年紀了還在年輕人面前哭，忙低頭擺手，連聲道：「不辛苦，不辛苦……」邊說邊指周圍，「這幾天都是這些人在出力尋妳。」

夏芍環顧四周，三百多人，有熟人，有不相識的，但只一眼，她便知這些人自哪裡來，是誰派來的。這些年，總歸她的人緣還不算差。走之前，她曾在京城佈了局，想著回去的時候可以瞧瞧誰真心待她，誰真要害她。未曾想，尚未回京城，便讓看見這些真心之人，到底這世上還是讓人暖心的事多。

夏芍逐一掃過那十幾支隊伍，點頭道：「多謝大家。我回去之後，再好好謝各位。」

「這都是我們當家的意思，夏小姐要謝，就謝謝我們當家的吧。」展若皓開了口，看夏芍的眼神是前所未有的敬畏，順道掃了眼她身後的兩條疑似龍的物種。

其他人的眼神與展若皓差不多，東方神話傳說中的龍沒人不認識，可是當神話傳說中的東西出現在眼前，任誰都很難相信是真的。

事實擺在眼前，那金龍頭頂上，另外三人剛剛下來，其中一人便是剛才跳進冰縫中尋找夏芍的勞瑞。勞瑞受驚不淺，本是抱著必死之心去的，沒想到因禍得福，正撞上夏芍三人乘龍出關，順便救了他出來，讓他也乘了一回龍。他很是興奮，被奧比克里斯家族的黑巫師們接下來後，還雀躍地盯著金龍不放，看向夏芍的眼神裡也帶著深深的敬畏。

溫燁背著衣妮下來，也心潮澎湃。師父大乘之後，似能隨心所欲與天地萬物溝通，他們出冰縫的時候，那些塌下的巨冰如登山之梯般排列在眼前，他和師父本踏冰而行，身後卻傳來龍吟呼嘯，轉身一看，大黃終是不捨師父，跟了上來。金龍不願與她分開，也跟著一道來了。

只是，就像師父說的，天下無不散之筵席。送這一程，還是要分別的。

溫燁將衣妮交給師兄弟們，轉身見過張中先。

張中先見他也沒事，老淚縱橫，拍著他連聲說好。

夏芍望向身後一龍一蛟，道：「你們送了我這一程，終究還是要分別的。回去吧，日後我若有機會再來崑崙，定來看你們。」

大黃在夏芍身邊繞著，金龍在原地望著夏芍，問：「妳感覺到了嗎？」

夏芍微微一笑，算是默認。

她在進入大乘的瞬間就感覺到了，所以她才知道這是救師兄的方法。

「那我們陪妳回京城吧，這算是我們報答妳的。事成之後，我們再回崑崙山，從此再不管天下之事。」金龍道。

大黃尚未大乘，不知他們感覺到了什麼，但聽見金龍的話，她還是歡快地遊動起來。

夏芍笑笑，「好，那我就不推脫了。」

她不推脫，因為助她成此事，對它們來說，只怕也可以功德圓滿了。

身後眾人正驚嘆夏芍能與龍對話，便見她一伸手，金玉玲瓏塔憑空出現，一龍一蛟便相偕進了塔裡。

夏芍看向張中先，道：「張老，恕我不能給大家休整的時間，我們必須立刻回京城。」

夏芍沒有回香港，而是先回了京城。

一別兩個多用，京城已是天翻地覆。回京城的路上，夏芍與救援隊同行，十四支來自世界各國的救援隊伍一同撤出崑崙山，異常顯眼，但有關夏芍生還的消息並沒有傳出去。

這是夏芍的意思，儘管救援隊不知她有什麼打算，但她的話沒人敢反對——在親眼目睹她乘龍出山之後，她在眾人眼中儼然地位超然。

在回京城的路上，夏芍只與唐宗伯和父母通電話報平安，隨後便是一路的沉默。

對於她的沉默，張中先憂心忡忡，一路都在猶豫要不要告訴她京城這段時間以來發生的事情。自從她在崑崙出了事，京城……或者說國內，根本亂成了一團。

姜系人馬捲土重來，對秦系人馬展開了瘋狂的報復，偏偏這個時候上頭那位得了急病，不能主事。姜山不知道用了什麼辦法，將大權攬在了手中，眼看著就要上位。

上頭那位得急病的事如今瞞得很緊，國內沒有半點風聲，張中先知道這件事是從唐宗伯口中得知的。這急病來得突然，又查不出病因，這關係國內政局的事，徐老爺子在沒有辦法的情況下找到了唐宗伯。眼看著三個月之期將至，徐天胤的情況一天比一天難以維持，唐宗伯根本就離不開香港。

他卻知道京城諸事的源頭，京城龍氣被動，上頭那位出事與此事有莫大關聯。只是一開始唐宗伯沒有想到肖奕連那位也敢動，那位雖是普通人，但能問鼎中華，必是命中所定。一國領導人出事，關乎的不僅僅是派系利益，政局變革，政權變更，已經是觸動到國運了。

當初在徐天胤和夏芍的訂婚宴上，唐宗伯見過姜山，他絕沒有問鼎中華的面相。他若是上位，國運大變，影響的不知是多少人的命運……唐宗伯不清楚是什麼促使肖奕如此瘋狂，古往今來，沒有任何風水師敢碰觸國運這塊禁地。即便是古代那些襄助帝王的國士大賢，也只敢推演帝王之運，卻沒聽說過有人敢推演國運。

風水相命這一行業，本就是五弊三缺，極易惹上業障的。相師為人推演八字，斷人命理，惹下的業障累積到最後都少有能善終的，何況推演國運？一國之運，豈止是關乎一國百姓的命運？簡直就是關乎一國百姓數代人的命運，甚至關乎國際局勢。

肖奕敢冒這一行之大不韙，逆天而行，這是想要自絕？

唐宗伯雖離不開香港，但給了徐康國準話，待三個月之期過去，假如夏芍沒有回來，他定會帶人去一趟京城。

一方面是孫子的性命，一方面是政局的命運，一生經歷過太多風雨的老人，再次面臨艱難的選擇。最終，他還是不能違背自己堅守的原則，明知有險，還是站了出來，主持政局。

八十高齡的老人，歷經幾代政壇變遷，他這一站出來，威懾不淺，政局亂象望風而止，可好景不長，秦系沒喘息幾天，京中便傳出徐老爺子病重的消息。

這消息並沒有嚴密封鎖，很快傳遍了國內，彷彿老爺子已經病重，不久於人世。徐康國作為老一輩的開國元勳，在民間很有威望，他這一病重，不少人的心被牽向京城。

正當所有人都在關心著老爺子的身體健康時，徐家卻在這個時候出了大事。

誰也不敢想姜山究竟有多大的膽子，以往事事避著徐家，如今竟敢對著徐家下刀子。

第一個被拿來開刀的徐家人便是徐天胤。

徐天胤兩個多月未曾出現在京城軍區，傳聞夏芍出事的這段時間以來，他也沒有現身過。原本姜家還不知徐家出了什麼事，但這麼久的時間，自然是發現了蹊蹺之處。經肖奕推測，徐天胤很可能也出了事，目前人應該在香港，因為京城上頭那位出事，沒有道理唐宗伯會袖手旁觀，唯一的可能就是他有要緊事走不開。而崑崙山那邊，張中先在盯著，能把唐宗伯絆在香港的還能有什麼事？

徐天胤出事的原因，肖奕推斷，很有可能跟他的七煞鎖魂陣有關，不然還有什麼原因能讓他一個修為不低於夏芍的人出事？而如果是徐天胤出事，那麼夏芍前往崑崙山的理由也就找到了。至於當初冷以欣明明說給他的是夏芍的頭髮，最後怎麼變成徐天胤的，就不得而知了。

不論是什麼原因，這個原因對姜家而言都不重要。現在崑崙山連續雪崩，夏芍已經沒有生還的可能，而徐天胤也出了事，連徐康國都重病在了肖奕的手段下，那徐家還剩下什麼可以讓姜家忌憚的？

姜山聯絡了軍區王家的舊部，先是稱徐天胤擅離軍區，怠忽職守，之後又稱他在國外執行任務期間，曾利用身分職務之便，組織私人團體，為己謀利，嚴重影響了國家軍官的形象，且犯下種種罪行，應停職接受檢查。

徐天胤在地下世界建立的情報組織其實是出於國家某些方面的需要，姜山和王家舊部把他的罪名說得如此含糊不清，原因在於這件事不能公開批判。因為這種地下情報組織，每個國家都有，沒有誰傻到會自爆出來，這無異於給其他國家揪住找碴。哪怕自己家關上門過河拆橋，也得含糊點說。

罪名雖然含糊，但辦起來一點也不含糊——停職接受調查。

徐天胤重傷未醒，如何現身接受調查？

他沒有出現，於是事情順理成章地演變成了「畏罪潛逃」，姜系人馬發動了在軍界的一切高層勢力，軍委裡的那幫老頭子竟不顧上頭那位重病，以軍委的名義下達了免職令。

本是最年輕的少將，天之驕子，一夜之間被免職，變成了逃犯，令百姓懵了。

事情還沒完，徐天胤之後，徐家二房也出了事。

華芳被查出受賄，同樣停職調查，連徐彥紹也受她牽連，暫停職務接受調查。徐彥紹為官雖然世故圓滑，但他把官位看得比什麼都重，以徐家的背景，他委實沒有收賄的必要，但華芳與他不同，她把身分面子看得最重，嫁到徐家，難免有求到她頭上辦事的。雖然有老爺子的威嚴震懾，可總有拐彎抹角求到華芳娘家的，娘家人得了好處，又在她面前說人情。華家眾多堂表姊妹，就屬華芳嫁得最好，她這人愛面子，容不得別人說她沒能耐，做這些事時雖然不敢張揚，也確實做過，收過一些好處。

華芳往日做這些事，自認為不會有人敢揭發，怎麼也沒想到徐家會有這麼一天，而她不僅連累了丈夫，還連累了在地方上任職的兒子。

徐天哲身在地方上，但大哥、父母接連出事，他在某些人眼裡，也難免不再是以往那個徐家二少了。最重要的是，老爺子病重，徐家又出了這麼多的醜聞，國內輿論從一開始的懵然震驚到失望指責，儼然徐家已經在步王家的後塵了……

徐家面臨諸多事端，眼看著便要風雨飄搖，秦家也不好過。儘管張汝蔓早一步走脫，但秦瀚霖還是開始被調查。秦家惱了，拿出和姜家不死不休的架勢，政治上的博弈、暗地裡的刀光劍影，卻並非國內民眾在明面上能看得出來的，唯有政壇上的人知道如今的亂象。

夏芍一行人一抵達京城，空氣裡都是人人自危的氣氛。

救援隊住進飯店，在記者們聞風而來之前，一輛車自夜色裡駛了出去。

車子在繁華的街道上行駛，直奔郊區，在一幢別墅前停了下來。

別墅裡沒亮燈，大門鎖著，兩人從車裡走了下來。

「沒人？」

「是。」

「嘖，我們今晚來得不是時候！」

「不，他會回來。」

張中先轉頭看夏芍，本想問她怎麼看出肖奕今晚會回來，便見她輕盈一躍，翻過大門，步伐悠閒地走了進去。待他把車停去遠處回來，夏芍已坐在客廳的沙發裡了。

她望著空蕩蕩的門口，一言不發地等待著。

這一等，就等到了下半夜。

大門開了的時候，一輛車子開進來，車燈照得院子裡亮堂一片。下車的男人一邊衣袖在夜風裡飄飛，空蕩似院中舒展如鬼影的樹梢。

男人走到門前，拿出鑰匙，鑰匙尚未插進門裡，門便吱呀一聲開了。

屋裡漆黑一片，門彷彿是自己打開的。

風水師大抵是這世上最不怕詭異之事的人，但肖奕站在門口，雙目如電光，似穿透黑暗，緊緊盯住客廳沙發上坐著的人，雙腳始終沒有踏進房門一步。

夏芍慢悠悠地道：「老話說，進廟拜神，進屋叫人。希望我這一出聲，沒嚇著你。」

肖奕眼中陡然爆出電光，隨即腳下一踏，借力向院中急退而去。他退去的方向正是車子停著的地方，可腳下著地之後，倏地一驚。身後空蕩蕩的，那輛剛剛停下的車子不知什麼時候移動到了大門口……

夏芍坐在客廳的沙發裡，動也未動。黑暗中，依稀能看見她輕輕勾著的唇角，那總是含笑的眼眸卻沒有笑意。

身後傳來尖銳的冷意，肖奕敏捷地避開。院子裡的樹枝不知何時瘋長起來，枝葉如鬼爪搖曳，編織成網，生生擋住了他逃脫的去路。

肖奕震驚之時，反應也很快，手中拋出一物，金光大亮。

那是茅山派的傳承羅盤。

上回肖奕能從夏芍手中逃脫，靠的就是這羅盤，連周遭的元氣都不足以對付他手中傳承千年的法器，此刻用來擊碎身後的木網，輕而易舉。金光劃裂夜空，如同旋轉的陀螺，一道烈電直劈向詭異的樹枝。金光在接近樹枝的時候一頓，接著暗了暗，掉落到地上。

肖奕如遭雷擊，愣了長久的時間。待他反應過來，意念猛動，元氣在他周身聚集如海，那羅盤卻在地上不動，像是死物。

「看來，連傳承法器都不願幫你了。」夏芍看夠了戲，這才慢慢走了出來。

「妳做了什麼？」肖奕轉頭盯住夏芍，腳下卻急向院中一側退去。

夏芍笑而不語，肖奕身後似有什麼刺破夜風而來，刺得他背部神經一緊，他本能在地上滾避，同時間發出暗勁，那尖利的樹枝立刻縮了回去。肖奕卻是瞳孔一縮，夏芍那雪白的衣角翻飛，輕拍在他臉上，只聽見骨碎的聲音，然後肖奕整個身體被拍飛了出去。他下意識以元氣護住臟腑，卻發現無元氣可聚。院子四周的陰陽二氣皆在，卻調集不動。

他大驚之下只覺五臟六腑都翻攪開，混擰在一起，血肉絞碎了般衝出喉嚨，嘴裡全是溫熱的觸感，但品不出鹹腥，他的鼻樑已經碎了。

夏芍緩緩走來，步伐極輕。危機近在眼前，肖奕卻起不來，當勁風再次撲面，他不得已動用了自身的元陽護住身體，可還是沒能阻止他的身體被打飛。

這一次，他撞在院牆上，五臟六腑的絞痛刺痛神經，已辨不清碎了的是院牆還是腰骨。許是感官不靈敏的關係，肖奕感覺到加諸於身的勁力更強了，自己的身子高高地飛起來，落回院子中間，接著夏芍將他踢向另一邊的院牆，一下一下，來來回回。

這是極致的侮辱。

他是一派掌門，他是風水大師，他甚至是天賦奇高世間難尋的高手。兩個月前，他尚能與她一戰，尚有餘力逃脫，兩個月後，天地間的一切在她面前宛若無物，他毫無還手之力。

他知道他沒有還手之力還有一個重要的原因，那就是他這段時間維持法陣，操縱京城的龍氣，消耗頗重。這使用過一次龜息禁術的身體，終究不再是他而立之年強壯的身體，加上上回與她一戰，身體重創未癒……

可是，他沒有還手之力，她卻有輕而易舉殺他之能。

她沒有一擊殺了他，而是一下一下地讓他嘗盡痛苦。她甚至沒有動用術法、法器或者是陰靈，她僅以一介武者之力，施加在他身上。她不說話，不質問，不指責，甚至不怒罵，她一句話都不說，看似溫和，卻獨獨沒有給他風水師之間鬥法應有的尊重，這對一生心高氣傲志向遠大的他來說，是最極致的侮辱。

他不知道挨了多少下，他只知道每一下他都能聽見骨頭在風聲裡破碎的聲音，每一下肚中都有溫熱的液體衝上來，每一下嘴裡都有溫熱塊狀的東西吐出來。

他以元陽護著身體，元陽卻在一次次的衝擊中漸漸耗盡，骨頭在一次次的衝擊中斷盡，臟腑也被震成碎肉，一口口地吐盡……

耳邊是呼嘯的夜風，眼前如同黑洞般暗沉。

當他的痛覺麻木，他的身體終於在跌入泥土後停了下來。

「八十天。」夏芍的聲音輕得似風，那風卻冷如刀，割人皮肉，「到今天為止，整整八十天了。我師兄在這每一天裡所受的折磨，你都要承受一遍。」

八十天……

原來已經八十天了……

原以為她再也回不來，哪想得到她還能從冰縫底下回來。

原來她竟是數著的，整整八十次，次次碎他骨斷他腸。

接下來呢？她還有什麼招數來侮辱他？

「我不殺你。」風裡再次傳來她的聲音，聲音飄渺，字字擊他胸口，「殺你，髒我的手。我會留你一口氣，等著你得你應得的業報。」

……什麼意思？

旁邊忽然有個老者道：「怎麼不殺這小子？我這個老傢伙不怕髒手，我來！」

夏芍看了張中先一眼，沒有阻擋他，卻讓他住了手。她看向遠處，慢條斯理地道：「他死不了，也逃不了，不過一口氣，等死罷了。」

張中先嫌惡地看肖奕一眼，院子裡血腥味沖得腦門疼，地上腥紅的血裡淨是黑色黏糊糊的碎塊，地上躺著的人更是手腳如木偶般軟著。很難想像，一個人內腑盡碎，都快吐空了，骨頭也都斷了，竟然還能活著。

這小子命可真硬！

「把他帶去車裡，我們去別的地方走走。」夏芍望著遠方，聲音聽不出情緒。

「去哪裡？」張中先問。

夏芍唇角微揚。

今晚註定是個漫長的夜。

……

當姜山半夜睡夢中接到兒子的電話，急匆匆趕到兒子在外頭的住處時，別墅大門敞開，院裡院外燈光明亮，客廳裡，姜正祈完好無損地坐在沙發裡，看起來並未受到什麼虐待，只是臉色有些蒼白。

對方只有兩個人，一名老者站在姜正祈身後，一手按住他肩膀，那如老樹根一般骨節粗硬的手指，一看就知道是練家子。而沙發上坐著的女子，看似無害，卻令姜山如遭五雷轟頂。

「妳……」

迎著姜山瞪得銅鈴大的眼，夏芍笑著看了眼外頭尚且黑沉的天，「姜委員是見鬼了？莫不是虧心事做多了？」

姜山緊緊盯著夏芍，驚得說不出話來，倒是他身後跟著進來的四名警衛員持槍對準了夏芍和張中先。夏芍淡淡一笑，看也沒看那槍口，目光淡然，卻有說不出的輕蔑。她看了張中先一眼，張中先按著姜正祈，上身動都沒動，只是腳下一踹，一物便砰地一聲砸出去，不偏不倚，正砸向姜山。

姜山身後的警衛員們一驚，見有東西飛過來，本能地想開槍，卻發現誰也動不了，就連帶著姜山遠離躲避都做不到。

姜山驚著往後連退好幾步，撞上身後的警衛員，險些摔倒，那東西卻砸在他腳下。他低頭一看，頓時倒抽一口氣。腳下躺著個人，眉眼再熟悉不過，嘴角下巴上卻全是黑血，肚腹詭異得凹陷著，四肢更是呈現出斷線木偶般不正常的扭曲。

難怪姜正祈未遭毆打，臉色卻這麼難看，姜山原以為他是突然見到本該死在崑崙的夏芍而感到錯愕，此刻看來，想必是因為見了肖奕這副慘狀……

姜山一口氣沒吸到頭，便吸進一口濃烈的血腥味，臉色變得更白。他做出一副鎮定姿態，看向夏芍，問道：「妳想怎麼樣？」

夏芍的回答出乎他的意料，「姜委員不要緊張，你們這麼希望我留在崑崙山，如今我既回來了，不來打聲招呼，豈不是失禮？」

姜山一噎，夏芍繼續道：「我回來之後，連老爺子那邊都沒去就先來了您這裡。您看，您是不是有好大的臉面？」

她安坐在沙發上，就像坐在自家客廳，明明含笑說著客氣話，卻令聽的人神經緊繃。姜山從政這麼多年，最明白什麼是上位者的威勢，向來都是別人在他笑著說話時緊張應對，未曾想今夜情勢倒轉。他站在一個二十出頭的女孩子面前，心裡竟還撲通撲通跳個不停。

她提到了老爺子……莫非，她知道了老爺子的病不簡單？

現在她回來了，如果老爺子的病好起來，上頭那位好起來，那姜家……

夏芍笑笑，站了起來，「張老，招呼已經打過，我們該走了。」

張中先放開姜正祈，一把提起肖奕，看也不看姜山和他身後的警衛，與夏芍一道離開。

身後傳來一聲暴喝：「站住！」

夏芍回頭。

姜山沉著臉，喘著粗氣，「妳以為妳走得了嗎？」

兒子沒事了，肖奕看起來已經死了，姜山深知連肖奕都不是夏芍的對手，他們這一干人更不可能攔得住她，但是他知道今晚不能放她離開，不然一切就都完了……好在他半夜接到兒子的電話，做了準備，調集了一大批武警，把整個社區圍起來。他就不信，有人有本事在這麼多槍下走得出去。

「妳大半夜私闖民宅，綁架、殺人，妳以為妳還能走得了？妳看看外頭！」姜山眯著眼冷笑，要怪就怪夏芍不該自視甚高，膽敢這樣就來姜家示威。他就讓她來得了，去不得。

夏芍的回答卻是揚眉一笑，那笑意看在姜山眼裡，只覺得他才是那個最自以為是的人。

姜山惱怒，夏芍無視他，和張中先把人丟到車裡，開著車揚長而去。

「給我攔住！攔住他們！」姜山打電話到外頭，外頭已看見一輛車開了出來。

社區門口，警車燈光在夜色裡閃爍，接到任務的武警持槍隱蔽在車後，見一輛車常速開過來，所有人都皺了眉頭——見過踩油門衝撞的，見過掉頭就逃的，沒見過這麼悠哉的。這看起來哪像是什麼恐怖分子，根本就是普通開車上路，壓根兒沒看見眼前的陣勢似的。

一名指揮員站出來，對著那輛車打出停車的手勢，剛剛要喊話，臉色就變了。他的手動不了了，不僅是他，整個圍在社區周邊的警力都如同他一樣動彈不得。緊接著，忽來一陣狂風，警車和躲在後頭的警員被落葉般掃開，現出一條筆直平坦的大路。那輛車在所有人的注目禮中駛過，揚長遠去。

自始至終，這車未加速，未減速，以近乎無視的態度藐視了大批的警力，連車裡坐著的是什麼人也沒有人看清過。

當姜山接到消息時，他懵愣地站在院子裡，許久未回神，腦中只有一個念頭：完了！她半夜前來，只是打了個招呼就走，看似沒為難姜家，實際上，她是連多一分鐘的安穩都不想給姜家。提心吊膽的日子，從現在開始了……

當車子開到紅牆大院門口的時候，天已經濛濛亮了。

張中先坐在車裡有點猶豫，不知該不該把徐家的近況告訴夏芍。今晚飯店裡除了溫燁陪著衣妮在醫院，其餘弟子皆在負責看顧各國救援人員。夏芍回來的消息不希望有任何洩露，他也本可以不出來，只是不放心她一個人。她有孕在身，當初知道天胤出事，硬是連哭都沒哭過，如今要是知道徐康國也出了事，他擔心她再這麼壓著情緒，會對身體不好。

張中先還沒想好怎麼向夏芍透露徐家的事，徐康國的警衛員已從紅牆大院裡走出來。

他一看到車裡坐著的人，驚得瞪大眼，「夏、夏小姐……真是您？」

夏芍笑道：「我剛回來，外界尚不知情，容我不能下車，進去的事有勞您安排。」

警衛員連忙點頭，激動得不知道說什麼好，「您回來就好！回來就好！」他說罷，忙去辦手續，不一會兒，車子便放行了。

待到徐家門口，警衛員親自給夏芍開車門，剛要說話，忽然盯著她的腹部不動了。看他話都說不出來的模樣，夏芍露出今晚第一個真心的笑容，撫了撫腹部，道：「老爺子身邊的醫務人員暫且撤下去，我進去瞧瞧。」

張中先一愣，警衛員也反應過來，愣愣道：「您……」

「我都知道了。」夏芍淡淡說了句，便看向了裡面。

房間裡，各類醫療設備齊全，徐康國躺在床上，閉眼昏睡。往日身體健康面色紅潤的老人如今瘦了許多，臉上毫無血色。

「醫療專家們查不出病因，但老爺子的各個器官功能確實在衰竭。夏小姐，您要是再晚回來些，可能就……」警衛員盯著床上的老人，皺眉道。

「我知道，上頭那位情況也差不多吧？」夏芍問。

警衛員一愣，隨即點頭，「是。只是那位到底比老爺子年輕些，但發病早，拖得時間久，情況才不樂觀。」

「嗯。」夏芍走上前，手輕輕往老人天靈蓋覆去，片刻移開，又順著五臟六腑走了一回，隨即收手。警衛員看不出她手上有什麼，只是看見徐康國的面色很快像是褪了一層灰，不久竟眼皮動了動，緩緩睜開了眼睛。

警衛員又驚又喜，一時間忘了說話。徐老爺子目光渙散，半晌之後才慢慢轉頭看向床邊，這一看又是半晌。

「老爺子，我回來了。」夏芍眼中含笑，扶住他伸過來顫抖著的手。

「丫頭……」徐老爺子嗓音沙啞，虛弱得要仔細聽才聽得到，「回來就好……」

夏芍眼睛微紅。她在崑崙山兩個多月，無論經歷過怎樣的艱險，都不及親人的盼歸。她微微一笑，徐老爺子忽然睜大眼，緊緊盯著她隆起的腹部，彷彿失聲。

夏芍道：「所以，您要好好休息，別多想，快些好起來，日後好有曾孫子抱。」

徐老爺子盯著夏芍的腹部，忽然流淚，說話似有精神了些，「好，好……」但他拉著夏芍的手不放，看起來還有話說。

「您就放心吧，還有救，都還有救。」夏芍拍拍徐老爺子的手，「您安心養身體，剩下的事情交給我。我回來了，徐家有我呢！」

徐老爺子目光欣慰。當初在見到她的時候，他就有意栽培她，他一直知道，她是個能擔當大任的孩子……只是，他希望她心裡想的不止是徐家，還有國家……

「國家也有我，我正是為此回京城的。」像是看穿了對方的心思，夏芍寬慰道。

徐老爺子的手這才鬆開，點了點頭。

夏芍又將手覆在徐老爺子的天靈蓋和臟腑，見老人氣息明顯平穩下來，這才道：「您好好歇著，我先去處理一些事情，到時會再回來看您。」

看見徐老爺子點頭，夏芍這才退了出來。

警衛員激動的心情還沒退，看著夏芍的眼神滿是驚奇。不知這位老爺子欽定的徐家未來女主人到底有什麼驚天的本事，連醫務人員都沒辦法的事，她轉眼間就讓老爺子醒過來了，但驚奇歸驚奇，警衛員知道不該問的不問，只道：「您接下來是打算去看看上頭那位，還是回香港？我去給您安排。」

夏芍搖了搖頭，「我去秦家。」

夏芍站在秦家門口的時候，天剛剛亮。對晨起的時間來說，尚且早些，但秦家老爺子和秦瀚霖的父親秦岸明都已經起來了。眼下的形勢，讓兩人失眠很多天了。

看見夏芍走進來，兩人都站了起來，呆愣當場。等到反應過來，兩人趕緊把所有人都撤下去，迎著夏芍進了門。

「夏丫頭，妳總算回來了！」秦老爺子跟夏芍沒見過幾面，不算熟，以往只聽著徐康國怎樣誇她，他少有機會跟夏芍接觸，今天見她突然出現在自家門口，真是覺得她萬分可愛，因此也不顧跟她不太熟，便先熱情打招呼了。

秦岸明也很客氣，「夏董，妳沒事？」

夏芍點頭，待兩人她粗略將在崑崙山脫險，昨晚才回京城的事一說後，這才鬆了一口氣。外頭都傳她已經死了，謠言都快傳瘋了，現在華夏集團出來澄清已經是快要頂不住了。

幸好她沒事，幸好……

這下子一切都有救了。

得知夏芍去看過徐康國，徐康國已經清醒，兩人都是一喜，秦老爺子欣喜起身，竟不顧眼下還有大事要解決，語無倫次地出了門，這就要去看徐康國。據說兩位老爺子相識半生，感情很好，看來不虛。

秦岸明尷尬地咳了咳，雖然急著救兒子，但眼見著天剛亮，夏芍看起來像是沒吃過早餐，他便趕緊把妻子喚出來。秦瀚霖的母親是個笑起來很溫柔的女子，書香門第出身，教養極好，她見到夏芍也是震驚了一番，馬上便去張羅早餐。紅牆大院裡住著的人家，都有廚師伺候，但秦瀚霖的母親卻親自下廚，做了一桌菜餚上來。

夏芍也不跟秦家人客氣，她在崑崙山遇險的那些天就沒好好吃過東西，全憑著入定吐納靈氣辟穀維持了下來。肚子裡有孩子，她當然擔心孩子的營養，回京的路上沒少進食，但昨晚至今，確實是滴水未進。她如今已有四個多月的身孕，眼看著就要進入第五個月，早已恢復了胃口。秦家的早餐夏芍不僅吃了，還吃的不少。

見她不客氣，秦岸明夫妻反而鬆了口氣。秦瀚霖和徐天胤是多年的朋友，雖然他們夫妻跟夏芍不太熟，但其實徐秦兩家感情一直很好，她不見外，兩人心裡還是有些舒服的，即使現在徐天胤的情況比秦瀚霖還要糟糕……

也難為她了，一個女孩子面對這種形勢，還能有胃口吃飯。

秦老爺子回來的時候，夏芍剛吃飽放下筷子。見老人臉上有喜色，秦岸明夫妻就知道徐康國定是大好了，這確實是這段時間以來難得的喜事了。

秦老爺子看著夏芍的目光炯亮有神，顯然是從徐康國那裡得知了他突然好起來的原因，「夏丫頭，眼下局勢亂，我就不拐彎抹角了，妳看……妳是不是去見見上頭那位？」

如果上頭那位能好起來主持局勢，那眼下的政局亂象就都能解了。

夏芍搖了搖頭，「那位我就不去見了，見了也沒用，治標不治本。」

秦家三人愣住，夏芍也沒賣關子，她本就是來解決這件事的，「京城的龍氣動盪才是根本所在。京城的龍氣有兩條，一條為旱，穿京城南北中軸而過，一條為水，自南海起終於西海。兩條龍氣環抱，護衛京城數百年興盛。有人動了這兩條龍氣，禍害的不僅是政局，還有國運。」

「……國運？」秦老爺子愣得張著嘴，秦岸明扶了扶眼鏡。

早知夏芍的身分，但聽她談起風水之事還是第一次。換成以前，秦岸明或許不太信，但自從上回日方使節團的事後，他不得不信這女孩子的厲害，而且，這段時間發生的事也讓他不得不重新審視玄學家之言。

姜秦兩派的爭端從他年輕的時候就開始了，這二十多年來，姜家都是些什麼樣的人，秦岸明很清楚。姜家之前受了那樣的重創，按照姜山的性情，是應該避風頭休養生息的，他卻帶領姜系從對付秦瀚霖開始，瘋狂地反擊。這本就很反常，這段時間，他從各處打聽到一點消息，說是姜家請了位風水大師暗中指點，這才能短時間內重新掌控局勢。

雖然難以相信，這恰恰解釋了許多解釋不了的反常事情。如今夏芍這麼一說，秦老爺子父子還真沒有半點不信，只是國運龍氣之事太深奧，兩人都聽不太懂。

「今年的國運在第八宮，由艮卦掌國運，屬陽，主國運大勢興隆。雖有廉貞化祿之象，要後年才有終結的可能，但政局動盪，勾連外事，主政者弱，這些凶象都不該在今年出現。出現了，只代表國運有變。」夏芍解釋道。

「那會怎麼樣？」秦老爺子直起腰來。什麼叫不該在今年出現？也就是說，國內大局會有這種不振的時候？

夏芍沒有回答那未來之事，只道當下，「自古到今，國之大運，天災多則人禍少，人禍多則天災少，這是宇宙陰陽平衡，五行守恆的道理。若天災人禍皆少，則為吉運之年；若天災人禍皆多，則為凶運。今年乃吉運之年，卻無端生出人禍。若姜系上位主政，內事外事都會是另外一個走向。平衡被打破，只會從其他途徑來彌補。往後天災人禍都不在該有的軌跡上，可想而知會影響多少人的命運。」

「那要怎麼辦？」秦岸明也忍不住提問。

「我就是為此先回京城的。那行此事的風水師我已經解決了，接下來我會想辦法讓兩條龍氣回到它們該去的地方，恢復國運。這件事解決了，上頭那位和老爺子自然會不藥而癒。」

秦瀚霖的母親對這事是沒有話語權的，她看著自己的丈夫和公公。對她來說，怎樣都好，只要上頭那位能好起來，姜家就不能再掀起什麼風浪，兒子也就有救了。

半晌之後，秦岸明先開了口：「夏董需要什麼？」

「我要在紅牆內施法，眾人得迴避，無論我施法多久，都不能有人打擾。」

這個要求簡直是再簡單不過，秦岸明看向父親，秦老爺子笑了起來，「夏丫頭，這些事妳為什麼找到秦家來說？」

夏芍挑眉一笑，「上頭那位不能主事，我家老爺子也在病中，我不來秦家，總不能和姜家商量這件事吧？」

這是很正當的理由，秦老爺子聽了又是一笑。

夏芍來秦家，當然有她的目的。

下一屆理應上位的那人，是秦家支持的。她把這些對秦家說了，就等於對那人說了。她可以在她有生之年庇佑國運，但她要的是誰都不能動她師兄和她承認的徐家人，否則誰上位誰主政，誰得利益，與她何干？

夏芍不想浪費時間，秦家也希望事情早日解決。雙方一談妥，秦家立刻去準備，半小時之後，秦老爺子和秦岸明陪著夏芍來到一處亭子，面朝湖，周遭曲路青樹。她盤腿坐下後，很難有人能發現這裡。警衛已經離開這附近，無論她在這裡坐多久，都不會有人打擾。

夏芍點點頭，看了秦老爺子和秦岸明一眼，兩人識趣地告辭了。

直到兩人走遠，她才看向張中先。張中先轉身離開，一會兒回來，將人擲在地上。夏芍連頭也沒回，看也未看一眼，便盤腿坐下來，閉目入定前道：「您老就在後頭守著吧。」

張中先雖然應了，卻很憂心。那兩條龍氣要復歸原位，按照他的理解是要佈陣的。這法陣以夏芍的修為，一個人就能做得成，但佈陣、行陣需要七七四十九天。眼下香港那邊，留給天胤的時間只剩下十二天，他沒想到夏芍會先回京城。他相信她是個有擔當的好孩子，卻不信在她心裡，有什麼比身邊的親人還重要。

她既然有這決定，顯然是對這件事有把握。

可是，即便是兩條龍氣復歸原位，國運也不是說恢復就恢復的。國運之變不只在京城，眼下可能國內氣運都已有變，要平衡復歸所有氣運，老實說，就算是玄門所有弟子再加上江湖上所有有傳承的風水師一起上陣，也未必能做得成。

張中先滿心的憂慮，他是太了解夏芍的行事作風了，她很少逞能，可一旦她決定的事，別人覺得再冒險，她也不會改變主意。他提著只剩下半口氣的肖奕站到後頭，打算且看看，畢竟大乘之境對世間萬物的理解，是他所不能想像的。

夏芍確實已不按風水師行事的常理做，她沒有佈陣，只是盤腿坐著。湖面波光粼粼，四周垂柳已新綠飄飛，她坐在亭中，與四周萬物並無不同。

「你們兩個可以出來幫忙了。」夏芍話音剛落，亭子兩側忽然出現一龍一蛟。一龍一蛟巨大的身子俯下來，腦袋鑽不進亭中，便一左一右瞧著夏芍。夏芍笑道：「你們兩個各引一條龍氣回歸原位，旱龍屬陽，歸金龍，水龍性陰，交給妳了。」

夏芍瞧了眼大黃，自從她遇到故人，她就沒在金龍面前叫過她的名字。她答應過她的，她在她身邊的時候乖乖的，她便將來在其故人面前給她留點面子。

大黃點點頭，她知道這是她們最後一次並肩而戰了。

「你們引了龍氣之後回來這裡，屆時還有最後一事要幫我。」夏芍吩咐完，這才說道：「去吧！」一龍一蛟便騰空而起，分頭而去。

遠處因不放心而停下來遠遠望著亭子方向的秦家父子，震驚地看著湛藍的天空。秦老爺子的手杖啪嗒一聲落到地上，顫著手往天上指，嘴裡說不出話來，而秦岸明也是目瞪口呆。

金龍去姜家，引一條金色龍氣向北而去。

金蛟則往上頭那位的住處去，引一條玄色龍氣向南而去。

紅牆大院裡警衛震動，所有人都仰望著天空。

這一天，晴空如洗。京城不少人看見兩條巨龍從紅牆內飛出，直躍青天。百姓驚奇，引為奇事。有人說，看見金龍向北，於京城中軸上空晃了一個來回而歸。黑龍往南，於六海水系一個來回，同歸。有人說，看見雙龍自紅牆內飛出，乃國運昌隆的吉兆。有人說，雙龍走脫，許是惡兆。還有人說，不過是雲層光線折射，形成海市蜃樓的奇景罷了……

眾說紛紜，這日午時，陽光刺目，卻很少有人看見雙龍又回到了紅牆內。

夏芍睜開眼睛，「接下來，我需要你們合力，以陰陽龍氣安撫各地躁動的龍氣，復歸國運之氣。這需要一些時間，會有些累，你們要堅持住。」

這一上午，她入定，看盡國內各地龍氣。好在肖奕施法的時間就耗去了四十九天，實際上國運被影響的時候不長，未曾擴散到全國。也幸虧他的修為和能力有限，才在維持法陣的時候無再多能力去害人，所以老爺子和上頭那位才只是被陰煞所纏，重病纏身，而非一夜暴斃。

即便如此，受到影響的周邊氣運要想恢復，恐怕要個三五天。不知道這一龍一蛟能不能堅持得住，畢竟這三五天，要他們不斷以自身龍氣為引，消耗甚大。

她看向大黃，大黃昂首呼嘯一聲，片刻也未曾猶豫，即刻騰雲而去，金龍則緊隨其後。大黃與夏芍心意相通，她自知往哪裡去。夏芍重新入定，天地都在她眼前展開。她看見那些陰陽失衡的山川大河，看見那些蒙上陰霾的城市天空，看見一龍一蛟結伴同遊，以龍氣引導山河二氣重歸原處。

時間比夏芍預估的要短，大黃拚了命，別人不知夏芍先來京城的目的，她卻清楚她是為了救徐天胤。救愛人的心，折磨了她兩百年，她再清楚不過那種滋味。

這是她最後一次同夏芍並肩而戰，三天三夜不停地消耗龍氣，令剛剛化蛟的她近乎氣竭。金龍在她身邊繞行低鳴，勸她歇息，她卻鑽入雲層，未曾有一刻停歇。

最後一處要引導的地方已離京城西南三千里，群山環繞碧綠大湖，蛟帶著這一帶的陰氣行至大湖上空，已搖搖欲墜。龍氣在慢慢復位，她周身的陰煞之氣卻在簌簌散入風中，從遠處回來的金龍在空中一停，發出一聲震動天地的悲鳴。兩百年的修為，幾乎在這三天裡散盡，他尚且挺得住，蛟卻身形越變越小，儼然當年靈智未開的小小金蟒。

她在空中撲騰幾下，以金蟒之態，一頭摔進了湖裡。

金龍的悲鳴衝破雲霄，晴空萬里的雲層都被震開，他極力向湖中鑽去，自空中落下時，似有金輝灑在人間，宛如片片金虹。他的龍鱗在剝落，漸漸也現出金蟒原形。這一生，化龍是他最大夙願，可若一人離去，終是無趣。他寧願失去所有，陪她一起在這湖中重新修行……

金龍沒入湖中，湖面圈圈漣漪，天空卻開始變得陰沉。

紅牆大院裡，秦老爺子被秦岸明扶著急急走出來。不僅是秦家人，住在紅牆之中的人陸續走了出來，仰望天空，目光驚駭。

「這、這是怎麼回事？」

天空中黑雲密布，悶雷滾滾，紫電晃得雲層忽明忽暗，地上更是狂風大作。風不知從哪個方向來，彷彿自天上傾灌，壓得草木枝斷腰折，人在屋簷下也漸漸無法抬頭。

不僅是京城，全國有六省同時出現異常天象。

人們議論著驟變的天氣，不知是否一場暴風雨即將來臨。

暴風雨沒有來臨，暴風驚雷卻沒日沒夜地持續了整整三日。

這三天裡，張中先急得團團轉，夏芍坐著一動未動，她身體裡卻不斷有金光隨風散入天地間。她的身體慢慢變得透明，好似要消失似的。這分明就是要散盡一身大乘修為，修補受損的國之氣運……

張中先眼睛都紅了，卻沒有辦法阻止。他不知道夏芍這麼做的後果會是什麼，很有可能她的修為散盡，從此變成一介普通人，也有可能她連命都保不住。

他急得拿出手機就要打電話到香港，雖然他知道或許已經來不及了。

就在這時，五道白雷齊轟向涼亭，瞬間炸裂的涼亭中，夏芍盤腿坐著，巍然不動，她身後，僅存一口氣的肖奕似乎在彌留之時感應到了什麼，迴光返照地勉強睜開了眼睛。

他看見白色的光，聽見呼嘯的風聲，這是他一生中看見的最後光景。

五道白雷精準地落在夏芍身後，泥石飛濺。

當白雷漸漸消失，黑壓壓的雲層慢慢撥開，狂風止歇，日輝初升。三天來異常的天象霎時散盡，彷彿從未出現過。紅牆之中，被方才的驚雷驚住的人奔過來，望向已經消失的涼亭。

雲霧初開的天際，降下了一道明光。

那光似雨後天晴劃過天空的虹彩，氣象萬千，落於涼亭之中。盤腿而坐的女子不知何時站起身來，身體似脫離了引力，於虹光中往天際中升去。

紅牆中的人們只看得見她的背影，白衣飄搖，周身沐浴金輝。

眾人仰望天際，恍惚間如見神祇。

張中先腦海中倏地閃過一個詞：飛升？

夏芍眼神清明，望向虹光盡頭，開口道：「我不走。我這一生願護佑中華國運，此番功德，換我師兄有生之年不受命數所縛，親人康健，妻賢子孝，人間天倫，享盡壽終。」

風是停的，天地間是靜的。一番話畢，夏芍微微一笑。

這世上之事，若要得，必先有失。

命數非不可改，只是想得到多少，就要拿多少功德去抵。

她目光堅定，虹光逐漸從她身上消失，她緩緩落回地面，卻沒有低頭，而是一直凝視著天空，望向很遠的地方。

西南三千里大湖處，同樣有一道虹光落下，湖水飛升，兩道金光竄起，赫然是兩條金龍。

龍身金光閃爍，彼此相伴，往空中升去。其中一條金龍已褪盡周身煞氣，金芒加身，與真龍無異，卻在半空中轉頭，遠遠望向京城。

兩道目光似隔了千里碰在一起，雙雙蒙上了霧氣。

「去吧，恭喜你們，功德圓滿。」夏芍笑道，聲音極輕，對著龍的方向揮了揮手。

不必再來，道別也終是要別，不如就此分別。

天下至幸之事，莫過圓滿。

你們功德圓滿，飛升而去，而我寧留人間，成就另一個圓滿。

如此再好不過……

龍深深望一眼，似要記住成就她此生的人。接著，她毅然轉身，與身邊金龍相攜，隨著虹光直入天際，消失在茫茫雲海之中。

這一天，國內太多的人目睹了雙龍飛升的奇景，人們大呼驚奇，後引為奇異自然現象，卻只有紅牆之中，執掌著國家命運的高層目睹，並深深記下了這一刻。

那一位如神祇般的女子，看了眼遭受劫難的涼亭，沒有與秦家人再多言，也不管這之後軍政兩界會掀起怎樣的腥風血雨，她步伐堅定地踏出紅牆大院。

第七章

強勢回歸

夏芍回到香港時，迎接她的是坐在輪椅的老人，以及他身後眼睛微紅的父母。

她一看見父母和師父，眼睛也紅了。她回來的時候沒給香港這邊打電話，直到下了飛機，才打電話通知。沒有見到親人的時候，她再多的安排，總是覺得自己可以理智。可是，當見了親人的面，她一路想說的話，竟是一句也說不出了。

「小芍啊……」李娟哭了出來，上前把日思夜想的女兒摟進了懷裡。

「媽……」夏芍喊了一聲，母女兩人抱著哭了起來。

「妳這孩子……妳這孩子啊！」李娟也有很多話想說。夫妻兩人三個月前被唐老請來香港玩，起初還不覺怎樣，過了一陣子，她掛念家中，丈夫也記掛基金會的事，便想回東市，可是唐老再三地留人，他們便察覺出不對勁來。起初沒問出什麼，接著女兒的電話打不通了，甚至傳出了她在崑崙山出事的消息。他們夫妻急著找到唐老，事情瞞不住了，他們才知道真相。

這些日子，他們聽著外界的風言風語，聽說徐家也出事，他們在香港的日子是度日如年。她一遍遍撥打女兒的手機，總期望能聽見她的聲音。這陣子她吃不好睡不著，乏極了打個盹兒都能驚醒，不是夢見女兒回來了，就是夢見女兒出事了。

一個星期前的那晚，接到女兒打來報平安的電話，她又不敢相信了，一遍遍地問丈夫是不是真的。當她得知是真的，欣喜過後便是生氣，氣女兒不該出了這麼大的事都瞞著家裡，氣女兒不該走之前連通電話都沒有，氣女兒讓父母長輩擔心了這麼些日子……

這一個星期，這輩子沒責罵過女兒的她，攢了滿滿一肚子責怪的話，可是見了女兒，聽她一聲「媽」便叫軟了她，什麼怨怪的話都說不出來了。

她知道最苦的是這孩子。天胤出事，她放下公司不管跑去崑崙山，或許她也料到了不會那麼順利，但一句話也不敢跟家裡人說，就怕他們擔心。儘管他們還是知道了，並且知道之後百般憂心，可到底他們還是少過了幾天擔驚受怕的日子。

李娟心裡苦，乍見到女兒，這些天裡的情緒都湧了出來，她抱著女兒哭。反倒是夏芍哭過之後拍著背安慰她，丈夫也拍拍她的肩膀，她這才擦了擦臉上的淚。

見女兒小臉瘦得都尖了，剛才抱著她哭時就覺得她瘦了不少。

這孩子果然是在崑崙山上吃苦了……

這麼一想，李娟鼻頭又酸，瞥見女兒隆起的腹部，頓時驚愣住了。

眼下已是六月，香港的天氣比東市要熱多了，已經是穿短袖的季節。雖然夏芍特意穿了身寬鬆的裙子，但風一吹來，還是顯出了身形。

「這、這是？」李娟錯愕地張口結舌，夏志元也如遭雷擊。

夏芍一見父母這反應，便知道師父並未將此事告訴他們，她感激地看了師父一眼。她出了事，生死未卜，本就夠讓父母操心的，若是他們再知道自己有孕在身，豈不是雙重打擊？

唐宗伯擺了擺手，道：「回來就好，先進屋再說吧。」

眾人趕緊把夏芍和張中先讓進了客廳。

夏志元和李娟坐了下來，夏芍卻未坐，她看向父母，覺得自己未婚先孕這事還是要跟父母有個交代的。雖說她和師兄訂了婚，她也算名正言順，但畢竟兩人還沒結婚，且她還在念書。這事本該一發現就對父母坦白，可她發現得太晚，那時人已在崑崙，這才拖到了今天。

見她這樣，李娟就知道她要說什麼。她瞧著女兒這身形，怕是有四五個月了。想著她一路奔波勞累，便要伸手招她過來坐，又想到身旁的丈夫，最終還是沒說話。這事在她這當媽的眼裡輕重且不說，在她爸那裡可是大事。

女兒訂婚那天，他還心裡不是滋味，這事……

「爸、媽。」

夏芍剛開口，夏志元就擺手，「剛回來，歇歇再說。上去看看小徐吧，他好多了。」

夏芍沒想到向來把女婿當仇人防的父親竟能先讓她去看師兄，她看向母親，李娟對她點點頭，使眼色要她趕緊上樓。唐宗伯也道：「去吧，這段時間的事，先讓妳張師叔跟我們說說，妳就別管了，去吧。」

夏芍這才轉身上樓。

開門的時候，夏芍沒注意到手是抖的，只覺得推門的瞬間有千斤重。

她聽不見自己的腳步聲和呼吸聲，只聽見自己的心在跳。當看見床上的人時，她的眼淚險些落下，但她強忍住了。他不醒過來，她一滴淚都不會掉。哭也沒人看見，沒人哄她，沒人心疼，更沒人知道自己做錯的事。

她心裡埋怨著，臉上卻不自覺露出笑容。他的臉色好多了，青黑已然褪去，只是還沒醒。她伸手以元氣走遍他的五臟六腑，發現煞氣已清，只是他重傷太久，恐怕需要一段恢復期。她又去摸他的手，發現他的手是溫的，這才放了心。

心是放下了，她卻牽著他的手，怎麼也不捨得放。

過了半晌，她把他的手放在她的腹部上，輕聲道：「師兄，我回來了。」

床上躺著的人依舊睡著，沒有反應，彷彿沒有聽見她的話。她的目光落在他臉上，唇角微微勾起，另一手撫上他的眉眼。平時他的眉太鋒利了，眉宇間都是冷的，如今睡著，倒是沒那麼清冷了。還有，他的眼總是拒人於千里之外，閉著的時候倒是添了幾分親近人的氣息。還有，他的鼻子太直，唇總是抿得太緊，現在放鬆下來，線條柔和了不少。

她覺得他以後要溫柔些才好。天底下縱有太多不幸的事，太多不善的人，但總歸要多看看身邊真心的人。哪怕真心的人少到只有一個，幸福也不會全部離他遠去。

不知道他會不會喜歡這個孩子，會不會覺得他來得太突然，以後會不會嫌他吵……

夏芍越想越遠，待回過神來才發現，自己的臉上一直掛著笑。

對她來說，最讓她牽掛的事已經圓滿，剩下的那些都不叫事。

她不知道自己在床邊看著徐天胤多久，但她知道她不能坐太久，父母還在下面。有很多的事他們不忍心責怪她，但她不能沒有交代。

「你先好好休息，想讓我多陪你一會兒，你就早些醒來。你這麼躺著，可霸占不住我，我現在要操心的人可又多了一個。」夏芍起身，自己都為這話笑了笑。幫徐天胤蓋好被子，這才出門下了樓。

剛走到樓梯口，便聽唐宗伯道：「身為風水師竟篡改國運，他理應有此報。」

夏芍聞言垂眸，知道師父說的是肖奕。肖奕在篡改國運的時候，就應該想到會有暴斃的一天，可他或許不在乎了。只是到最後，他沒能死得那麼容易。五雷轟頂，灰飛煙滅，這或許對天下的風水師來說都是一個警醒。

張中先只說了他知道的事，至於夏芍在崑崙山雪崩之後的遭遇，他就不清楚了。見她下了樓，他便沒有再說什麼。夏芍往客廳掃了一眼，見只有父親在。

「妳媽去廚房了，說要給妳做一桌菜壓驚。」夏志元開口道。

「那我先去幫幫媽的忙。」夏芍道，但出客廳之前回身問唐宗伯：「師父，沒看見無量子道長，他是昨天就走了？」

唐宗伯聞言嘆了口氣，「走了。國運一恢復，妳師兄情況一轉好，他便心無牽掛地走了，說是要去雲遊天下，有緣再見。」

無量子這個人，雖然年紀上來說算是唐宗伯的晚輩，但他的心性是唐宗伯都佩服的。世上的風水師，有入世之人，亦有出世之人，他便是那個心不在紅塵的。

不僅無量子走了，亞當得知徐天胤無事之後也回英國了，並表示待玄門有時間了，他便帶父親過來請罪。

夏芍笑了笑，如今世上的事，她已通透如明鏡。無量子的離開，她早有預料，只是沒能當面道謝，心有遺憾。至於亞當，他是個有擔當、守承諾且孝順的男人，以師父的性情，經歷了這麼多之後，當年的恩怨怕是不會再執著了。

無論師父有什麼決定，她都不會反對。一別三個月，師父老了許多，這些恩恩怨怨，她實不想再讓他老人家掛心了。待這些事了了，師父也該安享晚年了。

夏芍去了廚房，李娟正在裡面忙乎。她過去幫忙，被李娟攔住，「去客廳坐著，陪妳爸和妳師父聊天，別來廚房搗亂，妳現在哪能碰冷水？」

「沒事，香港的天氣熱。」夏芍不以為意。崑崙山上那冰雪她都不懼，會怕碰冷水？

「熱也不行。你們現在這些孩子，自己什麼都不懂，沒長大似的，就敢……」李娟話趕話說到此處，看女兒一眼，眼睛又紅了。

夏芍道：「媽，對不起，這事是我們不對。」

李娟擦了擦眼角，轉身去洗菜切菜，「一家人，說什麼對不起？」

夏芍遞過盤子，默默聽著。

「媽就是怪你們這些年輕人，也不知道好好打算。妳現在是能懷孕的時候嗎？妳的學業要怎麼辦？再晚個兩三年也好啊！」

夏芍把盤子拿去一邊，再遞上另一個空盤，還是一聲不吭，默默聽訓。

李娟見她這副乖巧的模樣，氣不打一處來。她也就看著乖巧，平時在父母面前懂事聽話，卻是個最有主意的，自己的事自己就做了主。想到此處，李娟嘆了口氣，她若不是個會自己拿主意的，當初也就不會偷偷去逛那古董街，攢一堆古董把福瑞祥開起來，也就不會有現在的華夏集團。她其實知道女兒在愧疚什麼，她定是覺得自己雖然訂了婚，卻也算未婚先孕，丟了父母的臉面。說實話，在經歷了這些日子以為女兒回不來的痛苦之後，她現在真的不在乎那些。她覺得天底下任何事，都沒有此刻女兒站在自己面前來得重要。至於她回來的時候多了個人，那又怎樣？

沒有哪個孩子是不讓父母操心的，這孩子已經讓父母夠省心了，若她這樣的孩子都丟了父母的臉面，天底下恐怕沒有再好的孩子了。

這麼一想，李娟氣消了，遂又關心起女兒。

她瞧了眼女兒的肚子，問：「有四個多月了吧？」

「嗯，馬上就要五個月了。」夏芍不自在地笑笑。

李娟看了女兒一眼，這一眼可沒什麼好氣。她是過來人了，稍一算時日，就知道是什麼時候的事。再一算日子，她去崑崙山的時候，這孩子可不才兩個月？正是胎氣不穩的時候，她也敢在那地方待著……

「小徐知道嗎？」

「他不知道，我也是到了崑崙山的時候才知道的。」夏芍答道。父母怎麼怪她，她都覺得是應該的，但有件事她得說，「媽，要是沒有師兄，可能現在出事的就是我和孩子了。」

「媽知道。」李娟轉過身，擦了擦眼角。那些風水上的事她不懂，但是得知女兒出事後，唐老把該說的前因後果都跟他們夫妻說了。也正是因為這樣，她才不忍心怪這個準女婿，「媽這邊沒什麼，妳爸那邊，妳可得好好跟他說。他不比媽少擔心妳，可妳知道妳爸那人，他是什麼事都裝在心裡，嘴上最不會說。妳可別因為這樣，就不跟他交代了。」

「您放心吧，等吃過飯，我單獨找爸聊聊。」夏芍見母親表情放鬆，便在廚房陪她。

這天的午飯吃得早，滿滿一桌的菜，都是夏芍愛吃的。幾個月沒吃到母親的手藝，尤其是九死一生回來，夏芍胃口極好。見她不拘謹，席間氣氛都鬆快了些。

這天中午桌上的人不多，只有唐宗伯、張中先和夏芍一家三口，玄門的弟子雖得知夏芍回來了，但這樣的日子，都很體貼地在見過她就告辭了。

吃飯的時候，夏芍主動說起崑崙山雪崩之後的事。有父母在場，她一句驚險都沒談，只道自己運氣好，雪崩時掉進冰縫，看見冰縫另一端有亮光便順著走了過去，之後見到了崑崙胎，得以在那處寶地進入大乘境界，並在金龍的幫助下出關下山。

得知夏芍竟然因緣際會得見崑崙胎，唐宗伯和張中先兩人都震驚了。夏芍詳細描述了一下崑崙胎中的奇景，唐宗伯連連點頭，「沒錯，是崑崙胎……怕是有萬年了！」

「奇遇啊，這得是多大的機緣！這丫頭命格奇，我還道她能大乘已經是奇才了，沒想到連這等機緣都有！」張中先甚是感慨，至此夏芍乘龍出關的祕密是徹底解開了。這事怕玄門傳承千年以來沒有人遇到過，她算是第一人了。

比起兩位老人的驚奇感慨，夏志元夫妻聽得心驚肉跳。自己的女兒自己最清楚，她是向來報喜不報憂，話說得簡單，運氣好？那要是運氣不好呢？她困在冰縫裡不見天日，叫天不應叫地不靈，到頭來若是葬在那裡，都不會有人知道，這種事叫他們做父母的怎能不揪心？

越是揪心，越是覺得現在女兒坐在對面有說有笑地吃飯是老天多麼大的厚待。還有她肚子裡自己那未來的小外孫，得有多大的命才能跟著她從崑崙山出來？

夫妻兩人越想越害怕，李娟問：「妳回來以後，去過醫院沒有？」

夏芍聞言放下筷子，「還沒有，時間很趕，我忙完京城的事就馬上回來了。要不，您下午陪我去看看？」

說起去醫院，夏芍回來的事還瞞著外界，她便問了師父有沒有認識的醫生。唐宗伯在香港這方面的人脈自然要多少有多少，他吃完飯便約了一位醫生，對方親自開車來了半山老宅，將夏芍和李娟接去自己開的醫院。

雖然相信肚子裡的孩子沒事，夏芍還是緊張的。這孩子跟著她在崑崙山經歷了太多，沒吃好，也沒休息好，她只能用他在慢慢長大來寬慰自己。即便是歷險歸來，她也沒有第一時間帶他去醫院。說來，這段日子她最愧疚的便是這孩子了。

當看見儀器上孩子的影像，聽見醫生的一句「正常」後，夏芍永遠也忘不了那刻的心情。她忍不住眼睛微紅，陪在一旁的母親更是眼淚都湧了出來。

母女兩人在醫院裡待了一個下午，做了各項檢查，只等著兩日後來醫院拿結果。等回到半山老宅的時候，已經是傍晚了。

還是中午那些人，吃過晚飯，天色黑了下來。飯後夏芍以想出去散步為由，將父親單獨請了出來。兩人也沒出老宅，只在前院裡吹著夏夜的海風，慢悠悠地走著。

「爸。」夏芍笑了笑，還沒等認錯，夏志元就打斷了她。

「別來這套，妳這套就能哄哄妳媽。這事也不是妳一個人的錯，妳一個人也擔不了。等小徐好了，讓他來趟東市，讓他跟我說。」夏志元撂下話來。

「爸，您準備回東市了？」

夏志元本背著手彆扭地不看女兒，一聽這話便回頭瞪眼，「不回去怎麼辦？妳不知道外頭都在傳什麼？妳爺爺奶奶、姑姑叔叔，這些天沒少打電話給我問妳的事，我再不回去，家裡就亂成一團了。我躲著不回基金會，人家真以為妳出事，華夏集團要倒了呢！有妳這麼當董事長的嗎？這麼大的攤子，撂下就走了，妳要是回不來，這攤子誰收拾？」

夏芍乖巧低頭，用哄母親那套來哄父親，她知道還是管用的。她不怪父親對她發火，父母都是擔心她的，只是他們這些日子擔驚受怕，如今她回來了，他們的心鬆快下來，情緒總得有個發洩的地方，不然憋著會憋出病來。被父親吼幾句，她又沒損失，反正吼她的是她親爸，不是別人的。

果然，夏志元心軟了，瞪了她兩眼，背過身去。

夏芍瞧著父親消氣了些，這才道：「好，您想回去就回去。等後天拿了檢查結果，我就去一趟日本，處理公司的事。」

「處理公司的事妳去日本幹什麼？」夏志元猛地轉身。

「在我走之前公司打算收購日本的大和會社，那邊已經答應我了，只是臨時反悔，這事我得去露個面，好好和他們說道說道，不然他們真當華夏集團好欺負呢！」夏芍也不隱瞞。

夏志元一愣，他知道女兒有將公司發展成跨國集團的計劃，卻沒想到這麼快，而且，還是在這種外界輿論亂糟糟的時候。

「這事妳也不能怪人家，外頭都傳妳出事了，妳一出事，華夏集團瓦不瓦解還難說。就算不瓦解，憑我和妳媽的本事，還有咱家這幫人，這集團也不可能給妳保住，不能苛責別人不信守承諾，畢竟人家也是為自己考慮。」夏志元覺得有必要在大是大非的問題上提醒女兒。

他不知實情，夏芍聽了只是一笑，心中寬慰。父親打理基金會這些年，見過的世面多了，還能保持這份心，實在難能可貴，「我知道了，只是我沒事，我這一露面，說不定對方能改變想法。您放心吧，我有分寸的。」

「嗯。」夏志元放下心來，沉默了半晌，轉身往屋裡走，「行了，等妳去日本那天，我就回東市吧。妳媽就不跟我回去了，省得妳身邊沒人照顧。」

夏芍望著父親的背影，臉上露出笑容來。

說到底，他心裡再有情緒，也還是為女兒著想的。

要去日本，夏芍不可能帶著母親同去。父母不知實情，她和大和會社早有過節，和陰陽師也有筆帳要清算，她可真不是去好好跟人談判的。

李娟既想留下來照顧女兒，又擔心丈夫回東市沒人照料生活起居，正兩頭為難，夏芍幫她拿了主意，讓她先隨父親回東市。她去日本談判過後會立刻回青市，召開集團會議和新聞發布會。回了青市，自然要回趟家裡，到時在家裡養段日子。至於學校方面，她會辦好休學手續，先休學一年，待孩子出生後再完成學業。

李娟聽了，覺得也只能這麼辦了。

兩天之後，院方派人直接將檢查結果送過來，表示一切正常，但因為夏芍這段時間過於勞累，還是囑咐她好生休養一陣子。

好生休養目前夏芍是做不到的，她得先解決公司的事。在出發去日本前的那晚，她來到徐天胤的房間，守了他一晚，早上要離開時，她望著他清俊的眉眼，枕著他的胸口，輕聲說道：「師兄，我後半生最大的願望，是希望我像這樣醒著的時候，你還能這般安心睡著，不會被驚醒，不會每天起得比我早……但我說的是你好好的時候，不是現在。我從日本回來會直接回青市，等公司的事處理完，再回來看你。到那個時候，你醒過來好不好？我們一起回家……」

她枕在他胸口上說話，希望他能聽見她的話。

窗簾被風吹起，風吹著他的髮尖，他睡得依然很沉。夏芍微微一笑，笑紅了眼，接著緩緩俯身，在他的眼睛上落下一吻，又幫他蓋好被子，這才轉身離去。

她與父母一起坐車去機場，陽光照進窗戶，落在徐天胤的臉上，似灑了一層金輝。

下一刻，他的眼皮忽然動了動。

夏芍出事的消息不僅在國內傳得沸沸揚揚，國際上也早已傳開。

救援隊派出了那麼多，卻遲遲沒有消息。從未聽說過有人在遇上雪崩後能活那麼久，更何況是又遭遇了冰崩？儘管華夏集團出面澄清了，可是夏芍到底去了哪裡度假，卻一直沒透露。有點腦子的人就知道，這種時候哪個集團的掌舵人能安心度假？況且華夏集團起先說夏芍是和徐天胤出國度假，徐天胤現在被停職，還成了逃犯，再加上徐康國病重，正常人會在這個時候不露面繼續度假嗎？

只有一個可能，夏芍出事的消息是真的，徐天胤被軍方停職處分的事也是真的。

華夏集團當初再快的應急反應，也沒有料想到後來徐家會出事，一切解釋成了笑柄，如今集團內部的員工人心惶惶，外界更是有擔心的，有著急的，也有等著看戲的。

無論是存了什麼心思，想看一齣什麼戲的人，都不會想到，這齣戲最終會變成驚悚劇。

日本京都的土御門道場，血染了一地，滿院驚呼。

一口棺材被放在門口，裡面躺著的屍身已腐爛，散發著惡臭，身上的皮肉卻能看出死前便已是血肉模糊，臉都成了爛肉，看不出五官了。

屍體越過棺材被踢進道場，砰一聲砸進和室。那人也就二十來歲，一身白色道服，面色蒼白，雙眼圓睜，眼神裡尚存留著死亡前一刻的驚恐。

那是土御門秀和。

老家主站起身來，盯著孫子死去的面容和外頭的棺材，土御門秀和的父母尖叫一聲，拔了身上的武士刀便向夏芍劈過來。夏芍動也未動，屋裡憑空出現勁風，兩人被擊中，雙雙撞去牆上，咳血倒地。

「夏大師，這是什麼意思？」老家主怒喝，土御門的弟子們紛紛圍進來，憤慨難當。

夏芍冷笑一聲，「貴派弟子前些日子特意去崑崙山上『問候』我，可惜不幸把自己留在了那裡。我現在把人送還故里，老家主該謝我才是。」

「什麼？」道場裡嗡一聲，誰也沒想到，棺材裡躺著的人是自己的師兄弟。

「只是我這趟也不是全為做善事來的，崑崙雪崩的帳，我的同伴死兩人、傷兩人的帳，我與弟子、朋友和我未出世的孩兒埋在崑崙山下十三天的帳，我是要來清一清的。您的孫子只是其中之一，還有三個人。」夏芍誰也不看，只看著土御門老家主。

白髮人送黑髮人之痛，如果可以，她並不想讓這位老人家體會，他從來沒有得罪過玄門，甚至一心想處理好兩派的關係，可是這不代表該做的事她不會做。那兩名在崑崙山上死去的雇傭兵，他們也有父母，而她也有父母……若她此生回不來，她的父母連她的埋骨之地都不知道。這筆帳，她是要討的。

土御門老家主也真的是老了，門派裡發生這麼大的事，死了兩個弟子，他會不知道？他應該是知道的，只是兩人的死因，被晚輩欺瞞了過去。

一派之長，被晚輩們欺瞞至此……

果然，老家主身體一晃，臉色刷白，應是明瞭了這段時間的某些謊言。

夏芍的話沒有明說，可也說得再清楚不過，只是同門在眼前被殺是莫大的恥辱，道場的弟子們反應過來，氣憤不已。

一人衝出來指責：「妳說是我們做的，就是我們嗎？妳有證據嗎？沒有證據就殺我少主，辱我道場，妳要償命謝罪！」

這人一怒，其餘人便要附和。夏芍忽然抬手，那叫囂的人身上莫名出現了一條血痕，身體不禁僵住，半天才反應過來自己還活著。

他還活著，死的是他身後的兩個人。兩人脖子上同一道割痕，瞪著眼倒地，死不瞑目，死前眼中的驚恐和土御門秀和一模一樣。

「還有一個。」夏芍的聲音淡然響起，聽在四周人耳中如驚雷一般。這個時候，沒有人去想她是怎麼確定那兩人就是她要尋仇的人，所有人腦中只有一個詞。

囂張！

隻身前來踢館殺人，還無視在場所有人。

他們的指責全都不在她眼裡，她只管要自己的帳，這豈止是囂張的境界？

在場的陰陽師們各個臉色漲紅，有些人受不住這恥辱，怒吼一聲，慢慢逼近，將夏芍圍在了道場之中。

夏芍負手而立，始終沒看這些人，臉上的笑意卻嘲諷至極。

眾人看在眼裡，心中更惱，像商量好似的，所有人一齊出了招。

也像商量好似的，所有人的招數都沒能使出來。

道場裡元氣靜寂，非但不受陰陽師們的召喚，連他們的式神都召不出來。長久的靜默，死寂的氣氛，起初只是所有人都瞪著眼，接著才聽見呼哧呼哧的喘氣聲。

「怎麼回事？」

這是所有人都想問的問題。

夏芍冷冷一笑，不見她發勁，前一刻還靜止不動的元氣忽然爆開。一群人呼號著被撞飛，上百道沉悶的響聲，血吐了一地，沒有一個人爬得起來。眾人在地上捂著胸口，驚恐地瞪著站在道場內的女子。

沒有人知道她是怎麼辦到的，甚至沒有人看見她動手，但這就是實力的差距。以一敵百，袖手傷人——這是難以逾越的實力鴻溝。

夏芍微笑道：「還有一個人。」

那人目光微閃，忙道：「夏大師，崑崙山上的事，我並沒有參與！」

說話的正是土御門善吉，但他這一開口，也等於承認了土御門秀和所做的事。老家主險些栽倒在地，其他起初不太相信這件事的陰陽師們也都震驚地看向土御門善吉。

「你是沒有參與，你只是默許了。」夏芍淡淡地道。上回使節團的事讓土御門善吉在本國政客們面前丟了臉面，他很精明，本不敢找她麻煩，但有她在的一天，他始終受壓制是事實，所以當他的侄子動手時，他深知此事有風險，便沒有參與，可事後他為了挽回陰陽師在政界的聲望，沒少安排他認識的人跟姜山接觸，這些事又如何瞞得過她？

「我……」土御門善吉額頭冒出汗來，想解釋，夏芍卻不願浪費時間，已抬起了手。

「住手！」老家主喝了一聲，人群裡同時有個人跳出來，撲通一聲跪在夏芍面前。

夏芍挑眉，道場裡再次靜寂無聲。

跪在她面前的是名十七八歲的女孩子，她擋在土御門善吉面前，向夏芍行了大禮，道：「請允許我代父親受過。」

女孩子聲音清脆，眼神堅毅。夏芍對這女孩子有印象，她第一次拜訪土御門本家道場的時候，她也在，只是一句話都沒有說過，是個安靜得近乎沒有存在感的女孩。家族的焦點都在她的父親和哥哥身上，她看起來無足輕重。

連土御門善吉都沒有想到，這個平時不被自己重視的女兒，竟在這個時候挺身維護他。他震驚過後，眼睛紅了。生死之際，才見真情，可惜……或許晚了。

夏芍望著那女孩子，她一看便不善言辭，只說了這句話，便沒有再開口，只是以最大的禮儀跪拜在地上，眼睛裡沒有脅迫，沒有憤怒，更沒有懼怕，有的只是堅韌和懇求。

夏芍心中一嘆，嘲諷地掃了一圈道場。這家族裡，老家主也好，任何人也罷，所有人的眼都瞎了。這麼一個能擔重任的後輩，就因為是女孩子，而被輕視埋沒了。

夏芍抬手，空氣一震，一聲嗤響自女孩耳邊驚起，直擊她身後。後頭幾聲悶響，土御門善吉睜著眼倒下去，女孩驚喊一聲，卻見父親左手腕上有一道血痕，順著血痕往上，他手臂以及身體的幾處大穴全都由內震破——人是死不了，修為卻是廢了。

「我答應過妳爺爺，他幫我一個忙，我還他一個人情。雖然對方最終沒有聽他的，但這與他無關，所以人情我還是要還的，就還在妳父親身上吧。我饒他一條命，只是從今往後，他要做個普通人了。」夏芍瞄了眼女孩和老家主，最後目光又落在女孩身上，「妳可以恨我傷了妳父親，但日後最好別做報復我的事。我這人向來恩怨分明，恨我的，只要是無辜的，我都不會去動，可若與我有怨，我定加倍奉還。只不過，下一次，世界上恐怕就沒有陰陽師了。」

這話是對這女孩子說的，也是對道場內所有人說的。

她不濫殺無辜，但若不是無辜，她下手不會留情。

夏芍沒有再看任何人，也不願再留，留下一口棺材、三具屍體和一個廢人，抬腳走出了土御門道場。老家主在後頭頹然地坐到地上，至夏芍走出大門，沒有一個人敢來攔她。

出了巷子口，張中先正著急地等著，一見夏芍出來，便急急問明裡面的情況，聽罷，皺起了眉頭，「這孩子倒是個有情有義的，只是妳到底傷了她父親，她以後不會給咱們惹事吧？」

「不會。」夏芍抬頭看著湛藍的天空。自從大乘，她已不僅能見未來，即便連過去之事、時空之事也一併明晰。世上再沒什麼能瞞過她的雙眼，土御門家能擔下任家主之位的人一死一廢，老家主死後，便是漫長的分裂期，內鬥不斷，實力大減。

一個家族紛爭不斷，人心不齊，爭權奪利，自保且艱難，又拿什麼去對付別人？

「走吧，還有一件事，辦完了就可以回國了。」

入夜，東京的某個普通民房內，一張收購合約被推到了宮藤俊成面前。

宮藤俊成直直盯著坐在對面的女子，「妳……妳沒死？」

「宮藤社長何出此言？外界的傳言也是能信的？我一直在國外度假，我的員工不是已經出來澄清過了嗎？」夏芍笑意溫和。

宮藤俊成怎麼可能相信這話？他既然跟肖奕合作，就是知道實情的。夏芍這話，簡直就是在愚弄他，但比起氣憤來，他在見到夏芍登門的瞬間，心裡更多的是強烈的恐懼。

肖奕說，把她的命留在了崑崙山，可是她活著回來了，那……肖奕怎麼樣了？

肖奕收購了大和會社的事，夏芍知道嗎？

這麼想著，宮藤俊成的目光便掃了眼桌上的合約，一看瞳孔一縮。那是份收購合約。像這樣的收購合約，他自從世界拍賣會回來，不知看了多少，只有這一份令他印象最深刻，因為這是華夏集團的。

這份合約他已經看過了，並且當時就氣憤地拒絕了。他把大和會社賣給誰，也不會給死對頭。可是，華夏集團的人脈真是令他刮目相看，當初在拍賣會上，她廢了土御門家主的弟子，竟還能說動老家主給他施加壓力。可恨的是，別說當時的大和會社不敢得罪陰陽師，就是全盛時期，也得給土御門家三分薄面。當時無奈卻又嚥不下這口氣的他，打算把收購價碼提得極高，狠吸一次華夏集團的血。不過，這口血他沒吸到，肖奕便找到了他。他聲稱能滅殺夏芍，並給了他很可觀的收購價碼。這麼一舉兩得的事，他為什麼不答應？

沒想到，夏芍竟然沒死。

她沒死，大和會社卻已經和肖奕簽了合約，連帳都到了。夏芍今晚拿出這份合約來，她是不知道他和肖奕之間的合作？

沒錯，她確實有可能不知道，因為這件事現在還沒公開，肖奕當時說過陣子他有空了，雙方再開個記者會公布這件事，現在這件事還瞞著外界。

宮藤俊成眼神一閃，心底湧出喜悅，臉上卻掩飾得極好。他拿起桌上的合約，裝模作樣又翻了翻，隨即嗤笑一聲，「夏董，雖然我答應土御門老家主會考慮華夏集團，可是，這個價碼妳不覺得太沒誠意了嗎？」

肖奕給的那筆款項，他早就拿去替公司清償債務了。雖然還剩下一些，但他如果能從不知內情的夏芍這裡敲上一筆，他立刻就可以帶著家人逃到國外去，從此改名換姓，下半輩子不愁吃穿，當個隱形富豪。

夏芍泰然自若地坐在沙發上，笑意裡似有明光，又有些慵懶。宮藤俊成被她看得心裡直打鼓，表面佯裝鎮定，盯著夏芍不語。

夏芍的話卻讓他懵了，「宮藤社長，華夏集團不是已經支付了五十億的合約金嗎？賴帳可不是個好習慣，貪心更不是個好習慣，你說呢？」

「什麼意思？」宮藤俊成不明白夏芍在說什麼，「夏董，我們連合約都沒簽，華夏集團什麼時候付過合約金？」

夏芍聞言，笑意更深，只是沒多少溫度，「哦？那宮藤社長已經跟別人簽過合約了，合約金也到手了，現在又來跟我談合約金，你想吃雙份不成？」

宮藤俊成如被雷擊中，臉色由白變紅再轉白，她、她什麼都知道了？

既然知道了，為什麼還要拿合約來跟他簽？

「妳是想逼我雙簽，然後去告我，讓我坐牢，是不是？」宮藤俊成腦中閃過這個念頭，頓時怒得站起身來，眼中爆出恨意，「妳把大和會社逼到今天這個地步，竟然還要落井下石？」

夏芍懶在沙發裡一動也不動，連眉毛都沒動一下，「大和會社百年企業，產業模式已經不適應今天，你們想走出困境，需要的不僅是變革，而是破壞性的變革，整個系統都要動大手術。這麼多的弊端，是你們宮藤家幾代掌舵人太少著眼未來，重守成多過重創新積累下來的。大和會社走到今天這一步，是我在拍賣會上逼一逼就能逼出來的？這話你可真敢說。百年家業毀在你手上，你想找個替罪羊減輕你的負罪感，那是你的事，但不要把別人想得和你一樣懦弱和卑劣。落井下石？那也要看對方值不值得。」

宮藤俊成僵直地站著，保持著憤怒的姿態，臉色卻漲成紫色。

字字誅心，可謂如此。

她說的沒錯，若大和會社還是當年的全盛時期，絕不是對手在拍賣會上逼一逼，就逼到這境地的，可是他一直不想面對，不敢承擔，便把這責任推出去，用仇恨來填滿自己……

「我在日本的時間有限，就不跟宮藤社長繞圈子了。跟你實話實說好了，跟你簽過合約的那個人已經不在了，大和會社實際上無人接手，所以這份合約你還是簽給華夏集團吧。只不過，你要記住的是，合約金我們已經付過了，五十億，一分不少。」

正處在失神狀態的宮藤俊成被夏芍的聲音扯回現實，卻再次像被雷劈中。

什麼？

肖、肖奕……死了？

還有，什麼叫合約金已經付了？

大和會社雖然走到了今天這步，但宮藤俊成這點彎彎繞繞不可能轉不過來。正因為他想到了一個可能，才震驚得說不出話來。

外界沒人知道大和會社已經簽過合約，而肖奕又死了，合約金他等於白拿了。夏芍的意思是，合約金他可以拿著，但要對外宣稱是華夏集團付的。

宮藤俊成險些一口血噴出來，就算跟夏芍沒仇，現在眼前有這麼個敢說這話的人，他也想跳起來大罵：妳妄想！

剛剛是誰說貪心不好的？她這不僅僅是貪心了吧？她簡直就是想空手套白狼！

錢別人付了，她就不付了，她只是拿份合同來，然後等著公司交接到她手上。這簡直是一分錢不花，就想白得他的大和會社啊！

宮藤俊成突然覺得心臟病要發作，想想他前陣子還想著狠敲華夏集團一筆，一轉眼，對方就白手套他的公司。別提多花錢了，人家一分錢都沒打算花。

這叫什麼事？敢不敢胃口再大點？

宮藤俊成呼哧呼哧喘著粗氣，夏芍面不改色。看她那樣，她確實是胃口敢再大點。

「時間不早了，宮藤社長。我忙了一天，有些乏了，你要是想好了，合約可以簽了。」夏芍沒給宮藤俊成太多的時間去震驚和思考，她只是看了眼牆上的時鐘，露出些倦意來。

這倦意看在宮藤俊成眼裡，頗有些不耐煩的意味。他心裡何止五味雜陳，千百味都攪在一起，頭腦無法思考，但至少明白一件事，他是沒有辦法不簽的。

且不說肖奕是怎麼死的，是不是死在這個女孩子手上，就說她曾經在拍賣會上的身手。她連安倍秀真都能廢了，何況是他？今晚他要是不簽，他知道她有的是手段讓他簽。他現在還剩了點身家，打算給兒子拿去創業，東山再起。可若惹惱了夏芍，宮藤家最後一點希望不知道日後能不能走得順利……

幾經折磨，宮藤俊成閉了閉眼。

他不知道自己是怎麼簽下這份合約的，也不知道是怎麼目送對方離開的，他只知道冷風吹著大門，他坐在冰涼的地板上，整顆心都是涼的。

夏芍走出宮藤家之後，停下腳步，深吸一口氣，望了望星輝點點的夜空。

初夏的風吹來，不冷，卻能吹醒人的頭腦。

剛才她對宮藤俊成說的那些話，又何嘗不是對自己說的？身為集團的掌舵人，任何人都可以被輝煌迷了眼，唯獨身在高位的人不能。

不看未來的人，便沒有未來。

張中先在車裡等夏芍，這段時間都是他陪著夏芍東奔西跑，夏芍上了車後便道：「明早我就回青市，您就回香港吧。師父和師兄那兒，勞您操心了。」

張中先瞪眼，「什麼時候這麼愛客套了？」

夏芍笑道：「不跟您客氣您都能盡十分的心，我可要多說點好聽話，您心裡一美，就能盡十二分的心了。」

張中先噎住，好半天才喘過氣來。他就不該跟這丫頭抬槓，跟她鬥嘴的結果往往是把他自己氣得半死。這話聽了還不如沒聽見，這麼想想，還是聽前頭那句客套話舒坦。

夏芍笑了起來，笑著笑著，轉頭看向車窗外。她回來之後，就沒怎麼開懷過。師兄雖然是傷勢大好，但至今未醒，公司的事更令她覺得愧疚。她把公司放下三個月，這麼大的風波她都不在，她這個掌舵人這次真的是沒有盡心盡責。直到今晚拿到了合約，她才輕鬆了些，覺得自己可以回去見見那些跟著她打拚江山的老將們了。

若是什麼都沒為公司做，她哪有臉回去？

張中先一看夏芍這神情，就知她心思又重了，沒好氣地哼了哼，「行了，我回去幫妳看著那小子，天天幫他調理身子，直到醒過來還不行？妳趕緊把公司的事解決，再趕緊回來。我這把老骨頭這麼大的年紀，出十二分的力，很快就動不了了。」

夏芍聽了，這才又笑了笑。

如果她再回香港，能看見師兄站在她面前，該有多好？

青省六月初的氣溫早晚尚有涼意，上午十點，暖陽喜人，下了飛機的人們紛紛將薄外套搭在手上，穿著夏裝走進機場大廳。

有個人仍然穿著薄外套，下飛機的時候輕輕撫了撫白色連身裙下微微隆起的腹部，隨後也走進了大廳。她戴著太陽眼鏡、遮陽帽，穿著平底鞋，一身休閒的打扮頗像剛度假歸來。

一進機場大廳，她就拿了幾份雜誌，上面大標題果然寫的是華夏集團的事。

「十四支國際救援隊撤出崑崙山，華夏集團董事長夏芍已宣告遇難！」

「華夏集團內部面臨重大抉擇，特邀專家針對未來做出預估。」

「夏家仍未回應遇難之事，對集團的未來歸屬不發表意見。」

「三個月之期將至，出國度假謊言將破……」

各式各樣的報導充斥，她看得太認真，以致於沒發現大廳裡忽然安靜了一瞬。

很多人都望著某個方向，竊竊私語著。

她站在最後方，順著周圍人的目光望過去。

有個高大的男人靜靜地站著，銀黑色的襯衫袖口挽起，捧著一束玫瑰和百合的混搭花束。他周遭沒有人，冷漠的氣息令所有人退避三舍，冷峻的眉宇卻有著讓人移不開眼的溫柔。

那溫柔飽含深情，以及恍如隔世的思念和小心翼翼的凝望。

她也望著他，墨鏡遮住了她的眼睛，卻遮不住兩行淚水順著臉頰流下。她忘記身在何處，忘記剛剛在做什麼，只是隔著人群遠遠望著他。

世上只有他，不管她變成什麼樣子，他都能在人群裡一眼尋到她……

他的目光落在她的手上，她的手擱在微微隆起的腹部上。

他瞬間呆住，手中的花束啪嗒一聲，掉在了地上……

她的臉被墨鏡遮了大半，一時未被人認出，但他的模樣不可能有人認不出。

徐天胤？

來往的人呆愣過後，恍然大悟，接著紛紛望向那個與他對視的女子。

夏芍眼中還含著淚，臉上卻綻開了笑容。

她忽然抬起腳，奔向了徐天胤。

她的動作驚醒了他。他連忙邁過地上的花束，大步向她走去，正面接住了她。接住她的瞬間，他的腰微微向後收，大手扶住她的腰，幫她洩去了力道，任由她抱緊了他。

她在他懷裡顫抖，不知是哭還是笑，卻有濕氣燙熱了他的胸口。他不敢抱她，恍惚間，在山頂閉眼的那一刻，他以為便是永別，沒想到還可以再見她。

他的手也在抖，試過幾次竟不敢再碰她，怕那是一捧空氣，一碰便發現是在夢裡。

他聞到她的香氣，獨屬於她的令人心神寧靜的香氣。他感受到她的柔軟，和她圈上他脖頸時手指的軟嫩，那也是獨屬於她的軟玉般的身子。

一切的一切，說明這不是夢。不是他總感覺做不完走不出的黑霧般的惡夢，她真實地在他眼前，不像那天在山頂，他想道別，卻連她的聲音也聽不清……

「……芍。」他輕輕喚她，聲音卻是沙啞的。

她在他懷裡顫了顫，他胸口的濕熱更加燙人，她哭得更厲害，也慢慢笑出聲來。她抬起了頭，摘下墨鏡，露出那張他再熟悉不過的容顏。眼睛紅腫，卻能看出令他迷戀的笑意。

他聽見她輕輕喚他：「師兄。」

師兄……

這稱呼他不知道讓她改了多少次，她每次只在他使盡手段的時候才讓他如願一回，可事後又改回來。在他苦惱的時候，她總是笑，笑得眼眸如月牙似的，令他著迷，過後又默默苦惱。他為此想過很多辦法，可是總無法改掉她的習慣。

這一刻，他才知道他有多期望聽見她這句「師兄」。

「嗯。」他簡單地回應，聲音短促，短到幾乎卡在喉嚨裡，沙啞得幾乎聽不見。

她輕輕一笑，而他，在她的笑聲裡，小心翼翼地用雙臂圈住了她。在確定她沒有消失後，他緩緩地將她抱緊。

一滴濕熱的水珠落在她頸窩，他將臉埋在裡面，貪婪地嗅著她的香氣，任那水珠沾濕了她的肌膚，他的身體則不由自主地顫了顫……

三個月之期的最後一天，當輿論都將目光放在華夏集團高層身上，等著看他們明天如何圓之前的說法時，夏芍出現在了青市機場。這個消息像風一般迅速傳了開來，記者趕到的時候，夏芍早已不在機場。

她坐在華夏集團總部大廈的董事長辦公室裡。

孫長德等一干在青市總部工作的高階主管是第一波迎接這個驚喜的人，其他人收到消息，還在緊急趕來的途中。明亮的辦公室裡，孫長德欣喜地幾次都沒說出話來，那孩子氣的神情哪裡像華夏拍賣的總裁，簡直就跟當年夏芍初見他時一樣。

「對不起，我回來晚了。」夏芍率先開口。

「不晚不晚，您回來得太是時候了！」孫長德的激動溢於言表。

他們幾人這些日子關注著救援進度，當聽說冰塌了的時候，他們幾個的心也塌了。十幾天前，聽說救援隊撤離，陳滿貫大晚上的來了青市，與孫長德在辦公室喝了個爛醉，抱頭痛哭。徐家出事，董事長遇難，這段日子對他們來說真的是太艱難了。他們都已經商量好了，如果董事長今天沒回來，他們就去夏家，把董事長的股權轉給她的父母，而後他們這幾個元老繼續維持公司的營運。公司必定不會再像以前那樣發展迅猛，但走到今天已經穩定，只要緩緩跨國經營的計劃，只在國內發展，有生之年，盡他們所能，讓董事長的父母不愁吃穿，還是可以的。

他們已經做了最壞的打算，沒想到竟否極泰來。

董事長回來得太及時了，沒有必要道歉，三個月之期還沒過完。

夏芍笑了笑，孫長德等人的決定，父母已經打電話跟她說過了，這是最令她感動的地方。她不在了，還有人願意為她父母的衣食操勞。當初這幾員大將她是先憑面相挑的人，果然沒看錯。她回來的這幾天，清理了不少人。清理仇人沒什麼，最怕連親近的人都要處理，那才是最傷人的。所幸，沒有人讓她失望。正因為面對這些真心的人，她才應該道歉。最後才處理公司的事，她確實存了考驗他們的心思。

「陳哥知道您回來了，已經改簽航班，很快就到了。他這些天都沒睡好，當初對外界宣稱您和徐將軍出國度假是陳哥想的法子，我們都是同意了的，可是後來徐將軍出事，我們對外的說法不攻自破，公司為此人心惶惶，陳哥很自責。」孫長德嘆道，幸虧董事長回來了，不然陳滿貫可能這輩子都會為當初的決定自責。

夏芍聞言也一嘆，陳滿貫這一生的經歷也可謂大起大落，他當初事業未失敗的時候，就是個重情義的人。當初她也正是看到這點，才放心將福瑞祥交給他打理。

陳滿貫果然來得很快，夏芍才到公司一個多小時，他就從東市趕過來了。當在辦公室看見夏芍的時候，五十多歲的人了，居然忍不住紅了眼睛。

艾米麗和劉板旺是下午三點鐘到的，最晚到的是馬顯榮。他本是青市福瑞祥的總經理，但這些天情勢緊張，員工人心不穩，陳滿貫便派他去各地福瑞祥視察，順道安撫員工的情緒。他得到夏芍回來的消息，搭飛機趕回來，已是下午五點了。

這個時間員工已經下班，夏芍與這幾名心腹大將坐在了會議室裡。

「先看看這個吧。」夏芍把一份合約書放到桌面上。

陳滿貫看過之後臉色微變，遞給了孫長德。孫長德看完傳了下去，每個人看了都沒驚喜，只有沉重。

「董事長，這是……」

「我回來之前去了一趟日本，簽了這個。」

合約上寫得清楚明白，五人當然看得懂。

孫長德解釋道：「您大概不知道，大和會社已經跟別人簽約，錢都付了。那人是您讓方禮留意的一個人，姓肖。我們在您回來之前，曾經懷疑他和您在崑崙山出事有很大的關係，很可能就是他和大和會社密謀的，只是後來徐家出事，外界輿論對公司不利，我們還沒分出心來去查這個人。」

宮藤俊成簡直就是想兩面通吃，可惜董事長身在崑崙山，對這段時間的事不清楚，這合約恐怕是讓人欺騙了。

「沒關係，想兩面通吃，也得看他坐不坐得起這個牢，連那個姓肖的一起查！」陳滿貫大手一揮，憤怒地道。

夏芍揚眉一笑，她這些部下對這些事都很精明嘛，竟能看出她出事跟肖奕有關。

「放心吧，這份合約是有效的。」夏芍笑道：「我從崑崙山回來，沒讓任何人洩露消息，也是怕打草驚蛇。我先去了京城，背後的人已經解決。現在合約金有人幫我們付了，我們當然不能辜負對方的好意，放任大和會社無人接手。這件事我已經去日本跟宮藤社長談過，合約是他親手簽的。記住，五十億的合約金，我們已經付清了。」

五人都愣住。

這話裡的信息量略大，不是他們想的那樣吧？

董事長的意思是，害她的人她已經解決了，現在人家付清了合約金，卻沒有命接收大和會社，她就不客氣地去了日本，又不客氣地跟人家宮藤俊成重新簽了合約？

這是……白吃？

陳滿貫的嘴角有向上翹的趨勢，他覺得這時候笑有點不厚道，但是忍不住。只聽說過兵法上有不戰而屈人之兵的，沒聽說過有不花錢白接手人家公司的。

其餘四人卻是激動多一些，董事長真是每回都能給人驚喜。她走的這段時間，外界傳言不斷，公司人心惶惶，其實她不必做什麼，只要她一回來，謠言不攻自破，華夏集團還跟以前一樣，可是她每次出手，總能讓公司向前邁一大步，很難想像她是怎麼一回來就查清楚是誰害她的，然後不聲不響地解決了此事，還為公司帶回這麼巨大的利益。

果然，華夏集團還是有她，才能算真正的華夏集團。

夏芍又道：「明天放出消息，召開新聞發布會。另外，通知各地分公司的經理，來總公司開會。我會在這裡坐鎮一段時間，直到研究出日本市場的營運方案。」

「是。」五人迫不及待地點頭，心情前所未有的放鬆，從來不知道自己竟然這麼期待見那些記者。因為他們知道，從明天開始，又有一場傳奇要展，他們等著看外面人的表情了。

「現在外面都是記者，你們今晚要去飯店休息的就去吧，我就不離開公司了，讓廚師做些飯菜送到我房間來。」談完了事，見天色已黑，夏芍起身道。她的董事長辦公室裡有個私人房間，只是她很少在公司過夜。

「我們也不出去了，就在公司休息得了。」陳滿貫道：「不過，明天記者會過後，您可得讓我們給您接風洗塵，好好慶祝一番。」

「這事是要慶祝。」連艾米麗都開了口。

夏芍應下，這才回了董事長辦公室。

一回房間，她便被人抱進了懷裡。夏芍笑笑，乾脆賴在徐天胤懷裡，臉頰貼著他的胸膛，感受著他的體溫和心跳，鼻息裡都是他的味道。好半天她才平靜下來，剛要說話，便被打橫抱了起來，她險些驚呼。她現在有孕在身，怕扭了腰，但腰間有一隻大手護得穩當，下一刻，她就被穩穩地抱到了床邊坐下。

徐天胤在她面前蹲下，目光落在她的腹部上，看了許久，手撫上去的時候，輕輕顫抖。那顫抖疼了她的心，她安靜地笑著，撫上他的手背。感受到她的鼓勵，他才將臉貼上去。孩子還太小，他什麼都聽不到，許久後他抬起頭，那深邃的黑眸看得她心疼，「我不知道。」

他的聲音是沙啞的，情緒裡有著壓抑的自責和疼痛。

夏芍微微一笑，她懂他的意思，他是說，他從來都不知道她懷了他們的孩子。他出事的時候，不知道他有孩子了。他以為她知道，卻沒有告訴他。

「我也不知道，你出事的第二天我才知道，那時候已經在離崑崙山很近的地方了。」所以他才不知道，所以……在孩子生命的前兩個月裡，他們都不知道他來了。

他們是如此疏忽的父母。

徐天胤的眼眸變得更深暗，聲音更沙啞，「他乖嗎？」

夏芍一笑，「乖。在最難的那段時間，他都沒折騰過我，一直很乖很堅強。」尤其是雪崩之後，在冰縫裡的那些日子，她以為他會沒了，結果卻是他一直好好的，沒讓她抱憾終身。這個孩子很疼她，這是他們的福氣。

「辛苦嗎？」徐天胤又問。這回，他問的是她。

夏芍笑著，久久沒開口。她在他剛出事的時候，甚至在回來的時候，都想著等他醒過來，有很多話對他說。她要問問他，為什麼當初說好了一起，他卻背著她獨自去承擔危險。為什麼他做了那樣的事都沒告訴過她？他難道不知道，他若不在了，她會有多痛苦？

她想著，等他醒過來，她要把那天天塌了一般的痛苦、絕望和這些日子以來的壓抑，全部都與他說道說道。

她想著，對他狠狠發洩一番，直到她舒心。

她想著，不理他一段時間，直到她消氣。

可是，當他真的醒過來，這樣真實地蹲在自己面前，看著他自責，看著他因她遇險害怕的眼神，她什麼都說不出來了。

她捨不得啊……

只是這麼看著他，她就覺得一輩子不夠，哪能把這麼短的時間再分出來跟他生氣，讓他難熬？她恨不得每一天都開開心心的，哪怕一分一秒都是幸福的。

「我覺得辛苦的時候，就會想著，你那天在山頂，以為再也見不到我的時候，你一定是比我更苦。」夏芍笑著，忍不住流下淚來，卻貪戀地看著眼前的男人，捨不得眨眼睛。

她看著他眼睛變紅，在落淚的瞬間低頭抱住她和孩子，跪在地上，臉深深埋在她腹前。

……

晚餐送來的時候，兩人剛平靜下來。廚師聽說夏芍回來了，把多年的本事都拿了出來，做了滿滿一桌令人懷念的家鄉菜。許是陳滿貫等人提醒過，菜式裡沒有太寒涼的海味。

心愛的人就在眼前，公司也沒事了，直到這晚，夏芍才覺得胃口真正好了起來。兩個人並肩坐著，都覺得對方目前的身體應該多吃點，於是不停往對方的碗裡夾菜。兩個人又都是珍惜對方心意的，因此碗裡有多少就吃多少，等桌上的菜見了底，兩人都覺得吃撐了。

兩人坐在沙發裡消食，電視螢幕亮著，誰也沒看進去，只覺得這麼相互依偎著，即便什麼也不說，此生也是幸福的。

待覺得腹中不脹了，徐天胤才與夏芍起身，兩人就在房裡散步，手牽著手。等到她覺得累了，他才去浴室裡放熱水。她實在太懷念他每晚去浴室為她放熱水的日子，這個澡洗得舒心，只是有人一直盯著她隆起的腹部，默默地用新奇和探究的目光盯著，讓她忍不住笑了好幾回。

洗完澡，兩人早早躺到床上歇息。

身邊是熟悉的人，熟悉的溫度，熟悉的氣息。三個月前，她很怕這樣的日子再也沒有了，他與她的心情應是一樣。兩人相擁而眠的時候，都忍不住顫了顫，然後將對方抱得更緊。

三個月來，他一直在沉睡，她卻沒睡過一個好覺。就連回來的這些日子，也是在為解決各種事情奔波。直到今晚，她覺得一切都圓滿了，才放心入睡。

她很快就睡著了，月光透過窗簾灑進來，照著她如玉的臉龐，也照著男人深邃的眼眸。

她瘦了，以前的嬰兒肥瘦得沒了。她睡得很沉，他怕擠著她和孩子，稍微往後退了退，她的呼吸頻率都沒變過。他撥開她額前的髮，凝視她熟睡的容顏，卻看見她眉頭微皺。她睡得不太安穩，不知有什麼憂心事，一入睡便要來纏她。他試著為她撫平，輕輕拍她的背，吻吻她的眉眼和臉頰，但沒能讓她安心下來。她的眉頭越皺越緊，漸漸發了低低的囈語。

他靜靜地聆聽著。

她喚的是他的名字，彷徨、害怕、痛苦、絕望，極小的聲音幾乎撕裂他的胸口。

「我在！我在……」他低聲回應她，他一直以為不能與她白頭到老是他的痛苦，而她的人生還有很長，她值得比他命數更好的人陪著她到老。會有人疼她、寵她、照顧她，她往後一樣可以幸福。可他從來沒想過，失去他，她會這麼痛苦，這麼害怕……

他不能忍受她承擔一點點的危險，所以他先去承擔。

他以為，她沒事就很好。

或許是他錯了。

他拍著她的背，試圖安撫她，她卻仍然被困在夢魘裡，無法平靜下來。

他開始喚她，試著喚醒她。

當她的眼睛睜開的一刻，他鬆了口氣，卻看見她迷茫的眼神。在看清楚他就在眼前時，她欣喜又悲傷的眼神令他心痛。他將她擁進懷裡，聽見她在他懷裡失聲痛哭。

她做夢了，夢見她遲了。她出現在世界的各個角落，忙公司的事，忙父母的事，忙抽空回去看師父和老爺子，身邊卻總是空蕩蕩的。她永遠在忙碌，永遠是一個人。什麼都有了，唯獨心是空的。她試著在世界各個角落尋找他，卻總是找不到……

那種窒息的痛苦那樣真實，當她被喚醒，發現是在做夢，她終於忍不住了。她原以為她可以不發洩這些日子的情緒，直到她哭出來，她才知道這些情緒壓得她有多重。

「你騙我……你說過不騙我……」她沒打算跟他生氣，只是想說出來。

「沒有。」徐天胤拍著她的背，呼吸很沉，讓她知道他的心也在疼著，他道：「沒騙妳，只是沒告訴妳。」

這話讓傷心中的夏芍噎住，險些沒背過氣去。待喘了幾口氣，她抬起頭來，用眼神控訴。她以前怎麼沒發現，他居然會狡辯？

「你說會和我一起面對，結果呢？這不算欺騙嗎？」她鼻音極重，口齒伶俐。

他的回答是低下頭，吻住她的唇。

他吻得濃烈，像用盡一生的氣力，把失而復得的寶貝融入骨血。

在遇見她之前的那些灰暗年歲裡，他總是不斷地被失去折磨著。與她相愛的五年，他用過從未用過的情感，得到過從未得到過的摯愛。在得知他孤煞命格的時候，他想過遠離，他以為有這樣一段感情留給他回味，足夠他過完此生。他想過她會用盡全力救他，卻從未想過他能醒來。沒想過命格會破，沒想過會有妻子，有孩子……

當他醒過來知道一切的時候，師父在他面前推演他的八字，卻再也推演不出吉凶之時，他沒有感受到喜悅，只是感受到疼痛，為她所做的一切。

直至見到她，得知她有了他的孩子，他才知道這一生可以如此幸福，如此圓滿。他世界裡的那一抹寧靜的光芒，終於可以一直陪著他。

遇見她，是他此生至幸。

如果有這種事，他不會再獨自涉險，他會和她一起，哪怕是死。

他吻著她，吻得細緻。她也投入地回應著他，屋裡漸漸傳來沉重的喘息聲。情漸濃時，他除去她身上的阻礙，撫過她身上每一寸，來到她隆起的腹部時，兩人都顫了顫。

夏芍低頭看向腹部，徐天胤也看過去。

他的手撫在上面，眼神呆愣。

夏芍感覺到剛才胎動了。其實這不是第一次胎動，只是孩子還小，胎動很輕微，她只能感覺到，卻摸不出來。可剛才那一下實在太重了，她感覺像是有一隻小腳，在她肚子裡狠狠踹了一下，想必師兄也察覺到了。

「他……在動？」徐天胤慢慢抬起頭，不確定地望著她。

夏芍笑笑，「也許是在抗議。」

徐天胤默默瞧著她的腹部，眼睛微微瞇起，大手在上面撫了撫。裡面的小傢伙卻不給面子了，愣是再也沒動過。待徐天胤放棄，夏芍瞧見他柔極的目光。他起身下床，去浴室之前眷戀地望了眼她月色裡玉雪般的身子。

夏芍半坐在床上，忽然噗哧一笑。

她比以前更加期待肚子裡的小傢伙來到世上，到時候定有另一番樂趣。

徐天胤沖完冷水澡回來，夏芍已經躺下了。他抱過來的時候，她還沒忘記之前的話題，「說你以後再也不做這種事了。」

哭過之後，她整個心情都輕鬆了，也懶得再問他還會不會再犯，直接要他給她個承諾。不管他會不會再犯，她都不會讓這種事再發生了。

「不會了。」徐天胤答應得很快。他是不會再犯，因為這種事他不會允許再發生。

夏芍笑了笑，枕著他的手臂，很快又睡著了。

這一回，她睡得很舒服，直到早上有人來敲門才醒過來。

徐天胤早就醒了，卻沒叫醒夏芍，他知道她今天要出席記者會，但任何事在他眼裡都沒有她的睡眠重要。等吃過早餐，換了衣服，化好妝，他還囑咐：「人多，別擠著。」

夏芍噗哧笑了，她今天神清氣爽，笑起來別有一番韻味，讓他的目光變得柔和而留戀，「誰能擠著我？要不，你陪著我，幫我擋人？」

她是打趣他的，徐天胤當真點了頭。

「好。」

……

華夏集團要召開記者會的事，外界早有預料，只不過原先猜測的是夏芍未歸，華夏集團的高層撐不住了，總要出來給外界一個明確的解釋，現在的結果卻出人意料。

昨天有人爆出夏芍出現在青市機場的消息，甚至有人拍下了夏芍和徐天胤相擁的照片和視頻。當確定是兩人後，國內又掀起新的輿論。
夏芍不是在崑崙山遭遇雪崩遇難了嗎？怎麼會出現在青市機場，看起來還毫髮無損？
徐天胤不是被免職，目前畏罪潛逃中嗎？怎麼也敢這麼光明正大地出現？
這段時間的傳言到底是真是假，真相在哪裡？
外界議論紛紛，所有期待真相的人都將目光放在了今天上午華夏集團的記者會上。
夏芍穿著黑色的連身裙，罩著一件白色西裝外套，看起來沉穩俐落，與她以往出席重大場合喜愛的古典穿著不同。一進會場，嗅覺敏銳的記者們就似從這穿著上聞到了什麼，紛紛盯緊了夏芍的肚子。
閃光燈不僅打在她身上，還打在陪著她一起進來的徐天胤臉上，後頭跟著的華夏集團高層主管們幾乎成了陪襯。
徐天胤將夏芍送上臺，見孫長德等人站在她身後，兩旁公司的保全人員也都就位，在確定不會驚著她或者擠著她之後，他才坐到下方空著的席位裡。
臺上只剩下華夏集團的成員，夏芍站在最前面，望著下方的媒體。早已經入座等待的記者們卻沒有等到她先開口講話，在一陣閃光燈爆閃之後，問題如潮水般湧來。
「夏董，請問您是昨天才回來的嗎？」
「請問您對這段時間外界的傳言有什麼解釋嗎？」
「您的員工對外宣稱您和徐將軍去國外度假了，請問您是去度假了，還是去安胎？」
「有消息說您在崑崙山遭遇雪崩，可是看您安然無恙，請問消息是假的嗎？如果是假的，那那些前往崑崙山的國際救難隊是怎麼回事？」

「您不在的這段時間，外界有諸多傳言，其中最嚴重的莫過於華夏集團內部爭鬥，有解體或被吞併的風險。請問您是因為在安胎，所以才沒有站出來反駁的嗎？」

不過一天的時間，媒體們已經分析和腦補出了很多種可能性。夏芍看著那些提問的記者，一句話也不答，平靜得讓臺下的爭相發問像一場鬧劇。

慢慢的，發問的人越來越少，聲音越來越小，直到所有人都安靜下來。

直到此刻，才有人想起來，這裡是青市，這裡是華夏集團崛起的地方。在場的媒體中，有太多的人五年前就見證了華夏集團的成立，那個時候，很多人記住了那個穿著旗袍，氣質典雅的少女。那個時候，她才十六歲，臉蛋還有些圓，笑起來尚有少女的稚氣，而今天眼前站著的女子，她已經長大了。

在等待她開口的時間裡，眾人不自覺地屏息。

「感謝諸位前來參加華夏集團的記者會，也感謝各位媒體朋友們提出的問題。我想，有一件事情很多人都誤會了，華夏集團今天的發布會為的不是澄清前陣子的傳言，我個人認為這些傳言也無須澄清。我站在這裡，而你們看到了，這就是最好的事實。」

她站在這裡，而且安然無恙，說她遇難的，說華夏集團要倒閉的，還需要再解釋嗎？只要她在，一切謠言不攻自破。

可是，她不打算多做解釋，何必開這場記者會？

「華夏集團今天的新聞發布會為的是一件正事，一件很重要的正事。在外界有諸多傳言的時候，我們正在為一件事努力，今天就是向大家報告成果的時候。經過這段時間的努力，華夏集團已經正式與日本大和會社簽約，以五十億的價碼收購大和會社。目前收購金已經交付，雙方正在洽談，準備下個階段公司的移轉和華夏集團在日本落戶的工作。」
夏芍的話音落下，現場沒有半點聲音。
「後續工作的進度，我們會即時公布。」夏芍在眾人傻愣愣的目光裡微笑，頷首致歉，「這便是今天發布會的內容，如果各位沒有什麼要問的，發布會就到此此結束了。」
一語驚醒了整個會場的人。
記者們紛紛交頭接耳。
「收購大和會社？什麼時候的事？」
「不是傳言大和會社和華夏集團不和嗎？怎麼會……怎麼談成的？」
「五十億？好大的手筆！誰說華夏集團要倒了？」
「跨國集團！這是要走跨國集團的路子，這麼快？」
華夏集團才成立五年，能走到國內行業的至高處，已經是商業界的傳奇。有人預測過，華夏集團未來的定位絕不會僅限於國內企業，他們一定會走出去。
誰能預料到，這一天來得這麼快？
是誰說華夏集團要倒了？人家明明就向前邁了一大步！
是誰說夏芍遇難了？人家明明就好好地站在面前！
這一切該不會是華夏集團在收購大和會社的時候，競爭對手們搞出來的吧？
不得不說，媒體們雖然沒全猜對，但也離真相不遠了……
現場震驚的目光、疑惑的聲音，最終彙聚成更多的問題，但記者們想問，夏芍卻沒回答。
這是一場很簡短的新聞發布會，在宣布完要公告的事情之後，夏芍一句多餘的話都沒有，只以等會兒有重要會議要開為由，拒絕了一切採訪。

保全人員過來護著，記者們湧過來，幾乎把門堵了。

人群裡有一道冷極的目光，不知哪裡來的，不太敏銳的人都覺得莫名一冷。不少人四處張望，人群被分開，徐天胤大步走了過來。他所到之處，前一刻還擠在一起的人像被無形的氣勁劈斬開。這個男人手裡什麼也沒有拿，眼睛誰也沒看，卻讓人感到莫名的壓迫和冷意。

從徐天胤來到夏芍身邊的那一刻，便再也沒人能擠過來，記者們呆呆瞧著夏芍微微一笑，之後兩人相攜著旁若無人地離去。

人人都知道接下來國內會掀起怎樣的浪潮。

只用了五年，便創造出一家跨國集團，這簡直是奇蹟，而這個奇蹟的掌握者，這個集團的掌舵者，她還沒有過二十一歲的生日……

當人們在謠傳著她遇難的時候，當華夏集團在被倒閉的傳言籠罩的時候，她沒急於澄清，只是始終在努力，這大概便是成功者才具有的素質。

不出媒體們所料，事情一經報導，國內果然掀起了熱潮。天空的陰霾彷彿一日散盡，晴空萬里，一切謠言都被震驚和讚嘆所取代。華夏集團從成立開始，總是能引起全民熱潮，這一次也不例外。只是這一次，她走到了更高的地方，更加遙不可及。

外界的讚嘆和熱議，沒有引起夏芍的關注，她正忙著。

忙著聆聽各地分公司的經理們的工作報告，研究集團在日本落戶營運的章程。忙著安撫公司這段時間因傳言而惶然不安的員工。員工在見到夏芍回來，公司也傳出收購了大和會社的喜事，自然一掃陰霾，上班都精神抖擻。而日本市場是華夏集團走出跨國之路的第一步，方案和章程自是慎之又慎，不是開幾次會議就能定的。好在孫長德等人早知夏芍的心思，關於日本市場的方案早有準備，會議這才開得頗順利。只是事情到了執行的一步，許多細則要敲定。

夏芍這一忙就忙到了六月底，大事都定了下來，剩下的小方案不必她事事操心，只需她最後過目就好。這段時間，徐天胤一直在青市陪夏芍，只等她忙完公事，兩人回東市見父母。

臨走之前，夏芍還欠陳滿貫等人一頓飯，她答應了他們要請客慶祝的。

這晚，徐天胤在這裡，陳滿貫等人也都不拘謹，幾杯酒下肚就都放開了。

「董事長福大命大，咱們集團也福大命大，這事本來該乾一杯，不過董事長不方便，這杯就先攢著了！」陳滿貫笑呵呵地道，順便瞥了眼徐天胤。

徐天胤默默坐著，還是那麼清冷，話很少，卻早把夏芍的酒杯推得遠遠的，同時盯著他們手裡的酒杯。誰看夏芍的酒杯，他就看誰。被他看過的人，都不敢跟夏芍提酒這事，更不敢跟他開玩笑，要他代喝。

夏芍發話了，今晚徐天胤也不喝酒。他重傷初癒，元氣大傷，得調養些時日。夏芍不放心他喝酒，兩人面前擺著的都是溫開水。

「陳哥，算了吧，董事長擋酒的功力，你又不是不知道。攢著到最後，也不知道會攢到誰的肚子裡。」孫長德笑道：「還是我們幾個喝吧，就別惦記董事長了。」

幾人頓時笑了起來，陳滿貫笑的聲音最大，笑罷有些感慨，「唉，今晚就我們幾個人，有點少，董事長應該多請些人的。前陣子外界都在傳董事長的死訊，不少對手盯著我們，我還以為我們有場硬仗要打，結果比想像中輕鬆多了。多虧安親集團、三合集團和嘉輝集團這些老朋友在背後相助，要是沒有他們放出風聲，說誰也不准動華夏集團，等不到董事長回來，恐怕有些人就忍不住動手了，這事是該謝謝人家。老實說有朋友不容易，尤其是你遇著難事的時候，真心幫忙的沒幾個。」

陳滿貫當初生意失敗就體會了一回人情冷暖，認識的朋友個個閉門不見，誰也不肯幫他一把，所以這回他才有這麼多的感慨。

孫長德也點頭，「董事長的人脈還是很驚人的，前些日子，華爾街的黎良駿黎老還打電話給我，問我們是不是真的財務緊張。如果是，他可以批一部分免息貸款。」

「羅姊也找了我幾次，我沒少和她見面。」劉板旺也道。

「胡總、熊總和田董他們也問過，問我們需要多少資金周轉，都被我回絕了。」馬顯榮也跟著附和。

幾人望向夏芍，除了感慨，也難免有些嘆服。夏芍認識的人並不是只有利益之交，當初在她這裡問過風水運程，得過她幫助的人，在她出事之後，還是挺記掛她的。有些人，她當初看人家艱難，沒收酬勞，這些人裡有很多算不上成功人士，只是很普通的人，與安親集團那些巨頭相比，沒錢沒勢，卻在前陣子親自來公司問了幾次。這些都是令人心暖的事，現在事情過去了，總要跟董事長把這些事說說。

夏芍目光柔和，笑意溫純。她都知道，過陣子這些人她都會見一見。

「對了，還有一件事！」孫長德忽然想起了什麼。

夏芍轉頭看他。

他回憶道：「還有一件事，這人不知道是誰，我沒時間查，方禮也沒查出來。就是外界傳聞咱們集團快倒閉傳得最凶的時候，有人在傍晚，方禮下班的時候，朝他的車裡丟了一百萬。

當時那人騎著機車，戴著安全帽，方禮沒看出來是誰。事後我讓他查，他只查出機車的牌照是假的，然後就沒線索了。這一百萬沒動，一直在方禮那裡放著，我讓他等您回來處理，只是您真回來了，這事我倒差點忘了，要不是陳哥起了個話頭，我還想不起來。」

這事其餘幾人顯然也是知道的，只是再提起來，依舊沒有頭緒。

別人不知道，夏芍肯定能知道。

夏芍心念一動，掐指算了算，微感驚訝，她道：「這事等我回京城再處理。」

她這麼說，便是已有眉目。五人都很感興趣，但見她沒有明說的意思，便都按下沒問。

夏芍有孕在身，這頓飯沒有吃太久，散席後，徐天胤便與她一起回去休息了。

次日早晨起來，兩人去機場搭飛機回了東市。

回到東市家裡，才上午十點。

按照往年，夏芍若是回家，夏家一大家子都是要來見她的。這天家裡只有夏志元和李娟兩人，兩位老人家都沒過來。

夏芍剛走到門口，忽覺得壓力倍增。

「怕不怕？」夏芍笑著看向徐天胤，打趣地問道。

徐天胤嘴角揚起，沒有回答，只是把她的手牽得緊緊的。

今天並非週末，夏志元沒去基金會，坐在客廳裡喝茶看新聞。李娟一個人在廚房裡忙活，見女兒和女婿回來，忙從廚房裡跑出來，歡喜得不得了。

看著兩人牽手，提著大包小包進來，李娟有些恍惚。

快一個月了，從香港離開的時候，女婿還沒醒，躺在床上像醒不過來似的。至今，她還記得那天在房間裡瞧見他，他那滿身青黑的嚇人樣子，現在竟好好地站在面前……

女兒也是，走的時候小臉還瘦得尖尖的，這才一個月不到就圓了起來。雖不如從前圓潤，但氣色好多了。

李娟看看女兒，再看看女婿，眼眶熱了。這世上最大的喜事，莫過於孩子們都好。

「爸、媽，我們回來了。」徐天胤比夏芍先出聲，牽著夏芍的手更是緊了緊。

夏芍對徐天胤笑笑。只有她知道，他對親情有多麼渴望，母親的一個眼神就可以感動他。他以前稱呼她的父母還比較拘謹，只叫著岳父、岳母，怕人家不接受他，一直小心翼翼的。今天卻改口了，他知道，除了出於感動，他還有點小心思。

果然，李娟被徐天胤這麼一叫，又驚訝，又歡喜，又有些不好意思。

徐天胤看向夏志元，夏志元顯然沒那麼好哄，他坐得穩當，臉色前所未有的嚴肅。

李娟拉著兩人進來，徐天胤一直沒放開夏芍的手，且有意無意用身體將她擋在身後。

他這舉動讓本來臉色還不臭的夏志元臭了一半——這臭小子什麼意思？難不成，他還能把閨女打出去不成？瞧他防備他的樣子，這裡到底是誰家？

夏志元原本打算擺出岳父的架子來，沒想到被女婿的一個舉動氣得險些不淡定。他仰頭喝了口茶，只覺燙得嘴巴疼，放下茶杯時砰一聲，震得客廳裡都靜了靜。

李娟有些擔憂地看看丈夫，再看看女兒和女婿，不知今天會鬧出什麼來。

徐天胤眉頭都沒動一下，他本來就冷臉，莫說在他面前砸個杯子，就是房子塌了，他都不會有表情。他先開了口：「爸、媽，這事是我的錯，我想和芍把婚禮辦了，希望你們同意。」

李娟聽了一愣，要是不了解徐天胤，倒不覺得怎樣，可認識他幾年了，他向來寡言的，不問他話，他很少開口，一天說的話數得過來。她原以為他今天進了門，得他們夫妻問他打算怎麼辦，他才會開口，沒想到他沒讓他們開這個口，自己先認了錯，並給了他們一個交代。

李娟看向丈夫，見夏志元咬著腮幫子，胸膛起伏，忍了又忍，似在強忍下許多要說的話，他並沒有因徐天胤的話而臉色好看多少。

夏芍有些愧疚地看著父親。她知道，她的年紀在父母眼裡還是年輕了些，他們想再留她幾年，等她完成學業，再為她操持婚事。她知道他們是為她好，若她完成了學業再談婚事，她至少會少些事操心，如今無奈休學，華夏集團又要走上跨國經營之路，她日後忙事業，忙家庭，忙孩子，還要繼續完成學業，她會比以往忙不知多少。她太忙碌，父母便為她擔心。她總歸在這件事情上沒有做好，有愧於父母。父親應該有很多話想說，只是他明白事已至此，唯有結婚是最好的解決辦法，所以他忍了又忍，把他的擔憂和責備壓下，逼著自己冷靜。

夏芍心裡不好受，她看了父親一會兒，想要開口安慰他幾句。

夏志元這時卻道：「什麼時候辦？」

他只問了這一句，夏芍忽然覺得鼻酸。

果然是這樣，天底下最疼她的人，一直是她的父母。

「過幾天，我回京城安排。」徐天胤把夏芍的手握得很緊，望著岳父的眼神滿是敬重。若他的父母還在，應該……也是這樣的。

夏志元盯著徐天胤看了一會兒，翁婿兩人對視半晌，徐天胤又開了口。

「工作的事，也請你們放心，我會處理。」對他來說，以前去軍區任職或者從事任何一種職業，對他都沒有區別。他留在軍區，是因為爺爺的期望，而現在多了一個理由。他要保護她，用他的方法和他能做到的一切，在另一個領域為她護航。只是這段時間，陪著她，把她養胖是他的期望，所以他先做了。至於軍區的鬧劇，他回京城後會處理。

夏志元愣了愣，倒沒想到徐天胤會向他承諾這事。軍政上的事，自古就黑，很難成為誰的一言堂，更不是誰想怎麼做就怎麼做的。老爺子大病初癒，徐家還在泥潭裡，他怎麼處理？

夏志元嘆了口氣，擺擺手，從女兒和女婿進門就一直繃著的臉色也鬆緩下來，嘆道：「這個事不用太較真，只要別惹上官司，能在孩子出生前把婚禮辦了就行。」

這就是他的要求，其實也就這麼簡單。他再覺得女兒嫁得早，再擔心，對這個女婿還是滿意的。為了救他的女兒，連命都豁出去的女婿，他還有什麼不滿意的？從那時候起，他就真的打心底接受這個女婿了。

只是這件事他們兩個年輕人太草率了，身為長輩，他不得不敲打一下。

至於女婿的工作，沒了就沒了，他還真沒太放在心上。男人是要有事業不假，但未必得吊死在一棵樹上，他還年輕，只要不被這事打擊到，日後有什麼是不可能的？

「好了，還不到吃飯的時候，先去休息一會兒。你們的爺爺奶奶和姑姑叔叔們都知道你們今天回來，晚上再一起吃飯。」夏志元道。

沒想到進門的時候，父親表情那般嚴肅，事情卻這麼容易談，連一句責怪的話都沒有，反而最後勸起了他們。夏芍和徐天胤離開客廳，回到自己的房間後，她抬頭看著他，果然見他眼中閃動著感動的神色。

夏芍笑著打趣道：「別太感動了，我怕日後這樣的日子太多，你會感動不過來。」

「嗯。」徐天胤低低應了一聲，抱緊了她。

晚上夏家人來吃飯的時候，應是夏志元事先發過話，誰也沒提徐天胤工作的事，更沒提夏芍和公司前陣子的傳言，連華夏集團收購大和會社的事，向來還捧她幾句的夏志濤也沒多言。除了見面的時候老人家抱著夏芍哭了幾聲，一家人的話題都圍繞在婚禮和夏芍的肚子上。

婚禮的事，夏芍心裡有數，她和徐天胤都不想大辦。她懷著孕，不宜太操勞，不想婚禮那日挺著極重的身子去應酬那些虛情假意的奉承和恭賀。她只想請些熟悉的朋友，人可以不多，但來的人都帶著真心的祝福，這樣就夠了。

老人家還是最關心未來的曾外孫，夏芍見兩位老人精神尚好，記得前世這時候，奶奶已經疾病纏身，如今康健著，她便舒心，席間陪著老人家多聊了些腹中小傢伙的事，氣氛和樂。

這和樂的氣氛裡，夏芍注意到小姑有些心不在焉。夏志琴本在青市，這回是特意回來的，幾番欲言又止，見氣氛這麼好，也不忍心破壞，便陪著說說笑笑，眼裡卻有著憂心之色。夏芍一瞧就明瞭，問道：「姑姑可是在擔心汝蔓？」

夏志琴沒想到夏芍知道了，也沒想到她這麼早就問出來，頓時有些感動，「都是我不好，以前就不該由著她。她那性子，我本以為到了軍校受些管束能改改，沒想到還是惹了事。前陣子軍校打電話來家裡，說她在京城襲警，又私自蹺課，按著校規要開除她……她當初考這學校就是一波三折，才讀了一年……」

說到這裡，夏志琴忍不住抹眼淚。她這女兒自小成績好，就是性子野。她以為她長大了會好些，哪想到她惹出這麼大的事來？早知如此，當初就讓她讀個二流大學，也不讓她讀軍校。

這事夏芍自從崑崙山上出關，看見張汝蔓也在的時候，就明白前因後果了。襲警、蹺課，固然不對，卻是非常時期，事出有因。至於這個原因，想必她是沒有對父母坦白。

「姑姑別擔心，等我回京城，我會去看看她。」

一聽夏芍肯管這事，夏志琴覺得有希望了。

李娟卻問道：「妳不是要在家裡住些日子嗎？」

夏芍笑道：「是住些日子。不過，學校放暑假了，我得回去把休學的事情辦好，順便見見幾個朋友。他們沒少擔心我，我回來了，一直沒時間見他們。等辦完這些事，我再回來。」

李娟瞅了女兒一眼，知女莫若母，她話是這麼說，可到時要是忙起來，可就說不準了。

夏芍老老實實在家裡住了一個星期，除了陪母親出去買菜，什麼事也不幹做，每天只負責吃吃睡睡，過著米蟲般的日子。等到把臉蛋養圓了些，才和徐天胤一起回了京城。

終之章 縷結同心

夏芍和徐天胤回京城的這天，京城傳出消息，徐天胤的軍銜和職務都恢復了。不僅如此，姜家也倒臺了。姜氏父子被帶走調查，姜山更被正式逮捕。據說，姜山自知不妙，正準備與家人潛逃國外，被人在機場逮了個正著。

姜山被捕的罪名，除了出賣國家利益、貪汙受賄等，還有以權謀私、惡意陷害。這裡的陷害，指的是徐天胤。姜家從政的子弟也都被調查，許多人落馬，連跟姜家走得近的姜系大員也被打下去好幾個。姜家人身敗名裂，這回是實打實地受重創，很難東山再起。

這也算是上頭變相為徐天胤主持了一回公道。

當然，這個公道在很大的程度上，是為了做給徐老爺子和夏芍看的。

徐天胤在得知復職的消息後，什麼也沒說，回了京城也沒去軍區報到，就像不知道復職的事。當國內正為政壇近年來最嚴重的落馬案熱議的時候，他正陪著夏芍在醫院做產檢。

看到螢幕上顯現出孩子的影像，聽到孩子的心跳聲，夏芍永遠都忘不了徐天胤的目光。他目光裡的專注不亞於身為母親的她，而他眼裡的愣然，更令她感到心疼。

這輩子讓他幸福，就是她最大的願望。

兩人從醫院裡出來，回到車上，他手裡還拿著產檢的單子，專注地瞧著。良久之後，他發現她調侃的目光，這才傾身抱住她，臉埋在她的頸窩裡，輕輕笑出聲來。

他很少笑，也很少笑出聲。記憶中，他向她求婚，她答應了的時候，他才這樣笑過。

夏芍伸手反抱住徐天胤，兩人在車裡相擁許久。

這天晚上，兩人做了一桌好菜慶祝，像是在過節一樣。

吃完飯，同樣坐在沙發上消食。吃過飯，通常是肚子裡的小傢伙活動的時間，徐天胤會蹲在沙發前，臉貼在夏芍的肚皮上聆聽。

每個懷孕的女人都會為生男生女的問題詢問另一半，夏芍也不能免俗。她看著徐天胤神情十分專注，便低頭問道：「師兄希望是兒子，還是女兒？」

「女兒。」徐天胤想也沒想，卻答得再認真不過。

女兒會像她，聰明、乖巧又可愛。

夏芍知道他的心思，聽見他果然這麼說，忍不住想逗逗他。

「兒子！」她瞇眼道。

徐天胤抬頭望向她，沉默半晌，點頭道：「好，兒子。」

她想要兒子，那就兒子。

夏芍噗哧一笑，他改口也改得太快了。她忍不住繼續逗他，「師兄不覺得如果是兒子的話，以後家裡兩個男人，只有我一個女人，會多一個人疼我嗎？」

她眼睛彎彎，笑容甜美。每當她露出這樣的表情，他就知道她在逗他了。

他凝視著她，認真地思考這個問題。

「唔。」似乎是這樣的，他堅定地點頭，多一個人疼她很好，「好，兒子。」

夏芍笑得眼睛更彎，「可是，師兄不覺得，家裡有兩個男人，會有人跟你搶我嗎？」

徐天胤愣住，默默望著她，漆黑的眼神開始動搖，很是糾結，「唔……」

兒子似乎也不是想像中的那麼好。

夏芍終於忍不住笑出聲來。她笑著笑著，眼神變得柔軟，輕輕抱住徐天胤，「逗你的。兒子和女兒我都喜歡，都是我們的孩子。如果是兒子，那多一個人疼我；如果是女兒，就多一個人疼你，我都歡喜。如果這孩子是兒子，那我們以後再生個女兒，她有父親和哥哥的疼愛，會更幸福，你說是不是？」

「嗯。」徐天胤點頭。不管她說什麼，只要她喜歡，他就覺得很好。

兩人這晚又很早睡下了。這段時間他陪著她，她夜裡已經能夠睡得很安穩。他每晚都會抱著她和孩子，滿足之後才入睡。可這回半夜的時候，他悄悄起了身，換了軍裝，出門前回頭看了臥室一眼，怕她醒來尋不見他會擔心，又折回去在枕頭上留了一張字條，這才離開。

車子剛開出院子，夏芍便睜開了眼睛。她目光清明，沒有半點睡意，就著月色看了眼枕頭上的字條，微微一笑。她把將字條放回原位，閉上眼睛，沉沉入睡。

夏芍早上醒來的時候，床的另一半還是空的，字條卻不見了。她起身，果然在廚房找到了為她做早餐的男人。他又換回了常服，用餐時也沒跟她說半夜出門的事，她便裝作不知道。

今天他們要回去看徐老爺子。

徐康國正由徐彥英陪著在花園裡散步，見兩人相偕回來，不禁露出了慈祥的笑容。徐天胤清醒後去青市前，先回來看過老爺子，老爺子看到兩人一起過來，情緒雖然還是有些激動，卻能把持得住。

夏芍笑道：「本該昨天回來看您的，可我們先去了醫院，您的曾孫子好著呢！」

「好就好。」徐老爺子連連點頭，瞧著夏芍的肚子比離開京城的時候大了些，笑意變得更深。他現在年紀大了，又有先前政局的動盪，讓他越發感覺自己老了，力不從心了。他打算在換屆之後就真正退下來，什麼也不管，好好享受幾年天倫之樂，逗逗他的乖曾孫。

徐彥英笑著看了看夏芍的肚子，問：「你們什麼時候把婚禮辦了？」

徐老爺子擺擺手，「婚禮不用太著急，你們先去把結婚證給領了。」

夏芍笑咪咪地道：「我們也是這麼想的，這不是先回來請示您嗎？」

徐老爺子氣笑了，他當初就不該說那句讓兩個人打報告寫申請的話，如今被這丫頭惦記上了，整天拿這事來開他玩笑。

徐天胤在一旁坐著，看著家人其樂融融地聊天，唇角揚起淺淺的弧度。

「先把結婚證領了是應該的，不過婚禮能辦還是辦比較好。小芍不用操心這事，交給我和天胤操辦就行。」徐彥英說著，又擔心夏芍另有打算，便問她：「妳看呢？」

徐老爺子點點頭，「行，妳和丫頭商量著辦吧。天胤，你跟我去書房。」

徐天胤扶著老爺子起身，往書房走去。

夏芍看徐天胤的背影一眼。有些事她可以裝作不知道，老爺子還在高位上，能消息不靈通嗎？只看他怎麼說服老爺子了……

夏芍垂眸微笑，徐彥英則暗暗打量著她。夏芍回來後，她這是第一次見她，但是有關她的事，她這些日子可是如雷貫耳。現在外界雖然不清楚，但國家高層有誰不知道她救了上頭那位和老爺子，又恢復了國運？

這世上，金錢權利、名譽地位，有些人站在至高處，以為站在了世界的頂點。哪知頂點之外，另有高人不受這些所束縛。

這就是所謂的天外有天吧……

而這個「天外天」在他們徐家，是徐家之福，也是國運之福。她立下重誓，有生之年會護佑國運，這等事豈是能求得來的？上頭那位聽說她這些日子正忙著，連想見她一面都暫時壓下了，可見將她看得有多重。

現在的她，用古代來說，雖不在官場，卻相當於國士。

夏芍抬起頭和徐彥英的目光對上，徐彥英不好意思地笑了笑，道：「這事本不該跟妳說的，也許妳已經知道了。天胤他二叔和二嬸現在有點麻煩，上頭本想把這事抹了，老爺子沒同意。老爺子這回是動了真怒，發下話，天胤他二叔和二嬸的事要查到底，該怎麼辦就怎麼辦。」

「既然老爺子發了話，我能有什麼辦法？」夏芍也笑，笑得雲淡風輕。

徐彥英嘆了口氣。她就知道沒這麼簡單，這孩子平時看著笑咪咪的，其實很記仇。她是到現在還在生徐家二房的氣，到現在還沒把他們當成一家人。

「老話說得好，種瓜得瓜，種豆得豆。同樣是一家人，家訓沒什麼不同，怎麼姑姑和姑父就沒事，有人就栽進去了？世上的事，種什麼因得什麼果罷了。」

「徐家這樣的家庭，哪裡用得著我們來那套？我二哥把官位看得比什麼都重，這點利害關係他能不明白？可惜我二嫂糊塗，她太愛面子，也不知道拿的那些好處裡頭有沒有哪樁是以我二哥的名義收下的。老爺子發話說要查，調查組的人多半也不敢敷衍……」徐彥英說著，又是一嘆，拍拍夏芍的手，「行了，妳不管就不管吧，姑姑就是跟妳聊兩句。這幾天你們沒回來，老爺子成天板著臉，也就你們回來，他才高興些。以後你們有時間就多回來陪陪他，他年紀大了，醫生現在天天都不敢離了他。」

徐彥英轉移話題，夏芍見她神色坦然，笑容不似作假，便笑著點頭。徐家到底還是有清正些的人，徐彥英雖然生在徐家，家世好，性子卻更像是普通人。她的兄長再圓滑世故，她再不認同兄長的處事之道，但出了事她同樣擔心。只是，她再擔心，也懂得不強求他人。她這樣溫和的性子，正是她喜歡的地方，可惜這性子到了兒女的問題上，難免顯得弱勢了，不然也不會把孩子教成那樣。

見夏芍沒有不悅，徐彥英放下心，把話題轉到她和徐天胤的婚禮上。

徐老爺子和徐天胤從書房出來的時候，已經到了午飯時間。四人去了餐廳，老爺子似乎很是感慨，也不知道與徐天胤談了什麼。用完餐，他留兩人說了會兒話，醫生來為他量血壓，提醒他該午睡的時候，徐天胤和夏芍就起身告辭了。

三天後，當眾人還在關注著政壇上近年來最大的落馬案時，軍方的一個消息不僅震動了國內，還驚動了世界各國。

軍方公開了一部分徐天胤的功勳，正式為他前陣子的案子平反，並授予上將軍銜，職務由京城軍區第三十八集團軍的軍長升至軍委委員，並擔任京城軍區副司令員。

消息一出，震懵了各界。

一時間，所有人都看呆了眼，這可比什麼落馬案勁爆多了。

上將軍銜！軍委委員！京城軍區副司令員！

這是什麼概念？

除了戰爭年代和剛剛建國論功授職的時候，和平年代就沒有這麼年輕的上將。

徐天胤才三十一歲，原本少將軍銜，集團軍軍長的職務就已令他成為國內最年輕的將領，前途無限，為什麼軍方還會有此一舉？

就在所有人都琢磨不透之時，軍方的動作還沒完，繼徐天胤之後，又一批年輕的軍官被提拔任用，軍方儼然要進行大幅度的人事改革，換掉一批老血，注入新血。

這些舉措瞧在外界眼裡，有人逐漸回過神來，認為軍方這是要培養年輕一輩，是軍隊將領年輕化的訊號，卻沒有人知道，那些換下去的老血都是王家舊部。

軍方退下去的兩位軍委委員，皆是政局動盪的時候，幫助過姜山的人。

更沒人知道，那些被撤換的人，在某天深夜，家裡都被徐天胤登門拜訪，其中有幾個人是身負重傷的。

當然，這也不是完全沒人知道，至少徐康國和夏芍知道。這也是徐老爺子那天叫徐天胤去書房長談的原因，而夏芍自始至終沒有對此事說過什麼，因為她知道他為什麼這麼做。

他是想要保護她，用權力來保護她。

她記得很久以前就看過他的面相，他的大劫若能度過，從此以後將身居高位。雖然他現在不再為命數束縛，但他終究還是選擇了這條路，全都是為了她。

她也知道他是憑什麼說服老爺子的，因為他提出了改革方案，針對的正是建國半個世紀以來軍方所殘留的老瘤。剪除這些瘤子弊端，是上頭一直想要做的事，只是半個世紀的積累，讓許多勢力盤根錯節，牽一髮而動全身。沒有人，也沒有適合的方案，能以最少的代價獲取最大的改革益處。唯有他，國家需要他的鐵血手腕，需要有人來背負這些被削減勢力的仇恨。

說到底，他站得有多高，就要背負多少人的敵視。

「你可以不必做這些的。」在消息傳來的那天晚上，夏芍沒忍住，對著徐天胤道。

徐天胤的回答是吻了吻她的唇，淡淡地笑道：「無所謂。我以前就是國家的刀，那時必須隱在暗處，現在不過是站到明處罷了。」

他想要權力，就得化暗為明，而這次他只是和上頭那位各取所需而已。

夏芍的心底某處被撩動了，又暖又疼，她忍不住抱著徐天胤，默然無言。

沒關係，只要是他想要的，她都會全力支持他。

這輩子，他保護她，她也保護他，他們總能將對方守護好。

「以後有時間，我們再去一趟崑崙山吧。」

「好。」

徐天胤的升調授銜在國內備受矚目，就連國外的媒體都注意到了這位共和國軍方最年輕的實權人物。這天也是個好日子，天朗氣清，碧空如洗，徐天胤與夏芍手牽手出門，選在今天一起去辦理結婚證。

兩人沒先去民政局，而是開車來到京城大學校門口。

除了衣妮骨折，仍在醫院休養之外，元澤、柳仙仙、苗妍和周銘旭都到齊了。

夏芍一下車，柳仙仙的爪子就伸了過來，可惜還沒碰到夏芍，就在徐天胤凌厲的目光中訕訕然地收了回去。

柳仙仙的手沒占到便宜，嘴上可不饒人，「有人大難不死，帶球歸來，老公升官了，公司也發展到國外去了，身價大漲，居然還記得來京城大學這個小地方看我們，真稀罕啊！」

夏芍沒與她抬槓，笑著上前給了她一個擁抱，「這段時間讓你們擔心了，是我不好。」

柳仙仙眼的睛頓時紅了，一句話也說不出來。原本她準備了很多數落夏芍的話，總覺得不罵罵她，對不起他們這些人前陣子為她掉的那些淚，喝的那些酒。

前段時間，是她繼當年母親過世之後，人生裡最灰暗的時期。

朋友生死不明，親生父親丟官落馬。他來找過她，年前還風光無限的石部長，如今落魄失意，他說他可能會坐牢，他希望她能原諒他。她拒絕了，原諒他是她母親的事，可是她母親早已不在人世了。

她大哭了一場，母親的墓碑在家鄉，她打算暑假回去掃墓，轉告她這個男人說的話。只是，她知道母親的墳墓在哪裡，卻不知道朋友葬生在崑崙山的什麼地方。

幸好，她回來了……

夏芍拍拍柳仙仙，她從不是個在人前示弱的人，在看見她落淚時，她心中也五味雜陳。許久之後她放開她，又走過去給其他三個朋友一個長長的擁抱。

苗妍早就哭狠了，周銘旭遞面紙給她，苗妍埋到他懷裡大哭，兩人的關係一眼就能看得出來。只有元澤臉上還掛著笑容，雖然那笑容有些恍惚，但總歸是開心的。

「上車吧。」夏芍笑道：「帶你們去一個地方。」

京城大學校門口聚集了很多人，華夏集團收購了大和會社的事早就傳開，夏芍一出現，自然成為了人群的焦點，更別提徐天胤也在。穿著黑色襯衫的他，氣質清冽，儀容清俊，極為出眾。只是，他誰也不看，視線永遠停駐在夏芍身上。

柳仙仙等人上了車，車子駛離京城大學。

沒過多久，車子在民政局前停下，四人下車後一臉茫然。

夏芍笑道：「我想請你們當見證人，你們的意思呢？」

苗妍和周銘旭露出驚喜的表情，柳仙仙則是明明眼裡有喜意，卻嘴硬地道：「當見證人沒問題，妳給多少出場費？」

元澤的笑容僵了一瞬，眼裡閃過各種複雜的情感，想了想，他大方地走到徐天胤面前，對他伸出手，說道：「徐將軍，恭喜。」

他如今已經不是高中那時躺在病床上吃著夏芍削的蘋果，對著徐天胤挑釁的少年了。現在的他，既能承受苦澀的滋味，也能坦然地獻上祝福。

徐天胤看了元澤一會兒，點點頭，伸手與他交握。

來民政局的新人不少，徐天胤和夏芍出現的時候引起了不小的騷動，兩人在朋友的簇擁之下，辦理了結婚登記的手續。當結婚證到手的時候，看著上面兩個人的合影，徐天胤擁抱住夏芍，輕輕笑出聲來。

晚上要回徐家吃飯，中午夏芍便請朋友們去了飯店，擺開酒席，提前慶祝。

席間，夏芍揀了一些自己在崑崙山的經歷說給大家聽，只不過略去了驚險的事情，畢竟先前她生死未卜讓眾人擔心許久，在這種喜樂的時候，就別讓大夥兒再為已經過去的事費心。

然而，她說得不刺激，聽的人卻不傻，怎會猜不到她的用意？餐桌上一片沉默，沒人動筷子，只有徐天胤會時不時探探夏芍面前的茶杯，冷了就幫她換溫茶，另一隻手則始終在桌面下握著她的手，不曾鬆開。

夏芍一人遞了一張紅色的信封過去，四人打開一看，正是婚禮的請柬。

請柬是夏芍和徐天胤兩人親手寫的，時間是十月一日。

每年五一、十一都是年輕人結婚的大日子，根據傳統，結婚要合雙方八字，算婚時吉日吉辰，但有些年分並不適合算日子，比如寡年、刑剋之年或家中宗教信仰不同。在這些時候，民間有「撞日子」的說法，亦即選取傳統的大節舉辦喜事。

節日裡人多，人氣旺，煞氣等不吉多會被沖散，同樣能吉祥順利。

不過，徐天胤和夏芍的婚禮選在這一天，並非因為這些，這天是夏芍特意定的。

這天是徐天胤的生日，每年都讓他痛苦的日子。三歲之時，因為他要去遊樂園，結果失去了父母，失去了童年。他的生日從此成為他自責的夢魘，這一天的不幸困了他許多年，因此，她要在這天補他一個幸福。

一個可以讓他在往後的人生裡，可以因這天而感到開心的幸福。

她的心思只有他知道，大家齊齊看向她的肚子，「十月？會不會太累了？」

「剛進九個月，還不到預產期。放心吧。我沒打算大操大辦，請的都是朋友，你們是不會讓我累著的。」夏芍笑道，臉上洋溢著幸福，說完，轉頭看周銘旭和苗妍，「你們呢？什麼時候讓我喝你們的喜酒？」

兩人的臉頓時紅了，柳仙仙揭他們的底道：「有人平時看起來老實憨厚，打起架來卻是個不要命的。那個姓谷的，家世雖好，但心眼多，居然腳踏兩條船，還想要吃小妍的豆腐，有人就惱了，在校門口把人揍了一頓，打去了醫院，自己也進了醫院。姓谷的他爸找上了苗董，苗董這才知道人家對自己女兒的心思。這小子真是傻人有傻福啊，聽說苗董挺喜歡他的，讓他暑假去公司跟著學做生意呢！」

周銘旭忙解釋：「別聽仙仙亂說，哪是去公司，是去緬甸，跟一些老師傅摸摸玉石的門道。苗叔叔看我不是做生意的料，知道我是學考古的，對辨別古董有點眼力，就想讓我試試往玉石鑑定方面發展。我也想試試看，所以這個暑假就不回家了。」

夏芍笑著點點頭。她走之前，那個因得知苗妍的家世而自卑退卻的男孩子，已經懂得挺身爭取所愛了。雖然他眼裡還是有忐忑，可是敢踏出這一步，邁進他不懂的領域，表示他的心境有所成長了。

「你從小就對古董有興趣，又喜歡考古，耐性是有的。玉石與古董雖不太一樣，但也是個值得探索的領域，很適合你喜歡研究的性子。只要肯下苦功，一定能出成績。」

夏芍的鼓勵對周銘旭來說，無疑是最好的強心劑，讓他增加不少信心。

夏芍看著朋友們都踏上了各自的路，不由得想起了另一個很久沒見過的人。

她再次見到杜平的時候，是在一條小巷子裡。傍晚霞光似火，染紅了蹲在地上的人。他剛打過一場架，渾身是傷，額頭還在流血，旁邊倒著幾個人，呻吟著爬不起來。

杜平看見夏芍從停在巷口的車子裡走下來，逆著彩霞，看不清她的眉眼，他的心卻在這一刻開始狂跳，思緒回到了很多年前，那時的她剛剛十五歲，面帶笑容，嘴裡叫喚著：「翠翠姊、杜平哥、胖墩……」

眼前遞來一樣東西，令他回過神來。他不再是當年那個無知的少年，他現在身處在大城市髒亂狹窄的巷子裡。他一身血汙，她一身潔白。挺著肚子的她，遞過來一張提款卡。

他愣住，不知道她是什麼意思。

「這是你的，還給你。」

聽著她軟軟的聲音，他的眼裡有被刺痛的自嘲之色。

對，這是他的積蓄。他這幾年沒好好念書，給人當保鏢當打手當狗使喚賺來的全部身家。他的全部，在她眼裡不過九牛一毛，她當然看不上，當然要還他。

夏芍卻是笑了，眼中有淡淡的暖意，「這是你辛苦賺來的，怎麼能給我，這樣你要拿什麼去做你想做的事情呢？」

他想做的事情？

在聽見這話的瞬間，他有些想哭。

他想做的事情，在她生死不明的那段時間裡，簡直就像是諷刺的笑話。他知道自己配不上她，在華夏集團成立的那一年，他就知道年少時懵懂的美夢永遠不可能實現了。他突然明白自己有多平凡，認清了現實，體會到功成名就的重要性。

他努力讀書，來到京城，大學文憑卻不是他渴望的。他認識有錢的少爺，他沒有什麼可以賣給他們的，只有從小到大跟人打架練出來的好身手。所以，他們給錢，他就當打手。只要給錢，什麼事他都去做。

他想做的事情是，存夠了錢，開一家屬於自己的保全公司。

他想成功，想走進上流圈子，想離她所在的地方近一點，再近一點。可是，無論他怎麼努力，她總是能在下一刻走得更遠。他始終追不上她的腳步，這種痛苦只有他自己知道。

當聽到她在崑崙山遇難的消息時，他茫然了，不明白自己這些年的執拗是為了什麼……

他忽然覺得，他埋頭苦幹，怕朋友們看不起他給人當打手，遠離他們，連家也不回，只想像她當年一樣，一鳴驚人，衣錦還鄉。直到夏芍生死未卜的風言風語傳來，他突然不知道自己這些年做的是對還是錯。

聽到華夏集團要倒閉的謠言，他想也沒想，把自己所有的積蓄偷偷送了過去。

這些錢是他和幾個兄弟說好了開保全公司用的，他占大頭，剩下的是兄弟們湊的。他把錢給了華夏集團，想著找別的路子賺錢還他們，卻沒能瞞住他們。他們找了人把他堵在這裡，最後兩邊一言不合打了起來。

他沒想過會遇見她，他沒想過讓她知道錢是他的，更沒想過讓她看見他這麼狼狽不堪。

「我很高興。」夏芍說道。

杜平抬起頭，愣愣地看著她，看著她微笑，看著她眼中有欣慰，「我原本以為金錢、名利、地位以及對社會的認知會改變一個人，我的朋友不知道在什麼時候也會變，會跟我越走越遠。我知道天下無不散的筵席，只是，在看到這筆錢的時候，我真的很高興。這筆錢有多少不是最重要的，重要的是，在我出事的時候，還有個朋友在想著我。謝謝你，杜平哥。」

杜平哥……

很久沒有聽到這個稱呼了，自從與她不歡而散以後，他以為這輩子再也聽不到了。

他倚著牆，忽然熱淚盈眶。

「還有，這是給你的。」夏芍遞了一封請柬過去，「我要結婚了，我希望你也能來。我這輩子的大日子，請的都是我想感謝的人。我希望你們都在，這一天才算圓滿。」

夏芍看著杜平呆呆地看著請柬，笑道：「不是只有我在等你，其他人也在等你。」

她拍拍他的肩，轉身離開前，又道：「記得去醫院，想要當保全，身體健康很重要。要是落了病根，以後的路就難走了。」

她不送他去醫院，她知道，他的驕傲不需要她這麼做。

天邊的霞彩照進巷子，照見倚牆坐著的男人慢慢抱膝，低著頭，淚流滿面。

……

在見過杜平之後，夏芍的心情彷彿被暖陽照過，晴朗了幾分。

在放暑假之前，她去學校辦理了休學手續，與此同時，張汝蔓也提著行李箱從軍校裡走出來。她走得瀟灑，把幸災樂禍的目光遠遠拋到腦後，正要伸手招計程車，身後傳來喇叭聲。

七月的京城，天高氣爽，穿著白色休閒服的秦瀚霖，一如既往的風流倜儻，臉上卻沒了玩世不恭的笑意。他看著穿著軍服的學生，意氣風發地從校門裡出來，再看穿常服的張汝蔓拉著行李箱，站在路邊自己攔計程車，周遭還不時有人投去鄙夷嘲諷的目光。

他的眼神忽然變得幽暗，眉頭深鎖。

他從來沒這樣看過她，看得張汝蔓很不自在，直到他張開雙臂，緊緊抱住了她。

周圍響起一片抽氣聲，竊竊私語聲從四面八方傳來。

張汝蔓的耳朵刷地紅了，她下意識握拳揮出，拳頭卻停在秦瀚霖的腹部前，因為她猛地想起他好像有胃痛的老毛病……

「喂，你想幹什麼？」她不適應地掙扎了兩下，頭撇向一邊，「少來這套，我告訴你，你用不著感謝我，我只是還你人情而已！」

不僅是還他人情，其實她更應該感謝他。

如果不是這次的事，她不會有另一個機遇，有另一扇大門對她開啟。

沒錯，她是被學校以違紀的名義開除了，可是，那只是名義上而已。

實際上，她還是京城軍校的學生，只是個人學籍被調入了軍方，嚴密封存。軍方要將一批人送到國外祕密培訓，以便執行特殊任務。連她的父母都不知情，為的就是瞞過所有人。如果秦瀚霖是因為她被開除的事內疚，她只會更內疚。她必須保密，不能告訴他真相。

「我姊幫我聯絡了一所英國的學校，當不成軍人，我一樣可以走別的路。此處不留爺，自有留爺處。」張汝蔓故作毫不在意地大聲宣告。秦瀚霖再不放開她，她可能就會忍不住用拳頭「問候」他了。一旦她出手，他的小身板多半承受不住。

秦瀚霖的胸膛微微起伏，似是在笑，不過，放開她的時候，臉上的表情是嚴肅的。

認識她這麼多年，他很少這樣看她，他們不合適，她的性子不適合秦家，他從一開始就知道，加上她是夏芍的表妹，他更不願意像對待其他女人那樣對待她。但是，世界上的事就是這麼莫名其妙，他曾經愛過的那個人，在他最需要她的時候選擇了離開，而這個他以為不合適的女孩子，卻在他最艱難的時候，也選擇了離開。

不同的是，前者的離開是因為退縮，後者的離開是因為要保護他。

他從來沒想過她為他做了什麼。前陣子局勢那麼混亂的時候，他只求她保護好她自己就行了。讀軍校是她的夢想，他不希望她失去這個機會。可是，她明知夏芍若真的出事，徐家和秦家沒落，就沒有人可以護得住她了，她還是因為襲警而被迫離開京城。

他希望這是一場玩笑，可惜不是。

昨天他好不容易接受完審查，脫身出來，卻得知了她要遠赴國外的消息。

「上車。」秦瀚霖把張汝蔓的行李箱放到車子的後車廂裡。

張汝蔓瞄了他一眼，沒有抗拒地坐了進去，然後說道：「我要去我姊那裡，我跟她約好了，晚上跟她一起吃飯。」

秦瀚霖沒急著開車，問：「妳什麼時候走？」

他指的是出國的事，張汝蔓有些不自在，望著窗外道：「三天後。」

「這麼快？」

「要先提早去念語言學校。」

「打算在那裡待幾年？」

「四年。」

「還回來嗎？」

「廢話！我爸媽在國內，我能不回來嗎？我是出國念書，又不是潛逃出境！」

「我是說畢業以後。」

「不知道，到時候再說。」

幾句對話之後，便是長久的沉默。

秦瀚霖低頭笑了，笑容裡有著自嘲。他不知道自己為什麼要問這些，去多久、什麼時候回來，是不是畢業了就在國外工作，不再回來了……

他突然覺得胸口堵得慌，喘了一口氣，沒再說什麼，發動了車子。

晚上，徐天胤和夏芍不僅迎來了張汝蔓，還迎來了秦瀚霖。吃飯的時候，夏芍看著兩人之間不自然的氣氛，暗暗嘆氣。前世她和師兄的相識，可以說是張汝蔓和秦瀚霖牽的線，而這一世，他們兩人是因為他們才相識。只不過跟前世一樣，家世、性情差異太大，兩個人要邁出這一步還是這麼的困難。

她向來不插手別人的姻緣，但對於這兩人，她很想幫忙。只是，告訴他們，他們是前世註定好的，真的對他們是好的嗎？她希望他們是真心相愛，而不是因為虛無的前世註定。

等到有一天這兩人能放下世俗成見，才是他們能夠獲得幸福的時候。

夏芍知道，這一天會來的，只不過他們還要等五年。

還是順其自然吧，因為相愛而走到一起，比起所謂的前世註定要好。

張汝蔓離開的那天，張啟祥和夏志琴夫妻來了京城為她送行。

不知實情的張啟祥還有些生女兒的氣，夏志琴哭著殷殷囑咐她到了國外好好念書，別再惹事。張汝蔓笑笑，和以往沒什麼兩樣，揮揮手就瀟灑上了飛機，只是一坐下便流下了淚。

她看著窗外的藍天，看著建築群慢慢變小，卻沒看到有輛車停在機場外面，與她一起望著湛藍的天空……

辦了休學手續，夏芍也沒有閒下來。

她去了很多地方，香港、臺市……見了很多老朋友，李卿宇、戚宸、展若南、曲冉、劉翠翠、羅月娥、龔沐雲……

她親自將結婚請帖送到每個人手中，也跟他們簡單說了崑崙山上發生的事，當面向他們道謝。當然，這其中有幾個傲嬌的，比如嫌她來得晚了，比如表示不參加婚禮。

撂話的人是戚宸，夏芍只是笑笑，說道：「反正請帖我已經給了，來不來是戚當家的事。不過，你不來就算了，記得讓展若皓和當初去崑崙山救援的兄弟們來，我想親自跟他們說謝謝，請他們喝杯喜酒沾沾喜氣。」

比起傲嬌的戚宸，李卿宇和龔沐雲好講話多了。兩人在見到她之後，都問了她和孩子的事，然後表示一定會出席婚禮。

胡嘉怡在英國，夏芍只好把請帖寄過去，也寄了一張給亞當。

前不久，亞當實現承諾，帶父親安德里來了香港，當面見了唐宗伯。先前在英國時，撒旦一脈的所作所為讓唐宗伯本就對當年的事不再抱有太大的怨恨，前段時間又經歷了弟子遇難之事，他對過往的仇恨早已放下了，當場就表明不再追究了。老安德里痛哭流涕，表示回國之後會在教堂裡擔任神父，開導世人，行善至壽終。

師父原諒了亞當的父親，夏芍這才邀請亞當參加她的婚禮，畢竟她被困在崑崙山時，亞當也出過大力氣，不請他說不過去。

另外，她還請了萊帝斯集團的老伯頓、美國黑手黨家族的少主傑諾，以及黎良駿等人。

發完請帖，她特地去了日本一趟，參加華夏集團拍賣公司和古董店的落成典禮。

這時，她已經懷孕七個多月，快八個月了。

徐天胤不允許她再到處跑，說好的回東市養胎也沒回去。李娟早就知道女兒有多忙，與夏志元商量了一下，便來了京城，住進女兒和女婿的別墅，就近照顧女兒。至於夏志元，他先留在東市忙基金會的事，等婚禮的日子快到了，他再和夏家人一起來京城。

徐天胤剛升職，工作很忙，但他再忙，每天晚上都一定會回家陪夏芍。有了他和李娟的照顧，夏芍正式過起了養豬的生活。前陣子她忙得要命，這陣子她閒得要命。閒歸閒，卻也過得幸福快要滿出來。

她本以為這麼悠哉的日子會一直過到婚禮那天，沒想到這天有人登門拜訪。

李娟打開門便愣了，只見華芳一臉憔悴地站在門口，手裡提著大包小包的禮盒。

華芳是來求情的，她這次犯的事觸及了老爺子所能容忍的底線，老爺子動了真怒，發話要辦他們。調查組不敢怠慢，這幾個月她和丈夫都停職在家，隨時等待傳喚審查，而查出來的數額，夠她坐牢的。丈夫也被她牽連，有兩樁事是她以丈夫的名義辦的，丈夫雖不知情，但前兩天事情報去老爺子那裡的時候，老爺子發了很大的火。她怕這次他們夫妻兩人都難逃處分，不知丈夫會不會丟官去職，而她不知會不會真的得坐牢。

丈夫的官位不能丟，她也不能坐牢，否則兒子的前途就毀了。哪怕他身在徐家，日後在政壇上他也抬不起頭來，因為他有個被免職的父親和有前科的母親。

事關兒子，她是真的怕了，只是沒人能救他們夫妻，老爺子親自發的話，她的娘家，包括平時交往的朋友，沒有人敢插手。她思來想去，能在老爺子面前說上話的，只有夏芍了。

這個她曾經怎麼都看不順眼的人，如今成為他們全家人唯一的救命稻草。

夏芍正從樓上走下來，華芳毫不猶豫地在樓梯口跪下。

夏芍很淡定，卻把李娟嚇得退了好幾步，又趕緊上前扶她，「妳這是幹什麼？」

華芳跪著不起來，以前她太愛面子了，現在她不要了，她只想要兒子不毀在她手裡。

「以前我對不起妳，聯合王家陷害妳。我看不上妳，覺得以妳的家世配不上徐家，妳會給徐家招禍，連累我們。是我心眼太窄，太自私，太膚淺。我知道我把妳得罪狠了，現在再來求妳，妳不一定會幫忙，可我不得不來。求妳幫幫我們家，我們不能出事，不然有我們這樣的父母，孩子下半輩子就毀了……他才不到三十歲，他還沒有成家……」

華芳泣不成聲，她這段時間哭太多次，眼睛已經哭得紅腫不堪，面色蠟黃，人未到中年，此時卻已經盡顯老態。

夏芍看了華芳一會兒，伸手扶她起來。

華芳茫然地抬頭，夏芍願意扶她，是不是表示她同意幫忙？

她原本以為就算她下跪求情，她也未必會幫他們一家，沒想到……

「我不是當官的，這事我管不了。」夏芍淡然說道。

華芳的臉色瞬間變白，眼淚再度流了下來。

她錯了，原來人家不是想看她伏低做小，人家是連看都不想看。

最後的一根救命稻草就這樣斷了，華芳呆呆地站著，心涼絕望。

丈夫、兒子、她的家……全都沒救了……

她好後悔，從來沒像這一刻這麼後悔，她好希望一切可以重來。

「但是，天胤是軍人，軍政不分家，也許他能說上話。我會跟他提這事，至於他是不是願意幫你們，就看他自己了。」夏芍又道。

華芳腿一軟，摔倒在地，卻沒感覺出疼來。

滿面淚痕的她，一臉的不敢相信。

短短的幾句話，讓她深刻地體會到地獄和天堂的分別。

「謝謝……謝謝……」華芳激動得全身顫抖，掩面痛哭，除了這兩個字，說不出別的。

華芳猜對了，夏芍確實不願意看她伏低做小，連看都不想看，但她希望師兄能擁有更多真心待他的親人，所以，她不希望他們感謝的是她，而希望他們能夠感謝師兄，記著他哪怕一點點的好，將來給他一點點的溫情。
她希望這是一個好的開始，畢竟未來還有很長一段日子。
同時間，徐天胤的車剛開到軍區門口，有人正在那裡等著他。
「表哥……」劉嵐望著駕駛座上，軍裝筆挺的徐天胤，他肩上的三顆金星晃反射著陽光，閃爍著懾人的冷光，令劉嵐怯怯地咬了咬唇，「我……我有事想求你。」
說出「求」字的時候，她的臉頰發燙，忍不住低下頭，不敢看徐天胤。
砰一聲，副駕駛座的車門被打開。
「上車。」徐天胤簡單地道。
劉嵐有些怕，想了想，還是上了車。
「說。」車門剛關上，徐天胤便又道。
劉嵐坐在他身邊，只覺被他的氣場壓得頭也不敢抬，更想不到他說話這麼直接，連一句寒暄的開場白都沒有。
「我、我想求你……幫天哲表哥。要是舅舅和舅媽出事，他以後……會很難。」劉嵐的頭垂得幾乎壓到胸口，戰戰兢兢地等著被拒絕，就像她求父母的時候，他們為難地拒絕一樣，畢竟她和這個表哥並不熟，還有過不愉快。
她感覺到他轉頭看過來，光是漠然注視就讓她有極大的壓力。
她不敢抬頭，因此沒看見徐天胤眼中一閃而逝的羨慕。
「好。」
聽到這個字，劉嵐呆了一下，接著轉過頭，滿臉的不可思議。

她來這裡之前，想過很多種被拒絕的理由。或者說，她認為自己一定會被拒絕，但還是來了。她從沒想過自己一開口，他就答應了。她從沒想過，她準備的那些也許能打動他的理由一句也沒用上。更沒想過，他會答應得那麼乾脆，就連她在家裡求父母的時候，他們也是因外公很生氣，而不敢幫忙說情。

「可是，外公那裡……」

「我去說。」

「真的嗎？」劉嵐捂著嘴，眼睛酸澀。

「嗯。」

從剛才到現在，他的話一直都很簡潔，可正是這麼幾個字，讓她眼淚流了下來。

這幾天她為了拜託父母親，什麼招數都用過了，撒嬌、發脾氣，甚至是絕食，偏偏都不管用。她從小被寵著，從來不知道求人這麼難這麼苦。

她是獨生女，沒有哥哥，真心的朋友也少，只有天哲表哥像親哥哥一樣護著她。在父母都忙的時候，是他照顧生病的她，陪睡不著的她聊天；在她虛榮的時候陪她出席舞會，在她因為徐家表小姐的身分引來一群官二代富二代追求的時候幫她把關。他們是最親的表兄妹，感情好得像親兄妹，所以，她也什麼事都向著他，甚至到了偏執任性的地步，還不分對錯地排斥任何可能會對他不好的人。

她不喜歡天胤表哥，覺得他跟他們是不同圈子的人，沒有共同語言，尤其不喜歡他冷漠寡言。在他剛從國外回來的時候，她曾經試著跟他聊天，好奇他在國外做什麼，可他的話少得可憐，又一副冷冰冰的樣子，他似乎不喜歡他們。

從那以後，她便不喜歡他，也不再嘗試接近他。

隨著她慢慢長大，當她懂得更多利害關係。他是徐家的長孫，爺爺更疼他，她便覺得他會是天哲表哥的威脅。於是，她對他充滿了敵意。她覺得他應該也是不喜歡她的，反正她也從來沒對他好過，只是她從來沒想到過，當她急得像熱鍋上的螞蟻時，當她感到絕望時，伸手拉住她給她希望的人會是他。

她爸媽都不幫她了，他居然點頭答應了。

他居然只聽她說幾句話就答應了。

「表哥，謝謝你……」她真心實意地說道。

這時候，她才體會到，他的惜字如金在這種時候是多麼的珍貴。

徐天胤發動車子，沒進軍區，而是調轉方向，開回到徐彥英家門口。等到劉嵐下車進了家門，他才開車離開，重新返回軍區。

劉嵐又打開門走出來，望著遠去的車子，沉默不語。

一個星期之後，徐彥紹夫妻的處分下來了。

徐彥紹被記過，未丟官職。華芳被免職，沒有坐牢。

這對徐家二房來說已是大赦，是之前想也不敢想的最好的結果。

結果出來這天，正巧是週末，徐彥紹一家人登門拜訪來了。徐天哲趁著週末，從地方上回來，特地陪著父母上門道謝。劉嵐也跟著徐彥英來了，徐彥英知道女兒找過徐天胤後，想起夏芍前兩個月還表示不願理會二房的事，她怕夏芍不高興，特意登門來替女兒收拾惹下的禍。

可是，她發現夏芍似乎沒有要追究的意思。

夏芍的態度不冷不熱，待客的禮數卻是周全的。

徐家兩個小輩今天也很有禮貌，徐天哲一進門便叫了大哥、大嫂，劉嵐也叫了聲嫂子。這可是從來沒有過的事，更別提她這聲嫂子還是帶著笑叫的。

夏芍垂眸，要她接受這些人，真正把他們當一家人，恐怕還要好一段時間，得看他們以後的表現再說。當然，她不會拒絕現在就有個好的開始。

徐彥紹一家的想法大概也是這樣，他們沒有再提以前的不愉快，沒有拚命道歉，也沒有連聲道謝，氣氛還算是融洽。他們今天過來，有些像是家人週末小聚，坐下沒多久，就聊起了徐天胤和夏芍的婚禮。

距離婚禮還有一個月，聽說場地那邊還有些事要做，華芳和劉嵐主動提出要幫忙。

夏芍沒拒絕，多一個人幫忙，徐天胤就能多休息，她巴不得如此呢！

除了發請帖給相熟的朋友，夏芍一點也沒操心過，這幾個月都是徐彥英和徐天胤兩人在操辦婚禮瑣事，她也不知道徐天胤在準備什麼，只知道他好像越來越忙。明明雇了不少人在裝點婚禮的場地，徐天胤還是經常過去巡視，尤其是這幾天，他幾乎每天晚上都會忙到凌晨，第二早上還早起去軍區。

她知道，她說了只想要個簡單的婚禮，不想太鋪張奢華，可他一定還是想給她一個完美又難忘的婚禮。對他來說，結婚的意義大過任何事，所以她由著他忙，什麼也不問，只待將他的心意留到最後，在婚禮那天好好體會。

不過，她還是相當心疼，看著他每天睡這麼少，還堅持回來陪她吃晚飯，陪她就寢，她就有說不出的心疼。這個時候，有人主動提出要當免費勞力，她當然不會傻到拒絕。只要能讓師兒多休息些，誰來幫忙她都不會往外推。

果然，有人幫忙就是不一樣，徐天胤原本要忙到深夜才回來，後來已經變成能在她上床前趕回來了，每天多出了兩三個小時的休息時間。

離婚禮還剩一個星期的時候，夏芍也慢慢地忙了起來。

羅月娥帶著她公司的設計師提前來了京城，把徐天胤和夏芍的禮服送了過來。禮服是之前徐天胤陪夏芍去香港時量身設計的，只是夏芍有孕在身，肚子一天比一天大，就怕尺寸不對，因此設計師便提早將禮服帶來給夏芍試穿，這樣才有充足的時間修改。

事實上，設計師經驗相當豐富，連夏芍的肚子都考慮到了，禮服的下半身特意放大幾分，夏芍穿上身時，出乎意料地合身，完全不必修改。

婚房也要布置。徐天胤現在的身分已經足以搬進紅牆大院裡住，但他和夏芍還是喜歡現在住著的別墅，這裡有兩人親自布置的房間，有很多的回憶，於是兩人決定把這裡當成婚房。

婚禮前三天，夏家人來到了京城，受到邀請的朋友們也陸續抵達。

徐天胤和夏芍要結婚了，喜事早在幾個月前就已經傳得人盡皆知。

從兩人相識起，這段感情就不被看好。有人覺得，徐家不會同意政商聯姻，有人覺得，她風水師的身分不會被徐家接受，但是他們一次次打破世俗成見，最終還是走到了一起。

如今，他是軍方新任的年輕領導人，而她是跨國集團的掌舵者。

他們是國內最年輕的一對傳奇，只是所在的領域不同。

輿論猜測，他們的婚禮，場面之盛大定是建國後史上之最，出席他們的婚禮的賓客身分之尊貴定也是史上之最，婚禮的紅包和賀禮之貴重也定能令人大開眼界。

可惜，這回又沒人猜對。

想來參加徐天胤和夏芍婚禮的人確實非常多，且無一不是軍政商三界要員，但是這些人中絕大多數都沒有收到請帖。

婚禮的場地不在國家賓館，也不在國外哪一處著名的度假景點，而僅是在京郊的一個風光優美的度假村。

出席婚禮的賓客之中，有身分尊貴的鉅賈——萊帝斯集團的董事長老伯頓、華爾街銀行家黎良駿、香港嘉輝國際集團董事長李伯元和總裁李卿宇。

有地位顯赫的富商——國內最大的玉石集團董事長苗成洪、瑞海集團的董事長胡廣進、國企總經理熊懷興。

有黑道大佬——安親會的當家龔沐雲、三合會的當家戚宸、美國黑手黨家族的少主傑諾、軍事資源公司的負責人伊迪。

有傳承千年的門派——玄門的掌門祖師唐宗伯、英國奧比克里斯家族的家主亞當伯爵。另有政商兩界都有著深厚背景的陳達和羅月娥夫妻。

還有許多賓客不認識的夏芍好朋友，甚至還有不少外國人士。

為什麼該請的名流沒請，反而請了些讓人看不明白的，誰也說不清。婚禮所在的度假村有記者想混進去，最後都無功而返。婚禮現場四周的防衛十分嚴密，據說有軍方人員把守，嚴格核對賓客的身分，畢竟徐康國和徐天胤的身分都貴重，不容出現任何差錯。

婚禮這天，陽光明媚，和風送暖。

一輛輛名貴豪車駛進度假村中，至於新郎和新娘則沒人看見。

事實上，夏芍人已經在度假村的別墅化妝室裡了。她不是今早來的，而是昨晚就到了。

按照傳統婚俗，徐天胤應該帶著車隊去東市桃源區夏芍的家中將她接來，但兩地距離太遠了，一來一回需要一天的時間，夏芍已有九個月的身孕，徐天胤自然不會讓她忍受這長途跋涉的勞累。不僅如此，他連讓她去京城的飯店暫住都沒同意，婚禮前一天晚上，他開車將她送來度假村，這裡的環境不比飯店差，保全還比飯店嚴密。最重要的是，他在這裡為她安排的住處有化妝室，她早上起來在這裡穿上嫁衣，他再接了她從這裡出去，百米外就是婚禮場地，她在結婚當天就可以不用到處奔波。

徐夏兩家對這個安排都沒有意見，兩家人現在關注的焦點除了婚禮，就是夏芍的肚子了。只要不累著他們的孫子，怎麼辦都好。

自從來到度假村的新娘別墅，夏芍就體會到了徐天胤的用心。她所住的房間，布置得跟家裡兩人的臥房一模一樣，桌上的小擺件他不知道什麼時候買了雙份的，兩人的照片竟然也有，甚至連窗簾的顏色都跟家裡的一樣。

他這是想為她營造一個熟悉的環境，不讓她因為換了個地方而感到不安睡不著。

哪怕只是一晚，他都想讓她睡個安穩覺。

然而，夏芍哪裡睡得著？

雖然兩人只是差這麼個儀式，可對於這個穿上白紗嫁給他的日子，她還是很期待的。

帶著期待入睡，怎麼也睡不安穩，天不亮她就醒了。

羅月娥帶著化妝師敲響了房門。

夏芍一開門便被湧進來的人道喜，李娟領著夏家的女性長輩眼笑盈盈地看著她，柳仙仙和胡嘉怡這對活寶受命擔任伴娘，兩人已經換好了禮服，只差化妝做造型。

化妝間裡喜氣洋洋的，人人臉上掛著笑容。羅月娥一會兒看看夏芍，一會兒看看伴娘。夏家的女性長輩在外面和化妝室裡兩頭跑，不時回來報告外頭來了些什麼人，準備得怎麼樣了。只有李娟坐在沙發上，看著女兒穿上白紗，綰髮畫眉，眼神溫柔，微微泛著水光。

這與訂婚那天不同，今天是女兒真正出嫁的日子。從今往後，她就要跟心愛的人共組自己的小家庭，過起自己的小日子了。

上午十點，賓客們到齊了，徐天胤帶著徐天哲和秦瀚霖這兩個伴郎來接夏芍。

開門的時候，兩個人都屏住了呼吸。

穿著一身白紗的夏芍，亭亭玉立，猶如池面朝露的娉婷，月華流光的溫潤，似乎世間最美好的詞彙也無法形容她這一刻的美。再精巧的蘇繡，再精緻的妝容，全都不能讓他的目光從她含笑的眉眼上移開。

她是他一生的愛戀，今天她終於要嫁給他了。

徐天胤也很英俊，兩名伴郎穿著白色燕尾服，而他還是那一身最能襯托他清冷氣質的黑，只不過他的眉目不像往常那麼冰冷，陽光總算照進了他的生命之中。溫暖消融了他的冷漠，徒留一雙注視她的深情眼眸。

夏芍的視線落到他手上拿著的花束，笑意變得更深了。

玫瑰與百合——相識至今，同款式的花束，他一直送到了結婚這天。

她滿懷喜悅地接過來捧在懷裡，見他的眼神有幾分茫然，似乎不明白她為什麼忽然笑得這麼開心。她偏偏不說，她就是不告訴他，打算讓他同樣的花束送她到老。

夏芍主動挽住了徐天胤的手臂，在嘻笑的賀喜聲中被大家簇擁進客廳。

夏家的長輩們已經就坐，兩人逐一向長輩敬了茶，聽著他們的祝福與教誨。

出門的時候，夏芍眼睛酸熱，不敢回頭看父母親掛念不捨的眼神。他們不希望她在今天哭泣，也不希望她因為哭泣而動了胎氣。

她跟著徐天胤走出別墅，來到旁邊的屋子，徐家的長輩們也已經坐著等候。

徐天胤為了讓夏芍走最少的路，沒有安排她坐婚車回紅牆大院裡拜見男方長輩，大家都在最近的地方等他們。坐在主位上的徐老爺子一臉的欣慰，兒子和兒媳走得太早，而自己終於能代替他們活著看到孫子成家立業。

最後，徐天胤和夏芍又去了另一幢別墅。

唐宗伯正在等小倆口。

一日為師終生為父，新人理應來向他敬茶。

唐宗伯這一生只收了兩名關門弟子，當年說要先收個男娃再收女娃的戲言，成就了這段姻緣。他把這兩名弟子當成自己的孩子疼愛，心中的感慨不比徐夏兩家的長輩少。當然，他更多的是高興，因為不久之後還會有個小娃娃出世。

拜見完所有的長輩，徐天胤低頭看夏芍，淺笑道：「可以去前面了。」

他今天笑的時間最長，讓她總是忍不住側頭看他。

這幾個月，為了裝潢布置婚禮的場地，他付出了很大的心血。昨晚她就來了度假村，卻沒有開天眼一睹為快。她壓抑著好奇心，就是在等待這一刻。

度假村的占地很廣，徐天胤卻將婚禮場地選定在別墅區前方百米處。他不願讓她有一星半點的勞累，就是這百米的路也不想讓她走。兩人坐上了婚車，慢行百米，來到了典禮現場。

綠油油的草坪上擺放著一張張的白色圓桌，上面有百合花、香檳酒、自助餐點，盛裝出席的賓客們穿梭其中，各個面帶笑容。

當徐天胤和夏芍出現時，眾人的目光全都聚集到了這對新人身上。

夏芍下車後就呆住了，她的腳下是數百米的紅毯，兩旁則是玻璃屋。

離她最近的左右兩個玻璃屋裡，一個裝設如酒吧的吧臺，有圓桌紅凳，後面是舞池。另一個是中式茶樓的裝潢，窗邊有一張桌子、兩張椅子，桌上擱著兩杯熱茶。

夏芍看見這兩個玻璃屋的時候，只覺得眼熟。待她接著往前頭看，看見緊鄰著茶樓的玻璃屋的布置時，她的心臟還是撲通撲通地跳了起來。

那是一個傳統的小院子，花草依風水格局栽植，院中還有一棵石榴樹、一張石桌和兩個石凳。這個院子幾乎與師父在十里村後山上的宅院如出一轍，望著那棵石榴樹，她彷彿就能回想起她以前坐在石榴樹下剝石榴的樣子……

看見這個院子，再看那個吧臺和茶樓，夏芍眼睛一熱，目光迷濛地望向徐天胤。

徐天胤回了個淺淺的笑容給她。

婚禮的樂曲響起，他幫她把花束接過去，帶著她緩緩走上了紅毯。

在滿室賓客們的祝福之下，夏芍的每一步都走得慎重而珍惜。沿途兩側的玻璃屋，每一個都風格迥異，有東南亞風情的餐廳、地中海風情的餐廳、維多利亞風情的餐廳、澳洲風情的餐廳，另外還有中世紀酒莊般的餐廳……

出席婚禮的賓客們看不懂這些裝設各異的玻璃屋背後的含意，直到發現夏芍臉上有著感動又懷念的神情時，他們才隱隱約約猜到這可能是小倆口共同的回憶。

事實也的確是這樣。

酒吧、茶樓、餐廳等等，都是他們去過的地方，承載了他們邂逅、相識和相戀的往昔。那個酒吧是東市億天俱樂部的酒吧，那晚他在那裡喝酒，恰巧遇到她打上億天；那個茶樓是她與他相認的地方。她喚他師兄，帶他回去見師父。他們在師父的宅院裡過了一個新年，那個新年，他送她一支他手雕刻的小狐狸玉簪。後來，她去青市讀書，他則到青市軍區任職，那個東南亞風情的餐廳是他們第一次去吃飯的地方。後來，他們兩人又去過很多地方，香港、澳洲，最後一次是在酒莊。

其實他們一起走過的地方並不多，但每一次都深刻地烙印在了她的記憶裡。

他不是個懂得浪漫的男人，追求她的過程中，他鬧過她至今還記著的笑話。他也不懂得說好聽的情話，唯一的一句「愛妳」，是她在他求婚的時候才聽過。可就是這樣笨拙的他，在這一刻用這些玻璃屋告訴她，他記得她和他去過的每一個地方。

這幾個月他總是忙到很晚才睡，她猜他想要給她一個盛大的婚禮。結果卻是沒有隆重的場面，只有一條長長的紅毯，而這條紅毯給了她滿滿的感動，最珍貴的心意都隱藏在這條紅毯背後。他牽著她，帶她走過了這些年的回憶。

紅毯的盡頭，她看見舉杯道賀的賓客們，這些人都是她的朋友，以及當初在崑崙山為救她而出過大力的人。她沒有邀請所謂的政商名流，只請了幫助過她的人，連當初曾經到華夏集團裡問過她安危的人都包含在內。

在她送請帖的時候，她事先聲明不收賀禮，她只想簡簡單單地請他們喝喜酒，一起度過這個她生命中最重要的喜慶日子。

龔沐雲、戚宸、李卿宇，柳仙仙、元澤、周銘旭、苗妍，劉翠翠、杜平……所有人在成就她的圓滿時，她除了幸福地微笑，沒辦法說出半句話來。

這個時候，連一句感謝都是多餘。

她靠在徐天胤懷裡，笑出淚花。她今天不需要招待任何人，每個人都是為祝福她而來。

徐康國親自致詞感謝賓客們參與，夏志元也代女方向大家致意，徐夏兩家人一起上陣招待眾多的賓客。夏芍望向身後的那些玻璃屋，她知道師兄為什麼只裝設餐廳、酒吧和茶樓，因為這些地方可以給累了的賓客進去歇息，坐下來好好享用美食。她相信，菜單上的餐點也跟兩人去過的餐廳是一樣的。

一個既能給她回憶，又不失實用性的好點子。

「你出的主意？」夏芍轉頭詢問秦瀚霖。

秦瀚霖一口酒差點噴出來，「不是！我發過誓，再也不給你們出主意了！」

夏芍微微一笑，她知道不是秦瀚霖。如果是這小子出的主意，那大概就只會考慮到是否浪漫，而他的浪漫她可受不了。能給她這麼大感動的人，只可能是徐天胤。

徐天胤正用冰冷的目光盯著秦瀚霖。

他那麼用心想出來的，為什麼她會以為是這個傢伙？

秦瀚霖被盯得身體發毛，有一種很不妙的預感，當下腳底抹油，往人群裡躲去。

夏芍噗哧一笑，剛想跟某人解釋，就有人過來跟她打招呼了。

龔沐雲、李卿宇、傑諾、伊迪一起來了，最難得的是，戚宸居然也過來了，但戚當家永遠是最煞風景的那一個，在龔沐雲和李卿宇向她道喜的時候，戚宸盯著她的肚子看了一會兒，忽然問道：「快生了吧？」

「是啊！」夏芍對戚宸傲嬌的性子總是感到很無奈，點頭笑著答道。

「生個女兒出來，我回去會找個女人生兒子，以後妳的女兒就嫁給我的兒子。」

龔沐雲和李卿宇一愣，傑諾和伊迪卻是笑噴了，很有先見之明地往後退。

徐天胤聽了戚當家的話，整個人瞬間像是罩上了一層寒霜。

戚宸挑眉瞪過來，現場頓時火光四射。

躲在角落的曲冉，始終瞄著夏芍這邊，打算等圍著她的人散了再過來道聲恭喜。她端著盤子吃點心，眼角餘光忽然瞥見展若皓走過來，她臉色一變，轉身就想溜走。

「又想跑哪去？」展若皓又好氣又好笑，「妳答應我要考慮的事呢？」

曲冉僵住，小聲地道：「我……我先去問問小芍。」

「問什麼？」

「問你這輩子有沒有大劫，會不會被人尋仇早死。」這話她說得理直氣壯，彷彿是天經地義的事，而且一說完，她果真往夏芍那邊走去。

展若皓臉色黑了大半，上前揪住她的衣服將她拎到旁邊。

這個女人為什麼總認為他會早死？

看來，他們兩人必須要好好探討探討這個問題了。

另一邊的角落，杜平也看著夏芍，忽然瞄到劉翠翠和周銘旭結伴走過來，神情微變，低頭就往反方向走。

周銘旭叫道：「幹麼？打了我一拳，我還沒還給你，你就想逃啊？」

杜平停下腳步，面色尷尬，最終無奈地扯了扯嘴角。

周銘旭和劉翠翠兩人一人一邊，拍了拍杜平的肩膀，三人忽然相視而笑。

胡嘉怡和柳仙仙正站在放著美酒的桌前，眼睛放光。胡嘉怡去了英國之後，兩人許久才能見一次，這次見面，說好了不醉不歸。她們剛拿起酒杯，就有人笑道：「酒量不多就別喝那麼多了，妳每回跟人拚酒，就從來都沒有贏過。」

胡嘉怡笑容僵住，轉頭一看，來人果然是亞當。

柳仙仙難得識趣地悄悄退走，沒想到才退了幾步，不期然踩到了別人的腳，險些摔倒。

「小心！」旁邊伸過一隻手來，扶了她一把，挽救她摔倒走光的悲慘命運。

這人的聲音溫醇好聽，不用回頭柳仙仙就知道是極品，她立刻雙眼冒光，換上了美豔惑人的笑容，風情萬種地款款轉身。

徐天哲？

她見過這人，印象很差，他曾經帶著劉表妹找過夏芍的碴。

柳仙仙臉一板，轉身就走。

徐天哲眉毛一臉，表情非常無辜。

各個角落都上演著各式各樣的小插曲，徐天胤和夏芍那邊的氣氛卻冷到極致。

展若南這時走了過來，她還是一頭極短髮，語氣如往常般的不太客氣，「有沒有搞錯？你們這婚禮也太簡單了！走個紅毯就完事了？把我們請來看什麼？」

「那妳想看什麼？」夏芍歪頭她。

「至少來個熱吻唄！」展若南像是想到什麼一樣，眼睛一亮，「對了，來個世紀熱吻！」

上一刻還瞪著徐天胤的戚宸，臉黑成了鍋底，提起展若南就走。

徐天胤看看戚宸的背影，看看龔沐雲和李卿宇，最後轉頭看夏芍。

他覺得這個吻很有必要。

夏芍愣了一下。

他真的想要吻？

這樣想著的時候，徐天胤已經抱住她的腰，低下頭來。

龔沐雲和李卿宇不約而同垂眸。

夏芍的臉頰霎時飛紅，她可沒有在大庭廣眾之下吻給別人看的習慣……

情急之下，她推著徐天胤的胸膛，還沒來得及瞪他，肚子猛地劇烈動了一下。

夏芍臉色一變，撫上高聳的肚子。

在她變臉的時候，徐天胤就發現了她的異樣，只見她眼裡交織著驚愕、疑惑和慌張。

「不舒服？」他的呼吸停了一瞬。

「羊水……好像破了。」說這話的時候，她已經恢復了鎮定。

龔沐雲和李卿宇猛地抬頭。

「救護車！」徐天胤第一個喊出來。

周遭的人都慌了，徐夏兩家人已經撥開人群趕了過來。

「羊水破了？這、這是要生了？」

「不是離預產期還有三個多星期嗎？這、這……」

「沒事沒事！正常正常！先別慌，趕緊送去醫院！」

「是不是累著了？」

「哎呀，別問了，趕緊叫救護車！」

就在眾人的七嘴八舌中，救護車終於來了。

夏芍被徐天胤抱上去，車子一路鳴笛，後面跟了一隊豪華轎車，隊伍十分招搖，沿途吸引了不少路人的目光。

徐天胤抱著夏芍，手臂微微發抖。醫生試圖安撫他，告訴他大人和孩子都沒事，可是，他仍然緊緊地抱著她，像是被嚇到了，擔心她和孩子會離他而去。

夏芍摸摸他的臉，笑道：「師兄，沒事，我很高興孩子選在今天出來。今天是你的生日，也是我們的結婚日。等到孩子平安落地，我們就真的圓滿了。」

徐天胤低下頭，貼著她的臉頰，輕輕地「嗯」了一聲。

他總是認為命運待他太公，前半生剝奪了他的快樂，所以他從未想過要感謝命運。

現在，他只想謝她。

謝她為他披上嫁衣，留在這個熱鬧的人間。

謝她予他圓滿，生死不棄。

他也將牽著她的手，兩人一起白頭。

（全文完）

番外篇

之一：超級奶爸

夏芍在醫院裡生下了一個小男嬰。

孩子出生的時候，外頭霞光漫天，醫院裡哭聲嘹亮。

產房外的徐夏兩家長輩以及唐宗伯都激動得直打轉，夏志元和李娟夫妻高興得眼眶微紅，其他人則是紛紛互道恭喜。

正在產房裡陪產的徐天胤，看著護理師把襁褓裡的孩子交給他，趕緊伸出雙手，下一秒卻開始抖了起了——他不敢接過去，他不會抱孩子。

堂堂的上將，面對剛出生的兒子，露出了手足無措的表情。

護理師在一旁教他怎麼抱，邊教邊把孩子小心地放進了他的臂彎裡。

徐天胤的手臂僵住，他不敢抱太緊，孩子看起來好小……但他又不敢不抱緊，怕摔到孩子。緊張萬分的他，眉頭深深擰著，連脖子都是僵硬的。

孩子軟軟的一團，比他想像的還要小，在他懷裡哭得驚天動地，他實在不知道兒子這小小的身體裡是怎麼藏著這麼大的能量。

兒子胖嫩的小身體溫溫熱熱的，手上多出的重量讓他知道自己不是在做夢。

這是他的孩子，他竟然能夠等到有自己孩子的一天。

徐天胤看著床上那個賦予他這一切的女孩，她正望著他和孩子，人看起來有些虛弱，眉眼卻柔和至極。抱著孩子的他，呆呆地與她對視，用目光向她求證這一切是不是真的。

她對他笑得越發溫柔，直到他眼裡泛起隱約的亮光。

他把孩子輕輕地放到她身旁，然後跪在床邊，俯下身，緊緊地抱住了他的兩個寶貝。

……

本來是來參加婚禮的，結果順便見證了孩子的出世，這樣雙喜臨門的事，讓跟來醫院等候消息的賓客們都感到驚喜。

徐家第四代出生了。

這個銜著金湯匙出生的孩子，在他父母結婚的這天，狠狠搶了一把風頭。

徐夏兩家的長輩留了賓客們在度假村住了一晚，晚上照樣辦了酒席，雖然新郎和新娘不在場，但有徐老爺子鎮著，大家還是吃得心滿意足。兩家長輩又邀請眾人一個月之後來喝孩子的滿月酒。還是老規矩，不必帶賀禮，人來就好。

夏芍三天後出院回家，家裡添了個小傢伙，生活熱鬧了起來。

這個孩子一點也看不出曾經跟著母親在崑崙山上經歷過艱險，沒吃好沒睡好，相反的，他生得白白嫩嫩的，眼睛黑亮，周身還能看見淡淡的元氣。

接生的醫生都說孩子生得極好。

唐宗伯在看見孩子的第一眼時，就驚嘆他日後必成奇才。

夏芍很清楚這是崑崙靈氣的孕養之功，然而，身為孩子的母親，她不在乎他是否是奇才，看著兒子肉乎乎的小臉蛋，她的心幾乎軟成了一灘水。

只要兒子健康平安，她真的什麼都不求。

小傢伙的胃口很好，像是母親懷他時沒餵飽他，現在出來要吃的似的，食量頗大。有時李娟瞧著都擔心，這樣吃可別撐壞了。

小傢伙吃的多，排的也多，換尿布就變成了一件大工程。

而這件了不起的工程是由徐天胤來完成的。

他第一次幫兒子換尿布的時候，怎麼也擺弄不好。手上拿著尿布，眼睛望著兒子，硬是不知道應該從哪裡下手。李娟在旁邊看著，暗自好笑，最後過來手把手地教他，他卻是一個簡單的抬起孩子雙腳的動作都試了很多次，害怕拿捏不準力道。等他按照李娟的指示，逐步換好尿布，躺在床上的夏芍看他額頭都出了汗。

小傢伙嘴巴一癟，似乎覺得幫他換尿布的人動作太笨拙，把他擺弄得很不舒服，當下哇一聲大哭了起來。

妻子在笑，兒子在哭，剛剛升格當爸爸的徐天胤站，看看這個，看看那個，額頭上的汗越冒越多，但這只是開始而已。

接下來的日子裡，休婚假的徐天胤變成了奶爸，他心疼嬌妻產後太虛，還要給孩子餵奶，睡不好覺，所以除了給孩子餵奶之外，剩下的事情他全都包辦了。

換尿布、洗澡、穿衣服，在丈母娘的指導下，他按部就班地學，卻發現兒子很難伺候。稍有不舒服或是不喜歡，他就用哇哇大哭來抗議。

這小傢伙白天和晚上簡直是兩個樣子，晚上他很體貼父母，不怎麼吃夜奶，也很少醒來，白天則只能用小惡魔來形容。徐天胤折騰了半個月，好不容易換尿布時兒子總算不哭了，可他沒能鬆一口氣，反而瞇了瞇眼。

床上的小傢伙皺著眉頭，哼哼兩聲，彷彿在表示他的動作只是勉強過關。

徐天胤薄唇緊抿，瞇眼盯著兒子。

小傢伙一副睡眼惺忪，懶得理傻爸爸的樣子。

孩子長得很像徐天胤，鼻子、眉眼像了八分，尤其是嘴唇，抿起來的時候跟他爸爸像是一個模子刻出來的。徐康國看到剛出生的曾孫時，激動得捨不得放手，連說了好幾句天胤小時候就是這個樣子。

徐天胤的唇抿得更緊——他絕對不是這樣的，潔癖、挑剔、目中無人。

他小時候應該……唔，可愛多了。

晚上兒子睡著後，洗過澡的徐天胤躺到床上，將夏芍抱到懷裡。當他說出這番話時，夏芍的瞌睡蟲瞬間都笑沒了。

「可愛？師兄確定？」她忍笑問。

「唔。」不確定，他不記得了，但是他想，他應該……沒有讓父母這麼操勞。

夏芍一聽就知他心虛，她的眼神因此變得更柔軟。養兒方知父母恩，他這是照顧著孩子想起了父母。子欲養而親不待本就難受，再想想自己小時候或許也是這樣讓父母操心的，他心裡應是不好過了。

「孩子還太小，不會說話，也不太會笑。哭只是他與父母交流的方式，告訴他們，他哪裡不舒服了。如果他連哭都不會，父母就要擔心了，對不對？」聽起來她是在為兒子辯護，其實是在安撫他的心。

「嗯。」他將她抱得更緊，知道她的心思，所以應了一聲。只有在這個時候，他才覺得兒子是乖巧的，至少他很少在晚上打擾他們。她總說孩子很體貼，他也是這麼認為。

「師兄喜歡孩子嗎？」她問，這幾天孩子把他折騰狠了。

「喜歡。」徐天胤立刻低頭，讓她看見他的眼睛，怕她以為他不喜歡他們的兒子而難過。事實上，正因為他喜歡，喜歡得不能再喜歡了，他才會為兒子的一舉一動、一個小小的表情而牽動情緒。

夏芍笑笑，她知道，她只是忍不住想笑，覺得他和兒子這個樣子，今後家裡會很熱鬧。

……

等夏芍出了月子，兩人抱著孩子重回度假村，在那裡辦了滿月酒。

小傢伙這天很給面子，不哭也不鬧，只是瞇著眼睛不太愛看人的模樣跟他父親很像，甚至比他父親還要睥睨三分，氣勢十足。不過，再有氣勢，他也是個剛滿月的小娃娃，那睥睨的眼神非但沒震懾到人，還引起一片笑聲，最後收了不少小禮物回來。

雖說事先聲明不用送賀禮，可是大家還是帶了小東西送孩子。貴重與否且不談，都是寓意吉祥平安的小禮，新手父母當然是替孩子笑納了。

這一天，夏芍還為孩子取了名字。

給孩子取名這事，在民間有很多講究，代表父母送給孩子在世間的第一份禮物。這個禮物代表著父母的期許與祝福。

為孩子命名，一直以來存在著很多迷信的說法。最大的迷信便是八字中五行缺什麼就補什麼。

孩子出生的年、月、日、時，按照干支紀年法得到的八個字，稱為八字。八字中有金木水火土的五行屬性，有的父母找人看過孩子的八字，缺什麼就補什麼，以為如此就可以了，殊不知此法不妥。八字中除了五行，還含有喜用神、忌用神等喜忌，若是八字缺金，而金恰巧是其忌用神，則名字含金自然不吉。

取名有著很大的學問，除了八字命理、三才五格，連生肖的陰陽、喜忌、三合、三會都必須列入考慮，非一知半解的人能為的。

另外，配合五行，三個字的名字較兩個字更全，名字音調讀起來節節高升比降音更好。

夏芍得到了兩家長輩的同意，與徐天胤推演了一番，決定了孩子的名字。

徐一諾。

這三個字，讀起來並非節節高升的音調，卻是夏芍有意為之。有徐家這樣的家世背景，不需要孩子再節節高升，她希望他行事沉穩、重然諾。

徐老爺子很喜歡這個名字，唐宗伯也覺得不錯，心氣不高，也不浮躁。

有了名字的諾包子，越來越好照顧。除了哭，他開始懂得用其他的表情和各種小動作來提醒父母。比如他皺著小眉頭，哼哼兩聲，通常是尿了，需要換尿布。

徐天胤的工作量減輕了很多，但他慢慢地發現，小包子待人有差別。

比如他在母親懷裡的時候很乖很安靜，睡著的小臉像天使一般。在他懷裡的時候，卻總要哼唧幾聲，扭動幾下，然後才肯入睡，睡著了還會時不時踢他兩腳。

當他對兒子瞇眼抿唇的時候，小包子也會對他瞇眼抿唇。明明是個乳臭未乾的奶娃娃，卻敢輕視父親。徐天胤當然不會退讓，父子兩人互相瞪視，頗有一決高下的意思。結局多半是諾包子體力不足，閉眼睡去。打敗兒子的父親，這時會孩子氣地翹起嘴角，轉身去做別的事。

「不要總是用那副表情對他，還嫌他學得不夠嗎？」看多了父子兩人互相較勁的戲碼，夏芍某一天終於受不了地說道。

「他在學我？」徐天胤問，以為這是兒子的天性。

「孩子還小，正是模仿父母的時候。」

「那他為什麼不學妳？」徐天胤不解。

夏芍一噎，忍不住扶額。

好吧，她承認，還是有天性這種東西存在的……

徐天胤擁住她，胸膛起伏，似在低笑。他很少見她吃癟，他不是故意的，他只是希望孩子多學學她，多笑笑，像他不好。

「他像你，我才高興。」夏芍也笑笑。她希望孩子像他，家裡有這樣一大一小兩個男人，她覺得很幸福。至於他的擔心，絕對不會發生，他們都不會讓孩子不幸福。

京城已經入冬，天涼了，房間裡卻暖融融的。

兩人相擁，氣氛祥和，忽然響起一個短促軟萌的聲音。

徐天胤和夏芍齊齊轉頭。

兩個月大的諾包子睜著烏溜溜的大眼睛，望著父母，小臉上有笑意。

「他笑了？」徐天胤不確定地問道。

夏芍點點頭，兩人驚喜地快步走過去。

於是，第一次笑出聲的諾包子遭到了父母的圍觀。

「他笑起來像妳。」徐天胤看向夏芍，眼裡有著驚喜。

「你也應該多笑。」夏芍說道。

自從有了第一次的笑，諾包子就很喜歡笑了，他尤其喜歡母親的臉，母親對他笑的時候，他會跟著笑。明明長得那麼像父親，笑起來卻不像。李娟見了，安心笑道：「太好了，我還真擔心孩子太像天胤，要是這一大一小都冷著臉，不怎麼說話，妳可要悶壞了。」

夏芍看著兒子咯咯笑的臉，心想，兒子笑起來比不笑的時候更好看，將來長大了，定是個小禍害，不知道會欠多少桃花債。幸好他的性子像他父親，能看出有潔癖又挑剔，日後應該不會胡亂招惹女人才對。

徐天胤休完婚假後，白天去軍區工作，晚上回家當奶爸，在兒子的挑剔下，他現在的動作又快又熟練，只是父子倆每天要例行地大眼瞪小眼，瞪到一方敗退為止。夏芍有時會插進來使喚徐天胤做別的事，見到父親走開的諾包子就以為自己贏了，會咯咯笑個不停。殊不知，沒有母親的幫忙，他多半會撐不下去地睡著。

日子就這麼在點點滴滴的溫馨裡流逝，初為父母的兩人雖然都忙，但儘量陪著孩子一起成長，見證他第一次哭、第一次笑、第一次抬頭、第一次翻身、第一次坐起來……

也許是與崑崙山的靈氣有關，諾包子開智早，學什麼都快，才六個月，夏芍便開始教他說話。剛滿八個月，他第一次開了口。

那天晚上，徐天胤回來，抱著有潔癖的兒子去浴室洗澡。會坐的諾包子在澡盆裡歡快地撲騰，結果濺了父親一身水花。徐天胤瞇起眼來，諾包子立刻安靜下來，大眼睛也跟著一瞇，小嘴唇一抿，父子倆又鬥上了。

可是，外婆和母親都在廚房，沒有人來幫他，孤身戰鬥的諾包子慢慢覺得累了。體力不支的諾包子很委屈，嘴巴一癟，小身子一抖，不情不願地叫了聲：「巴……」發音不太準確，聲音軟萌、短促，卻讓扶著他的徐天胤僵住。

浴室裡久久沒有聲音，夏芍狐疑地探頭進來，就見徐天胤緩緩轉頭，眼睛在霧氣裡閃動著不確定的光芒，又有驚喜與感動交織，讓夏芍的眼神不自覺變得柔和。

諾包子見父親別開頭，以為自己贏了，咯咯地笑了起來。

諾包子先學會叫父親，夏芍並沒有覺得失落，她教孩子說話的時候，就是先教他叫爸爸。世上沒有哪個母親辛苦照顧之後，不想聽孩子先叫媽媽，可是，她卻把這個「福利」給了徐天胤。她希望他能深切地體會到身為父親的喜悅，以及孩子帶給他的圓滿和幸福。

當然，任何事都是有好有壞。

在兒子開口喊爸之後，隨之而來的是……

諾包子渴了，叫：「巴……」

諾包子想坐起來了，叫：「巴……」

諾包子想尿了，叫：「巴……」

諾包子無聊了，叫：「巴……」

這些還不算什麼，畢竟徐天胤自孩子出生起便擔負起了奶爸的職責，這些事他如今早就做得相當順手，只是……

他和嬌妻聊天的時候，諾包子叫：「巴……」

他和嬌妻深情對視的時候，諾包子叫：「巴……」

他想親吻嬌妻的時候，諾包子叫：「巴……」

諾包子只會喊爸，除了餓了、要睡了會投入母親的懷抱，其餘時間召喚的永遠是父親。徐天胤不得不從奶爸升級成超級奶爸，兒子隨叫隨到，像隻盡職的召喚獸。最鬱悶的時候是，剛到就被兒子拋棄——諾包子只是在練習說話，並不是真的每次都需要父親。

每每看見徐天胤黑著臉出來，夏芍就忍不住想笑，開始懷疑自己的決定對不對，但看見他不知道吸取教訓，只要兒子一叫便立刻過去查看的樣子，她想，他一定是很喜歡這樣奔波又溫馨的日子，與她一樣喜歡。

之二：熊孩子

諾包子滿周歲時要抓周。

抓周是在孩子周歲時舉行的預測前途和性情的儀式，是一種傳統的誕生禮。諾包子做為徐家四代的第一個孩子，也是夏家唯一的孩子，抓周禮深受長輩們的重視，徐老爺子也特地領著徐家其他人提早過來。徐老爺子已經正式退下來了，卸下一身擔子的老爺子對曾孫並沒有當初教育兒孫那麼嚴厲，他相信孫子和孫媳能把孩子教好，因此，他現在就像個普通的老人家，什麼也不操心，只管樂呵呵地逗曾孫子玩，還隔三差五地跑過來住幾天。

唐宗伯也從香港趕了過來，一家人齊聚一堂，熱熱鬧鬧的。

李娟身為外婆，親自下廚做了長壽麵。

在吃長壽麵之前，徐天胤和夏芍把諾包子牽到了茶几面前。

茶几上鋪著大紅布，上頭放著印章及儒、釋、道三教經書、筆墨紙硯、算盤帳冊、吃食玩具，林林總總，代表著各行各業的物件。這就算了，徐夏兩家長輩還添了幾樣東西，什麼玉鐲子、雪花膏、琳瑯滿目的珠寶、絲巾名牌包，連被夏志元從東市抱過來的呆頭都繫上蝴蝶結被迫蹲在茶几角落，看得大家暗自好笑。

李娟看著邁著小短腿走過來的諾包子，拚命對他使眼色，心裡撲通撲通直跳，希望他別因為呆頭看起來最大就去抱呆頭。

諾包子已經可以由父母牽著歪歪扭扭地走路，他慢慢挪動小短腿，胖胖的小手撐著茶几，看著上面的東西。

眾人全都屏息，目光集中在了諾包子身上。

諾包子忽然轉頭，盯住了呆頭。

夏家爺奶忍不住去瞪兒子，夏志元心裡叫苦，她們幾個女人可以把化妝品擺上桌，怎麼就不允許他湊熱鬧了？他趕緊向外孫擠眉弄眼，眼皮都快抽筋了，諾包子還是盯著呆頭不動。

呆頭乖乖地蹲著，儘管牠很乖，牠的體型還是比所有東西大很多。剛滿周歲的諾包子，雖然比茶几高些，但對於蹲在茶几上的大白鵝，他還是需要仰著頭看。

仰著頭的諾包子瞇起了眼睛，抿著嘴唇，露出了像父親一樣的不悅表情──為什麼其他東西他可以低頭看，這隻鵝他就要抬頭才能看？

他不喜歡！

「諾諾……」李娟終於忍不住出聲，對外孫露出慈祥的笑，示意他看別的東西。

「媽。」發現了兒子的小表情的夏芍，笑吟吟地阻止李娟，「哪有抓周的時候干擾孩子的？孩子應該要挑他自己喜歡的。」

這下子，李娟也轉頭去瞪丈夫了。

就在這時，諾包子猛地轉身，肥短的小手朝父親伸去討抱。

眾微愣，猜不透一歲小娃娃的心思，夏芍卻了然地笑看著兒子。別看諾包子還小，他已經有了自己的小心思。他其實懂很多事，比如他知道父母允許他在他們面前哭，在他們面前笑，在他們面前撒嬌、任性，但絕不允許他在其他長輩們面前耍脾氣，所以看見長輩的時候，他會自動變得乖巧，不鬧事，否則一向溫柔的媽媽會不理他。媽媽生氣，爸爸就會變得很嚴厲。又比如在媽媽坐著或躺著的時候，他會討抱抱，可她站著的時候，他只會牽著她的手，或是另外向父親討抱。

在諾包子的心裡，大抵是這樣認定父母的——

媽媽最好看，媽媽最溫柔，媽媽笑起來最好看、聲音最好聽，做的飯最好吃。

爸爸……爸爸最高大。

一歲的諾包子還理解不了強大，但他可以看得出誰高大，他覺得父親比母親高大很多，高大的人力氣大，所以抱著他應該不會累。

小小的孩子已有自己的行事邏輯，已懂得體貼父母……好吧，其實是體貼母親。

徐天胤把兒子抱起來後，所有人都鬆了一口氣。只要他抱著，總可以試著將孩子的注意力引導向別處，故而大家的心思重新回到了抓周上。令大家意外的是，諾包子賴在徐天胤身上，怎麼都不肯再下來。他居高臨下地睥睨呆頭，順道睥睨那一桌小物件，他一個也瞧不上。

徐老爺子示意徐天胤，讓他把孩子放下來，哄他去抓東西。

徐天胤蹲下來把兒子放回地上，欲起身時卻是愣住。

諾包子肥胖的小手緊緊抓著父親的肩膀，確切地說，是抓著父親肩膀的肩章。

金晃晃的肩章，三顆耀眼的星星，代表上將軍銜。

眾人看了都不由自主地笑了起來。

諾包子抓著肩章不放，烏黑的眼睛緊緊盯著閃亮亮的肩章。徐天胤無奈地將肩章拆下來給他，下一秒就見兒子眼睛發亮，張開小嘴，一口咬了下去。

「啊！」除了夏芍仍在笑，所有人都驚呼一聲，趕緊去從諾包子嘴裡搶東西。

被取出來的肩章，當然是沾滿了口水。

……

諾包子一歲半的時候，走路已經很穩當，他尤其喜歡被父母牽著手在院子裡散步。媽媽牽著他的手時，他喜歡走在媽媽身邊。

爸爸牽著他的手時，他喜歡像打雞血似的走在爸爸前面。

起初，徐天胤以為小傢伙只是控制不好邁步的速度，所以小傢伙走向前一點，他便長腿一邁，跟上了他的速度。被父親跟上的諾包子不服輸，往前走得更快，結果自然是兩條小肥腿打結，自己絆到自己，啪嗒一聲摔倒了。

摔倒的諾包子也不哭，自己爬起來，繼續跟父親搶路。

幾次下來，徐天胤終於悟出兒子的一點心思，不由挑高眉毛，於某個晚霞燦爛的傍晚，在院子裡散步的時候，放開了兒子的小手。

獲得自由的諾包子很歡喜，小步子一邁，誓要跨出雄糾糾氣昂昂的步伐，將爸爸甩在後頭看他的背影。結果，他爸爸確實在後頭看著他的背影，可看見的是搖搖晃晃，一步三絆，三步一摔的背影。

諾包子很納悶，很不服氣，爬起來繼續快走，想要超越父親。只是，他越想走得快，越想跑起來，摔得越快越狠。當小小的他終於感覺到疼痛，再也沒有力氣自己爬起來的時候，他趴在地上，轉頭淚眼汪汪地看爸爸。

徐天胤站在原地，一步未動。在諾包子的記憶裡，這天傍晚的晚霞很美，剛從軍區回來的父親還沒換下軍裝，霞光落在他肩頭，金光熠熠，讓父親看起來很高大，高大得遙不可及。

父親挑著眉，嘴角噙著讓他心裡發虛的笑，用最簡單的一個放手，讓他明白了人生中第一個，也是一生必須謹記的道理——還沒學走就想學跑，活該要摔倒。

……

諾包子三歲的時候，已經有了很多自己的喜好，比如穿衣，比如吃飯。

拿吃飯這件事來說，諾包子不挑食，胃口很好，無論是外婆做的飯，還是媽媽做的飯，他都喜歡，尤其喜歡媽媽做的點心，但正是他最喜歡的點心，讓他有了小煩惱。

他不太喜歡吃甜食，爸爸也不太喜歡吃甜食，所以媽媽做的點心多數時候不是很甜，其中有一樣例外，媽媽說那是蜜糕，用蜂蜜做的，爸爸喜歡吃，媽媽每個月都會做上一回。

第一次見到蜜糕的諾包子很興奮，抓過來一口咬下去，那種甜膩到喉嚨裡的口感讓他的小臉皺出了褶子。

「好吃嗎？」夏芍笑吟吟地問。

看著母親含笑的眉眼，諾包子感覺好溫暖好溫暖，於是昧著良心點頭，說這是除了他最喜歡的曲奇餅乾之外，最好吃的東西。

「是嗎？喜歡吃？」母親的眼都笑彎了，看起來很高興。

「嗯！」諾包子點頭。

於是，一個月吃一回的蜜糕變成了一週一次。母親做蜜糕做上了癮，端上桌來便會用他最喜歡的溫暖目光看著他，看得他不得不拿起來吃，可是領教了幾次那種甜膩的口感之後，諾包子就不想再嘗試了。

他想偷偷地將自己的蜜糕往父親的盤子裡推，手指剛動一下，便聽見了母親好聽的聲音，她對爸爸說：「你別吃了，別搶兒子的東西，等他吃完這塊，再把你的也給他。」

本該推給父親的點心，變成了自己的盤子裡多一塊，諾包子的小臉都垮了。

「不喜歡嗎？」夏芍又問。

話已經說出口的諾包子不好改口，只好硬撐道：「喜歡……」語氣很苦澀，很苦澀。

夏芍笑了。

接下來，一週一次的蜜糕變成了三天一次。已經不想再看見蜜糕的諾包子，一口也吞不下了，只好淚眼汪汪地望著母親。

「不喜歡嗎？」夏芍第三次問。

諾包子低著頭，很委屈地說：「甜……」

「諾諾喜歡吃甜食嗎？」

「不喜歡……」

在他說出這話的一刻，夏芍蹲下來，摸了摸他的頭，抱住他道：「人不應該說謊，尤其是對自己的親人。不管是善意的，還是惡意的，我們都應該誠實待人。愛你的人不會在乎你說不喜歡，因為知道你的不喜歡，才能讓你更喜歡。」

諾包子還小，不能完全聽懂這話，但他理解了前半部分，媽媽不喜歡人家說謊。

因此，三歲的諾包子又學到一個了道理——人不能說謊，說謊是要付出代價的。

諾包子轉頭看徐天胤，見他正吃著盤子裡的蜜糕，頓時變得同情。爸爸一定是說謊了，可憐的他居然還不趕快承認錯誤，蜜糕懲罰不知道要吃到什麼時候。

諾包子並不知道，蜜糕是父親唯一喜愛的甜食，這對他來說甜膩的點心，對父母來說，承載著一段刻骨銘心的故事。

……

夏芍在諾包子周歲過後，便回到了學校繼續完成學業。

諾包子三歲的時候，她正式從京城大學畢業。

兒子三歲的生日剛過，夏芍發現自己又懷孕了。

當天晚上，她宣布這個好消息時，家裡一大一小兩個男人都愣住了。

徐天胤掩飾不住內心的狂喜，緊緊抱住了她，而諾包子顯然還不太明白發生什麼事。

夏芍不想讓兒子因為新到來的家庭成員而有父母不再疼愛他的擔心，她深知兒子的性子，他不是個喜歡被長輩們當成孩子看的寶寶。除了在她身邊的時候，他會乖乖的，其他時候他都在盼望著長大和強大，於是，她告訴他，他將有一個弟弟或妹妹，以後他就是哥哥了。

被哥哥一詞戳中的諾包子立刻眼睛發亮，走路都挺著小身板，抖起威風。在他的世界裡，哥哥代表著強大，代表著日後會有一個比他還小的小豆丁接收他不太喜歡的長輩們的擔憂，並且跟在他後面，用崇拜的目光仰望他高大偉岸的形象，就像他看著父親一樣。

很快喜歡上了未來的弟弟或妹妹、並期待快點提升地位的諾包子，開始與父親一起時刻關注著母親肚子裡的小寶寶。

家裡一大一小兩個男人都很貼心，夏芍這胎懷得幸福而滿足，肚子裡的孩子也體貼她，她孕期只覺胃口大些，少有難受的時候。徐天胤對她照顧得無微不至，對他來說，當初醒來，她懷胎已有五個月，是他一生難以彌補的遺憾。那是他們的第一個孩子，他卻沒有陪著她走過最初的那些日子，所以，這次她再次懷孕，他相當的珍惜，每天忙碌之餘，看著夏芍的肚子，眼神裡總是帶著殷殷期盼。

在全家人的期待中，第二年七月初的早上，夏芍在醫院順利生下了小女兒。

這個粉團般玉雪可愛的女娃娃的降生，給徐夏兩家人都帶來了莫大的驚喜。徐家三代裡沒有女孩子，徐老爺子沒有抱到孫女，一直深感遺憾。後來有了劉嵐這個外孫女，可她從小養在劉家她祖父母那裡。如今曾孫女的到來，圓了徐老爺子抱孫女的渴望。徐老爺子抱著曾孫女時的樣子，看起來比抱曾孫子的時候還高興。

夏志元和李娟對外孫女也格外疼愛，因為外孫女長得太像女兒小時候的模樣。

不過，最疼愛這個孩子的人當屬徐天胤，他在產房裡抱到女兒後，許久都捨不得放開手。夏芍曾答應過他，會給他一兒一女，但當她真的懷孕，他不敢過多奢望。她已經給了他圓滿，這孩子是男是女他都喜歡。未曾想，她在圓滿之外，給了他更大的圓滿。

妻子、兒女，此生的幸福已全。

女兒的名字是徐天胤取的，叫做徐一怡。

怡者，和悅。

他希望女兒和悅安逸，在父母和兄長的疼愛下，一生無憂無慮。

這個名字確實很適合怡包子，她不僅眉眼酷似母親，連性情也像。未滿月的時候，她已經很好照顧，好照顧的程度從換尿布一事上就能看得出來。

在兒子身上練就了熟練手藝的超級奶爸徐天胤，換尿布的水準自不必說，但是諾包子也爭著要照顧妹妹，他在父親強大的氣勢壓力下，堅持搬來小凳子，踩上去，小袖子一擼，撈起尿布，開始笨拙地更換。

快要過四歲生日的諾包子，可以很順利地自己穿衣服了，在他眼裡，這小小的尿布就跟他的小褲褲沒什麼兩樣，不就是兩腿一套，小肚肚一挺，往上一提嗎？

然而，他忽略了妹妹的小腿根本不會配合，也不會挺小肚肚，於是，第一次幫妹妹換尿布的諾包子，狼狽的情況比徐天胤當年差不了多少。當皺巴巴的尿布勉強套上去之後，諾包子滿頭大汗的小臉真的皺成了包子。

好醜……他自己都看不下去了。

他都看不下去的尿布，穿在妹妹身上，未滿月的妹妹竟然不挑剔。粉雕玉琢的怡包子咂巴著軟軟的小嘴，眉眼舒展著打哈欠，一點也沒有覺得不舒服。

妹妹的好脾氣讓臉皺成包子的諾包子露出了大大的笑臉，他看著那個被折騰得皺巴巴的尿布，覺得似乎、可能、大概、也許也不是看起來那麼差。

只是，他才剛剛自我安慰完，徐天胤便把他包的尿布脫下來丟到旁邊，重新快速地包上平整、服貼，看起來就很舒適的新尿布，同時還不忘打擊兒子，「難看！」

深受打擊的諾包子，委屈地跳下小凳子，爬上床，鑽進媽媽的懷裡蹭了兩下，還不忘告父親的狀：「臭爸爸，挑剔……」

夏芍噗哧一笑。

挑剔？

不知道是誰，還沒滿月的時候，就嫌棄父親的笨手笨腳，現在記不得了，就來告狀了。若不是他當初那麼挑剔，哪能練就他爸這麼好的手藝？

諾包子從媽媽口中得知事實的真相，知道是因為自己的關係，導致了今天他的被鄙視，四歲的諾包子又學會了一個道理——出來混，是要還的！

……

新的家庭成員怡包子，帶給了父母很多的喜悅，也給了他們不小的憂慮。

喜的是，怡包子很像她的母親，安靜、愛笑，很容易滿足。在她的哥哥開始挑剔衣服的顏色和樣式的時候，無論父母拿哪一條小裙子給她，她都會回以大大的笑容，然後配合地張開小手，表示要穿。

這麼好養的孩子，讓她父母的心都快融化了。

憂的是，怡包子不僅好養，而且太好養了。不挑剔衣服，不挑剔飯菜，脾氣好到從會笑開始就沒怎麼哭過。這讓徐天胤在女兒還不到一歲時就經常憂心忡忡地抱著她，擔心女兒將來長大會太容易被人騙去。

他希望兒子穩重些、寬厚些，偏偏他有潔癖又挑剔，很難對一件事感到滿意。

他希望女兒嬌貴些，才不那麼容易被人欺騙，偏偏她很容易感到滿足。

事實上，容易滿足的怡包子，不是沒有自己的喜好，比如她喜歡爸爸做的菜，還有媽媽做的點心，尤其是甜食。

怡包子第一次吃蜜糕的時候，諾包子忍不住捂眼，覺得妹妹會跟他一樣嫌棄。沒想到，怡包子不只把自己的那塊糕啃完，水靈靈的大眼睛還去看她爸爸盤裡的。可惜她還太小，不能吃太多甜食，因此，忍不住順從女兒的徐天胤也只是掰了一小塊送到她嘴裡。哪怕是一小塊，怡包子也吃得很滿足，吃完還對爸爸露出長了小牙的笑容。

妹妹的歡快讓諾包子傻眼，他再次明白了一個道理——人與人是不一樣的。

人與人確實很不一樣。

怡包子滿周歲的時候，諾包子已經快滿五歲。抓周那天，徐夏兩家人又到齊了。茶几上還是當年那些東西，只不過多了鏟子、勺子、剪刀、尺和繡線。

呆頭依舊被紮了蝴蝶結放茶几的角落蹲著，因為經歷過諾包子的抓周，徐夏兩家人相信，自家的孩子眼界很高，絕對不會去抓大白鵝。

當軟萌的怡包子被父母牽著手走過來的時候，她的第一眼被呆頭吸引住了。她的身高比哥哥周歲時矮些，自然更需要仰望呆頭。

諾包子很能理解妹妹的心情，不等她轉身要爸爸抱，他已經準備搶先一步把妹妹抱到手。他現在能抱得起妹妹，可以把她抱得高高的，俯視那隻呆頭鵝。

穿著一身粉紅公主裙的怡包子，睜著晶瑩的大眼睛盯著呆頭。

鵝，大白鵝，肥肥肉肉的大白鵝……

呆頭在怡包子的注視下，忽然不安地動了動。

怡包子在眾人的微笑中，扶著茶几，慢慢挪動肥短的小腿，向著呆頭的方向走去……

所有人臉上的笑容逐漸僵硬，心裡都升起不好的預感。

怡包子仰著小臉，對白鵝露出大大的笑容，然後小手朝呆頭伸過去。

呆頭驚跳而起，啪嗒躍下了茶几。

抱了個空的怡包子也跟著摔到軟軟的地毯上，剛滿周歲的小女娃這時候也不知道哪裡來的爆發力，趴在地上，小肚子往地毯上一頂，借力跳起來撲向了呆頭。

呆頭連聲驚叫，歪歪扭扭地衝出客廳，跑了個沒影。

眾人面面相覷，一時說不出話來。

當初沒發生在諾包子身上的事，居然發生在了怡包子身上。

這代表什麼？難不成已經是跨國財團的華夏集團，以後要往養殖業發展？

夏芍笑倒在徐天胤懷裡，暗道，這個小吃貨！

不知道中午的肉菜夠不夠豐富？

夏志元和李娟離開時，把呆頭留了下來，因為他們覺得外孫女很喜歡大白鵝。這隻大白鵝跟了他們許多年，頗通人性，又是女兒當初的訂聘之禮，如今跟著他們的孩子，再圓滿不過。

在徐家安家落戶的呆頭，從此要繞道走的人多了一個，除了看起來高大冷漠的徐天胤，還有看起來人畜無害的怡包子。

當然，這是後話。

再回到抓周上。

抓周變成這無解的結果，眾人久久才反應過來。

徐彥紹笑道：「剛剛沒抓到，所以……不算，再重來一次吧！」

於是，怡包子被抱了回來，重新面對茶几上的各類小物件。

沒有了呆頭，怡包子果然被其他東西吸引了注意力，她很快抓了兩樣東西，一個小巧的金玉算盤和一面精緻的小羅盤。

這兩樣東西，她幾乎是同時抓到的。

徐夏兩家人都露出了然的微笑。

果然，很多事情冥冥之中自有天定。桌上這麼多東西，孩子什麼都沒看上，偏偏抓了這兩樣，這就足夠說明一切了。

事實上，在怡包子眼裡，那個小的金玉算盤做工好，以金絲做樑，白玉為珠。珠子溫潤瑩白，小小圓圓的，很像她今天早上吃過的奶饅頭。而精緻的小羅盤，她從沒見過，不知道那個是什麼，好奇心驅使她抓了這樣東西。

當然，抓周的結果準不準，且看日後了。

之三：天賦覺醒

自從徐天胤和夏芍結婚，外界對兩人的婚後生活就相當關注，但是兩人的一雙兒女從未在外人面前露過臉。

夏芍不希望孩子們太早被關注，她希望他們有一個簡單快樂的童年，不要過早地被成年人世界裡的權力金錢、世俗名利所包圍。她覺得孩子的世界，有父母的疼愛，有簡單的快樂，這樣就很好了。至於社會的規則，他們遲早會接觸。

她不會永遠保護著孩子，遲早有放手讓他們獨自去闖蕩的一天，只是，在那之前，她希望能盡好做母親的責任，至少讓他們在今後遇到煩惱，甚至是痛苦的時候，能記得自己珍貴的童年，並且珍惜那些不摻雜利益的美好。

徐天胤從來不會反對夏芍，所以他沒有帶著妻子和孩子住進紅牆大院，一家人始終在社區別墅裡生活著。

因為兩人的保護，諾包子和怡包子只知道爸爸是軍人，媽媽是生意人，兩人都要上班。外婆每過一段時間就會從東市來看他們，有外婆照顧的時候，他們就在家裡玩耍，外婆不在的時候，曾爺爺及姑奶奶有時會來，他們也會去探望曾爺爺。家裡從未請過保姆，爸爸和媽媽會在週末帶他們出去玩，或是在家裡大掃除，在院子裡除草。

在他們眼裡，童年就是爸爸媽媽、親人和好玩的家庭活動。

他們從來都不知道社區中和善的鄰居是安全局的特工；不知道他們每次出門，所到之處都有警衛事先排查過可疑人物；不知道他們外出旅遊的時候，周圍的遊客中有大量喬裝的安全人員。他們更不知道，他們生在徐家不僅意味著銜著金湯匙出生，更意味著在有自保能力之前，他們必須過這種被嚴密保護的日子。

然而，要學會自保，就必須變得強大。

徐天胤和夏芍雖然有一身好本事，但要教給兒女，需得師父唐宗伯同意他們拜入玄門。兩人的本事都是出自師門，自然不會破那不可隨意外傳的規矩。兒女們想要學玄學易理、奇門術法，只能先拜師入門。

於是，諾包子五歲這年，在得到唐宗伯的首肯後，小傢伙經過了拜祖師爺、聽三規六戒、磕頭拜師等規矩，正式成為玄門第一百零七代的弟子。

他的輩分很高，跟溫燁是同一輩的，因為他的師父不是別人，正是他的父親。

徐天胤本不打算收徒，但兒子他還是可以教的。如此一來，諾包子不必小小年紀就離開父母，跟隨師父去其他地方學藝，他能跟在父母身邊，每日從養氣功夫開始練起。

從此以後，諾包子每天早上都要跟著父親在院子裡的樹下盤腿打坐，在院子後頭立起的梅花樁上摔摔打打。他從娘胎裡帶來的元氣和想要變強的心思，讓他的進步很快，但也因為進步得很快，他越來越能感受到父親的強大——並非他一開始認為的高大，而是遠在他能看透的世界之外，令他只能仰望的強大。

還在練習走路的怡包子要走上這條路，為時尚早。她生活裡的快樂就在於，每天傍晚由媽媽牽著手散步，以及追逐家裡的大白鵝。

全家人一起動手為呆頭在後院搭造了一個漂亮的小木屋，自從後院豎上梅花樁，呆頭就有了躲怡包子的地方，一人一鵝總是在梅花樁的迷宮裡你追我躲。一歲多的怡包子就像當初的諾包子，路還沒走得穩就追追跑跑，一瘋起來兩條小短腿就開始打結，跟頭摔得一個接一個。

每天傍晚，後院就成了家裡最熱鬧的地方。

徐天胤和諾包子父子倆在梅花樁上摔打，怡包子和呆頭在梅花樁下跑跌。

一開始，諾包子經常分心，為妹妹時不時的摔倒，為呆頭上竄下跳的撲騰。不僅他分心，徐天胤也分心。女兒一摔倒，父子倆便忍不住擔心地看過去，不過，徐天胤有分心的本事，諾包子可沒有。他經常一轉頭，就被爸爸從梅花樁上踹下去，然後眼睜睜地看著爸爸搶了扶妹妹的活兒。摔倒的怡包子壓根兒不覺得疼，常被哥哥的狼狽吸引目光，然後咯咯笑個不停。

扶不到妹妹，又在妹妹面前出醜的諾包子，打不過爸爸，就只能把氣遷怒到呆頭身上。他在梅花樁上走著走著，時不時一腳把撲騰起來的呆頭踹下去，讓妹妹抓個正著。

抓住呆頭的怡包子，會獻寶似的抱著牠送去媽媽面前。

站在夕陽霞彩裡的媽媽，笑容總是特別溫柔，會摸摸她的頭，問：「送去廚房嗎？」

怡包子不明白，明明媽媽這麼溫柔，呆頭聽了媽媽的話後，怎麼會拚命在她懷裡掙扎，還連聲叫著逃走呢？

在全家人眼裡，媽媽是全家人心中最安寧的歸處。無論他們是累了、疼了，滿身是汗或滿身泥巴，她始終溫柔地對他們微笑。

……

對兩個小包子來說，除了過節，最期待的便是週末。

週末不出去玩的時候，爸爸和媽媽的朋友會來家裡吃飯。媽媽的朋友很多，爸爸的朋友就只有一位姓秦的叔叔。

兩個小包子很喜歡秦瀚霖，他很幽默，常把他們逗笑。諾包子最滿意秦瀚霖的地方就是，他經常對爸爸說：「你兒子比你好，比你會笑，長大了一定比你帥，比你討人喜歡！」

每當這個時候，諾包子總是在旁邊不住地點頭，認為秦叔叔比臭爸爸有眼光多了，因此，諾包子很歡迎秦瀚霖來家裡做客。

這天週末，秦瀚霖早上九點就來了，一來就抱起兩個小包子，笑道：「諾諾、怡怡，跟秦叔叔去機場接你們小表姨好不好？」

今天是張汝蔓從國外回來的日子，也是她出國的第五個年頭。

兩個孩子對他們的小表姨並不熟，只知道她過年的時候才會來看他們一次。

「在國外工作的小表姨要回來了嗎？」五歲的諾包子已經懂得一些事，他知道現在不是過年，所以轉頭問從廚房出來的媽媽。

「嗯。」夏芍摸摸兒子的頭，「跟秦叔叔去吧，小表姨看見你會很高興的。」

諾包子立刻點頭，準備代表全家人去接小表姨。

徐天胤走過來把女兒從秦瀚霖懷裡抱過來，意思是：兒子可以隨便帶走，女兒休想。

「徐天胤，他們又不是去接外人。」秦瀚霖鬱悶。

「你是。」徐天胤淡淡地道，把秦瀚霖打擊得體無完膚。

秦瀚霖的好修養被這話堵得差點一口氣噎死自己，徐天胤這傢伙一定是在報仇，報他這些年總在夏芍面前誇他兒子比他好的仇。偏偏徐天胤這話他還不能反駁，他現在確實不是徐家什麼親戚，而徐天胤是不可能讓女兒跟一個非親非故的男人走的。

秦瀚霖喘了好幾口氣，決定不跟徐天胤計較，跟他計較，純粹是找虐。他一眼瞅見夏芍手裡捧著的水果盤，拿了一塊蘋果就笑咪咪地在怡包子面前晃，「怡怡，跟不跟秦叔叔走？」

怡包子一看見吃的，眼睛發亮，視線追著秦瀚霖手中的蘋果不放，兩隻肥短的小手伸了出去，露出軟萌的笑容，只是她的小手沒拿到蘋果，而是拿來了大大的水果盤。

徐天胤從夏芍手中把水果盤接過來，送到女兒面前。

怡包子立刻盯住水果盤，好一會兒才又看向秦瀚霖手中的一塊小蘋果。只有在這個時候，粉團兒般的小娃娃才顯現出幾分頗似父親的呆萌來。正當大家都屏息看著她時，她極其認真又堅定地抱住面前的水果盤，做出了選擇。

夏芍忍不住扶額。

某人平時擔心可愛的女兒會被別人的一點好處騙走，結果自己用這法子用得很順溜……

秦瀚霖敗退，眼看時間來不及了，只得帶著諾包子出了門。

徐天胤放下女兒，打電話通知了在機場的安全人員加強警戒。

夏芍微微一笑，他最是心細，只是從來不說。徐天胤從來不瞞她國家機密，高層的人也沒刻意瞞她，這些年她時不時會被請去問問國運、決策，因此很多事其實她都是知道的。

張汝蔓當初以去國外念書為名，接受祕密特工訓練，便是徐天胤為她安排的。她這五年在國外的生活，遇到不少險境。她的任務是查出並打入某個外國情報組織，找出潛伏在國內的情報人員。這對一個當年剛進軍校一年，各方面還很稚嫩的女孩子來說，是幾乎不可能完成的任務，但她卻憑著與徐家的這層關係以及過往簡單的經歷，讓對方對她產生了利用之心，用五年的時間一步步走進這個組織，終於在前陣子與軍方裡應外合，打掉了這個外國情報組織。

這個組織一破，張汝蔓的身分也就暴露了，於是被軍方用特殊管道安排回國。

當然，張汝蔓也因此成為國外暗殺組織名單上的人物，這次回國便受到嚴密的保護。徐天胤知道秦瀚霖對她的心思，故而同意他帶兒子去接機，以討好小姨子。不過，他不允許女兒也去，因為女兒才剛剛會走路，沒有能力自保，萬一有突發事件，勢必會拖累安全人員。至於兒子雖然年紀小，但已能初步感知危險，他將來也是要從軍的，這些事可以當成歷練。

即使徐天胤知道，安全人員已經嚴密監控機場，現場肯定不會出現什麼亂子，但是依兒子的天賦，應該能夠感知到機場的緊張氛圍，讓他從現在開始逐步接觸也好。

他兩個孩子都疼，只是保護的方法不一樣。

果然，與徐天胤預料的一樣，張汝蔓中午的時候就安全抵達家裡。

她牽著諾包子的手進來，秦瀚霖跟在後頭，滿臉沮喪，一看就是被人打擊過，而諾包子的小臉則有點緊張，等到看見父母，這才明顯鬆了一口氣，然後奔進媽媽懷裡抱住便不撒手了。

夏芍溫柔地撫摸他的頭，知道他是被機場的緊張氣氛嚇到了。

諾包子並沒有抱媽媽太久，他雖年紀小，可很懂事，知道家裡有客人，媽媽要忙著招待，所以只抱了一會兒就去找爸爸了。平時父子倆總是鬥來鬥去，這時諾包子倒是願意坐到爸爸身邊，暫時當個乖寶寶。

張汝蔓已經二十五歲，穿著休閒服，綁著馬尾辮，模樣與剛離開京城的時候變化不大，卻不再是以前那個青春活潑、神采飛揚的女孩。她渾身散發著經歷過磨練的沉穩、幹練，以及軍人獨有的犀利氣息。

張家人、夏家人及秦瀚霖，直到現在才知道她當年離開的真相和這些年她在國外真正的工作。張汝蔓這次回京，身分和功勞將會公開，回到京城軍校領她的畢業證書，並正式授少校軍銜，日後就留在京城軍區工作。

秦瀚霖在去年也調回了京城，中午吃飯的時候，他像以前一樣調侃張汝蔓，張汝蔓卻不像以前一樣與他針鋒相對，只是輕描淡寫地笑笑，坦然地和他對視，聊幾句不痛不癢的話。

午飯過後，秦家來了電話，秦瀚霖只得回去一趟，但是他厚臉皮地表示晚上還來蹭飯。徐天胤給了他冷颼颼的一眼，夏芍笑著應了。

待秦瀚霖離去，夏芍和張汝蔓坐在客廳裡聊天，自然也就聊起了秦瀚霖。

「他這些年很少有緋聞，三十多歲了，秦家也急了，安排的相親他也不去，把他家老爺子氣得可不輕。」夏芍看著張汝蔓，「妳知道他的心思吧？你們兩個怎麼打算的？都這麼多年了，你們已經不是小孩子，有什麼話說開了比較好。」

張汝蔓無所謂地點頭，「我也覺得說開了好。我們做朋友就很好，其他的就不想了。」

「還在想那些適不適合的事？」夏芍聞言挑眉。

在國外那幾年，張汝蔓是以徐家親戚的身分，以出賣國家機密為誘餌引得敵方組織上鉤。她每年回來，表面上是來徐家看看表姊和表姊夫，實際上是帶著敵方的竊聽、竊取任務回來。她和國家軍方合作，執行過幾次成功的任務，取得了對方的信任，但同時她真正的任務是配合國家摸清敵方情報組織的詳情。這等同於雙重間諜的事，她做了五年，日日都在險中求生存。她能完成這麼困難的任務，說明她不再是當年那個年輕衝動的孩子。她有能力處理好軍政方面的人際關係，如今她適不適合秦家，已經不是那麼重要了。

而秦瀚霖並不知道張汝蔓在國外的真實情況，他在這些年裡慢慢想通了。他一直與國外的她保持聯絡，恐怕暗地裡做的追求事不少，只是張汝蔓始終沒有點頭。

她當時不同意，是因為有任務在身，隨時有性命危險，不能分心，那現在呢？

「不是適不適合的問題，而是不能。」張汝蔓苦笑，「姊，我現在回來，不代表我安全了。這次的事，惹惱了敵國的暗殺組織，我已經是他們黑名單上的人了。我爸媽正被軍方暗中保護著，我不想再拖上秦瀚霖。他跟我在一起會有危險，我以後的孩子也會有危險。以前當軍人、特工是我的夢想，感覺很威風，可是，在國外這幾年，我覺得很累，幾乎沒睡過一個安穩覺，身上和枕頭底下隨時都得放著槍。一個任務就耗費了我五年的青春，犧牲了兩名戰友，以及我爸媽多年來對我被軍校開除的不諒解。這就算了，我成功完成任務了，結果帶給他們的還是危險，我並不覺得我當年的夢想是錯的，我只是更懂得軍人這兩個字的含意。」

不止是威風八面，更多的是犧牲，是責任。

夏芍欣慰地拍了拍表妹的肩膀，這才是軍人該有的樣子。

「我不能說妳的擔心是多餘的，但妳想想犧牲的戰友。妳至少可以覺得累，他們卻是連覺得累的機會都沒有了。世上不是只有妳一個人處在危險之中，普通人都有個三災八難、生老病死，可大家從來不會為了明天有可能會遇到從天而降的厄運就放棄追求幸福。只要能夠看見親人、愛人在身邊，就應該好好珍惜，因為等到妳離開，或者他們離開的時候，妳才會知道自己究竟錯過了什麼。」

張汝蔓聽得出神。

夏芍繼續道：「妳和秦瀚霖有一段前世姻緣在，從你們相遇的時候我就知道，只是一直沒有說出口。感情的路要你們自己走，但走到了現在，妳還是這樣想的話，那我只好讓妳看看自己的前世了，如果妳想看的話。」

張汝蔓愕然，不自覺地張了張嘴。

夏芍笑笑，「放心，這話我沒有跟秦瀚霖說過，他也不是因為這個才不放棄妳。這件事我只告訴妳，要怎麼做，全看妳了。」

張汝蔓沒說同意，也沒說不同意，夏芍便去準備了。

她騰了一個沒有住過人的房間，將裡面所有的鎮宅避靈之物拿走，用不透光材料將房間的門窗皆堵上，閒置二十四小時後，再讓張汝蔓獨自進去睡一晚。

夏芍囑咐道：「睡前把鞋子放在門後，不要枕東西，睡前默念前世，妳就會夢到一個自己從未去過的地方，看見許多不認識的人。妳可能會看見自己與戀人難過或快樂的事，也有可能會看見妳或者他的死亡。不過，能不能夢到，要看妳的機緣。另外，妳要記住，如果睡前聽到五畜狂吠，那千萬不可以睡著，否則就再也醒不過來了。」

夏芍說得嚴肅，張汝蔓呆呆地點頭。

第二天早上，張汝蔓出來的時候，滿臉的淚痕，不知道是看見了什麼。

這天晚上，秦瀚霖又來蹭飯。

他一進門，在家中默默坐了一天的張汝蔓，居然上前伸手抱住了他。

怡包子咬著手指，歪著頭，大眼睛盯著兩人看。

徐天胤趕緊把女兒抱走，不想讓這兩人教壞他的寶貝女兒。諾包子在一旁翻白眼，爸爸和媽媽抱抱親親的時候，他也有看見，怎麼不見怕教壞他？臭爸爸！

秦瀚霖驚愣了許久，待他眼中湧出狂喜，張汝蔓已經笑著放開他了。

不知道兩人在房間裡說了什麼，秦瀚霖是春風得意出來的。

可惜春風只在他頭頂吹了一個星期，待張汝蔓去京城軍區報到後，秦瀚霖又來了徐家。來的時候，他蔫頭巴腦的，沉默地在沙發上坐了許久。

忍了又忍，幾番心理戰之後，他心一橫，對著徐天胤開了口。

「喂，我問你，要怎麼追女人？」

夏芍正帶著兒女從後院進來，聽見這話，噗哧一聲笑了出來。

秦瀚霖瞬間紅了臉，很不自在地咳了兩聲。

他本來以為張汝蔓總算肯接受他了，沒想到她竟然只是接受了他的追求，於是，這幾天，他把追女人的法子都用出來了，結果是被鄙視得體無完膚。

為什麼夏芍和她表妹對浪漫的想法都不一樣？

他以前是很嫌棄徐天胤不會追女人，現在這個難題卻落到了他的頭上。

果然，人在江湖混，總有一天是要還的。

「快說！」秦瀚霖不耐煩地抓抓頭。

徐天胤淡淡地道：「問他。」

秦瀚霖順著他的目光看過去，當看到的是五歲的諾包子時，頓時如遇晴天霹靂。

靠！這是在報仇吧？

他不就是說他兒子比他強嗎？用不著逮到機會就報復他吧？

他錯了還不行嗎？

「秦叔叔，你想問什麼？我比臭爸爸懂的多喔！」不明就裡的諾包子，眼睛閃閃發亮，很有自信地拍著小胸脯，保證一定會幫忙。

秦瀚霖看著自告奮勇的諾包子，苦著臉，實在是有口難言。

夏芍笑了笑，反正這兩人的未來比以前光明多了，她就當看戲了。

婚後的生活對夏芍來說是幸福美滿的，她恨不得每天有多些時間陪伴家人，可公司自從進軍國外市場，發展可謂日新月異。

這幾年，華夏集團與萊帝斯集團和奧比克里斯家族的企業合作，在十三個國家建立拍賣以及地產公司，如今成為世界三大拍賣行之一，資產難以計數。

這一年，是夏芍婚後第七年，諾包子七歲，怡包子剛過三歲生日。

這一年，夏芍又迎來了一件大事，那就是接任玄門第一百零六代掌門祖師。

唐宗伯早有將掌門之位傳給夏芍的心思，只是這幾年她一直很忙，眼看著她完成了學業，孩子們逐漸長大，公司的營運也穩定下來，他才決定在這時候將掌門之位傳給她。

繼任大禮就在香港的老風水堂舉辦。

這天許多老前輩前來觀禮，夏芍的修為已臻大乘，她當初護國之舉早已傳遍江湖，江湖上許多人對她此舉甚是敬重。因她具有國士的地位，國家對玄學易理各傳承人的政策有所鬆動，玄學隱隱有復興之勢，各門派都對夏芍感激不已。

玄門弟子徐一諾也出席繼任大禮，這幾年他懂得很多事，知道父母都是掌門祖師的親傳弟子，只是媽媽在他眼裡永遠是最美麗最溫柔的人，直到他親眼看見她接過師門傳承的羅盤，以及她那一身與天地融合的氣場，他才更深切地明白，媽媽是家裡最不顯山露水的高人。

這天，夏芍見到了多年未見的無量子。

當年崑崙山一別，已有七年，對早入大乘的兩人來說，歲月未曾在兩人臉上留下什麼，唯獨相見之時兩人的笑容裡都有與故人相見的感慨。

夏芍請無量子晚上去華苑私人會館小聚，今晚國內外不少名流要為她慶賀，她對這類宴會沒有太大的興趣，倒是有幾個朋友要來，聚會一下也不錯。本以為性喜自由的無量子未必會答應，沒想到他很爽快地一口應下。

這天晚上也是徐天胤和夏芍的一雙兒女初次公開露面的日子，不少名流都把家裡的孩子帶來，想跟徐家的小少爺和小公主搞好關係。

夏芍沒讓兩個孩子跟著她進入宴會大廳，她特意在會館後頭的花園安排了玩樂區，讓孩子們去那邊自己玩鬧。七歲的徐一諾，到了上學的年紀，也到了接觸一些人事，但她不想讓兒女們直接在賓客們面前露面，被虛捧逢迎包圍，她希望兒女能慢慢認識人情世故，看清不是所有誇讚他們的人都是喜歡他們的人。

被帶到後花園的各家公子千金，你看看我，我看看你，誰都不認識徐家的孩子。

有些公子千金發現羅家的龍鳳胎在，聽說羅月娥和夏芍的關係相當不錯，她家的兩個孩子應該認識徐家兄妹。於是，一些人便殷勤地去跟羅家的龍鳳胎聊天。羅家的龍鳳胎已經九歲，在羅月娥的教導下，像個人精似的，早就習慣這種場面的他們，一眼就看出這些人的目的，兄妹兩人交換了個眼神，心有靈犀地達成共識。

這個共識就是徐家兄妹來了的時候，兩人都沒去打招呼，連表情都看起來很平常。

一群孩子看著牽手走來的徐家兄妹，呼吸不由自主屏住了。

好漂亮的人！

哥哥穿著黑色小西裝，眼神微微凌厲，面容冷峻。妹妹穿著白衣裙，軟軟的髮絲垂落在肩頭，小臉兒如粉雕玉琢似的，眉眼彎彎，討人喜歡。

徐家兄妹兩人身後還跟著一隻白鵝，那鵝肥肥呆呆的。妹妹時不時回頭看牠一眼，她一回頭，鵝便往哥哥那邊靠去，像是在躲著她。

兩人加一隻鵝的組現身花園，一時沒人出聲。這種組合太怪異了，這種場合，誰會帶寵物來，即便要帶，也是要帶名貴的寵物，沒見過把家禽當寵物帶來的。

大家見羅家兄妹沒上前打招呼，以為這兩人不是徐家兄妹，臉上露出嘲笑和鄙夷的神色。也有人多留了個心眼，笑著上前自報家門，並打聽新來的兩人是誰家的公子千金。

在場的人裡，只有兩三人是十二三歲，其餘的都不過十歲，尤其是幾個富家少爺，見徐一諾不像好說話的樣子，徐一怡可愛又年紀小，便都圍攏到她那裡，問東問西。幾人亮亮的眼神讓一旁的徐一諾皺了眉，他和父親在家裡天天鬥法，但在媽媽和妹妹的問題上，他們難得有共識。那就是，不是徐家的男人，誰也不准接近媽媽和妹妹。

見有幾個少爺問東問西的時候，還伸手去摸徐一怡的小臉，不管這舉動是出於喜愛還是出於別的，在身為哥哥的徐一諾眼裡，都是輕佻的舉動。於是，他眼一瞇，唇一抿，與父親極為相似的不悅神情一露，伸手毫不客氣地拍開那些爪子。

伸爪的少年們沒想到徐一諾出手這麼突然，這麼不給面子，幾個人的臉色都沉了下來。另有一些沒把這對古怪兄妹當一回事的人，圍住了徐一怡，開始爭相詢問：「喂，你們帶的那是什麼寵物？」

徐一怡好脾氣地答道：「那是呆頭。」

「呆頭？」有幾個人噗哧笑出聲來，「看起來是挺呆的。」

「喂，你們為什麼要養一隻鵝？」

「也許是最近的新流行？」有人笑道，語氣輕蔑，周圍的人也跟著笑了起來。

徐一怡的笑容頓了頓，她雖然年紀小，但傳承自父母的好天賦讓她對周遭人的善意和惡意天生就敏感。她直覺地發現，這些人和家人是不一樣的，但小小的她並不懂這些人的不友善從何而來，她還是給出了答案：「呆頭是爸爸送給媽媽的。」

他們全家人都很喜歡呆頭，這些人不喜歡牠嗎？

眾人一臉的不可思議，「妳爸爸送給妳媽媽的？」

他們互相看了一眼，都覺得無法想像。

他們的爸爸送給媽媽的禮物幾乎都是名牌包、珠寶首飾，哪有送鵝的？窮得只能送鵝給女人的男人，他們的孩子是怎麼混進華苑來的？這裡可是頂級的私人會館，他們之中有的人父母想成為這裡的會員都很困難，今晚是因為要祝賀華夏集團董事長接任老風水堂的掌門，才四處求了請帖進來的。

「或許，是什麼名貴品種？」有人發現這對兄妹的穿著和模樣、氣質都不像普通家庭的孩子，不禁疑惑地問。

「誰知道呢？抓過來看看不就知道了？」有個千金笑道。

「我去！」有個公子哥兒自告奮勇，跑過去抓呆頭。

徐一怡看著那男孩子向呆頭撲過去，呆頭叫著躲開，很不樂意被追趕的樣子，她小臉上的笑容當下沒了，「不要欺負呆頭。」

沒有人理她，那去抓呆頭的男孩子追出去才發現，這隻鵝看起來肥肥呆呆的，行動卻很敏捷，他竟然抓不到。看熱鬧的人不住地哄笑，嘲諷他連隻鵝都追不上，讓那男孩子覺得丟臉，他惱了起來，一把搬起水池旁的大石頭，要朝呆頭扔過去。

「不要欺負呆頭！」徐一怡瞪大眼睛，年僅三歲的她，人生裡第一次遇見這麼惡劣的人。她不由提高音量，但還是沒人理她。

旁邊被徐一諾打開手的幾個男孩則圍住了他，一副準備幹架的架勢。

徐一諾冷笑一聲。

跟其他七歲的男孩子不同，人家還是人嫌狗厭，只會闖禍的時候，他卻是早就已經走在挑戰父親，與父親對打的路上。

論其打架，他可是個中好手。

對這些年少無知又血氣方剛的男孩子們來說，用拳頭解決衝突是很尋常的事，因此，幾個男孩子和徐一諾很快打在了一起。

想去救呆頭的徐一怡，看見哥哥和好幾個人打了起來，滿臉的焦急。

「不要欺負我哥哥！」她大叫道。

沒有人理會她，她年紀太小了，誰也沒把三歲的小娃娃放在眼裡。

小小的徐一怡站在中間，聽著這邊乒乒乓乓，再聽那邊呆頭的嘎嘎聲，緩緩低下了頭。花園裡的燈光照在她身上，她的小臉隱在陰影中，只見她的裙襬無風自動起來。

好似自身體裡生出的力量，在周身形成一圈小小的氣場。

最初氣場極小，小到無人察覺，幾拳把人揍翻的徐一諾卻忽然轉過身來。

就在這時，四周狂風驟起，天地元氣暴動。

徐一怡仰起的小臉滿是憤怒、委屈，大聲喝道：「我讓你們不要欺負哥哥和呆頭！」

小女孩的聲音隨風飄盪在花園上空，震得眾人腦中嗡地一聲，似有金鐘在響。

所有人都呆住，拿石頭要砸呆頭的男孩被暴風掀翻，一頭撞向旁邊的樹幹，摔了個七葷八素。其他人也陸續被吹到池子裡，撲通撲通滿，接著傳來一池子的呼救聲。那些被徐一諾揍翻的人也被風掀翻，摔到花壇邊。人人跌得狠狽不堪，個個摔得臉上掛彩。

羅家兄妹早在剛剛看出事情要失控時，就一個去阻止，一個去前頭報信。

事實上，當女兒的元氣暴衝的時候，夏芍便感覺到了。她與一眾賓客趕到了花園，所有的家長都張大了嘴，不知道發生了什麼事。

花園裡除了羅家兄妹和徐家兩個孩子，其餘人都灰頭土臉，驚恐地瞅著徐一怡。

憤怒又委屈的徐一怡，看見夏芍的瞬間，委屈慢慢地放大，她邁著兩條小短腿朝夏芍走過去，伸出小手抱住了媽媽。

被嚇住的孩子們頓時露出比之前更驚恐的表情，他們得罪的，到底是什麼人？

夏芍把女兒抱起來，摸摸她的柔軟的頭髮，表情和語氣都很溫柔，「怎麼了？」

感受到媽媽的安撫，怡包子忍不住哇地一聲哭了出來，抽抽噎噎地泣訴：「他們欺負哥哥和呆頭……他們是壞人……」

夏芍聽著女兒的哭訴，心疼不已，目光卻更加溫柔。

她早就知道他們會遇到這樣的不愉快，他們是師兄和她的孩子，知道他們身分的人，不會對他們的孩子表露出惡意。她希望孩子們能夠多停留在充滿善意的世界，但也清楚他們總有一天要走出去，所以她想趁機讓兩個孩子看看這些人本來的面目，讓他們知道，除了家人之外，世上還有另一種人。

只是，這事本是她要給兒子看的，沒想到最後爆發的會是女兒。

身為母親，她一直在為女兒這樣的性情感到擔憂，擔心女兒太過寬和，受父兄的寵愛和保護太過，日後有一天，當她面對他人的惡意會不知所措。

沒想到，她的表現這麼令她暖心。

女兒很少哭，也很少委屈，更別說發脾氣。她是個相當乖巧的孩子，非常容易滿足。剛才的哭訴，她沒有哭自己，而是為了哥哥和喜歡的呆頭。在三歲孩子的心裡，家人已經是她所重視的存在，是不可逾越的底限。

夏芍摸摸女兒的頭，從此以後，她應該不用再為女兒的性情擔憂了。

然而，在場的賓客和他們的兒女們卻是很擔憂，非常的擔憂。

他們得罪了徐天胤和夏芍的兒女，能不擔憂嗎？

賓客們紛紛詢問發生了什麼事，然後喝斥自己的孩子，也不顧孩子一身狼狽，陸續領著孩子過來對徐家兄妹道歉。

剛剛一副嘴臉，一轉眼便換了另一副嘴臉。徐一諾哼了一聲，內心鄙夷，把這些人看了個清楚明白。而怡包子乾脆賴在媽媽身上，小臉撇去一邊，理都不理這些人——她記住了，從現在開始，她討厭這些壞人！

無量子的眼神晶亮，他看著夏芍懷裡的怡包子，笑道：「她的天賦極佳，很適合鬼谷派，介意我收她為徒嗎？」

夏芍愣住。

「發生什麼事了？」這時候，一幫西裝革履的男人走了過來，為首的男人狂傲霸氣，手上牽著一個小男孩。

眾人一看見戚宸，紛紛閉了嘴。

夏芍看向那個小男孩。

小男孩長得頗像戚宸，約莫五歲大的模樣，冷傲的氣質與戚宸很相似。

戚宸果真是說到做到，當初在夏芍的婚禮上便說回去會找個女人生兒子，結果還真找人生了個兒子。只是，這些年來只聽說三合會有少主在，沒聽說過三合會有女主人。這個孩子的母親是誰，沒有人知道，不少人暗地裡說是借腹生子。

戚宸一眼就看向夏芍抱著的怡包子，拍了兒子一下，道：「你媳婦，去認識認識！」

怡包子把小臉埋在媽媽頸窩，懶得抬頭去看周圍被她認定為壞人的人。

小男孩盯著怡包子許久，見她不抬頭，便對父親道：「她不看我，一定是長得醜。」

戚宸低頭對上兒子那雙一點也不怕他的眼睛，氣笑了，他還沒開口，徐一諾先笑了。他不僅笑了，還擋住母親和妹妹，「我妹妹醜？我看是你醜，不值得我妹妹看一眼。」

戚家父子聞言都挑高了眉毛，父子倆幾乎是同一個表情，高傲裡帶著冷意。

徐一諾的表情也冷了下來，那冷峻的眉眼酷似徐天胤。

七歲的徐家大少對上五歲的三合會少主，火花四濺。

「聽說有場好戲，我還以為我來晚了，沒想到正是時候。」

突如其來的笑聲讓戚宸的臉色一寒，三合會的人齊齊轉身，盯住龔沐雲一行人。

安親會的人也在看見戚宸的瞬間警戒起來，但雙方都沒有拔槍。在夏芍的地界上，雙方維持表面的和平已經是不成文的規矩了，出了夏芍的地界，惡戰卻是從來都沒少過。

夏芍無奈一笑。天下大勢，分久必合，合久必分。兩個幫派即使有再深的仇恨，也總有合作的那一天。哪怕不是龔沐雲和戚宸這一代，也必在未來的某一代。

「人家戚當家都有繼承人了，你呢？」夏芍笑著看向龔沐雲。

龔沐雲看著對他投來挑釁目光的戚宸，轉頭對夏芍溫和地笑道：「要不，我也找人生一個女兒，日後嫁進徐家？」

夏芍對上龔沐雲打趣的目光，她知道他是開玩笑的，無論如何，安親會也需要繼承人。

「沒有合適的。或者，妳幫我留意？妳看上的人，也許我能看上。」龔沐雲轉而一嘆，那聲嘆息似真似假，似歲月匆匆而逝的惆悵。

夏芍垂眸微笑。

沒有合適的？

李卿宇也是這麼說。

然而，人生在世，成家立業，他們遲早要走這一步。她不會幫他們牽紅線，她不想讓他們因這條紅線是她牽的而走上婚姻的路。與秦瀚霖與張汝蔓一樣，她希望身邊所有的朋友們都因他們自己的選擇而找到幸福。

這晚，一場宴會開得賓客們戰戰兢兢，唯有夏芍是滿意的。

儘管兒女們未必開心，可是，有的時候不愉快也是一種經歷和學習。她相信，他們必會因為今晚的不開心，日後更加珍惜家庭的甜蜜和幸福。

至於無量子的話，夏芍沒有答應，也沒有拒絕。

她知道，這可能是無量子答應來宴會的原因。

鬼谷派一脈單傳，無量子至今未曾收徒，或許不是不想，而是機緣未到。

只是，這機緣應在自己的女兒身上？

女兒才三歲，她原本打算讓女兒明年拜入師門的。

此事還是要看女兒自己的選擇，以及師父和師兄的決定。

第二天，夏芍帶著兒女返回京城，在機場遇到了來接機的徐天胤。

軍區有事，他昨天未能與他們一起去香港，但僅僅一天，他在機場見到她和他們的孩子，目光裡便流露出濃濃的思念。這些年，他習慣有她，習慣有孩子，甚至習慣了熱鬧，才一晚不見他們，他就覺得萬分難熬。

而顯然，思念他的只有他心愛的妻子和寶貝女兒。

徐一諾看見爸爸手裡捧著的花束，就露出了「你夠了」的表情。

他七歲了，這束花他已經看了七年。

他感到視覺疲勞，相當疲勞。

可惜，疲勞的人只有他。

他家的女人都很喜歡那束一成不變的花，母親是，妹妹也是。

「爸爸！」怡包子一看見爸爸就興奮地跑了過去，呆頭跟在她身後。

經過昨晚的事情之後，呆頭突然變得敢接近小女主人了，怡包子高興得半夜才睡著。那一群壞人的事，她決定不計較了，她打算回家把這些事告訴爸爸……

徐天胤抱起女兒，親了親她香香的小臉蛋。

夏芍看著不耐煩的兒子，笑道：「兒子，你要記得，如果你遇到願意為你一直做同一件事的人，那便是你此生的真愛。無論有多難，一定要努力爭取，免得抱憾終身。」

徐一諾微愣，夏芍牽起他的手走向徐天胤，接過他手裡花，又摸了摸女兒的頭，「妳也要記著，若有一日，遇見一個願為妳做同一件事的男人，無論他貧窮、富有，此人當可嫁了。」

兩個孩子看向她，夏芍與徐天胤對視一眼，兩人在機場相擁而笑。

悅讀NOVEL 011

傾城一諾 11完

國家圖書館出版品預行編目資料

傾城一諾 / 鳳今著. -- 臺北市：晴空, 城邦文化出版：家庭傳媒城邦分公司發行,
2018.4
冊； 公分. --（悅讀NOVEL；11-）
ISBN 978-986-95528-7-5（第11冊：平裝）

857.7 107003663

作　　者　鳳今
責任編輯　施雅棠
國際版權　吳玲瑋　蔡傳宜
行　　銷　艾青荷　蘇莞婷　黃家瑜
業　　務　李再星　陳玫潾　陳美燕　杻幸君
編輯總監　劉麗真
總 經 理　陳逸瑛
發 行 人　凃玉雲
出　　版　晴空
城邦文化事業股份有限公司
104台北市中山區民生東路二段141號5樓
電話：（886）2-2500-7696　傳真：（886）2-2500-1967
E-mail：bwps.service@cite.com.tw
發　　行　英屬蓋曼群島商家庭傳媒股份有限公司城邦分公司
104台北市中山區民生東路二段141號2樓
書虫客服服務專線：(886)2-2500-7718；2500-7719
24小時傳真服務：(886)2-2500-1990；2500-1991
服務時間：週一至週五09:30-12:00；13:30-17:00
郵撥帳號：19863813　戶名：書虫股份有限公司
讀者服務信箱E-mail：service@readingclub.com.tw
晴空部落格　http://sky.ryefield.com.tw
香港發行所　城邦（香港）出版集團有限公司
香港灣仔駱克道193號東超商業中心1樓
電話：852-2508-6231　傳真：852-2578-9337
E-mail：hkcite@biznetvigator.com
馬新發行所　城邦（馬新）出版集團【Cite (M) Sdn Bhd】
41, Jalan Radin Anum, Bandar Baru Sri Petaling,
57000 Kuala Lumpur, Malaysia.
電話：(603) 9057-8822　傳真：(603) 9057-6622
Email：cite@cite.com.my

美術設計　洸譜創意設計股份有限公司
印　　刷　沐春行銷創意有限公司
初版一刷　2018年04月24日
定　　價　280元
I S B N　978-986-95528-7-5